近代散佚戲曲文獻集成·理論研究編 1

總主編 黃天驥

也是園古今雜劇考

孫楷第 著

山西人民出版社
三晉出版社

圖書在版編目(CIP)數據

也是園古今雜劇考 / 孫楷第著. —太原: 山西人民出版社, 2018.3
(近代散佚戲曲文獻集成 / 黃天驥主編)
ISBN 978-7-203-10286-1

Ⅰ. ①也… Ⅱ. ①孫… Ⅲ. ①雜劇-文學研究-中國-古代 Ⅳ. ①I207.37

中國版本圖書館CIP數據核字(2018)第017669號

也是園古今雜劇考

主　　編　黃天驥
著　　者　孫楷第
責任編輯　崔人杰
復　　審　劉小玲
終　　審　員榮亮
裝幀設計　謝　成

出 版 者　山西出版傳媒集團·山西人民出版社　三晉出版社
地　　址　太原市建設南路21號
郵　　編　030012
發行營銷　0351-4922220　4955996　4956039
　　　　　0351-4922127(傳真)
天貓官網　http://sxrmcbs.tmall.com　0351-4922159(電話)
E-mail　sxskcb@163.com　發行部
　　　　　sxskcb@126.com　總編室
網　　址　www.sxskcb.com

經 銷 者　山西出版傳媒集團·山西人民出版社
承 印 廠　山西出版傳媒集團·山西新華印業有限公司

開　　本　787mm×1092mm　1/16
印　　張　28
字　　數　230千字
版　　次　2018年3月　第1版
印　　次　2018年3月　第1次印刷
書　　號　ISBN 978-7-203-10286-1
定　　價　138.00圓

《近代散佚戲曲文獻集成》編委會

出版工作委員會

出版説明

一、近代散佚戲曲文獻集成鈎沉、梳理、選取十九世紀末到二十世紀中葉，散佚而獨具特色、頗具研究價值的戲曲文獻進行整理出版，以填補學術界在近代戲曲史史料方面的缺失。

二、叢書主要採取影印的方式整理出版，爲便於學界研究之需要，以忠實於原稿爲宗旨，對排版方式、原書内容的缺損、錯謁等均不做修復，在不影響内容的情況下僅對頁面的污損做了處理。

三、叢書作爲影印文獻，序言、附注、插頁皆予以保留，最大限度地保持原本原貌：單黑印刷的保持單黑色，彩色印刷的以原來的色彩進行印刷。

四、叢書分爲「理論研究編」「戲曲史料編」「名家文獻編」「曲譜和唱本編」四大編七十册。

五、「理論研究編」主要選取了近代重要的戲曲研究名家絶版多年的重要著作。其中，或有部分重要經典著作後期有再版，如王國維先生的宋元戲曲考，我們選擇早期稀見之「正音學會校本」版，原貌出版。

六、「戲曲史料編」則對史材、檔案、傳記等史料進行了整理。「名家文獻編」對著名戲曲表演藝術家的文獻進行了集中整理，包括海外版史料、報紙雜誌或期刊的專刊、各種個人專集等。這些史料或散於海外、或沉於故紙堆，因極富時代特色且具有原真性，又長期遊離於主流學術研究視野之外，因而其研究價值較爲突出。爲保持文獻原真性，對於期刊圖書廣告頁予以保留。

七、「曲譜和唱本編」主要對戲曲的曲譜和唱本進行了整理。曲譜和唱本是戲曲藝術傳承、演變、發展的主要載體之一，近代的曲譜和唱本很多是當時演出的戲本，故不少史料具有民間性，對於戲目發展的原生狀態具有很高的研究價值，如小唱本，因非常零散，多年來幾乎未見整理出版。

八、因叢書主要採用影印的方式，故海外出版的外文版未進行翻譯，維持海外原版之狀態，適合較高層次的讀者閱讀、研究。

九、叢書中，因原版的零散或者底本的其他狀況不便於影印的戲曲藝術散論叢編採取了重新錄入的方式進行排版，由本項目組進行了點校、審讀。

十、對於篇幅較小的原本書目，叢書進行了合編出版；對於合編册數爲兩册的，保持了原始書名；對於合編册數爲三册以上的，則按整理的類別，重新編訂書名。

十一、所選版本的頁碼標註，在保持原始頁碼的同時，重新編排了新頁碼；對於兩册以上合册出版的書目，做了目錄，便於讀者查找閱讀。

十二、爲保證叢書體例一致，序言、出版說明、版權頁等附文，皆採用了中文繁體編排。

鑒於編者水平有限，有不當之處，敬請方家指正，又因出版時間所限，定有諸多不足之處，亦請廣大讀者海涵。

總序一

黃天驥

戲曲，是我國在世界藝壇上獨樹一幟的綜合性藝術。如果從金元時期戲曲趨於成熟的階段算起，歷經明清兩代，到晚清民國時期，它已經走過了近七百年的道路，發揮過重大的社會影響。

戲曲，包括雜劇、傳奇乃至花部小戲等體裁，在不同的歷史時期，其內容、形式，不斷地變化融合，也經歷過好幾個不同的發展階段。進入晚清民國時期，隨着我國歷史和社會出現翻天覆地的變化，戲曲進入了非常獨特的歷史時期。對於中國文化和研究中國戲曲史而言，這是具有特別意義並且非常值得注意的歷史時期。

我國戲曲，元代以雜劇爲主流，明清兩代，劇壇以傳奇爲主，也兼演雜劇。但到了清代乾隆年間，朝廷經常在爲皇帝、皇太后祝壽的全國性節日，引進各種地方戲班，進入北京會演。以此爲契機，徽班以其精彩的表演和它易於爲群衆接受的特質，在京城落地生根，影響日益擴大。它融合了其他唱腔，形成了後來被稱爲「京劇」的新劇種。這時候，各處的地方戲，風起雲湧。至於曾在舞臺上流行的雜劇、傳奇，即使在某些方面結合時代的潮流，有所革新，但終究敵不過以徽班爲代表的清新、活躍、更接地氣的地方戲。愈到後來，屬於「雅部」的雜劇、傳奇，漸漸無人問津，走向衰落。從此，「花部」終於戰勝了「雅部」，中國的劇壇，經歷了一次重大的變化。

從晚清到民國，隨着政治經濟的變革，西方各種思潮包括文藝思潮，也陸續湧入古老的天朝。我國戲曲領域，與中國人民反帝反封建的鬥爭相聯繫，與資產階級政治運動相適應，也出現了深刻的改良活動。以京劇爲例，劇壇上呈現出與元明清三代不同的面貌和特點。

從金元以至明清，我國戲曲經過長期的創造、沉澱，在劇本創作上，特别在唱、做、念、打等表演技巧方面，都在不斷地完善。乾嘉以來，商業興旺，中心城市如北京、上海一帶，市場繁榮，觀衆日多，審美要求也日益提高。加以宫廷的大力提倡，各個地方戲種有了交流借鑒、互相影響、共同提高的機會。以京劇爲代表的「花部」，特别在表演藝術方面，日臻成熟，達到了中國戲曲史上的高峰。那時候，戲班衆多，名角迭出。咸豐、道光年間，京師出現以演老生見長的程長庚、余三勝、張二奎。這三傑，被稱爲「三鼎甲」。後來又出現譚鑫培、汪桂芬、孫菊仙三位傑出的老生演員，被稱爲「後三鼎甲」。他們的做派唱工，或如黄鐘大吕，慷慨沉雄；或如雁嘯長空，悲涼蒼勁。他們風格各異，而其共同之點：品行端正，敬業不懈，嚴肅地對待藝術創造。因此，他們被藝術界公認爲偶像，也受到廣大觀衆的尊敬。

到民國初年，觀衆喜愛老生的熱忱，逐漸轉换爲對旦角的追捧。當時京劇湧現出四大男旦。梅蘭芳以俊美的容姿，唱、做、念、打已達爐火純青的表演技藝，讓觀衆如癡如醉。程硯秋擅演悲劇，以青衣應工，幽韻哀情，如泣如訴，唱到劇中的悽楚之處，讓觀者感同身受。荀慧生則表情多變，做派風流活潑，有第一花旦的美譽。尚小雲嗓音圓亮高朗，在串演女性角色中透露着英勃之氣，他尤擅演刀馬旦，在旦角中自成一派。那時候，「梅、程、荀、尚」，紅透了中國劇壇。

可以説，清末民初，是中國戲曲發展的高潮時期，尤其是在表演技巧方面，更是發展到藝術的頂峰。這一點，和戲曲在繼承傳統的基礎上，在新舊交替的時代，審美觀念出現變化，演員們在劇本内容和演技方面，爲適應社會的需要，積極地醖釀有所變化、有所革新有關。當舊的政治體制被推翻，崇尚個性的潮流湧入劇壇，「四大名旦」們，也就不斷刷新劇目，即使演出傳統舊劇，也注意作適當的改造，注意程式的創新，甚至懂得追求人物形象的個性化。於是，整個清末和民國的劇壇，出現了讓人耳目一新的局面。

在這階段，藝壇上有一個現象，很值得我們注意，這就是圍遶着名角，出現了一批在文學上或在藝術上很有造詣的追隨者。他們不是戲迷或跟班，而是對名角有着很大影響力的藝術顧問或參謀，在戲班中，他們在很大程度上起着導演、編劇兼評論家的作用。像齊如山、羅癭公、陳墨香等人，他們文化根基深厚，社會經驗豐富，對新思潮有所瞭解。他們的加入，對清末民初戲曲走向高潮，産生了積極的作用。

由於有一批高水平的文化人，經常與名角們長期深入地接觸，瞭解名角們的生活，熟識演員們藝術創造的過程，也和當時的優伶界一起沉浮。他們用文字把舞臺上下種種見聞記録下來，從不同的角度描述當時劇壇發展的足跡，這就給後人研究清末民初的劇壇，留下了極有價值的文獻。本叢書的「戲曲史料編」，便是力圖完整地搜集這一時期劇壇有關史料，方便研究者對當時劇壇有詳盡的認識，也爲人們進一步深入研究提供線索。

進入清中葉以後，我國戲曲表演，實際上已推行「演員中心制」，無論是京滬劇壇乃至各處地方戲，從戲班體制乃至舞臺演出，均以演員爲中心。越到清末民初，名角的作用越是壓倒一切。這樣的現象，在我國戲曲史上並不多見，也可以視爲戲曲表演發展到最高階段所呈現的獨特面貌。

由於演員表演的成就成了這一時期戲曲發展的標識，爲此，本叢書編選「名家文獻編」，輯録了梅蘭芳、譚鑫培、周信芳等十一位藝術大師的文獻，其中包括演出報告、影集、雜誌、臨時特刊等文獻，以及社會各界對他們的述評和研究文章等等。通過此編，讀者既可以認識、學習一個個名角各自的表演特色、各自的藝術成就，也可以從總體上，綜合觀察這一歷史時期戲曲發展的趨向。

這套叢書，還列有「理論研究編」。

本來，從金元時代開始，戲曲已趨成熟，成爲人民大衆喜聞樂見的藝術形式，許多文人雅士，也參與到劇本的創作中，寫出了不少膾炙人口的名劇，被視爲「驅梨園領袖，總編修師首，捻雜劇班頭」的關漢卿，甚至還粉墨登場。但是，在戲曲理論方面，卻鮮有人認真思考。除了明末清初的李笠翁，寫了閒情偶寄，算是比較全面地總結戲曲劇本的創作和表演經驗的規律以外，幾百年來，即使是關心戲曲的名家，也衹作些蜻蜓點水式的評點，或者在書信中和朋友們發表些零星的想法，至多是在劇本的序跋中，涉及對劇本創作的思考。可以說，從古以來，我們傳統長於形象思維卻疏於邏輯思維的慣性，使古代戲劇家對戲曲缺乏系統性、學理性和歷史性的思考。

近代以來，國運日衰。隨着西方列强在軍事、經濟、文化方面的進入，我國不少精英人物，不得不考慮國家向何處去的問題。思想界和學術界的許多學者，往往在不同程度上，和西方學術有所接觸，直接或間接受到西方文化的影響，思維方式也有所改變。同時，他們也看到，與城市商業繁榮的局面相聯繫，包括戲曲在內的通俗文化，日益受到廣大群衆的歡迎，特別是戲曲的表演藝術突飛猛進，其影響甚至超出了國門。這種種因素，讓許多有識之士，再不把戲曲視爲不登大雅之堂的「小道」。這一來，戲曲理論的研究，逐漸爲學術界人士所關注。從王國維開始，學者們已把戲曲研究作爲一門專業性的學問。進入二十世紀的四五十年代，戲曲理論研究更成爲顯學。

當然，在清末民初，戲曲理論研究剛剛起步，但也取得了令人矚目的成果。後來，在抗日戰爭期間，在烽火連天、顛沛流離的日子裏，有些學者還孜孜不倦地進行戲曲研究，努力從理論上探索中華民族文化瑰寶的奧妙。有些學者追根溯源，探索戲曲發生發展的過程；有些則研究戲曲在不同時代的表現和特點，或者研究我國戲曲的形態；有人廣泛搜集和考索劇本劇目；有人致力於曲韻的研究；有人還注意對地方戲的論述，等等。可以說，清末以及民國時期的戲曲理論研究者，完全打破了傳統曲學評點餖飣支離破碎的方式，他們從不同角度，對戲曲藝術作系統性的研究，邁出了新的一步。即使有些地方，還待深入探討，但已爲後來的研究者打下了基礎。「篳路藍縷，以啟山林」，在我國戲曲研究學術史上，這一時期的學者功不可没。其中，有些論著，具有經典性，直到今天，依然是戲曲理論研究者必讀的文獻。爲此，本叢書設置「理論研究編」，努力搜集讀者不易看到甚至已經絶版的論著，意在既保存珍稀資料，又爲學者們開展對這一階段劇壇的研究，提供更全面的幫助。

經過多年的努力，近代散佚戲曲文獻集成叢書終於面世。這套叢書的出版，填補了近代戲曲學術史的空白，對推進今天戲曲創作、表演和理論研究，也很有價值。特推介，是爲序。

二〇一五年六月十二日於中山大學中文堂

「理論研究編」序／

董上德

進入二十一世紀之後，在人們的視野中，晚清民國是一個較爲特殊的歷史階段，説「近」不近，説「遠」不遠，很多東西，如昔日雲煙，漸漸淡出，甚至杳無蹤影；有些東西，卻如陳年老酒，香醇如故，至今值得珍惜。

就以晚清民國的戲曲研究而言，在當時算是一門很「新」的學問；而在今天看來，它既屬於藝術學的範疇，也進入文學的疆域，還旁涉其他相關的學科，如音韻學、方言學、民俗學乃至當今正在盛行的「非遺學」，等等，可謂門庭廣大，五花八門。戲曲研究的演進軌跡是一件頗堪玩味的事情。

説起來很有意思，晚清民國之前，可沒有人會將研究戲曲看作是學問的。在以「經學」爲正宗的古代學問體系裏，戲曲作爲古代社會的「亞文化」，不可能進入主流意識形態。與所謂的「大傳統」相對而言，戲曲屬於「小傳統」，不登大雅之堂，研究戲曲的成果，似乎不配稱爲學問。故而，雖然自元代以來出現過錄鬼簿 中原音韻 太和正音譜 曲律 閒情偶寄等今天可稱之爲「戲曲學」的著作，可它們不會被封建時代的官方認可爲著述，像四庫全書這類官修叢書也不會將它們收録進去。

到了晚清民國時期，情形出現重大轉折，有兩種情形值得關注：其一，西方的民俗學、民間文學研究（如德國格林兄弟對童話的收集、整理與研究等已開一代學術風氣）借由日本學界的模仿、消化而漸漸爲東方社會所知，善於及時跟蹤世界學術動態的日本學者，可謂得風氣之先，其民俗學及民間文學視野催生出一些啓發人心、值得借鑒的研究成果。曾經受到中國儒家文化影響的日本學界，自明治維新以來不再囿於儒學，而呈現出「開新」的進境，這會影響到逐漸與日本學界多有交往的中國學人；受到新的學術風氣的影響，中國學人不甘人後，貼合中國的實際情形，翻了一個筋斗，躍出經學的掌心，做出了古人没有做出來的新學問。其二，更爲重要的是，隨着具有劃時代意義的「五四」新文化運動的興起，中國學人有了自己的批判意識，重新認知古代的文化遺産，不再只盯住「大傳統」，而將「小傳統」裏的戲曲、小説、民間説唱等納入研究視野，這一批過去的「地攤貨」終於正式地入了知識分子的法眼，對它們的研究也逐漸可以見諸學術刊物或報紙副刊，甚至一些大學破天荒地開出戲曲研究、小説研究的課程，可以説，中國學術的「大環境」也發生了前所未有的改變。

在巨大的學術轉型過程中，某些人物、某些著作起到了十分重要的垂範作用。如著名學者王國維先生，他於一九一三年在日本完成了有史以來第一部戲曲史專著宋元戲曲史的初稿，標誌着戲曲研究正式成爲一門建構於學理基礎之上的學問。他在此書的序言裏稱：「非吾輩才力過於古人，實以古人未嘗爲此學故也。」此書的問世，可以看作是晚清以來、「五四」之前的一個學術事件，是近代中國學術變遷鏈條上不可忽視的一環。身處日本，做的是「中國學問」，而且是「新」的學問，王國維先生因之成爲晚清民國一位具有標桿意義的人物，其宋元戲曲史成爲現代戲曲學的開山之作。其後，「五四」新文化運動的領袖人物胡適、魯迅，還有受其影響的顧頡剛、鄭振鐸等人，他們對戲曲、小説這類「俗文學」的一系列研究成果，不管是出之以專著，還是出之以論文、雜文等形式，都一新國人的耳目，滙聚成一股啓人心智、重估民間文化價值的學術風氣。

不過，戲曲這一門學問，要真正建構起來可不簡單，並非若干位著名學者所能够「畢其功於一役」的，這還有待於無數後繼者多方面、多話題的探索。晚清民國的戲曲研究成果，初看起來顯得方方面面都有，正反映了戲曲研究的複雜性。

其實，戲曲只是一個很籠統的概念，其内裏含有極爲豐富的意藴，存在多種面向，頭緒衆多。自宋元以來，其演出形態就歷經多變，從廟會到堂會，由廣場藝術漸變爲劇場藝術，既娱神又娱人，在較長的歷史時期裏，其祭祀功能與娱樂功能或兼顧並舉、交互扭結，或相互剝離、二者並存，情形甚爲複雜。更值得關注的是，戲曲演出，其在民衆日常生活裏所起到的作用和影響也並非單一，而是呈現出複合功能。站在今天的文化立場上看，設若没有了戲曲演出，我們的民族素質就會大不一樣。試想，站在廣場上或戲臺前觀看戲曲演出的人們，有多少是村夫農婦，有多少是大字不識的文盲，可他們到底並非没有文化，起碼他們是知道漢高祖、「劉、關、張」、秦王李世民的，這就是民間版的「歷史啓蒙」活教材；起碼他們是知道正德皇帝游龍戲鳳是荒唐混賬的，陳世美不認妻是天理難容的，法海和尚拆散白娘子夫婦是歹毒不人道的，這就是民間版的「價值哲學」活教材。如此等等，無不喻示着中國民間的確出現了一所又一所依循着年曆、神誕等時間節點而隨機形成的「教養學校」：臨時搭建或設於寺廟裏的舞臺就是課堂，連那些前去看戲的男女文盲們也成了學生，從而形成文盲不等於没有文化的「中國特色」。可以説，戲曲演出含有娱神、娱人以及教化民衆等多種功能，顯示出中國戲曲舞臺以及戲曲作品的偉大作用與獨特影響。故此，晚清民國的學者們，换了一種眼光，不約而同地研究起過去人們大爲忽視的戲曲，而且角度各異，精彩紛呈。今天，重新閲讀他們的各式各樣的論著、論文，會驚異於他們的激情與專注，會佩服他們的耐心與細緻，更會獲知我們今天不一定能感受得到的特定時期的戲曲演出的樣貌；而話題之多樣、見解之尖新、材料之鮮活，也讓人開拓眼界、别有會心。

從存世文獻的角度看，晚清民國學者們的戲曲學論著、論文，除少數名著如王國維先生的宋元戲曲史、吴梅先生的中國戲曲概論等外，大多没有再版印行；原刊發於民國學術期刊上的與戲曲研究相關的論文、文章，更是難覓蹤影。不要説一般的讀者難以見到甚至並不知曉，就算是專業研究者也不易尋獲，要到圖書館查找，通常還不能外借，而且，並非所有圖書館都有收藏。這些論著、論文，往往散在於各地的公私收藏之中，使用起來極爲不便。於是，就有了收集、影印出版這一批「隱藏」了長達半個世紀以上的戲曲論著、論文之舉。

今天回過頭來看這一批話題衆多、形式不一的戲曲研究成果，輕輕撣去散落於書頁之上的歷史煙塵，我們依然可以認知到其中不可忽視的獨特價值，要而言之，約有如下數端：

第一，接續王國維的研究思路，將其相關研究加以細化，而又小中見大，顯示着戲曲學這一門學問的學術積累與學術推進過程。

宋元戲曲史作爲開山之作，具有無可爭議的典範性與權威性，最爲重要的是，王國維先生此書的框架大體呈現出「戲史溯源」「樂舞考原」「脚色探源」「劇本辨體」「劇目存佚辨析」「劇本文學研究」「雜劇、南戲區别對待」等內在的版塊，已經梳理出作爲一門學科的戲曲史論著的邏輯理路。這就爲後學奠定了該學科的學理基礎。當然，這一草創性的論著儘管體大思精，却也不無粗疏，受到材料的限制，有待補充、論证的地方亦屬不少，有些專題研究還有待「細化」，有意無意間，宋元戲曲史爲後學預留了不少可以進一步探研的空間。

於是，就出現了一些可以與王國維先生對話或補充其缺漏的論著，如在「戲史溯源」這一版塊，孫楷第的傀儡戲考原、董每戡的説「傀儡」（見説劇）、李家瑞的傀儡戲小史、華木的梅縣的傀儡戲等，以更爲豐富的史料、較爲縝密的分析做出了王國維先生尚未來得及細做的專題研究。宋元戲曲史第三章宋之小説雜戲專門談及「傀儡戲」，認爲傀儡戲起源甚早，大概在漢代已經有「作偶人以戲，善歌舞」的演出，歷經演化，到了宋代則成爲一項重要的文藝表演：「至宋而傀儡最盛，種類亦最繁……則宋時此戲，實與戲劇同時發達，其以敷衍故事爲主，且較勝於滑稽劇。此於戲劇之進步上，不能不注意者也。」這番話，言簡意賅，點到即止，但在「戲史溯源」的問題上卻是甚爲重要的。至於具體情形，還有待進一步考證。故而，孫楷第等先生的上述論著就顯得很有必要且甚有價值。

此外，在王國維研究思路的基礎上，試圖建構相對完整的「元劇學」（或可稱爲「元明雜劇學」），如賀昌群的元曲概論、孫楷第的也是園古今雜劇考、馮沅君的孤本元明雜劇鈔本題記與元雜劇與宋明小説的幾種稱謂、古劇四考、鄭振鐸的元明以來雜劇總錄等；在王國維研究思路的基礎上，試圖建構相對完整的「南戲學」，如錢南揚的宋元南戲考與浙江的戲劇、宗志黄的宋元之南戲等。可以説，這一系列成果，一則説明王國維先生開示了正確的研究路徑，可謂功不可沒；一則説明王國維先生的宋元戲曲史畢竟處於「草創」階段，有待補充、斟酌甚至修訂的地方可謂不少。後繼者的勞作，一步一步，一點一滴，都不應被忽略。

第二，不再囿於王國維的研究框架，探索戲曲史上的另外一些重要問題，如地方戲研究，顯示着戲曲學作爲一門學問的開新與拓展。

宋元戲曲史局限於宋元，不及明清，這顯然是很大的欠缺，是一部不完整的中國戲曲史。何況，王國維先生是一位書齋裏的學者，平時不喜歡看戲，不去觀察舞臺，更不會專門去考察鄉間演劇。而自清中葉起，「花部」即地方戲，興盛不衰，深入人心，具有極大的藝術活力與潛力，是中國戲曲史極爲重要的組成部分。

有見及此，一些學者不辭辛勞，到民間去，收集地方戲曲的劇本，考察演出的實況，瞭解民衆的審美心理，寫出了功底扎實、資料豐富、見解獨到的論著，如黄芝岡的從秧歌到地方戲、揚鐸的漢劇叢談、鍾琴的越劇、玄然的花鼓戲、朱今的我鄉的目連戲、陳子展的花鼓戲無南北等。

尤其值得重視的是徐嘉瑞的雲南農村戲曲史，該書以雲南農村戲曲（包括舊燈劇與新燈劇）爲研究對象，

「把雲南現在流行的農村戲曲，做了一番搜集整理的工夫」，僅從該書附錄的雲南農村戲曲集（第一部爲「舊燈劇作品」，第二部爲「新燈劇作品」）可以看出，作者下了多大的功夫才能有此豐碩的收穫。而作者的研究思路也值得稱道，他說：「（雲南農村戲曲）是現在流行在民間的東西，和已經死去的元曲不同；它正在發展，正在變化，正在風行，對於努力通俗化運動的朋友，可以得許多參考的資料，可以從舊瓶中釀出許多新酒來。」（見該書導論）換言之，如今研究這些活態的戲曲，將之納入戲曲史研究的範疇，不僅着眼於過去，還着眼於現在。將戲曲史研究與田野調查有機地結合起來，是該書的鮮明特色。這絕對不是「學究」的思路，而是體現出真正懂行的戲劇研究者的胸襟與責任感，尤爲難得。這一類情形，在相關的其他論著中也有呈現，並非個別現象，我們在晚清民國的戲曲學者身上看到了十分可貴的學術品格。順帶可以提及，雲南農村戲曲史的一些記載頗具鮮活的史料價值，比如，說到一九三七年後雲南農村戲曲演出樣貌：「自抗戰以後，舊燈劇漸漸消滅，新燈劇大爲流行」；至一九四二年，抗戰已入第五週年，農村有不少宣傳抗戰的戲在上演，「登臺的脚色，是農村婦女的弟兄和丈夫，看戲的人，是生旦淨丑們的家屬」，他們不是職業演員，爲了激勵抗戰的精神，粉墨登臺；可以想見，那是烽火連天的歲月，那是民族危難的關頭，「學校疏散下鄉，有許多學校也把新舊燈劇改編成抗戰戲曲，所以男女學生有許多唱燈劇的了。有許多軍隊，住在鄉下，替人民種田、修路、挖溝、掃地，新春來了，軍人們唱燈劇給鄉村的農人看，因爲軍人多是從農村中來的！」（見該書結論）國難當頭，鼓舞士氣，民間戲曲起着不可小覷的作用；而學生的疏散下鄉、軍人的駐紮鄉間，成爲雲南抗戰期間戲曲演出興盛起來的歷史契機，這本身就是中華民族戲曲史的重要一頁。作者以飽滿的激情寫作雲南農村戲曲史，字裏行間，洋溢着有血性學者的正義感，數十年後，再讀這樣的文字，依然令人心潮澎湃。而回到學術層面，我們不能不充分估計這一類著作在戲曲學領域的開拓意義與價值。

第三，在新舊戲劇形式的碰撞、交融與更替過程中，探尋戲曲的新出路，顯示着戲曲學作爲一門學問所具有的與時俱進的活力。

晚清民國時期，藝術樣式變得更爲多樣化，舊的繼續流行，新的獲得青睞，新與舊，兩相對舉，互成對手。以戲劇而言，文明戲出現了，話劇漸趨成熟，一些留學外國的戲劇工作者帶回了新的戲劇理念，甚至在某些高等院校有「小劇場運動」，學生劇團相當活躍。在此情勢之下，一些戲曲研究者不得不思考「舊劇」的命運。比如，洪深先生有北劇之將來一文，所謂「北劇」，指的就是京劇即「皮黄」，作者在「新劇」的壓力下反觀「舊劇」的不足，認爲「北劇取材，大都是依據歷史小説，編者乏識，類多不知選擇，所以不是描寫神權萬能的宗教觀念，便是鼓吹忠孝節義的傳統宗法思想，真正能够表現時代精神與社會生活的，簡直很少。這樣的題材不僅是爲現代的民衆所不需要，而且是太背叛時代了」。這種對「舊劇」的反思和批評，内裏包藴着對傳統戲曲的熱愛，故而，作者建議「不能一味在因襲上下功夫」，一定要變革，「假如他們真的肯下了决心，從事改革，存其精華，去其糟粕，北劇未始没有存在的價值。」（見左明編北國的戲劇）又如佟晶心的新舊戲曲之研究，既是簡明扼要的戲曲史，又是一部探討舊劇如何在新的時代氛圍中改良自身、實現「戲劇的藝術化」的專題論著，其中，還涉及話劇、影劇等話題。儘管説不上精深，但作者視野開闊，着眼點明確，就是探討「因着自己的藝術化而影響到社會」的戲曲如何提昇自身的感化力量的問題。與此相關，我們看到，那個時期的不少學者以「京劇」爲思考對象，寫出自己在特定時代裏的新的認知，如稚青女士的國劇津梁、華連圃的戲曲叢譚、郭文生的近代皮黄劇韻等等。可以説，在「新劇」的刺激之下，學者們十分關注「舊劇」（主要是京劇）的生存之道與改良之策，爲日後的戲曲改革奠定了某些方面的理論基礎。

大體而言，晚清民國的戲曲理論研究，是一個我們過去重視不够的領域。原因可能多樣，但有一條是肯定的，就是相關的文獻資料「流通」不廣，人們自然就知見不多、認識不深。我們不能説，這一批論著篇篇精品、字字珠璣，其實難免會有某些「粗糙」，某種「雜質」，可换一個角度來看，正是這樣一批「精粗雜陳」的文獻資料，更爲「原生態」地展示出晚清民國戲曲研究的動態風貌；學者們的各種見識，或精審，或粗淺，或是不刊之論，或是有失允當，都已經成爲「學術史」裏的「活化石」，無須格外「打磨」，也不必刻意「遮掩」，原原本本，呈現在後人眼前，這何嘗不是一件值得「點贊」的事情呢？

是爲序。

二〇一五年七月二十八日於中山大學

作者簡介

孫楷第（一八九八—一九八六），又名孫楷弟，河北滄州王寺村人。古典文學研究專家、戲曲理論家、教授。一九二八年國立師範大學國文系畢業，一九二九至一九四一年先後任北平師範大學助教、中國大辭典編纂處編輯、國立北平圖書館編輯、寫經組組長。一九四五年至一九五二年任北京大學、燕京大學教授。一九五三年起在中國社會科學院文學所任研究員。主要著作有：韓非子校正　述也是園舊藏古今雜劇　中國通俗小說書目　日本東京所見小說書目提要　滄州集　小說旁證　元曲家考略　鏡春園筆記等。

也是園古今雜劇考

孫 楷 第 著

改版本序

清初錢曾所藏古今雜劇，著錄於也是園目者三百餘種。曾歿後，此書無聞；一九三八年，忽發見於滬上。國立北京圖書館購得之。由是斯書復顯於世。其劇今存者二百三十餘種，中有一百三十餘種爲孤本，可謂最大祕笈。余於一九三九年閱斯書於滬上。歸爲『述也是園古今雜劇』一書（此書於一九四一年模印於北京）。對於關涉古今雜劇之種種問題，雖亦有發揮，而彼時急於出書隨編隨印，其體例文字，甚多不妥之處。書既行，雖悔之而無可如何。一九四七年在北京大學，暑假內長日無事，乃取是書修改之。去其重複語，累贅語。材料之有遺漏者，亦補完之。凡二十日竣事。易名爲『也是園古今雜劇考』。以視一九四一年印本可謂『文減於前，事增於舊』。但第一第二兩篇文格卑弱，終未改好。諸篇內容或仍有不當之處。望讀者正之。

孫楷第書

序

北詞肇於金而盛於元。其時戲曲發達成空前鉅觀，文人受其影響，遂競爲劇本。百年之間，英才輩出，項領相望。顧所編劇，當世無人爲之綜錄，故元雜劇究有若干本，以文獻無徵今不能確知其數。元至順初鍾嗣成撰錄鬼簿，所錄雜劇凡四百五十餘本；此特就所習知之人及先輩著名當時者，錄其人附著其劇，非一代戲曲總錄也。明洪武中寧獻王權撰太和正音譜，其羣英雜劇目錄五百三十餘本，又古今無名氏雜劇目一百一十本，共得六百四十餘本，超出於錄鬼簿者幾二百種；然亦就篋中所藏者錄之，非元人戲曲總錄也。

明初去元未遠，當時人所見元人戲曲尙多。然收藏之富，當首推內府。明李開先張小山小令後序稱『洪武初年親王之國，必以詞曲一千七百本賜之』。斯言雖似誇張而實屬可信；以開先曾爲太常寺少卿，太常職掌禮樂，開先此言，宜必有據也。唯賜詞曲一千七百本，當是命典守者傳錄予之，非逕出內本。開先此言，微嫌不淸。然由此可知內府藏詞曲之富。今永樂大典目錄雜劇只百餘種；此因類書不能全引，非可據以云明內府曲本盡於此也。開先此序又稱『人言憲廟好聽雜劇及散詞，搜羅海內詞本殆盡。武宗亦好之，有進者即蒙厚賞。如楊循吉徐霖陳符所進不止數千本。』然則明內府藏曲，當成化正德間，不僅藉舊有之本，且大蒐海內詞曲，其繁富可知也。

其私家藏曲，以余所知，明初則有關中康氏；亦見李開先張小山小令後序。文稱『康對山高祖汝楫曾爲燕邸長史。王府賜劇，汝楫盡有其本。傳至對山，少有存者。』嘉靖中則有李開先晁瑮及何良俊。開先閒居集文集卷五改定元賢傳奇序稱『元詞鮮有見之者。見者多尋常之作。乃盡發所藏千餘本付門人張自慎選取』。文集六南北插科詞序自稱『金元詞曲芙蓉雙題多月倩女等千七百五十餘種，靡不辨其品類』云。則開先所藏元曲，殆埒內府矣。瑮有寶文堂書目，其樂府類錄書凡三百五十餘種；其目不盡北詞，且有少數詩詞樂書羼入其間。然覽其目，十之八皆北曲也。何良俊四友齋叢說卷三十七稱『西廂琵琶傳刻偶多，世皆快覩。故其所知獨此二家。余所藏雜劇本幾三百種，乃知今元人之詞往往有出於二家之上者。』此三家皆以藏書著名，不專藏曲，而曲之富如此。唯瑮良俊所藏曲不逮開先遠甚。開先章邱人，瑮大名開州人，良俊則華亭人也。

萬曆間以藏曲著名者，當首推臨川湯顯祖。明姚士粦見只編稱『湯海若先生妙於音律，酷嗜元人院本。自言篋中收藏多世不常有，已至千種，有太和正音譜所不載。比問其各本佳處，一一能口誦之。』次則餘姚孫鑛。明王驥德曲律四稱『金元雜劇甚多。今吾姚孫司馬家藏三百種』。孫司馬卽孫鑛。驥德會稽人與鑛同郡故曰吾姚鑛正德中忠臣燧之孫，字文融，萬曆二年進士。歷兵部主事，兵部侍郎，總督遼薊軍務，終南京兵部尙書。人稱『月峯先生』。明史附燧傳，而光緒餘姚縣志載鑛事爲詳。驥德曲律所稱孫比部如法卽鑛猶子。藏劇云云，當是事實。今人習知鑛批點古籍，而不知其藏曲之多如斯也。次則山陰祁承㸁。承㸁曠園別業有淡生堂，庋書富甚，藏書之名甲天下。而亦富藏曲。清朱彝尊靜志居詩話卷十六稱『參政（按承㸁歷官至江西右參政）富於藏書。將亂，其家悉載至雲門山寺。惟遺元明來傳奇多至八百餘部，而葉兒樂府散套不與焉。余猶及見之。』麻城劉承禧（字延伯）。臧懋循序元曲選自稱『家藏雜劇多秘本。頃過黃，從劉延伯借得二百種，云錄之御戲監，與今坊本不同。』靜志居詩話卷十五則稱『晉叔（懋循字）嘗從黃州劉延伯借元人雜劇二百五十種，』與懋循自序異。疑是竹垞誤記。然據此知承禧藏曲亦富。次題吳江沈璟等。曲律四稱『余家舊藏及見沈光祿（璟）毛孝廉（以燧）所（藏），可二三百種』。其意謂三家各二三百種，或三家所藏共計之得二三百種，不可知。明季常熟錢曾以藏書名，所藏曲亦富。其述古堂目卷十所錄『古今雜劇』三百種。後重訂爲也是園目所錄『古今雜劇』三百四十二種。

由上所引觀之，知有明一代雖北曲浸衰，而元曲之收藏猶富。內府無論矣。私人藏書甚多者至千數種，少亦數百種。迄明之季，其家藏至二三百種者，猶數見不鮮。當時儲藏之富，誠令人羨慕不置也。

明鼎革後，此諸家藏曲，大抵無聞。其內府所藏，亦不復見於記錄。唯淡生堂曲，嘉道間爲山陰沈復粲所得。復粲所編鳴野山房書目，子部樂府家傳奇類錄傳奇五百餘種。其雜劇類有名劇彙七十二本二百七十三種。蓋卽承㸁舊藏。復粲書以道光己酉散出，其精本半歸楊器之（據趙之謙仰視千七百二十九鶴齋叢序）。己酉係道光二十九年。此後有洪楊之役，則不知其書存亡矣。錢曾也是園書甚著，其精本半歸季滄葦。今所見延令季氏書目有抄本元曲三百種一百本，與述古堂目合，疑卽其書。然書自季氏而後，亦杳焉無聞。距今十年前卽一九二九年，常熟有丁祖蔭者，爲文刊布於北平圖書館月刊（第三卷第四號）稱『於海虞趙氏舊山樓見也是園曲。曾閱一過，錄其跋語，匆匆歸趙。今不知流落何所』。斯文出而學者爲之聳異。幸是書之尚在人間，冀傳出之有日，而丁氏言既晦昧不明，書亦終無人能見，斯書也忽顯忽隱，遂如曇花之一現。夫明人藏本盡化烟雲。如丁氏言，則也是園舊藏曲乃碩果之僅存者。倘令斯書終閟，則是明以來歷劫僅存之曲，終埋沒沉淪；不復與世人相見；其遺恨爲何如乎？

然而世事乘除，有非人所能逆料者。一九三七年，抗日戰爭起，江介河朔，淪爲戰場。故家文物，蕩然無存。其幸免於兵火之厄者，則往往流落於人間。而斯書以一九三八年忽出於滬上。蓋即丁氏所藏，書賈由蘇州得來者。國立北京圖書館出重值購得之。由是斯書復顯於世。復塵封錮閉之虞。自喪亂以來，人雖其辜，物易其主，所遇至酷矣。而斯書乃獨得其所。

余以一九三八年八月遊滬，閱斯書於商務印書館（時商務印書館方重印此書）。凡三週讀訖，得筆記十餘册。北歸，整理之。明年成書一册，模印於北京，即爲此本。也是園古今雜劇自明季以來易主八九次，歷時三百二十餘年。其授受源流，一出一入，以及本之離析合併，欲一一考之，如畫沙指掌，已非易事。况余之留滬不過三週，雖閱時極力求詳，而不免掛漏。其疑似難明以及欲抄錄而未果者，輒詢之張菊生先生。幸前輩高明，不吝指示，書問三反，教誨益勤。又有胡君世範英敏嗜學，風味相欽，在遠不遺，遂有他山之助。以此師友扶持助我理解者不少；然而學疏識淺，所言不敢自以爲是也。如有刊正，請俟世之君子。時一九三九年十二月九日孫楷第序。

也是園古今雜劇考

目錄

改版本序
序
一　收藏……一
二　冊籍……五一
三　板本……七七
四　校勘……一五五
五　編類……一七五

六　品題……二〇五
附錄……二六九
一　余所見錢謙益重編義勇武安王集……二七一
二　也是園曲與也是園藏書目底本……二八一
三　也是園目尚仲賢『玉清殿諸葛論功』戴善甫『趙江梅詩酒翫江亭』劇未佚説……三四一
四　重話舊山樓……三四七
五　元曲新考……三七一
後序……四一一

一　收藏

今所見也是園古今雜劇，刊本約十之三，抄本約十之七。刊本抄本中並有明趙琦美題跋，知斯編所收十之七八爲趙琦美錄校之本，宜稱脈望館本。今仍目爲也是園古今雜劇者：以也是園目備載諸劇名，而脈望館目無之。且斯編卷首有黃丕烈手抄目錄，卽稱『也是園藏書古今雜劇』。夫書是趙琦美故物，書自錢曾而後，丕烈得斯書之前，藏者固非一家，丕烈非不知之。而獨稱『也是園藏書』者，以曾也是園目有雜劇多種，人所共知，標名宜取其著者，丕烈之意固當如是也。斯編經何煌校過。其題跋『雍正乙巳』或『雍正己酉』，知清雍正間曾藏何煌家。自煌而下，如試飲堂顧氏，如黃丕烈，如汪士鐘，如舊山樓趙氏，諸家收藏，本書皆有文字圖章可據；此斑然可考者。至今本卽也是園舊藏曲，亦可于第一册岳陽樓劇有錢曾手書墨蹟徵之。曾書善本半歸季振宜。今振宜藏書目有抄本元曲，其種數與曾所著述古堂目合。振宜曾藏斯書，似亦無可疑。唯趙琦美錄校之書，琦美歿後盡歸錢謙益；謙益絳雲樓火後，又悉舉以贈錢曾；則曾也是園藏古今雜劇，當即謙益故物。而今本古今雜劇無謙益藏書印記，亦無題跋。說者或以爲疑，以爲謙益雖得琦美遺書，其於斯書果得之與否，尚不可知；以謙益藏是書在本書毫無證據，且絳雲樓目亦不載也。余謂謙益絳雲樓目非其全書，曹溶已言之。至本書無謙益圖章題字，不足爲謙益未藏是書之證也。何言之？凡謙益藏書及閱過之書傳留至今者，往往缺葉或割去一二行；是其蓋章或題字之處。蓋清乾隆三十四年，曾下上諭銷燬謙益撰初學集有學集。四十四年又禁郡邑志書載謙益詩文及謙益生平事實，所著書目。此令既行，畏事者偶得舊書，遇有謙益圖章題識即去之。如黃丕烈百宋一廛書錄所載宋本龍龕手鑑，即錢曾讀書敏求記著錄本，後割去一行。蕘圃藏書題識二載梁溪高氏本戰國策，首册缺序錄四葉，卷一缺一至六葉，末册後序缺第五第六葉。謂即絳雲所藏，其缺處是藏書者圖章題識，爲淺人撕去之。百宋一廛書錄亦載是書所記略同張鈞衡百宋一廛書錄跋，更謂於盛昱處曾見宋槧方言。其書本有謙益跋，見有學集及季滄葦書目。今本則去目錄末葉，而景抄末行六字，按當云去序末葉，影抄序末行六字。此書今藏江安傅氏。方言原書本無目錄，張氏記憶偶未清耳。與丕烈之言脗合。因贊丕烈『收藏既富，議論均合。無臆斷，無偏見』云。（按今士禮居刊季滄葦書目係丕烈手錄本。其書所載宋本書，如抱朴子，方言，法言，禮部韻略，戰國策，皆注『牧翁跋』。十家老子道德經集注會解注『牧齋題』。而『牧』字皆塗去，或作空圍。是丕烈刻書亦避其人也。）以是言之，則今本古今雜劇無謙益圖章題識，不但不足爲謙益未藏是書之證，且反足以爲謙益藏斯書之證。古今雜劇自謙益以下至趙氏舊山樓，藏者八家。此八家中，今唯嘉慶中黃丕烈有跋，餘無跋。何煌有校范張鷄黍等五劇跋無是編總跋唯嘉慶後汪士鐘及趙氏舊山樓兩家有圖章，餘無圖章。明書非原裝，其嘉慶以上諸家題記之在副葉者，業已拆去不存。此言雖無證據，而理似不可易：蓋嘉慶以上藏者尚五家。以情理言，不應嘉慶以還藏書者均有題識印記可徵，而嘉慶以上藏者五家，竟無一家留得收藏證據也。按錢謙益有絳雲樓，蒙叟，等印，錢曾有虞山錢曾遵王藏書，錢曾述古堂圖書記，等印；季振宜有揚州季氏，季振宜讀書，等印；世多知之。何煌有小山煌，小山仲子，何仲子，何煌之印，等印；光和顧氏有顧若霖，雨時，及武陵懷古書屋收藏印記等印，見楹書隅錄及楹書隅錄續錄引。然則謙益藏是書，或本有圖章題識。後此如季振宜，如錢曾何煌等，亦未必無印記及題是編之文。綠與謙益所題同在一葉，或前後相連，故一并棄之耳。按：丕烈好古，愛惜前人筆蹟。果丕烈得是書時，諸家題識具在，斷不去之。疑舊題拆去，必在丕烈之前。而試飲堂顧氏藏是書，適在乾隆嘉慶之際。或當乾隆禁燬書時經顧氏去之，亦未可知。今本古今雜劇尚有董其昌跋數處。其記年書崇禎元年，計其時已在謙益得琦美遺書之後。或其昌讀是書假之謙益；或書實爲其昌所有，謙益顧未嘗得此書於趙氏，乃其後從董氏得之者；今皆不可知。今本劇中又有顧瑞清跋。瑞清乃清道光咸豐間人。是書當道光初，已歸長洲汪士鐘。汪氏書散在咸豐庚申以前，時瑞清猶存。然瑞清殆觀書之人，以意度之，必非藏是書者也。凡此諸家，雖後世隱顯不同，名有高下；要皆風雅好古，著名當時。今略疏其人，並述其藏書經過，受授之源。其事之可知者詳之，不可知者略之，綜其本末，亦談斯書掌故所宜知者也。

趙琦美

琦美字玄度，一字如白（據錢謙益初學集卷六十六刑部郎中趙君墓表及丁祖蔭重修常昭合志藝文志），自署『清常道人』（光緒甲辰重修常昭合志稿三十二），明趙文毅公用賢長子。玉簡齋本脈望館書目卷首所附家乘，則稱『琦美原名開美，字仲朗，號玄度。』謂玄度是號，與錢謙益所撰墓表不同；謂字仲朗，與丁氏常昭藝文志稱號仲朗者不同。按：趙文毅松石齋詩集六送地理曾時統詩序，稱兒子琦美。松石齋文集八刻東坡志林序稱予子琦美。是文毅在日已名其子曰琦美不名開美也。瞿汝稷撰少宰定宇趙公行狀（定宇用賢號，汝稷有瞿冏卿集余未見，此文據邵松年海虞文徵卷十七引）稱公長子開美。是文毅歿後尚名開美，不名琦美也。余疑開美是譜名，而琦美是學籍仕籍之名。汝稷撰定宇行狀，所書是譜名。文毅撰詩文，則以學名呼之也。

瞿汝稷撰少宰定宇趙公行狀稱公子男四：長開美，國子生。次祖美，國子生。次隆美，國子生。次玄美。汝稷此文成于北京，作于萬曆二十六年戊戌，距用賢二十四年歿僅二年。是用賢四子，除玄美尙幼外，餘三子皆是監生。其時琦美尙未得官也。琦美入官，當以父蔭；但不知始自何年。據錢謙益撰琦美墓表云：

君之歷官，以父任也。……官南京都察院炤磨。修治公廨，費約而工倍。君曰：吾取宋人將作營造式也。陞太常寺典簿，轉都察院都事。及其承太僕，印烙之事，人莫敢欺。君曰：吾自有相馬經也。

又云：

神宗末年，建州入躪遼左。趙君官太僕寺丞，有解馬之役。匹馬出山海關，周覽要害。歸，上書于朝，條上方略。君意天子將使執政召問，庶幾得以獻其奇。僅如例報聞而已。君以此默然不自得。以使事歸里。用久次，再遷刑部郎中。是年八月，君還朝。明年，病沒于長安邸舍。天啓四年正月十八日也。享年六十有二。

淸光緒二十四年重印乾隆本常昭合志卷八趙用賢傳附琦美。所記琦美事蹟，卽據謙益此文。而多所刪略，故事不備。謙益記琦美歷官甚悉，而文求簡核，不書年月。然以琦美諸書題跋考之，其何年任何官猶約略可知也。琦美洛陽伽藍記跋（錢曾讀書敏求記引。見章鈺補輯敏求記校正卷二之下洛陽伽藍記條。）稱『歲己亥（按萬曆二十七年）覽吳琯古今逸史本，不可句讀。購得秦酉巖等四家鈔本校之。丙午，又得舊刻本，校于燕山龍驤邸中。（章鈺於此下注云：琦美以蔭官刑部。明史職官志刑部十三司掌分省刑名外各有兼領職務，江西司所帶管者有前龍驤衛。此跋龍驤邸中，未知是否記其衙署所在。按章氏引明史以爲琦美是時官刑部。非也。琦美官刑部，在天啓三年。此跋在丙午，是萬曆三十四年，相去遠矣。據京師五城坊巷胡同集，西單牌樓東北有龍驤衛胡同，阜成門街南有龍驤衛街。此跋龍驤邸，當是琦美在京寓所。第街與胡同皆有斯名，不知所寓廳在何處耳。）凡歷八載，始爲完善』云。丙午乃萬曆三十四年，是時琦美已在北京。據謙益琦美墓表，琦美由南京都察院炤磨升太常寺典簿，則是時殆官太常寺也。又文房四譜跋（蕘圃藏書題識卷五文房四譜條引）稱『戊申八月，友人孫唐卿自家山來（唐卿名允伽），借錄此書，校其譌者。復從徐騎省集中錄出是書之序。』末署『萬曆三十六年（歲次戊申）九月十三日海虞清常道人書于柏臺公署。』柏臺乃御史臺別稱，則是時琦美已由太常寺典簿轉都察院都事也。琦美官太僕寺丞在萬曆末年。今也是園舊藏雜劇所載琦美跋所署年月，起萬曆四十二年甲寅十二月（息機子刊本切鱠旦看財奴跋）迄四十五年丁巳十二月（抄本黃鶴樓跋），當卽爲太僕丞之時。戊午由關外歸，上方略，言不見用。遂緣使事歸里。時則萬曆四十六年。蓋家居者五載，至天啓三年秋，始還朝就刑部郎中。不數月而歿于京邸。綜其一生，中年入仕，浮沉下寮者十餘年，官止于五品郎中。可謂不遇于時。宜其天啓遷官時徘徊咨嗟，有世莫我知之嘆也。

趙氏自明以來世爲常熟人，而琦美則寓武康，亦于謙益此文知之。文稱琦美天啓三年過謙益云：『武康之山，老屋數間，庋書數千卷。吾將老焉。子有事于宋以後四史，願以平生所藏供筆削之役。書成而與寓目焉，死不恨矣！』又稱琦美歿，歸葬于武康之塋。夫生平藏書在武康，死葬武康，謂非琦美別業在武康寓于是焉不可也。謙益撰琦美墓表，稱琦美歸葬武康，此記當時事，定不誤。玉簡齋本脈望館目卷首所附家乘，稱琦美配徐氏，贈宜人，繼呂氏，封宜人，葬桃源澗。桃源澗在常熟，係趙氏塋，見光緒常昭合志四十三塚墓志。據此家乘一條，知琦美墓後由武康遷常熟，葬桃源澗。今光緒常昭合志不載琦美冢，蓋採訪時碑碣已失，不知其地有琦美塚耳。又考明史職官志，六部諸司郎中，皆正五品，命婦五品曰宜人。琦美天啓三年八月，始入京就刑部郎中，明年正月即卒，則其配徐氏贈宜人，繼配呂氏封宜人，即在天啓三四年之間，其時呂氏固在，故曰封。呂氏卒必在琦美卒後若干年。蓋琦美雖寓武康，卒葬于此，其諸子或返常熟。迨繼配呂氏卒，遂由武康遷琦美之柩歸葬常熟，與呂氏合葬耳。謙益撰琦美墓表，至清時琦美後人必不令其存在，殆摧毀無疑。但余檢道光武康縣志無琦美名。或因流寓不錄，亦未可知。

琦美著作據光緒二十四重印乾隆本常昭合志八，爲洪武聖政記三十二卷，僞吳雜記三卷，容臺小草，丁祖蔭重修常昭合志藝文志云一卷。按容臺是禮部別稱，似琦美曾官禮部。脈望館書目。丁祖蔭重修常昭合志藝文志，則增鐵網珊瑚十六卷，脈望館和禪集五卷。今唯脈望館目、鐵網珊瑚、僞吳雜記存：此其著作之可知者。然琦美一生精神所寄唯在搜書，故其著作可勿論，今述其藏書：

錢謙益作琦美墓表，稱『琦美天性穎發，博聞強記。居恆厭薄世儒以治章句取富貴爲能事，而不知其日趨于卑陋。欲網羅古今載籍，甲乙銓次，以待後之學者。損衣削食，假借繕寫。三館之秘本，兔園之殘册，刓編齾翰，斷碑殘壁，梯航訪求。朱黃讎較，移日分夜，窮老盡氣。好之之篤摯，與讀之之專勤，蓋近古所未有也。」其推許甚至，蓋實錄也。其藏書據明董其昌容臺集八少微許公墓誌銘（許名儁，字伯彥，子士柔天啓壬戌進士，官尚寶寺少卿，魏浣初有少微許公傳。）云：『趙玄度藏書萬卷。』據明龔立本烟艇永懷三云：『玄度嗜典籍，所裒聚凡數萬卷。』蓋一舉其始，一舉其終，故所述不同。至謙益撰琦美墓表，稱琦美言『庋書數千卷』云云，蓋謂晚年自娛有書數千卷卽足，其餘可盡歸謙益，非謂平生所藏只數千卷。龔立本烟艇永懷尚載琦美軼事，謂琦美書絕不以借人。其在鄉邦許借者僅三友，而立本居其一云。此亦資異聞也。

今所見脈望館書目乃琦美藏書底簿，其書標題批注有作琦美語者，有全爲門僕所記者。自今視之，乃主僕合編之書，實帳簿耳。唯琦美藏書有名，其書網羅亦富，故在新印本未出前，學者偶見抄本，卽視爲祕笈。今檢其目，其詞曲類錄古今雜劇甚少。今所見也是園藏清常鈔校本雜劇二百餘種，幾全不見于此編。頗不可解。今欲推尋雜劇所以不著錄之故，須先問脈望館目編于何時。其編目之時可定，則論亦比較能定。其編目之時不能定，則論亦不能定。脈望館目今所傳者二本：一爲平江貝墉手寫本。其卷首總目不署名，涵芬樓秘笈第六集所景印者是。一爲琦美九世孫某（字子琴）據恬裕齋瞿氏藏抄本轉錄本，其卷首總目署『海虞清常道人趙琦美』。瞿本傳自吳立峯，見李芝綬序。今玉簡齋叢書本據以印行者是。貝墉字旣勤，吳縣人，乃五硯樓主人袁壽階之增，亦富收藏。吳立峯即吳卓信，（卓信字項儒，立峯其號也）常熟人，長于經史之學。二人皆嘉道間人，時代相同。以底本論，此二本實無所軒輊。今以玉簡齋本校涵芬樓秘笈本：二本皆依千字文編廚號，每一廚號之下分類編次，列舉其目。其每一類中書目前後排列次第，二本間有不同。然大致相合。其不同者：秘笈本荒字號，玉簡齋本易爲盈字號。其書亦互易。故詞類秘笈本在荒字號者，須于玉簡齋本盈字號尋之。以是秘笈本廚號日月盈，玉簡齋本爲荒日月。其貯書雖同。而廚號相差一號。秘笈本成字號是佛經（不錄其目），歲字號律字號是舊板書。玉簡齋本成字號是舊板書，歲字號是佛經（不錄目）；其秘笈本律字號之舊板書，玉簡齋本悉併入成字號內。秘笈本調字號，玉簡齋本改爲律字號。結果，秘笈本自天字至調字爲三十一廚，玉簡齋本自天字至呂字爲三十廚。秘笈本以調字殿者，玉簡齋本乃以呂字殿矣。此蓋置放書籍，偶然變動，故簿上所錄，微有不同。當時或有用意，其事亦非重要，可不必注意。又二本著錄之書，亦間有多寡之不同。大抵秘笈本所錄較多，如日字號貴州方志，盈字號福建方志，辰字號眼科書，張字號仙家書，核玉簡齋本皆無之。然亦有玉簡齋本有而秘笈本反無之者。知目非一時所編。其書此增彼減，今亦不必追求其故。其最堪注意者，乃下所舉一字之異也。

今涵芬樓秘笈本脈望館書目呂字號錄碑帖目，附續增書目。其書分三次登錄，故目分三章。

第一目題云：『萬曆四十一年九月二十六日續增未分經史子集書目。』第二目題云：『四十一年十一月十二日兩兒于常州帶歸續增書。』第三目題云：『本年十一月二十日衛奎帶歸。』據此則呂字號所附書目，寫于萬曆四十一年。其呂字號以前書目，乃萬曆四十一年前所寫定。玉簡齋本呂字號碑帖附續增書目亦同。但第一目題云：『萬曆四十六年九月二十六日續增書目』。第二目題云：『本年十一月十二日兩兒從常州帶回續增書目』。第三目題云：『本月二十日衛奎帶歸續增書目』。據此，則呂字號所附書目，係萬曆四十六年寫。其呂字號以前所錄諸書，乃萬曆四十六年以前之書亦甚明。然兩書一作萬曆四十一年，一作萬曆四十六年，乃大不同。此一字之異，關係甚大。苟能證明何本爲誤者，實屬快事。惜余之力今日不足以語此。夫所記月日皆同，所錄之書又同（僅玉簡齋本第一目多出書四五種），則必是同年之事。二書記年，必有一誤。玉簡齋本所據，係趙氏後裔錄恬裕齋藏抄本。恬裕齋藏原本，余未見。不知亦作『萬曆四十六年』否？若秘笈本則第一目第二目俱書『萬曆四十一年』，兩處皆然，亦不敢云俱誤。無已，姑兩存之。隨其所紀，各繫以說。秘笈本續增目署『萬曆四十一年』。今按琦美校曲自萬曆四十二年十二月始。四十一年尚未有錄校之曲，則雜劇不見于今本脈望館目也固宜。又秘笈本續增目題云：『兩兒于常州帶歸。』又云：『衛奎帶歸。』此二條玉簡齋本所書亦同 此是琦美在家時語。琦美仕蹟之可知者：萬曆三十四年在北京，爲太常寺典簿。三十六年在北京，爲都察院都事。四十二年至四十五年在北京，爲太僕寺丞。其間以次升轉，是自萬曆三十四年至四十五年，爲琦美宦遊之時。然中間緣事請假歸里，蓋亦常事。如秘笈本所書，則琦美萬曆四十一年曾回里。其續增目所錄諸書，當是旅次所收，或回家後由他處購得者。此據秘笈本而可以推論者也。玉簡齋本續增目署『萬曆四十六』，其時正是琦美上方略後因差旋里之時。當時意不自得，其書容有從北京帶回者。考琦美錄校雜劇，其地在北京，其時止于萬曆四十五年十二月。則雜劇之於脈望館目，其可疑者不在萬曆四十六年前舊目盈字號中之無琦美錄校雜劇，而在於四十六年呂字號續增目中之無琦美錄校雜劇；然則琦美雖有其書，固未帶回乎？抑繕校甫畢，條已易主，其時書已不在篋中也？

夫考往古之事，貴有證據；無徵則不信。以此雜劇言，謂脈望館目不著錄由于書已售出，或謂目雖不錄而書尚未售出，其意雖相反，其爲空論則一：蓋皆無證也。然琦美錄校書，固有生前賣未出售，而不見今脈望館目者：如李誡營造法式，錢謙益所謂『天水長公以二十年之力，先後搜訪，始爲完書』者。據錢謙益有學集卷四十六營造法式跋：『天水長公（按指琦美，以琦美爲文毅長子也。錢曾述古堂目後序，讀書敏求記，並記琦美此書，後序稱趙玄度，敏求記亦稱天水長公。）初得此書，唯二十餘卷。後予留院（按南京都察院）得殘本三冊。又於內閣借得刻本。圖樣界畫，最爲難事。用五十千購長安良工，始能厝手。長公嘗謂余言購書之難如此。長公歿，此書歸于余。』據此，則琦美宦遊時以此書自隨，其書實繕完于北京。今玉簡齋本脈望館目盈字號工部類有魯班營造正式，無李誡營造法式。（祕笈本荒字號亦然）此緣書不在家，故未登錄。舊簿如此，原不足爲異。而呂字號萬曆四十六年續增書目亦無之。據謙益跋則斯書琦美歿後始歸謙益，其時並未出售也。更以錢曾讀書敏求記考之：敏求記經類有王質詩總聞，（章鈺校證本一之上）係琦美據宋閣本抄本。有毛詩要義，（校證一之上）係琦美傳錄閣本。今絳雲樓目詩類有此二書，脈望館目天字號毛詩類無之。禮樂類有聖宋皇祐新樂圖記，（校證一之下）云據宋閣本抄。瞿氏鐵琴銅劍樓書目卷六載是書有琦美萬曆三十九年跋。今絳雲樓目樂類有此書，脈望館目暑字號樂類無之。數書類有秦九韶數書九章，（校證一之下）係琦美傳錄閣本。瞿氏鐵琴銅劍樓書目卷十五載是書有琦美萬曆十五年跋。今絳雲樓目歷算類有此書，脈望館目張字號算數類無之。類家有數書，（校證三之下）亦係琦美傳錄閣本。今絳雲樓目類書類有數書精粹，當卽此書，今脈望館目宿字號列字號類書類無之。詩集有黃庚月屋樵吟，（校證四之中）兼載琦美跋語。今絳雲樓目金元文集有此書，脈望館目列字號所附元人文集亦無之。（讀書敏求記詩集尚有張光弼詩集，脈望館目亦不載。據蕘圃藏書題識九，此集亦是琦美抄本，有天啓二年跋，則琦美抄是書在寫今本脈望館目之後，目固應不載。）且此諸書不唯脈望館目呂字號前舊簿無之也，卽呂字號續增書目中亦無之。（以上諸書脈望館目無者，玉簡齋本涵芬樓祕笈本並同，均一一勘過。）夫書是趙琦美書，一見于錢謙益絳雲樓書目，再見于錢曾讀書敏求記，明是謙益得琦美遺書，曾又從謙益得之者。而今脈望館目皆不載，則琦美抄藏之書，雖生前並未出售，而不見于斯目者固多。雜劇之不著錄，蓋亦若此，不足爲異也。按琦美宦遊，常以書自隨。其宦京師十餘年。以琦美嗜書之般，十餘年中於所攜舊書之外，更益以新得書，則其書在京師者當屬不少。今假定玉簡齋本脈望館目呂字號續增諸書，爲琦美自京師帶回者。此續增目三目所錄，不過一百零四種。未免過少。疑琦美萬曆四十六年因差歸里，其書多有寄京師者，未曾帶回。或陸續運回，目所錄僅至四十六年十一月止。其目本不全，故琦美錄校諸書多不在目中。雜劇亦其中之一。然此僅就玉簡齋本言；若據秘笈本，則續增書目署『萬曆四十一年』，其時尚未校抄雜劇。根本不成問題也。

琦美父趙文毅公用賢，以風節勁直著名當時，而風雅嗜書，儼然書生本色。所刻五經白文，可亂宋本。其刻管子韓子，俱據舊本名槧，號爲善本。官南京國子監祭酒，則補刊監本史書及玉海。光緒常昭合志稿琦美傳稱『琦美得善本，往往文毅公序而琦美刊之』（用賢松石齋文集八有刻東坡先生志林小序，即爲琦美作者），則其父子相得，直如師友。可謂一時佳話。用賢蓄書萬卷，（據松石齋集二十六與石東泉書）所著有趙定宇書目一卷（見丁祖蔭重修常昭合志藝文志），未見。余疑其書大部分在今脈望館目中。（今目元字號有老爺批點前漢書，老爺批點後漢書，秋字號有老爺批點選詩補注，列字號有老爺批點藝文類聚，藏字號有老爺看過李空洞集，暑字號有老老爺鄉會墨卷，呂字號有老爺題名記。葉昌熾緣督廬日記抄卷一，謂老老爺老爺指琦美之祖若父，是也。以上所舉編號，俱據玉簡齋本。）以琦美父子兩世搜書，著錄之富，甲于吳中；至琦美歿，其書乃盡歸錢謙益。

錢謙益　董其昌

謙益字受之，晚號蒙叟，又號東澗，常熟人。明萬曆三十八年一甲三名進士，授翰林院編修。天啓元年，充浙江鄉試正考官。還朝，分撰神宗實錄。以科場事爲言官所中，罷歸。崇禎元年起官，擢禮部右侍郎。廷推枚卜，又爲周延儒所忌，以閣訟罷歸。福王立，授禮部尚書。順治二年，清兵定江南，謙益迎降，北上。三年，授禮部右侍郎。不數月，引疾歸。自是家居近二十年。康熙三年卒，年八十三。（以上據清史列傳七十九及葛萬里年譜）

謙益仕途蹭蹬，前後立朝，不及五年。而記著淵博，負當時重名，操海內文章之柄者數十年。其藏書至富，曹溶謂『所積充仞，幾埒內府』。今所傳絳雲樓書目所錄不全，尚非謙益藏書總錄也。

謙益得趙琦美書，在所爲文中僅偶一言之，如有學集四十六跋營造法式云：『營造法式，余得之天水長公。』是也。然錢曾讀書敏求記則屢言之。其跋洛陽伽藍記云：（章鈺校證本二之下）『牧翁絳雲樓，讀書者之藏書也。清常脈望館，藏書者之藏書也。清常歿，其書盡歸牧翁。武康山中，白晝鬼哭。嗜書之精爽若是。』此則言琦美藏書盡爲謙益所有。曾親接謙益，且得謙益之書，所言定不誤。曹溶絳雲樓書目題詞，則稱『謙益盡得劉子威（鳳）錢功父（允治）楊五川（儀）趙汝師四家書』，亦謂全得。然但言汝師而不及琦美，蓋稱其父則可以概其子也。

崇禎九年，常熟人張漢儒揭帖訕謙益及瞿式耜惡狀五十六款，中有一款爲謙益得琦美遺書事，其詞云：

錢謙益見刑部郎中趙玄度兩世科甲（琦美父用賢隆慶進士，祖承謙嘉靖戊戌進士，累官至廣東布政司參議），好積古書文畫，價値二萬餘金，私藏武康山間；後乘身故，欺其諸男在縣，離隔五百餘里，嚇搶四十八櫥古書歸家。以致各男含冤，焚香咒詛，通縣盡知。

漢儒所揭諸款，皆恍惚悠謬之詞，不足憑信。獨此款可視爲當時有此傳說。因所指琦美藏書之地不誤，四十八櫥亦似是琦美藏書實數也。如漢儒所說，則謙益之於琦美書直是刼掠行爲，其事必不至此。蓋傳說有因，而不無影響附會之詞，漢儒因引以爲謙益罪。按：謙益與趙氏世好，在其碑傳諸文中不辭反覆言之。其撰琦美弟隆美墓誌銘，稱『君長于余一年，實兄事余。煦濡佽助，久而彌篤』（見初學集六十一敍州知府趙君墓誌銘）。其爲琦美姪士春作壽序，稱『余與趙氏祖子孫交三世矣。州里之間，欒公之社，翟公之門，苑枯盈虛，煦濕濡沫，未嘗不相共也。』（見有學集二十四趙景之宮允六十壽序）是其與趙氏關係極深。而趙氏在吳，怨家甚多，與謙益正同。如文毅在時，有已絕姻家太倉吳之彥之抵隙。晚年，有家奴之悖叛，文毅疾且由是不起。文毅歿而諸子孤危，謗猶未已。據董其昌容臺集八許少微墓誌銘，則琦美歿于京師，有姻家為難，旅櫬幾不得還。如謙益言，謙益于趙氏，當時當有維持調護之功。至其得琦美書，其中容有曲折近乎豪取者。觀錢曾洛陽伽藍記跋『鬼哭』之言，似有微意；而謙益撰琦美墓表稱琦美言願以生平所藏供謙益著書之用，則似持此以為己應得琦美書之理由，其事可於言外思之也。

今玉簡齋本脈望館書目黃字號有明太祖至武宗九朝實錄一百五十本。注云：『自太祖至此，（祕笈本同）並錢受之借。』（祕笈本同，但太宗實錄本數缺。）又世宗實錄穆宗實錄共六十二本。注云：『亦受之借去。』（祕笈本同）此注當出琦美手。脈望館目呂字號以前，皆萬曆四十一年或四十六年前舊簿。似謙益借此本書已久，至編呂字號書目時尚未歸還。今絳雲樓目本朝制書實錄類全錄之。不知是書已還而復得之，抑竟未歸還。此事是一疑案。倘脈望館目無此注，則吾人今日斷不能知謙益所藏列朝實錄係琦美之書。吾人已知謙益緣收琦美遺書獲謗，其詞不實而非無因；今讀脈望館自此注，更覺饒有趣味也。

琦美書旣盡歸謙益，則琦美鈔校書皆在內；錢曾已屢言之矣。鈔校書既盡爲謙益所有，則琦美抄校古今雜劇今日吾人所見者，亦當在內。顧謙益初學集有學集中所錄題跋無及雜劇者。且謙益于李開先一笑散則跋之矣。于徐復祚小令則題之矣。獨無雜劇。然一人所蓄書所遇書，不必皆跋。元刊本及元人抄本陽春白雪，最勝之本也；謙益並有其書，而亦無跋。（元人抄本有謙益題字一行見蕘圃藏書題識卷十）則琦美抄校古今雜劇謙益集中無題跋之文，蓋偶然耳。錢曾讀書敏求記述琦美抄校非一，亦不及古今雜劇。然余于讀書敏求記中却發見一條，其文涉及雜劇。章鈺校證本二之中重編義勇武安王集跋云：

> 辛丑孟冬初旬，吾邑西鄉迎關神賽會。先期，王示夢里人云：『紅豆莊有警（碧梧紅豆莊在常熟小東門外三十里白茆市，謙益晚年居此，見金鶴冲撰年譜）。二十八至初二，須往護持。過此方許出會。』是日，牧翁赴李石臺使君之約（章鈺注云：石臺名來泰，臨川人，順治九年進士，十七年授蘇松糧儲道，道署在常熟縣城，有學集有督漕李使君去思記），入城止宿。山莊其夜盜至，而公無虞。王之靈庇焉。公齋心著是書者，蓋所以答神佑也。元季巴郡胡琦編刻關王事蹟。嘉靖高陵呂柟復校之刻之，名義勇武安王集。公取二書次第釐定，考正删補，而謂之重編者，因名仍呂公之舊耳。公又取錢塘羅貫中撰通俗演義三國

志及內府元人雜劇，摭拾其與傳牴牾者，力爲舉正。

謙益爲答神庥而著此書。其山莊被竊事，謙益與其戚趙月潭及與友人李梅公書均言之，見康熙間常熟顧棫所編牧翁尺牘卷二。所述關帝示夢降靈呵護事，與曾此跋全同。但當時往來書札，有日無年。其事在順治十八年辛丑，賴曾此文知之。謙益有學集卷十三病榻消寒雜詠詩有句云：『詩銓麗藻金壺墨，史覆神蒐玉洞書。』下句自注云：『余將訂武安王集。』消寒雜詠係康熙二年癸卯十二月作，（據詩序）考謙益卒于康熙三年甲辰五月，則重編義勇武安王集爲謙益最後成書。其書敏求記云二卷。也是園目卷二神類作八卷。丁祖蔭重修常昭合志藝文志作關壯繆集三卷。皆不同。不知何故。其書今未見。

尺牘二尚載謙益與顧伊人（湄）二書，屬覓關廟碑記及錄弇州續集中所載廟碑。並謂楚人瞿九思所著幽贊錄，鏖糟鄙俚，可嘔可恥。今痛削之，亦有助于正神。是謙益此書搜羅甚廣。謙益長于史學，其爲是書意在裁訂俚言，一本于史傳。故雖羅貫中小說及元人雜劇，亦在彈駁之列。所謂內府元人雜劇者，卽今所見趙琦美錄校內本雜劇無疑。然則琦美錄校雜劇，謙益在康熙初年猶閱其書；其書在謙益齋中無可疑也。

按：謙益書順治七年庚寅燬于火。舉其餘悉以贈錢曾。余所謂琦美錄校雜劇康熙初猶在謙益齋中者，固亦不妨謂其時書已爲錢曾所有曾得雜劇，疑當在謙益卒後，說詳後文。惟琦美錄校雜劇，曾但錄其目，無專文記之。求之謙益集中，亦無記載之文。讀曾此跋，可信謙益得琦美書，於四部書外亦兼得此古今雜劇；曾藏古今雜劇，亦即謙益故物。事可徵實，較勝于懸測臆解耳。

謙益得琦美遺書，當去琦美歿時不遠，或即在天啓四年（琦美歿于天啓四年正月）。但今抄校本雜劇中有董其昌跋。跋凡五處，一書于龍峯徐氏刊本玉鏡台上，餘所跋皆係抄本。百花亭孟母三移程咬金拌劈老君堂衆神聖慶賀元宵節其抄本孟母三移後跋云：『崇禎紀元二月之望，偕友南下。舟次無眠，讀此消夜，頗得卷中之味。』云云。據此，則雜劇崇禎元年曾在董其昌處，此不可解者也。豈其昌先得此書于趙氏，後乃歸謙益歟？抑其昌本假之于謙益，故得閱其書歟？按：其昌長謙益幾三十歲，其登第先于謙益者二十一年，於謙益爲前輩。謙益有學集四十六有題董玄宰書山谷題跋一文，稱其昌嘗過其山樓，爲人題松雪字卷。同書同卷題吳漁山臨宋元畫縮本，稱黃子久居虞山，所至輒畫。有橫卷長數十丈，在民家。其昌嘗至虞山，與謙益訪子久卷不得，撫掌嘆息。纔舟湖山間，坐臥累日。語謙益曰：『子久數十丈卷，今飽我腹笥。異時當爲公倒囊出之。』云云。兩文皆不言與其昌相會之年；然因此知其昌蹤跡嘗至常熟，王應奎柳南隨筆一記其昌嘗至常熟孫方伯家（按當是孫朝肅）爲人作字亦不言何年與謙益交頗款洽。則雜劇或其昌假之于謙益，亦未可知。其時當在天啓四年與七年之間其昌字玄宰，松江華亭人，萬曆十七年進士。

歷官南京禮部尚書。崇禎九年卒，年八十二。明史卷二八八有傳。其昌以書畫著名，間亦蓄書。今鐵琴銅劍樓藏書目卷五有宋刊本春秋經傳集解三十卷，卷首末有『董其昌』朱文印。其集曰容臺集。歿後，其子重刊其集，錢謙益爲撰序，文載有學集卷十六。

錢曾　季振宜

曾字遵王，明諸生，據章鈺讀書記校證類記。丁祖蔭重修常昭合志藝文志清藝文志曾小傳云拔貢生，不知何據。謙益族曾孫。弱冠從謙益遊，頗得其詩學。謙益晚年選吾炙集，標曾詩居首，甚賞激之。曾生長綺紈，而嗜典籍。自其父裔肅已喜收書，至曾益富。順治七年庚寅，謙益絳雲樓火，舉其未焚者悉以歸曾。於是曾又兼有絳雲樓書。謙益順治十八年辛丑作述古堂宋刻書跋，謂曾所藏宋本可當絳雲樓之什三。有學集四十六曾晚年手編也是園書目，錄所藏書凡三千六百餘種。

章鈺讀書敏求記校證卷首所附類記，採集曾事頗備。其據曾敏求記西漢會要條，證曾生於明崇禎二年己巳；又據畫墁錄條，定清康熙三十八年己卯，曾年七十一歲；皆至確切。而於曾卒年，則云不可考。余按何焯義門先生集卷六有與錢楚珩書，稱：『巳春邂逅，特荷不鄙。方期執經先公世丈先生門牆，日承講書，加之從老世長兄濡染餘緒，雖鮮心得，猶欣耳學。豈圖故人牽率，樂鄉淹久。昨秋京兆充賦，乃聞世丈先生遽歸海山，拊心悲悔，不知所爲。旋服羈鞅，祇役內直●乏孺子生芻之誠，滋恨積愆，千言莫殫。前歲侍言世丈先生，命搜「五芳井」事實。定興縣志，即范君所修，惜其寡識無佳文紀述。止有漳浦一篇，別紙節抄附上，或可補載詩注。』又云：『前見世丈先生架上有東澗老人所閱五代史記。擬從老世長兄通假，俾舍弟心友擕至郡城，對傳其本。』云云。此書所云『世丈先生』，即是錢曾。楚珩乃曾之子。何以明之？錢謙益有五芳井歌，其詩見曾初學集詩註卷十二霖雨詩集。初學集同詩云：『丙子之秋虜再入，今箋注本虜字刪去，據初學集補旁午軍書刺閨急。』又云：『不見范家五芳井，婦姑母女同素綆。』曾注此詩，但釋古典，不出本事●曾注謙益諸詩，兼釋本事。如同卷皮島注載毛文龍事至千餘言，中如建州等亦不甚避忌。今箋注刊時已多削改，然此例尚多，知曾例實釋人釋事也。此書所云世丈屬搜『五芳井』事實，必是曾於范氏『五芳井』事知之不詳，屬焯訪查。焯書所云世丈，即指曾無疑：其證一也。焯書中所稱東澗老人即錢謙益。所假謙益閱本五代史記乃曾書，見述古堂藏書目卷三。有注云：『牧翁批閱』余所據述古堂目係江安傅氏藏述古堂抄原本明焯在曾齋中見此書：其證二也。曾五子。有名沅字楚般者，見瞿氏鐵琴銅劍樓書目二宋婺本尚書跋。章鈺讀書敏求記校證類記云是曾長子，不知何據。此不知名字楚珩者，焯呼爲世長兄，不知是曾第幾子。其言『先公世丈』，是對子稱其父之詞。則楚珩是曾之子，又無可疑。考焯康熙四十一年壬午，應京兆試不中（據義門集卷五與人書）。是年冬，以李光地薦賜舉人，直南書房。明年，試禮部下第，賜進士，改庶吉士，仍直南書房（據義門集卷十二紀聖恩詩序及沈彤義門何先生行狀）。焯此書所云『昨秋京兆充賦』，乃壬午事。『祇役內直』乃壬午癸未（康熙四十二年）間事。『巳春邂逅』，乃辛巳（康熙四十年）事。書作于癸未，故述壬午應試事曰『昨秋』。然則曾卒于康熙四十一年壬午，年七十四歲也。五芳井事見康熙十一年定興縣志卷二古蹟門。稱五芳井，容城孫徵君啓泰酧倡，有詩。屬和者溢郡楚。黃石齋紀之，張公亮爲之賦。以下附錄黃道周五芳井紀，即焯所寄抄者。次錄孫奇逢題詩，不載謙益詩。又見卷八烈女門，稱：舉人范士楫妻馬氏，丙子（崇禎九年）城陷，攜三女及子婦王氏投井死。一時歌輓甚衆，范輯五芳井集（原文井下脫一字，今以意補之）。謙益詩作于丁丑（崇禎十年），蓋是應徵之作。然志兩處所紀文皆甚略。康熙定興縣志即據士楫范陽識略稿潤色成書（見卷首許啓祥紀事），故焯以爲即范所修，而譏其寡識也。士楫字箕生，崇禎十年丁丑進士，明時歷官陽曲洪洞知縣，入清官至吏部文選司郎中，所著有范陽識略十卷，鷁舫集，匪棘堂集，橘洲詩集，俱見光緒定興縣志（卷十五）。其橘洲詩集六卷，皆入清所爲詩，四庫提要錄存入目。

曾得謙益絳雲樓刼後書，自言之甚詳。其讀書敏求記跋邵子皇極經世觀物篇云：章鈺校證本三之上『憶己丑春，侍牧翁于燕譽堂，適見檢閱此册。予從旁竊觀，動心駭目，嘆爲奇絕。絳雲一燼後，牧翁悉舉所存書相贈，此本亦隨之來。』此云盡得謙益未焚之書。同書洛陽伽藍記跋云：章鈺校證本二之下『絳雲一燼之後，凡清常手校秘鈔書，都未爲六丁取去。牧翁悉作蔡邕之贈，何其幸哉。』此云盡得謙益藏趙琦美抄校書。曾寒食行爲夢謙益而作。見王應奎海虞詩苑卷四其詩有云：『絳雲脈望收餘燼，緗帙縹囊喜充仞。盡說傳書與仲宣，只記將車呼子慎。』自注云：『絳雲一燼之後，所存書籍大半曾趙玄度脈望館校藏舊本。公悉舉以相贈。』此云所得謙益書，大半是趙琦美藏本。曾此三條所述，語意微有不同。今以謙益述古堂宋刻書跋乃曾讀書敏求記所記諸書考之，知謙益絳雲樓火後，曾所得書實不限于趙琦美抄校本。（述古堂宋刻書跋所記，如內殿本列女傳，錢叔寶抄本道德經指歸，宋本李燾國史補，宋本酒經，宋本方言，敏求記所記，如宋本春秋左傳集解，宋本丁度集韻，皆非趙琦美校藏本。）則曾寒食行詩注所紀爲最翔實。章鈺讀書敏求記校證類記記曾藏書，謂『曾侍牧齋有年，絳雲燼後，且舉趙清常遺書爲贈。』一似曾所得唯趙琦美遺書者，非；以曾所得不盡琦美遺書也。淸王士禎分甘餘話四謂『錢先生藏書甲江左。絳雲一炬之後，以所餘宋本盡付其族孫曾。』一似曾所得唯宋本者，亦非；以曾所得泰半是脈望館抄校本，不盡宋本也。

今所見趙琦美校本古今雜劇，有抄本，有刻本；當是絳雲樓藏書，後歸曾者。然曾康熙八年己酉所編述古堂書目，其卷十『古今雜劇目』錄雜劇三百種，皆抄本，無刻本。其事不可解。曾曾售書於季振宜。今士禮居刊季滄葦藏書目，其『宋元雜板書』『雜部』中（按雜部是未分類雜書），有元曲三百種一百册。注云：『抄。』與述古堂書目合，似即述古堂書。然亦全是抄本，與今本不合。疑曾藏古今雜劇頗有曲折；其補充繕完非一時之事。當于後文詳述之。

曾售書于季振宜，在康熙五年丙午與康熙六年丁未之間，曾讀書敏求記陶淵明集跋（章鈺校證本四之上）及曾述古堂藏書目自序所言同。其時振宜方請假歸里，（曾今吾集有季滄葦侍御休沐歸里詩，不記年月。然其下即丙午仲春十六日季因是先生肆燕相邀觀女伎演劇詩，玩其詞意實同時所作，故知振宜乞假歸即在丙午。故曾得售其書。然據曾述古堂藏書目序，則曾第舉家藏宋刻之重複者折閱售之振宜，不唯宋本以外之書不在內，即宋本之非複本者亦不在內也。然曾售書于振宜非一次，其敏求記蟋蟀經跋章鈺校證本二之中云：『予昔藏徽藩芸窗道人五綵繪畫本，爲季滄葦豪奪去。』此非宋本，且非情願者，則非丙午丁未年間事可知。季滄葦藏書目所錄抄本元曲三百種如得之于曾，不唯非丙午丁未間事，且亦非己酉編目時事；因據曾述古堂藏書目後序，則曾編目因毛扆慫恿，悉據現存者著錄，古今雜劇三百種儼然在內也。但去曾編述古堂目時必不甚遠；因季滄葦藏書目所錄與述古堂目全合，其時曾尚未有刊本雜劇也。王士禎分甘餘話四謂泰興季氏藏書歸崑山徐氏。其言甚確。今所見宋元善本書，有『季滄葦』印者多兼有『徐乾學』印，可證。然余檢傳是樓書目經部樂類僅有元明雜曲十二本，無所謂元曲一百本者。是其書未歸徐乾學。或曾後復得之，亦未可知。

振宜字詵兮，別字滄葦，泰興人。父寓庸字因是，天啓二年進士，官至吏部主事。明亡不仕。兄開生字天中，順治六年進士。官禮部給事中。順治十二年以言事謫戍尙陽堡。康熙元年卒于戍所。年僅三十三。振宜順治四年先兄成進士。是年，授蘭谿知縣。任凡八年，有善政。至十一年甲午卸任。行取刑部主事，遷戶部員外郞郞中。十五年，考選浙江道御史。據清史稿，泰興志作廣西道御史。十七年，與左都御史魏裔介劾大學士劉正宗欺罔諸罪。正宗坐革職。據清史列傳卷七十九正宗傳 康熙二年，巡鹽河東。清初制巡鹽御史周歲而更，振宜任只一年 五年丙午，乞假歸。後卒于家。所著有聽雨樓集二卷，靜思堂藁二卷，奏疏一卷。以上據光緒泰興縣志卷二十一，光緒聞谿縣志卷四，光緒山西通志卷十三，清史稿卷二百五十，及錢曾今吾集。按振宜乞歸，據今吾集似即在康熙五年丙午，然光緒泰興縣志載振宜疏免揚屬河工科派事，在康熙九年。或振宜乞歸後復還朝，亦未可知。其順治甲午前所爲詩，錢謙益曾序之，見有學集卷十七。

振宜生明崇禎三年庚午，光緒泰興縣志載振宜順治四年成進士，年十八，由順治四年丁亥上數十八年，恰爲明崇禎三年庚午。小於錢曾一歲。二人年既相若，嗜尚亦同。雖榮萃殊途，而交情不淺。然據錢曾讀書敏求記陶淵明集跋，章鈺校證本四之上 則曾見振宜之死。又據敏求記雲煙過眼錄跋，章鈺校證本三之上 則曾又見振宜後裔之衰。似振宜之壽遠不如曾。唯振宜卒，曾不云何年。章鈺注雲煙過眼錄引曾寄懷振宜百韻詩自注云：『君聞兩親之喪，帶星奔赴，擘地呼天，人稱眞孝。』又云：『嘆君哭泣積勞，哀慕成疾。』詩無年月，在曾丁巳自編夙興草堂集中。章氏因據此謂季氏書散失當在康熙十六年丁巳之後。意謂在振宜卒後也。夙興草堂集余未見。不知原文如何？然如章氏所引，則曾注此詩，第謂振宜以哀毀成疾，尚未言其死。則振宜卒仍不能定爲何年。今假定振宜卒在康熙二十年左右，則其享年不過五十左右，視曾之老壽越二十餘年而後死者，殊覺不及也。

何煌

煌字心友，一字仲友，又字畏三，號小山，長洲人，何焯之第二弟。（畏三之稱見楹書隅錄卷二宋本漢書條引吳騫跋）焯嗜書，精校讎之學，爲世所知。煌亦喜收書，遇宋槧卽一二殘本皆購藏之。焯直武英殿修書，煌在家得善本，輒以其書或校記寄焯（見家書）。焯之爲學，得弟資助者不少。煌平生校書最富，顧名字不彰，蘇州府志不爲立傳。清末郡人吳蔭培刊何義門家書，始爲『擬補蘇州府志何煌傳』一文附於後。民國二十二年吳縣志六十八以煌附焯傳，卽據蔭培補傳書之。

煌校書據蔭培所記，爲前後漢書，說文，通典，春秋公羊傳注疏，春秋穀梁傳注疏，孟子注。以余所知，則尚有左氏春秋音義，經典釋文，（見百宋一廛書錄顏氏家訓跋。按煌校經典釋文，今有傳本。）國語補音，（見蕘圃藏書題識二）不僅如蔭培所舉也。其校公羊注疏，據宋槧官本。校穀梁注據余仁仲萬卷堂宋槧殘本；單疏據抄宋殘本；注疏據元本。校孟子經注，據元旴江重刊宋廖氏世綵堂本：阮元十三經注疏校勘記全采之。其校說文，訂汲古閣本之謬，爲段玉裁所稱。其題跋自署，或作『何仲子』，或作『仲子』，或作『仲老』，（見蕘圃藏書題識五西溪叢話條。）或作『耐中』。（見今本古今雜劇范張雞黍劇）據黃丕烈西溪叢話跋，煌乾隆六年辛酉年七十四歲。當生康熙七年戊申。其卒年不可考。

蔭培擬煌傳，謂煌所居有語古齋。此語誤。語古小齋乃何焯齋名。今義門先生集八載焯康熙甲申（四十三年）撰予甯堂法帖跋，康熙丙戌（四十五年）撰楊安城補臂圖册跋，同年撰楊大瓢所藏瘞鶴銘跋，不知何年撰（似是康熙五十七年戊戌）漢婁壽碑跋，俱署『何焯題于語古小齋』。可證。又卷九載文心雕龍跋，署『乙酉（康熙四十四年）除夕香案小吏何焯記』。跋稱『心友得馮已蒼手抄本。乙酉攜至京師。其書適有隱秀篇全文，除夕坐語古小齋，走筆錄之。』同卷跋李賀歌詩編署『康熙丙戌香案小吏何焯書于語古小齋中』。跋稱『會心友北來』云云。則語古齋乃是焯在北京所居齋名。蔭培不察以爲煌所居。民國二十二年吳縣志亦承其誤。黃丕烈鳴鶴餘音跋謂語古爲何義門家齋名。（按語古是京寓齋名此言小誤）葉昌熾藏書紀事詩四謂義門題跋或署語古小齋。其言是也。

焯生順治十八年，長煌僅八歲。其兄弟俱生淸初，故猶及見晚明諸老。焯曾識錢曾，友其子楚珩（義門文集卷六有與錢楚珩書，楚珩曾以家藏銅活字本開元天寶遺事贈焯，見蕘圃藏書題識六），爲文稱錢丈遵王。至毛扆則與焯交尤深。焯屢向之借書（據集卷五與友人書，及卷九戴剡源集文心雕龍李賀歌詩編諸跋）。義門集卷十二有哭毛斧季律詩一首，語甚懇至。當康熙四十五年間，錢馮諸藏書家書多散出。焯兄弟時得其本。焯所得如舊抄本天聖明道本國語，舊抄本大金集禮；（二書並見義門文集卷九）煌所得如馮已蒼手抄本文心雕龍，景宋抄本吳融唐英歌詩，（唐英歌詩見義門家書，文心雕龍見義門集卷九。）景宋抄本盧川詞，（見蕘圃藏書題識十）明刊本南部新書；（見蕘圃藏書題識六）皆錢曾故物。其書據煌所記，有得之廣山質庫中者，有從吳興書賈手中得之者，有直接從其家中得之者。今所見也是園舊藏雜劇，有煌跋五處，四處在刊本上，（息機子刊本范張雞黍看財奴龍峯徐氏刊本斷合羅王粲登樓。）一處在抄本上。（單刀會）其刊本看財奴王粲登樓跋，署『雍正三年乙巳』。刊本范張雞黍跋署『雍正己酉』（七年）。蓋即康熙末或雍正初所得。煌跋雜劇不言從何處得來，要亦曾故物與其他曾書同其運命者也。

顧氏試飲堂

今本古今雜劇第一册有黃丕烈跋云：『余不喜詞曲，而所蓄詞極富。曲本略有一二種，未可云富。今年始從試飲堂購得元刊明刊舊抄名校等種。毛氏云：李中麓家詞山曲海，無所不備。疑裒所藏詞曲等種彙而儲諸一室，以爲「學山海之居」。庶幾可爲講詞曲者卷勺之助。』署『甲子冬十一月二十有八日，讀未見書齋主人黃丕烈識于百宋一廛之北窗』。甲子乃嘉慶九年。則丕烈購是書，乃嘉慶九年事也。試飲堂顧氏居蘇州東城華陽橋附近。（道光蘇州府志二十九津梁門，載華陽橋在府城內，屬元和縣治。據卷首所附府城圖，華陽橋東值婁門，橋北爲婁門大街，橋南爲麒麟巷。故丕烈他書跋亦稱『華陽橋顧氏試飲堂』，或稱『華陽橋顧氏』，或稱『東城顧氏』。顧氏在吳，世以藏書著名。當康熙雍正間有顧若霖者，字雨時，一字可潛，號不淄道人，搜訪法書名畫宋刊書籍。每得異本，手自讎校。子自名字明善，號復庵，能世其學。自名子珊，號聽玉，珊子翔雲，號侍萱。並見葉昌熾藏書紀事詩（重刊本卷四）。道光蘇州府志卷六十六選舉門載元和舉人顧翔雲字鳳輝，嘉慶二十四年己卯順天中式。黃丕烈跋硯箋稱『世好顧侍萱茂才』，以跋作於嘉慶十七年壬申，其時翔雲尚未中舉人也。翔雲於丕烈爲晚輩；其父珊與丕烈爲儕輩，而卒在丕烈之前。丕烈諸書跋但云珊賣書，而不言其收書，是顧氏收書只是先世之事。今本古今雜劇雍正中經何煌校過。其書曾藏顧氏，似即顧氏先人於乾隆中煌歿後從何氏得之。

試飲堂顧氏藏古本秘籍甚多。其佳本往往歸顧之逵。丕烈亦時從其家購求古書。今以蕘圃藏書題識考之：如錢功甫舊藏本列女傳，丕烈乾隆五十九年甲寅得之，見卷二。亦見百宋一廛書錄列女傳跋宋本吳郡圖經續記，乾隆六十年得之，見卷三。抄本吳郡圖經續記亦得自顧氏，在得宋本之前，亦見卷三，但跋係嘉慶四年己未追書，不知何年得。宋本湘山野錄，嘉慶二年丁巳得之，見卷六。宋本棠陰比事，嘉慶十三年戊辰得之，見卷四，舊抄本硯箋，嘉慶十七年壬申得之，見卷五。舊抄本紹興內府古器評，嘉慶十九年甲戌得之，見卷五。舊抄本對客燕談，抄本金俊明跋席上輔談，俱道光三年癸未得之，見卷六。殘宋六十卷本後村集，道光五年乙酉前得之，見卷八。跋云余介歸不中金鬱庭，似非自得。忘憂清樂集卽李逸民棋譜，不知何年得，見百宋一廛書錄。據此諸條，知丕烈自乾隆末至道光初，屢得試飲堂顧氏書。其與顧氏書籍關係亦不淺也。其吳郡圖經續記、湘山野錄二書，據丕烈跋，俱乾隆六十年嘉慶二年親從顧珊手中得之。跋記二人過從及往復之語甚詳。其嘉慶十三年跋棠陰比事則云：『顧珊聽玉余素與之好。其所藏間亦歸余，然未能盡觀。聽玉故後，其子姪輩邀余與一二識書者盡發藏爲之區別高下。作三分，俾各房守之。是書適屬諸有資不必謀售者。余往來於心久矣。近因各省大僚購求備貢之書，主人獲善價，稍稍散出。余因是得以入手。誠快事。』云云。據此知珊卒必在嘉慶十三年之前，嘉慶二年之後。今本古今雜劇，丕烈以嘉慶九年甲子得之試飲堂，此時不知珊猶在否？考丕烈是年於古今雜劇外，同時尚得新刊巾箱蔡伯喈琵琶記，元刊雜劇，明刊古名家雜劇，明刊元人雜劇選四書，皆顧氏物。據古今雜劇第一冊丕烈手錄書目今蕘圃藏書題識十載元刊本新刊巾箱蔡伯喈琵琶記跋，稱『余向從華陽橋顧氏得陸敕先手抄琵琶記，行款與此刻異，此刻楮墨古雅，疑是元刻（按今行珂羅板景印本卽此刻本）；亦爲顧氏物，最後散出』。跋署『嘉慶乙丑（十年）春二月四日』，去甲子錄目時僅二月。則甲子所購琵琶記卽此刻本。『最後散出』云云，語不類從珊手得之。疑丕烈甲子購書時，珊已亡。諸房售書，丕烈乃逐漸得此諸曲本也。

黄丕烈　汪士鐘

顧瑞清

丕烈字紹武，（亦署紹甫，見蕘圃藏書題識十江南春詞跋。）一字承之，（見太平樂府序集及王刻九子序所蓋印）又字蕘圃，吳縣人，乾隆戊申（五十三年）舉人。嘉慶六年，由舉人挑一等，以知縣用，籤發直隸。意不欲就，納貲議敍，得兵部主事。七年夏，歸里。自是不復出，杜門著述二十餘年。喜聚書。每獲一書，必手自讎校。晚年自號秋清居士。道光五年乙酉八月卒，年六十三。（以上丕烈事蹟據石韞玉獨學廬四稿卷五秋清居士傳。傳不載丕烈歸里之年，茲據丕烈石屏詩集跋書之，跋見蕘圃藏書題識卷八。）

丕烈在乾嘉間，藏書之富爲東南巨擘。嗜宋槧，號佞宋主人。所藏宋本百餘種，室曰百宋一廛，顧廣圻爲作賦。然丕烈於書，舊抄名校無所不嗜，所佞者實不止宋本。所著有盲史精華，蕘言，（見清史列傳卷七十二）所見古書錄。（書已佚，今適園叢書本百宋一廛書錄，疑即所見古書錄之一部分。）清國史館能立傳，在文苑傳中。光緒蘇州府志卷八十三亦有傳。

丕烈藏書，同時人長洲汪士鐘悉得之。光緒蘇州府志民國二十二年吳縣志，俱稱丕烈卒，書歸汪士鐘。（吳縣志記丕烈藏書事在卷七十九雜記）實則丕烈晚年，其善本已多爲汪氏所得，不待卒後也。葉昌熾緣督廬日記鈔光緒戊子五月二十九日日記載所見咸宜女郎詩册，册中所錄爲道光五年乙酉七月丕烈與友八分題詩。中有七月七日丕烈詩自注云：『吾家百宋一廛中物，按圖索驥，幾爲一空。』又七月十一日丕烈詩自序云：『魚玄機詩曾爲藝芸主人指名相索。予曰：留此爲娛老之資，雖千金不易。從此無有過而問者。』又丕烈幼子壽鳳詩自注云：『家君近作「宋廛百一之藏」印。蓋謂百宋一廛中僅存百分之一耳。』據此，則丕烈四十年來所藏精本，其時已零落殆盡，唯魚玄機詩尚在耳。更以他文考之。丕烈道光乙酉六月跋優古堂詩話云：藏書題識十『余所藏宋元佳刻，大半散佚。』道光四年甲申二月跋元蘇天爵名臣事略云：『年來力絀。宋元板書，日就散佚。』道光二年壬午五月跋石屏詩集云：蕘書題識八原作壬申誤。因跋署六十老人蕘夫，壬申是嘉慶十七年，時年五十，非六十。且跋云自壬戌至今壬午忽已二十餘年，尚作壬午可證。『書籍都散，與致全無。』又壬午四月跋殘鈔本陽春白雪云：藏書題識十『數年來完璧之書，大半散去。即斷珪亦有割愛贈人者。』諸跋皆與咸宜女郎詩注合。又丕烈題跋有署『宋廛一翁』者。『宋廛一翁』署名，當與『宋廛百一』印同意。今讀丕烈道光乙酉後村集跋藏書題識八嘉慶二十一年丙子淸庵先生中和集跋，題識六同年鳴鶴餘音跋。題識十並署『宋廛一翁』。可見嘉慶道光之間，丕烈書多已散去，其佳本有歸張氏愛日精廬者亦不盡歸汪士鐘非卒後始歸汪士鐘也。

丕烈書生前散去原因，大抵由於力絀。其始或緣買書而賣書。見藏書題識十東坡樂府跋後乃生計艱難，漸以賣書維持家用。如云：『家計日絀，迫於男婚女嫁衣長食闊之累。』又云：『余自甲寅乾隆五十九年丁外艱，丁卯遭火災，丁卯乾隆六十年，是年丕烈家失火，器用財賄爲之一空。見藏書題識八跋北山小集。遂至日蹙。然二十年來縱極支絀，不如今日之甚。』以上據藏書題識五重跋老學庵筆記此跋係嘉慶二十年乙亥作 又云：『佳刻大半散佚；惟舊抄名校尙有一二小品，存諸篋衍。近年爲餽貧計，取而沽値求售。』據藏書題識十優古堂詩話跋此跋道光五年乙酉六月作 甚至裝潢之費亦有所惜，則丕烈晚年之艱難可知。然丕烈固嗜書如性命者；今讀丕烈晚年所撰諸書題跋，則丕烈晚年固未嘗因艱難而不購書。其得宋本黃山谷大全集在道光四年甲申；得宋本學齋佔畢在五年乙酉七月秋。其學齋佔畢第二跋以五年八月二日在病榻上書之，蓋卽絕筆最後之作。則信乎其嗜之之篤也。

今本也是園舊藏古今雜劇，丕烈手錄目於前，跋所謂『得之試飮堂』者，每册皆有汪士鐘印。文曰『曾藏汪閬源家』，知書爲士鐘所得。今所見元本太平樂府序葉上有『汪士鐘藏』一印，據丕烈跋此元刻本無序，所得袁壽階本有序。此元刻本序係抄配，上有袁廷檮壽階印，蓋以袁所藏抄本序配于元刻本之前。元本琵琶記正文第一葉亦有『汪印士鐘』『閬源眞賞』二印，知二書亦歸士鐘。是丕烈所藏曲，亦多售之士鐘。然則古今雜劇，士鐘當以何時得之？顧廣圻序士鐘所編藝芸書舍宋元本書目在道光二年壬午閏三月。原文署壬午閏月按道光壬午閏三月 其目集部曲類，有元本琵琶記元本荆釵記，知其時琵琶記已歸士鐘。荆釵丕烈所跋係明本，見藏書題識十。此是元本，疑非一本。而無元本太平樂府，知其時太平樂府尙未出手。據丕烈跋稱『太平樂府得諸郡中故家。珍秘之至』。蓋平日所愛惜者，苟非不獲已，亦不忍輕棄之。今本古今雜劇非元本，藝芸書舍卽有其書，亦不得著錄。然古今雜劇爲丕烈得意之書，所自詡爲山海之富，與李中麓比者。丕烈中年後搜曲之興，全因甲子得古今雜劇啓之。其於古今雜劇似當更珍秘。（丕烈道光四年九月，爲張蓉鏡題明秀集，自注所題詩云：李中麓家，詞山曲海。余藏詞曲甚夥，名其藏弆之所曰學山海居。此注猶是甲子跋古今雜劇時語。似道光四年，此書猶在丕烈齋中。題明秀集詩凡八首，見藏書題識十。）則士鐘得是書，或在道光五年丕烈卒後亦未可知也。

士鐘字閬源，長洲人，家雄於貲。與丕烈遊，亦嗜書。憑其財富，值士禮居黃氏之衰，遂盡得其本。所撰有藝芸書舍宋元本書目。民國二十二年吳縣志七十九雜記，稱士鐘多子。身後，兄弟瓜分，家亦落，其書始散。經庚申之亂，（按庚申咸豐十年。是年四月太平天國軍佔蘇州。）掃地盡矣。潘祖蔭跋藝芸書舍宋元本書目，亦謂『咸豐庚申已前，其書已散失』。祖蔭自稱與汪氏有連，所言當更確。其書佳本半歸常熟瞿氏，半歸東昌楊氏。獨丕烈所跋也是園藏古今雜劇及元刊巾箱本蔡伯喈琵琶記者，先後爲常熟趙氏舊山樓所得。（按琵琶記張蓉鏡亦藏過，舊山樓蓋從張氏得之。）舊山樓者，常熟趙宗建所居也。

丕烈士鐘俱以蓄書好古，著名當時。而丕烈名高，非士鐘所及。洪亮吉北江詩話別藏書家爲五等，目丕烈爲鑒賞家。意頗輕之。丕烈固非爲讀書而收書者。然訂考校讎，至老不衰，以爲徒賞鑒而不讀，亦未免稍過。若汪士鐘則吾不敢知矣，然當黃汪之際，有一人焉，負文儒之資，有著作之譽；亦嗜收書，兼能鑒賞；周旋二氏之間，二氏俱引爲以重；其人乃顧廣圻是。廣圻字千里，號澗蘋，元和諸生。曾館丕烈家，爲丕烈校刻宋天聖明道本國語，宋姚氏本戰國策等書，鐫爲代筆撰序。士鐘重刻宋本儀禮疏，宋本雞峯普濟方，亦延廣圻校勘。廣圻亦代撰序。其書俱稱善本，爲後世所重。蓋相得益彰，二人收其功，廣圻亦得盡其長。當時藏書家與儒士合作，其事有足稱者。今本古今雜劇抄本斷殺狗勸夫後，有顧河之題字一行云：『錄鬼簿作王脩然斷殺狗勸夫甯德祥著。』按抄本此劇不著撰入河之名瑞清，咸豐壬子（二年）舉人。光緒蘇州府志附廣圻傳（卷九十），即廣圻之孫。按葉昌熾緣督廬日記抄癸丑五月初六日日記云，顧河之武保，潤蘋先生之孫。是瑞清亦字武保。余因雜劇有瑞清題字，欲考其始末。詢之余季豫先生。先生謂瑞清與李慈銘交，曾以廣圻思適齋集贈慈銘，見慈銘所撰日記。余檢越縵堂日記果得數事：

越縵堂日記庚集下咸豐十年庚申八月日記云：

朔，得定子書，元和顧河之孝廉以其祖澗蘋先生思適集見贈，即復書謝。

初二日，定子偕顧河之孝廉見訪，年四十餘，粥粥篤謹學問人也。聽其談古籍源流甚悉，因有得家學者。孝廉又嘗從武進李申耆（兆洛）先生游，能守師法云。

初八日顧河之孝廉來，談經籍首尾甚具。盡兩時許，至日暮去。

十一日河之來，告明日行，以凌次仲校禮堂集俞理初癸巳類稿諸書贈叔子及予。久談始去。

據此諸條，知瑞清咸豐十年年四十餘，此慈銘約略之詞，然當去事實不遠。其人當生於嘉慶末，近人趙詒琛撰顧千里先生年譜，云嘉慶二十二年瑞清生。

其咸豐二年中舉，已三十餘。其入都不知何時，而出都則在咸豐十年八月。其與慈銘交不過數面耳，而慈銘已能深識其人，且使慈銘二十年後感懷宿昔，猶耿耿不忘，（事見慈銘桃花聖解盦日記壬集光緒四年戊寅五月初十日記）則信乎傾蓋如故，相知不在皓首也。

慈銘日記，亦涉及思適齋集篇目問題。瑞清學問見解，亦可於慈銘日記中窺見之。越縵堂日記庚集八月十二日日記云：

爲思適齋集作跋。此集係上海徐渭仁所刻，校勘未精，又有妄删去者。河之再三爲余言，屬記之於書。

按：慈銘桃花聖解盦日記壬集第二集光緒四年戊寅五月初九日日記亦提及思適齋集。云：抄顧千里周立學古義及經韻樓集所附刻答段茂堂第二第三書於思適齋集後。以庚申秋河之爲余言：原集本載此數首，爲楊文蓀削去。今寫補之。其原書次第，河之手自編輯。

近來老儒若陳奐碩父毛詩傳箋疏，乃舍鄭箋而別爲說者，多取康成以前諸儒之說，徵引浩博，自逞雄辯。昨河之言：陳氏毛詩疏中凡宗廟社稷國學之地，衣裳之制，多據古籍單辭，或古本一字之異，盡翻前說；繁徵記傳，以實其言，至於不知所從；此眞經學之蔽。

陳奐爲段玉裁弟子。玉裁與廣圻論學不相容。瑞清承其家學，所言固應如此。慈銘之見亦同，是二人論學旨趣本不相遠也。

瑞清卒年，今不能知。慈銘孟學齋日記甲集同治三年甲子正月二十二日日記云：

終日閱顧千里思適齋集。此書庚申歲爲千里文孫河之所貽。今河之已亡，重理此編，不勝人琴之感！

此同治三年正月日記云河之已亡，去咸豐十年八月相見時不過三年餘。據此知瑞清必卒於咸豐十年八月之後，同治三年正月之前。其享年不過五十左右。（趙詒琛顧千里先生年譜云瑞清同治二年癸亥歿於上海，年四十七歲。按趙氏所言瑞清生卒年當自有據，惜不言出何書。趙氏撰有此書余初不之知，余季豫先生舉以相示，余始得據而引之。）瑞清生嘉慶末，猶及見黃丕烈。然是時瑞清年尚幼，不足以言書籍之事。今本雜劇上有瑞清題字，不記年。以意揣之，必是汪氏書未散時在藝芸書舍所題也。

趙宗建　丁祖蔭

今本古今雜劇第一册，黃丕烈手書讀未見書齋得曲總目殘葉上，有印一方文曰『常熟趙氏舊山樓經籍記』。此書趙氏得之于汪士鐘家，邑人丁祖蔭題古今雜劇詩所謂『散入黃汪又趙家』者是也。舊山樓主人即趙宗建，見葉昌熾藏書紀事詩。重刊本卷七首列其名。其詩云：『經過趙李小藏家，十頃花田負郭斜。刼火洞然留影子，舊山樓上數恆沙。』據昌熾自注，李謂李芝綬申蘭，趙即趙宗建次侯也。其詩傳云：

昌熾二十五六時，游虞山。出北郭，登趙氏舊山樓，觀所藏書。問主人則駕言出遊矣。稍舊之册，不以示人。樓中插架無佳本。時甫自菰里瞿氏校書歸，覩于海者難爲水，惘然而返。

昌熾緣督廬日記亦載是遊，而所記較詳。日記鈔卷一光緒元年乙亥十一月日記云：

初四日，舟至菰里村。訪恬裕樓主人（以下記瞿氏藏書，略之），初六日，泊舟大東門。登岸，出鎮江門，繞虞山而行，至趙氏山莊，其主人次侯適進城，未晤。竹木林屋，結構精絕。藏書遠遜瞿氏，而間有精者。所見有校宋本圖經續記（按：當是吳郡圖經續記），又有元槧本方輿勝覽，有『簡莊』朱記，乃陳仲魚家物也。

此爲昌熾光緒乙亥第一次遊舊山樓，時年二十七歲（昌熾民國六年丁巳卒，年六十九），詩傳言二十五六歲時，蓋追憶舊事，不免小誤，其第二次遊在光緒九年癸未。日記抄卷二癸未二月日記云：

> 初三日登舟赴海虞。初四日登岸。午後，出邑西郭，遊趙次侯園亭。種梅二畝許，暗香疏影，頗極幽靜。

昌熾兩至趙宗建家，故於舊山樓頗有描寫。詩傳文引張退齋舊山樓記云：

> 趙君次侯，舊居北山之麓。因其舊而新之，名其樓曰舊山樓。趙氏自前明文毅公直諫，以氣節世其家。次侯食舊德，誦清芬，詩酒自放，徜徉山水。巍然一樓，與名賢遺跡並傳。

詩傳稱張退齋廣文，不言其名。丁祖蔭重修常昭合志藝文志有張瑛字仁卿，廩貢生，陽湖訓導。所著有知退齋文集，疑即此人。

邵淵耀小石城山房文集卷上亦有舊山樓記。紀事詩傳不引，蓋未見其書。文云：

> 舅氏涵泉贈公所居舫齋曰總宜山房。花木秀野，雅稱觴詠。子孟淵，退庵。退庵子曼華。……去年，曼華仲子常博次侯於山房東北繕葺位置亭榭，益臻整潔，命曰寶慈新居。有雙梓堂，古春書屋，拜詩龕，過酒臺諸勝。而兹樓居其北，地最高朗，嵐彩溢目，迴延遠攬，足領全園之要。

記是咸豐七年作，知文所敍是六年事。瑛淵耀作記，並以『沿舊圖新』爲言。蓋樓本舊有，宗建脩而新之，命曰舊山樓。淵耀字充有，號環林，由昭文附貢中嘉慶十八年癸酉科舉人。例授國子。

監學錄。其母家趙氏，與諸趙敍姻婭。集中屢有文爲趙氏作，不僅此一記也。

宗建蓄佳本不多，固昌熾所謂小藏書家者。其藏書不得與菰里瞿氏比，故其名亦不著。世罕知之。然其家世徵之載籍，固彰然可考也。光緒甲辰常昭合志稿卷三十一義行傳有宗建名，附趙同匯傳。據志，同匯字涵泉，有孝行。乾隆五十年旱，獨賑其里。置贍族田千畝，手定義莊規約，遺命子元凱成之。是爲宗建曾祖。孫原湘天眞閣集卷四十九有趙涵泉傳，卽應元凱之請而作。傳稱『同匯闢梅圃數畝，顏所居曰總宜山房。益市圖籍，充仞其中。邑中名宿多造之。』則趙氏藏書已遠在同匯之時。同匯長子元紹，字孟淵，諸生，早卒。孫原湘曾序其遺集，見天眞閣集五十二。集名總宜山房詩稿，見丁祖蔭重修常昭合志藝文志。次元凱，字叔才，號退菴，亦諸生。著有一樹棠梨館詩集集見丁祖蔭藝文志是爲宗建之祖。元凱子奎昌，光緒志不載奎昌爲元凱子，今據丁祖蔭藝文志奎昌小傳書之。字曼華，諸生。嘗輯三峯寺志。繼父志愼守義莊規約。是爲宗建之父。宗建兄宗德，字价人，例授郎中，簽分戶部。同治七年戊辰，以五城練勇功加四品銜。將眞除，歸卒于家。以是言之，則宗建家自其曾祖同匯以來，世有懿德，其風操著于里黨；兼之儒素風雅，數世相承，父子兄弟並有著作可紀；其家世亦有足稱也。

光緒甲辰常昭合志稿載宗建事頗詳，今具錄于下：

宗建字次侯，丁祖蔭藝文志小傳云號非昔居士例授太常寺博士。少負豪俊氣，兼崇風雅。四方名士來游者，樂與款洽。粤軍擾邑，屢督勇擊却之。邑城復，（按常熟咸豐十年庚申失陷，同治元年收復）籌善後事，多盡心力。敘功加四品銜，戴花翎。晚年頗躭禪悅，時以名人書畫自怡。喜爲詩，有非昔軒稿。（丁祖蔭文志載宗建集爲舊山樓詩錄，常是一書異名）卒年七十餘。

宗建卒不知何年。葉昌熾藏書紀事詩六卷本編定目錄，在光緒二十三年丁酉（據緣督廬日記抄丁酉三月日記）。其書例不收生人。今六卷本藏書詩無宗建名，知宗建其時猶存。昌熾重編藏書詩篇爲七卷，其事在宣統元年己酉（見己酉六月日記）；其補撰李申蘭趙次侯詩，則在次年庚戌（見庚戌二月日記）。此時去丁酉編定藏書詩已十三年。宗建卒雖不知何時，然光緒甲辰常昭合志稿已爲宗建立傳，則宗建卒當在光緒二十三年丁酉之後，三十年甲辰之前。以志稱宗建年七十餘推之，其生年當在嘉慶二十五年與道光十三年之間。（宗建生嘉慶二十五年，以最早卒年最大壽算計算。生道光十三年，以最晚卒年最小壽算計算。）蓋與瞿鏞同時而年輩居後，與秉淵秉濬兄弟則同時儕輩也。

舊山樓趙氏與恬裕齋瞿氏俱蓄書好善，世有潛德。其門風相似，其爲明舊族亦同。恬裕齋瞿氏蓋明粤國公文忠（式耜）族裔，其在清時固不得以此自矜。張退齋爲宗建撰舊山樓記，稱宗建爲明趙文毅公之後。以余考之，亦族裔也。孫原湘爲宗建曾祖同滙作傳記其先世云：

翁字涵泉。其先自宋朝請君居江陰。十四傳至松雲，由江陰徙常熟。松雲子二：居城者其次，再傳而生文毅公，子孫科第不絕。長曰月坡，早世。其妻挈孤移城外報慈里，遂世居焉。是爲報慈趙氏。自松雲至翁十世，世業農。間有讀書者，試輒不利。至翁之子元紹補博士弟子，翁於是慨然慕讀書之樂。

據此知同匯爲報慈里趙氏；文毅乃城内趙氏。報慈趙氏爲大房，城内趙氏爲次房；同出松雲。邵松年海虞文徵卷十七載瞿汝稷撰少宰定宇公行狀云：

公諱用賢，號定宇。其先世爲宋宗室簡國公諱仲譚。簡國生朝請大夫諱士鵬，守江陰軍，因家焉。十傳而爲松雲公，諱寶，出贅於常熟錢氏，遂又家常熟。松雲生永達公玭。永達生益齋公諱承謙，舉嘉靖戊戌進士。累官至廣東布政司參謀。娶蕭恭人，無出。公乃張恭人出也（錢謙益趙文毅公神道碑略同，不復錄）。

汝稷此文謂仲譚十傳至松雲，與原湘文言十四傳至松雲者異。徐乾學憺園集卷二十八有景之趙公墓誌銘，爲趙士春作。其文敍趙氏先世，亦云『十四世寶，自江陰章鄉徙常熟』。則海虞文徵所載瞿汝稷文『十傳而爲松雲』者，『十傳』應作『十四傳』。蓋脫一字也。據汝稷文，知城内趙氏支祖爲玭，乃松雲（名寶）次子，卽文毅之祖。據原湘文，知報慈之支祖爲月坡（不知其名），由月坡至同匯十世。是同匯之十世祖與文毅之祖玭爲兄弟，其世已遠矣。以族裔世系言，同匯應爲文毅八世孫。文毅嫡裔有趙同湘官直隸懷來知縣，道光初署任邱縣事；同湘弟同歧，乾隆甲寅（五十九年）副榜，官福建安溪晉江知縣，見光緒常昭合志稿卷二十七趙王槐傳。有趙同翼，弟同翩乾隆乙酉（三十年）舉人，官甘肅徽縣知縣，見光緒常昭合志稿卷二十六趙森傳。有趙同武見邵淵耀小石城山房集卷下舅氏吶齋公傳。此五人皆乾隆嘉慶間人，與同匯同時，或稍後之。據此知『同』字是派名。凡名取同字者，是文毅八世孫。黃廷鑑第六弦溪文抄卷四有趙先生墓誌銘，即爲同翩而作，謂同翩是明文毅公八世孫。是也。光緒常昭合志稿卷三十文學傳有趙同春，謂同春文毅七世孫，誤。因此『同』字取名，不得云七世孫；且傳稱從族兄同翩遊，族兄同翩是八世孫，則同春不得爲七世孫也。同匯子爲元凱元紹；同湘子爲元琛元勛元章；俱見光緒常昭合志稿。同翩子爲元運，見黃廷鑑撰同翩墓誌銘。同武子爲元曾，元桂。見邵淵耀舅氏吶齋公傳。據此則元字亦是派名。凡名取『元』字者，是文毅九世孫。孫原湘天眞閣集卷四十九趙爕梅傳云爕梅名元爕，是明文毅公九世孫，亦是也。按常熟趙氏文毅後裔命名多有不依派名者。以上所舉皆據其命名依派名者言之。又文毅後裔，派名有取『允』字者於『元』字輩爲子姪。光緒常昭合志稿卷三十二畫家有趙元信，族姪允謙允章附傳。趙奎昌爲趙元凱子，傳稱奎昌輯三峯寺志與從兄允懷互相商榷。是也。今光緒常昭合志稿卷三十一義行傳有趙允升，子宗望宗敬宗耀。卷十七善舉志載宗耀爲文毅孫士春之裔，是同治光緒時人，與宗建亦同時。據此知『宗』字亦是派名。凡取名『宗』字者，應是文毅十一世孫。余所見清光緒丙申(二十二年)常熟趙氏承啓堂重刊本文毅公松石齋詩集卷末署『十世孫宗穀謹校』。『宗』字輩是十一世孫，今云十世孫，不可解。趙氏後人自計其世，固不應誤。然以光緒常昭合志稿所載諸人考之，則錯誤顯然。或一時疏忽誤落一世，亦未可知。且如趙同春本文毅八世孫。光緒常昭合志稿誤爲七世孫。趙嗣孝祖士功，父世鉞，見光緒常昭合志稿卷二十六，所記不誤。士功是明敍州知府隆美之子；隆美乃文毅公第三子。則嗣孝乃文毅玄孫也。今何義門集所附義門弟子姓氏錄，乃誤以趙嗣孝爲文毅曾孫。則譜牒學之荒廢不講近代彌甚，其誤人實不淺也。

常熟報慈里趙氏，今取同匯一支；城內趙氏今取本幡一支，同湘一支，並溯其先世，列爲世表如左。同湘一支，據光緒常昭合志稿卷二十六趙嗣孝傳，卷二十七趙王槐傳及廣陽科名錄。本幡一支，據光緒常昭合志稿卷二十六趙延先傳，卷三十一趙允升傳，徐乾學憺園全集卷二十八景之趙公墓誌銘，及小石城山房集趙振之廣文傳。

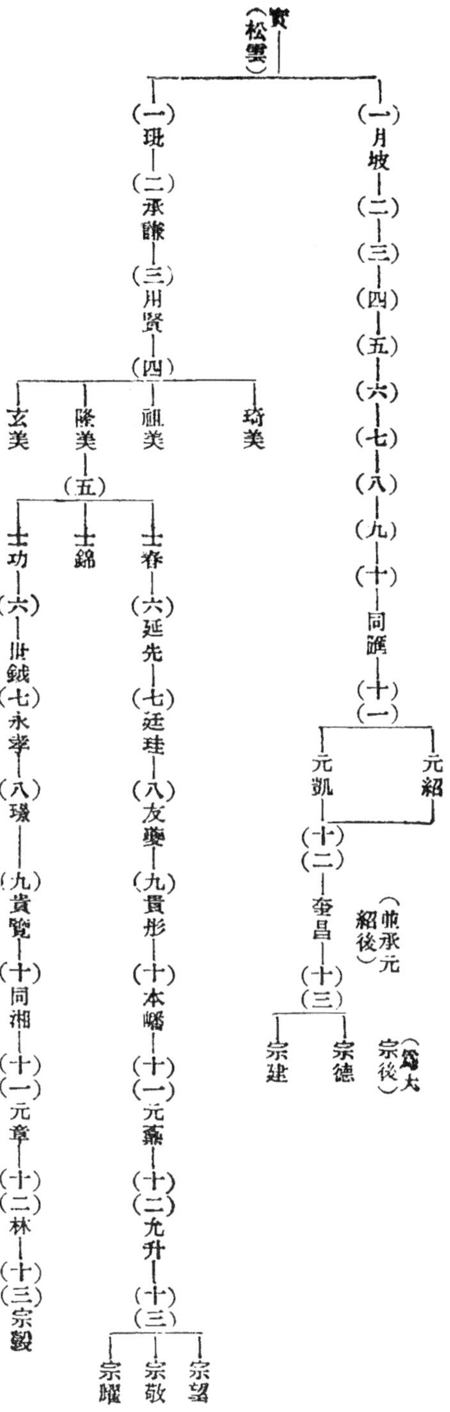

此表作用，唯在表明報慈趙氏與城內趙氏之族屬關係。故於城內趙氏文毅後裔唯取派名有『同』字『宗』字與報慈趙氏一例，而其系統分明可考者。此外如光緒常昭合志稿卷二十選舉志載嘉慶舉人有趙同揆。卷三十文學傳有趙同鈺，與孫原湘同時齊名。卷二十八忠節傳有趙同鈞，居唐墅，其子元溥。（元溥見丁祖蔭重修藝文志）派名雖合，而皆不詳所出，故皆不錄。文毅後裔至爲昌盛。其長子琦美五子，曰士震振羽振海振華士升，見玉簡齋本脈望館目引趙氏家乘。士震官徐州衛經歷，見乾隆常昭合志卷八。次子祖美爲王世懋壻。祖美子士履，以祖蔭授官，有善政，見光緒常昭合志稿卷二十五。（有傳附文毅傳）據邵松年海虞文徵卷一所錄士履爲母請旌疏，稱『兄弟姊妹六人』，則士履尚有諸弟，但不知幾人。第三子隆美六子，其可知者爲士春士錦士功。士春士功後裔，已略見表中。士錦孫有名徵介者，康熙進士，見光緒常昭合志稿卷二十選舉志，又見卷三十文學傳。其子名知十。卷二十選舉志又有趙徵雲，康熙副貢。疑是徵介兄弟。第四子玄美，其後無考。光緒常昭合志稿卷二十六有趙再恩傳，稱再恩是文毅曾孫。又有趙森傳，其曾祖延爽（今志誤作廷爽，丁祖蔭重修藝文志不誤）是文毅曾孫。此二支今俱不知爲文毅何子之後裔。

宗建爲文毅族十一世孫，爲文毅子琦美族十世孫。其得也是園藏琦美抄校本古今雜劇于長洲汪氏，乃先人遺書一旦璧歸于趙，其事甚有意義。昔文毅六世孫王槐聞文毅公兕觥在曲阜顏氏。親往，以幣易歸，酌酒告廟，一時傳爲盛事。士大夫投贈詩文，王槐因裒爲歸觥集（王槐歸兕觥，乃乾隆間事，見光緒常昭合志稿卷四十八軼聞）。以此古今雜劇論，其書流轉二百餘年，復歸于趙，亦猶王槐之歸兕觥也。惜宗建淳樸，不肯鋪張其事，遂令事隱而不顯。設非丁祖蔭爲文錄黃丕烈跋兼及古今雜劇，則吾人不知也是園舊藏曲是趙琦美校抄本，亦無從得知書曾歸趙氏舊山樓。設非古今雜劇發現，吾人讀其書因而考及收藏之人，推尋趙氏家世；則雖張退齋言之于前，亦不知宗建是文毅父子族裔也。今幸因此書，闡明其事。雖搜揚幽隱爲吾輩讀書人之責，而宗建之名殆因是書而益顯，此固宗建當年所不及料者也。

丁祖蔭記古今雜劇，但言曾見趙氏舊山樓有此書，不言其始末。近人有署名『新陳』者，其人寓上海，與丁祖蔭有舊，撰元劇之新發見一文（載書誌學第十一卷第一號），則稱古今雜劇光緒初歸趙氏舊山樓，民國初年歸丁初我。其言或自有本。古今雜劇道光初爲長洲汪士鐘所得。汪氏書散于咸豐庚申之前。庚申亂後，又有散失。如『新陳』所言，則宗建得是書在咸豐庚申之後，不在咸豐庚申以前矣。祖蔭原名祖德字芝孫（鄭西諦氏跋古今雜劇謂祖蔭字芝蓀，號初我），清光緒中諸生，食餼。光緒二十四年戊戌曾糾貲重印言如泗常昭合志。祖蔭任總校，自爲校勘記一卷。民國重修縣志，祖蔭又重訂其藝文志金石志別行。蓋極留心鄉邦文獻者。所輯虞山叢刻，自民國四年至八年，以次刊行；皆常熟人著書。其輯印虞陽說苑甲編在民國六年；皆關於常熟之書。後又輯爲乙編。其虞陽說苑甲編序自稱『生長於虞，喜聞虞事。喜蓄書，尤多致虞人著述』。觀其所錄多據罟里瞿氏抄本，蓋與瞿氏一綫往還，時通假借。雖所搜不出一邑之末，而嗜好之篤有足多者。其得古今雜劇秘不肯出，雖貴其爲稀有秘籍，亦緣校抄者是趙琦美，乃常熟人也。祖蔭得古今雜劇在民國四年（據祖蔭題清常道人鈔校古今雜劇詩手稿自注）。晚年寓蘇州。歿後數年，日寇陷蘇州。其藏書遂散佚。此古今雜劇即自蘇州散出，流轉至滬，旋歸國立北京圖書館時則民國二十七年也。

以上所舉關涉是書之人，自趙琦美以下以至丁祖蔭，凡十二家。其間顧瑞淸非藏書者。董其昌則不敢定，疑亦非藏書者。今去顧瑞淸，其董其昌姑以藏書者論，則收藏斯書之人凡得十一家。此十一家，得書之年雖不能一一盡知，然約略其時，尚可不至大誤。今更依各人得書之年詮次先後列表如次：

(得書年)	
明萬曆四十二至四十五年	一六一四——一六一七
天啓四年	一六二四
清康熙三年	一六六四
康熙八年後	一六六九後
雍正三年	一七二五
嘉慶九年	一七九八
道光五年	一八二五
光緒元年	一八七五
民國四年	一九一五

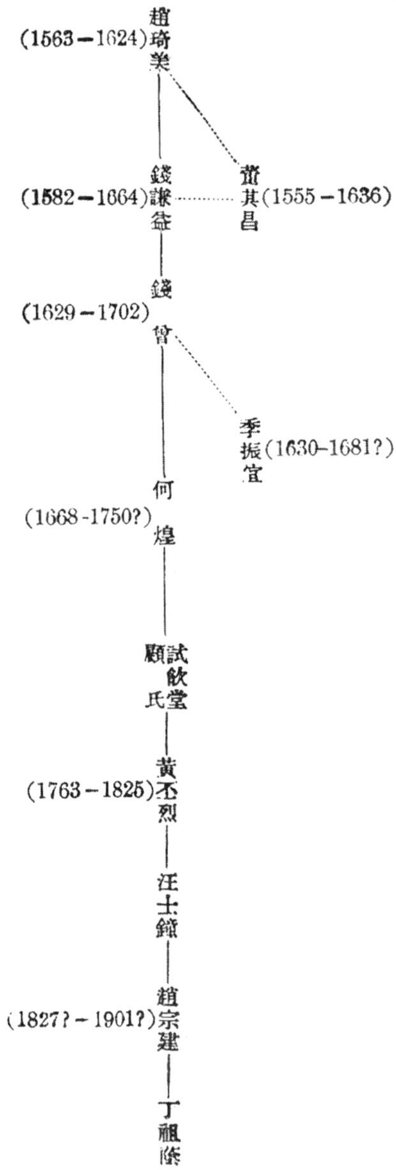

由上表觀之，知琦美鈔校雜劇，自明以來遞經諸家收藏，迄于清季，歷時將三百年。至民國二十七年書爲國有，上距琦美萬曆四十二年初校書之時，實爲三百二十五年。此三百二十五年中，明末甲乙之際，一大災也；清順治庚寅絳雲之役，一小災也；咸豐庚申蘇常之役，又一災也；民國丙子以來中外之事，又一大災也。凡圖書文物之經此數災，其損失喪亡者何限，而此書顧巍然獨存，亦不可不謂之幸事焉！

二冊籍

今本古今雜劇六十四册，分裝六函。第一函第二函各十册；第三函十二册；第四函第五函各十册；第六函十二册。其雜劇爲二百四十一種。當卽淸光緒初趙氏舊山樓藏本之舊。其前乎舊山樓者，自明趙琦美以下至淸長洲汪士鐘藏者七家。中歷明淸二代二百餘年，其本之流轉變化多寡存佚之數，今已不能盡知。其著錄是書者，淸康熙中唯錢曾有述古堂目，也是園目；嘉慶中唯黃丕烈有也是園藏書古今雜劇目（黃目見本書第一册）。今略依今本及錢目黃目所記，摹略推測明萬曆後淸光緒前之書册情形。

趙琦美時

趙琦美所校刊本曲，有息機子刊元人雜劇選。元人雜劇選，余所見別本存二十五種，琦美校本今存十五種。有新安徐氏刊古名家雜劇。古名家雜劇，余所見別本四十種；彙刻書目所錄正續兩集六十種；琦美校本今存五十三種，其本有與彙刻書目所錄同者，有不見于彙刻書目者。余所見別本息機子元人雜劇選有萬曆戊戌（二十六年）序，其第一篇爲踏雪尋梅。余所見續古名家雜劇無序，其第一篇爲救風塵。彙刻書目載古名家雜劇第一篇爲玉鏡臺。此三篇今琦美校本皆有之。知琦美於息機子刊元人雜劇選新安徐氏刊古名家雜劇正續二編皆見首册。琦美當時所得果係全書否，今不可知。然此二書皆是總集，以常理推測，縱令其書不完，琦美固當以總集目之，使分別獨立各自爲書，未必遂如今本古今雜劇以刊本與抄本混合裝訂也。至琦美所抄雜劇究有若干，今亦不可知。然錢曾述古堂目錄抄本曲三百種。由三百種中除去今本現存之刊本六十一種，餘二百三十九種可視爲琦美原抄本。也是園目增于述古目者四十一種，此四十一種今存者十四種（抄本八種刊本六種），餘二十七種佚，不知何本。然其中有十一種（賢達婦，荊娘盜果，摔表諫（黃待訪目作摔袁祥），孝順賊魚水白蓮池，行孝道郭巨埋兒，宦門子弟錯立身，遙天笙鶴，蘇東坡誤入佛遊寺，李瓊奴月夜江陵怨，崔臘兒指腹成婚，賽金蓮花月南樓記，呂洞賓戲白牡丹。）可信爲抄本，則也是園目所增四十一種中應有十九種是抄本，合之得抄本二百五十八種。縱琦美所抄雜劇不盡于此，然料其數想亦相去不甚遠矣。（以上所舉今本現存之刊本六十一種，爲述古堂目先著錄復見於也是園目者。今本現存之刊本六種，爲也是園目新著錄，不見於述古堂目者。共計得六十七種。此外，如今本現存之刊本善智識苦海回頭，則述古堂目也是園目均未著錄。故今本現存刊本，實得六十八種。）又琦美當時于內府諸劇皆隨抄隨校，固應收拾裝訂成册。然册數究有若干，今亦不能知。以錢曾述古堂目也是園目均不記册數，今固無從考訂之也。

錢曾時

今所見趙琦美校抄古今雜劇卽錢曾故物；以今本岳陽樓劇有曾手書墨蹟證之。曾所藏乃錢謙益故物；以謙益康熙初尙閱是書證之。已見上篇。琦美脈望館目謙益絳雲樓目，均不載是書；而其目備見于曾所編述古堂目及也是園目中。曾雖不及見琦美，而親接謙益，得其燼餘之書。是曾所記者本可援據。顧曾述古堂目錄雜劇記本子雖詳，而未言明册籍之數。也是園目則一概不注爲何本。其讀書敏求記亦未錄是書。故其得書始末以及先後著錄異同多寡之故，今仍不能詳。居今日而言，其事之疑莫能明者有二事：述古堂目乃曾康熙八年己酉所編，其時去謙益亡僅五年。余所見述古堂抄原本述古堂藏書目其卷十爲古今雜劇目（今粵雅堂本述古堂目無雜劇，其詮次與述古堂原抄本不同），此雜劇目卽係追加，其去得雜劇時當亦不遠。顧以原本述古堂目所錄雜劇勘今本，則今本古今雜劇六十八種爲刊本，一百七十三種爲抄本；而述古堂目則悉是抄本。吾人所見現存之書與曾首次著錄者不同：此不可解者一也。曾曾售書于季振宜。今所見季滄葦藏書目有抄本元曲三百種一百冊，與曾述古堂目所錄抄本曲三百種之數合，似即曾書。然則曾己酉所錄諸曲旋歸季振宜，己酉後曾已無其書矣。今行本也是園目，即以述古堂原抄本述古堂目爲底本修訂成書；觀其體例同，所附序尚名『述古堂藏書後序』可知。（述古堂原本述古堂藏書目有前序，有後序，今通行玉簡齋本也是園目只載後序，無前序），章鈺讀書敏求記校證類記謂也是園乃曾晚年所居。引曾邵子皇極經世觀物篇解跋稱『今歲僑居也是園，去己丑侍牧翁時已三十七年』爲證，定其時爲康熙二十五年丙寅。余按錢陸燦調運齋集答孫蕉庵詩署『七十四叟』。陸燦康熙戊辰年七十七，則詩署『七十四叟』，是康熙二十四年乙丑作。其詩注云：『也是園遵王姪園。』據此二條，知曾居也是園在乙丑丙寅之間。其時年爲五十七歲與五十八歲。曾編書目改題『也是園』，其時當去乙丑丙寅不遠。蓋去己酉編目時已十六七年矣。今檢也是園目卷十古今雜劇目，則述古堂目所錄雜劇三百種一一具在，其超出于述古堂目之外者尚四十一種。似季滄葦書目所錄抄本元曲三百種與述古堂目合者，乃偶然相同，己酉後曾無售曲于季振宜之事。然振宜與曾之書籍關係極深。振宜得元曲，其種數與述古堂目所錄切合如此，乃謂得自他人，與曾無涉，於理亦乖：此不可解者二也。夫私人藏書，其盈虛消長本無一定。其旋失旋得，一出一入，事至纖微，非本人有詳細記載，後人固無從知之。以此諸本雜劇言，曾既未詳言其始末，留此疑義與後人，吾輩生曾二百年後，欲盡知其事難矣。然事雖隱晦，而理可推求。苟不自以爲是者，固無妨立義權爲之解也。今于此二事試爲詮釋如左：

述古堂目錄雜劇皆抄本，今本則六十八種是刊本，百七十三種是抄本，與述古目不合。其故安在？余以爲曾所藏古今雜劇乃逐漸得之，非一時所得也。趙琦美校曲，有刊本，有抄本。錢謙益得之于趙氏者，當亦如是。謙益書順治庚寅絳雲災後悉舉以贈錢曾，此書不知在內否。而據曾讀書敏求記所載，則謙益康熙初尚閱其書。曾未言書屬何人，故吾人亦不能謂此時書已爲曾所有。今假定曾得曲在謙益卒後。謙益絳雲災後，其書不盡歸曾。如曾述古堂藏書目序，稱癸卯（康熙二年）見牧翁架上列張以甯春王正月考一書，援據詳洽。牧翁嘆其絕佳。少間走扎往借，已混亂帙中。老人懶於檢覓而止。耿耿掛胸中者五六年。去秋，有人插標以數冊敗書求售，而此書儼然在內。云云。曾序作於康熙八年己酉。所云去秋是七年戊申。謙益卒巳四年。蓋曾所謂絳雲一燼之後，所存書籍公悉舉以相贈者，乃約略之詞，非謂謙益書一一歸之於曾，乃至無書也。其事當在康熙三年甲辰之後，康熙八年己酉編目之前。而所得者悉抄本，無刊本。易言之，即今本古今雜劇之爲息機子刊本新安徐氏刊本者，在述古目悉是抄本。凡息機子本附抄穿關者，述古目悉注內府穿關本抄。凡息機子本新安徐氏本不附抄穿關者，述古目悉注抄，可證述古目注內府穿關本抄者，從今附穿關之息機子本出。注抄者，從今不附穿關之息機子本新安徐氏本出。唯王粲登樓，述古目注內府穿關本抄。今存本是新安徐氏本，無穿關。然述古目王粲登樓又注云，又一本，則又一本者，或從今新安徐氏本出。馬丹陽度劉行首，述古目注內府穿關本抄。今存本是新安徐氏本，亦無穿關。此殆琦美當日因內府本與新安徐氏本文不同，故不以穿關附新安徐氏本，而別錄內府本。曾初得者係琦美錄內府本，無刊本。後又得刊本。其劇遂同時有刊本與抄本二本。今則刊本存而抄本已佚，故不合也。述古目所錄鈔本三百種。此抄本三百種者，將盡目爲琦美本乎？按：琦美所錄曲，有自內府本出者；有自于小穀本出者。其曲爲刊本所收而內府于小穀尙有其本者，則取內府本于小穀本校于刊本之上。今琦美題識具在，可以覆按。琦美當日旣有刊本且手自讎校，必不更取此諸刊本重鈔一過，其事甚明，琦美當時校刊本曲，亦有因文字不同別錄一本書。如息機子本九冊同居跋云：與于本大異。又別錄一冊。是也。但此例甚少。所校諸刊本曲，以今視之，皆大同小異，無甚異文也。以意揣之，凡今本明是刊本，而在述古目則爲抄本者，必是曾購書時僅有抄本，其刊本不可得，乃借鈔配齊之；或刊本謙益在日已歸他人，謙益賣重曲本，有生前已出售者。如元人抄本陽春白雪，有康熙十年機學老人跋，稱得之勾曲已二十餘年。由康熙十年上數二十年，爲順治九年壬辰。其時謙益固無恙也。機學老人乃葉石君。此跋見蕘圃題識卷十及楹書隅錄續編卷四。謙益售書時曾錄副；故曾所得悉是鈔本，無刊本。以是言之，則述古目所錄抄本應有二種：一爲趙琦美舊抄本，一爲據刊本重抄本。曾雖未得刊本而以重抄本代之，故劇不闕。乃其後復得刊本，則又以刊本代重抄本，故今存本有抄本有刊本與述古堂目異也。然曾當時所得趙琦美抄本亦不甚全，故己酉編目後又續有所獲。如上所舉賢達婦荊娘盜果等十二種，其本雖不存，可信爲琦美舊抄本。其劇也是園目始著錄，述古目無之。如女學士明講春秋，河嵩神靈芝慶壽，述古目古今雜劇目不載，河嵩神，述古目續編雜劇目始著錄。也是園目有二本，一在周王誠齋名下，一在教坊編演劇中，實是一劇。女學士，也是園目始著錄，在雜傳類。而今存者正是琦美錄校于小穀本。射柳蕤丸記，述古目注本子是鈔本，而今存者是內府穿關本鈔本，不同。可知己酉前曾購求曲本，於琦美所抄內府本于小穀本曲尙未能括而有之也。不徒此也。今本古今雜劇首册有黃丕烈手書也是園藏書古今雜劇目。其目東漢故事中有劉文叔中興走鵶路一種。丕烈注云缺。此缺字，據張菊生先生鑒定，是丕烈筆蹟。明也是園藏書原有此劇。此劇與馬援撾打聚獸牌、雲臺門聚二十八將、漢姚期大戰邳仝合訂爲一册。聚獸牌以下皆琦美錄內府穿關本，則劉文叔劇必是內府穿關本。今也是園目無此劇，明得是劇在編也是園目之後。是則琦美所錄曲，雖在曾編也是園目時，猶搜集未盡也。至刊本諸曲，曾以何時得之，今不能知。余考今本古今雜劇有新安徐氏刊本徐文長四聲猿。其目爲漁陽三弄，玉通和尚罵紅蓮，月明和尚度柳翠，木蘭女，黃崇嘏女狀元。核其文，月明和尚度柳翠即玉通和尚罵紅蓮之後一折。渭翠鄉夢劇二折刊書時誤標『月明和尚度柳翠』一目。文長四聲猿所包四劇，至是遂爲五劇。余所見原本述古堂藏書目，其古今雜劇目後附有續編雜劇目，所錄徐文長四聲猿凡五劇，與今新安徐氏本全同，知續編雜劇目所錄即今新安徐氏本。曾編述古堂目續編劇目應在也是園目之前。則曾編也是園目時已有刊本矣。然今本古今雜劇有新安徐氏刊本善智識苦海回頭，也是園目無此劇。今本古今雜劇有新安徐氏本馬丹陽度脫劉行首署『楊景賢撰』；也是園目無『楊景賢』名，置劉行首于元無名氏劇中。劉行首，太和正音譜本在古今無名氏雜劇目中。然曾編述古目也是目，並不全依太和正音譜。如風雲會正音譜亦在古今無名雜劇目中，述古目也是目均以爲元羅貫中撰。是也。述古目注劉行首本子是內府穿關本抄本。今此抄本已佚。知曾編也是園目時，尚未得新安徐氏本苦海回頭及劉行首劇。又述古目也是目孝義士趙禮讓肥俱在秦簡夫名下，『東漢故事』類無趙禮讓肥。今本古今雜劇則秦簡夫名下趙禮讓肥是息機子刊本，『東漢故事』類趙禮讓肥是內府鈔本；述古目所錄秦簡夫趙禮讓肥，是內府抄本。息機子本署『秦簡夫』，內府本不題撰人。此明是得息機子本後，據其題編入秦簡夫劇中而出內府本入『東漢故事』類然則曾于諸刊本亦非一時得之也。

季滄葦書目錄元曲三百種，似即曾述古堂藏書；蓋已酉後售之季振宜者。而曾乙丑丙寅間編也是園目，則諸曲具在。余以爲此殆振宜歿後，振宜已酉後所得曲復歸于曾也。曾丙午丁未間，售宋本書于季振宜。凡宋本有影抄本者則留影本，以原本歸振宜。曾所謂『舉家藏宋本之重複者售之季氏』，其言當如是解釋。振宜已酉後所得曲如係原本，不知曾亦留得副本否？但今所見也是園舊藏古今雜劇實係趙琦美抄校原本。振宜歿後，其書多爲徐乾學所得。然傳是樓目既無此書，則此書復歸于曾似無可疑。此事雖無直接證據，然以曾所記考之，却有旁證。曾讀書敏求記跋陶淵明文集云：章鈺校證本四之上『婁江顧伊人（湄）藏宋槧本陶集。見余苦愛陶集，遂舉以相贈。丙午丁未之交，予售書季滄葦。是集亦隨之而去。滄葦歿，書散。伊人前年渡江，念陶集流落不偶，訪求得之。持歸示余。河東三篋，亡來已久。一旦頓還舊觀。展卷相向，喜可知也』。曾記此事，不云何年。考振宜歿在康熙二十年頃，其書散必在康熙二十年以後。曾康熙五六年間所售陶集，顧湄既可于十餘年後復得之；曾康熙八年後所售古今雜劇，亦安知不于十年後復得之？是曾于斯書失而復得，非不可能。其得書正當寓也是園之時。也是園目之編得重登斯書，則曾之喜亦可知也。

季滄葦書目載抄本元曲三百種一百册，當即述古堂藏弆之舊。此抄本百册，曾晚年復得之；其時曾已有刊本。以刊本易抄本，雖雜劇數目仍同，而其時曾尚有新得抄本爲述古目所不載者，則曾晚年藏曲蓋不止百册。黄丕烈手書古今雜劇目所記舊本册數爲八十餘册。今考其目，其著錄體例與曾也是目述古目多不合。則八十餘册是曾以後人所訂，非曾藏曲本原爲八十餘册也。

以上所釋二事，純爲余個人私見。曾得琦美抄校曲本果曲折如是乎？吾不敢言其必是也。要以情理言似當如是。無妨權爲之解耳。苟余說果當者，則曾於古今雜劇乃積漸得之。歷時幾二十年，而所得猶未必爲全書，則斯編之零落甚矣。顧何以至此？謙益耄年頹唐，其書或不自整理。及其歿，又有族人構難，家事紛拏。其子上安，據諸書所記乃暗懦之人，殆於謙益遺書不復檢點，任其散佚，遂至零落如斯歟？曾盡得謙益書，以藏書著名。據其讀書敏求記邵子皇極經世觀物篇自敍，稱『僑居也是園，檢點縹囊緗帙，藏弆快然堂。展卷自娛，以送餘年。』是曾丙午丁未間雖售重複宋本于季振宜，餘編晚年具在，未嘗散出。乃曾卒後則書亦旋散，如何焯所記，竟從虞山質庫中得其書矣。曾子有名沅字楚殷（殷淸虞陽科名錄卷四作服）者，頗嗜書。瞿氏鐵琴銅劍樓書目卷二載宋婺本尙書爲沅藏本，其鈐印云：『傳家一卷帝王書。』是曾有子。楹書隅錄一載影宋鈔本九經字樣有康熙庚寅（四十九年）毛扆跋，稱『宋本九經字樣，錢遵王有影寫本，未之見，昨過錢增家，始得見之。』『錢增』下注云：『遵王孫也。』是曾有孫。然曾子五人，不必皆賢。自昔藏書家子孫，其視先人遺書與田宅等。一旦瓜分，其書之能存與否，端視其人如何。設有不學者分得書，不知愛惜，其書卽散無疑。覩謙益與曾身後書籍零落之狀，其事眞堪一慨也！

黃丕烈時

曾藏古今雜劇，曾歿後約二十年，爲長州何煌所得。以今本無何煌題識，不知煌得書時情形如何。煌藏此書約二十餘年，至乾隆中煌歿後爲元和顧氏所得。以今本無顧氏題識，故亦不知顧氏得書時情形如何。顧氏藏此書約五十年，其間有無損壞情形，固不可知；然黃丕烈以嘉慶九年得斯書，則丕烈得書至少是嘉慶初顧氏弆藏之舊也。據丕烈手書也是園舊藏書古今雜劇目錄，記當時存本爲二百七十種。據丕烈手書待訪古今雜劇目，記當時已佚之本爲七十一種。丕烈所記尙不甚確實。其記當時存本爲二百七十種，應稍殺，降爲二百六十八種；其待訪目記佚本七十一種，應增多，改爲七十六種；方合事實。今分述如下：

丕烈手書也是園藏書古今雜劇目記劇之總數云：『共存二百七十種。』此七字佔一行，書於古今雜劇目之後。此當時計會之數也。然以丕烈古今雜劇目所記某一冊若干種累積數之，實得二百六十九種，（凡丕烈所書某一冊若干種皆與劇目合，余一一勘過。）與丕烈所記總數不合。蓋目中劉文叔中興走鴉路一種有目無書，其劇雖與馬援撾打聚獸牌，雲臺門聚二十八將，漢姚期大戰邳仝並列爲四種；而實際無其本。故此下丕烈書云：『三種共一冊。』不云四種，以現存者實係三種，不以紙上所列虛名爲據也，今古今雜劇目後所書劇總數乃不依丕烈目所記某一冊若干種積累算之，而以目所列劇名一一算之。誤將劉文叔一種算入。遂爲二百七十種。由此知此劇總數雖係丕烈手書，而計會核算則不出丕烈之手。蓋丕烈屬他人爲之，而未告以此劉文叔劇實已不存。其人以總計會之數覆丕烈，丕烈亦不疑，遂援筆書之，而不知其不合也。然丕烈目所書某冊若干種積之得二百六十九種者，亦非實數。蓋月明和尚度柳翠本玉通罵紅蓮之第二折，不應獨自爲劇，丕烈目以此一折爲一劇，與灌將軍等七劇並列，目爲八種一冊。此乃丕烈一時之疏，不可沿襲。故必去此月明和尚度柳翠一種，餘二百六十八種，方是丕烈得曲實數也。

丕烈記所得雜劇總數不實，其失蓋一緣誤信他人，一緣誤信新安徐氏本。其待訪古今雜劇目即以也是園目核今本，凡也是園目有而今本無者，即是待訪之曲。此等校對工夫似可不誤矣。然所舉待訪之曲爲七十一種，則亦有遺漏。鄭西諦氏跋古今雜劇，爲補五種，目爲：包待制智賺合同文字，薩眞人夜斷碧桃花，河嵩神靈芝慶壽，南極星度脫海棠仙，善智識苦海回頭（見民國二十八年十二月文學集林第二輯）。按：善智識苦海回頭今存新安徐氏本。丕烈古今雜劇目以苦海回頭與牡丹園八仙慶壽仗義疏財並列，凡四種共一册。此丕烈所有不待訪求者。至合同文字、碧桃花、河嵩神、海棠仙四種應在待訪目中，丕烈失載，鄭氏所舉不誤。然余意丕烈待訪目尚宜增元李壽卿月明和尚度柳翠一種。壽卿此劇，本見也是園目。丕烈誤以玉通和尚罵紅蓮第二折當之，以爲其劇本存，故不入待訪目。此亦丕烈一時之疏，不可不糾正者也。

今所見丕烈手書也是園藏古今雜劇目，劇名之上有硃筆書號碼。此號碼卽依也是園目編製。凡劇在也是園目應屬第幾號者，在丕烈手書目亦爲第幾號。如李壽卿度柳翠劇在也是園目應爲第六十一號，今丕烈目度柳翠卽爲第六十一號，是也。（按：此以徐渭玉通和尚劇第二折當李壽卿度柳翠。已見上文。又按：六十一朱書誤六十二。墨筆二改一。）其當時存本有而也是園目無之者，則不編號。如關漢卿名下單鞭奪槊，周王誠齋名下苦海回頭，『東漢故事』類劉文叔中興走鴉路及孝義士趙禮讓肥，丕烈目皆無號是也。其也是園目有而當時已無其本者，則號中斷。如元梁進之趙光普進梅諫丕烈目標五十七號，下接石君寶魯大夫秋胡戲妻標八十二號是也。（按八十二朱書誤八三，墨筆三改二。）據此知當爲檢察對照方便計，曾爲也是園目編號，更以所編也是園目號錄于丕烈手書目之上。此號碼不知何人所書，疑卽丕烈屬子弟或門客爲之。余據丕烈目所編號發現一事：卽丕烈當時所見也是園目與今通行玉簡齋本也是園目不同是也。今玉簡齋本也是園目『神仙』類二郎神鎖射魔鏡後爲『本朝無名氏』類周王誠齋。周王誠齋後爲『水滸故事』類魯智深喜賞黃花峪。以次論，鎖魔鏡應爲三百七號，周王誠齋爲三百八號，黃花峪應爲三百九號。今丕烈目鎖魔鏡標三百七，同。（朱筆誤書三百十二號。墨筆改三百七號。）黃花峪標三百八，（朱筆誤書三百十三號。墨筆改三百八號。）與玉簡齋本相差一號，而號在本目中前後銜接，明無周王誠齋。其證一。玉簡齋本也是園目所錄雜劇，至感天地羣仙朝聖止，其次爲第三百四十二。丕烈目編號至三百四十一止（朱書原誤三百四十六。墨筆改三百四十一。）其最後一劇，亦爲羣仙朝聖。明周王誠齋劇不在內。其證二。玉簡齋本也是園目所書，蓋是周王誠齋劇由後移前，而人名不删，誤衍於此。丕烈所見也是園目無周王誠齋一目，是其本之勝處。王國維曲錄三據也是園目錄周王誠齋一本，亦以爲劇名。是國維所見也是園目與今通行玉簡齋本也是園目同。（國維曲錄序作於清宣統元年。羅振玉初刻也是園目，在宣統二年。疑國維所見也是園目，卽羅氏所據本。）國維撰曲錄時無他書可校，故不疑其誤耳。丕烈所得也是園曲，若依丕烈所見也是園目勘合核算，則所得視也是園目少七十六種（李壽卿月明和尚度柳翠在內）。其實存者，爲二百六十八種。此二百六十八種中，尉遲恭單鞭奪槊孝義士趙禮讓肥皆重出，（黃目尉遲恭，一在關漢卿名下，一在尚仲賢名下。也是園目關漢卿劇無尉遲恭。今本則尚仲賢名下之尉遲恭已佚，所存者係關漢卿名下之尉遲恭。黃目孝義士趙禮讓肥，一在秦簡夫名下，一在東漢故事類中。也是園目東漢故事類無趙禮讓肥。今本並存，與黃目符合。）善智識苦海回頭爲也是園目所不載。故必去此三目，以所餘二百六十五種加已佚之七十六種，方與丕烈所見也是園目三百四十一種之數合。若依今通行玉簡齋本也是園目勘合核算，則丕烈所得也是園曲視也是園目少七十七種（無名氏周王誠齋李壽卿月明和尚度柳翠在內）。從實存之二百六十八種中，去單鞭奪槊趙禮讓肥苦海回頭三種，餘二百六十五種。以二百六十五種加已佚之七十七種，亦與今玉簡齋本也是園目三百四十二種之數合。唯今玉簡齋本也是園周王誠齋一劇既屬可疑，則今日計丕烈時也是園曲存佚之數，與其從玉簡齋本，無寧從丕烈所見本之爲愈耳。

丕烈所得也是園曲實爲二百六十八種。此二百六十八種應分隸於各册。丕烈當時所得，果爲若干册乎？丁祖蔭撰黃蕘圃題跋續記，錄丕烈嘉慶甲子得書總目云：

元刊本古今雜劇三十種，琵琶記一種，共十册。

明刊本古名家雜劇，元人雜劇選，共□本。

清常鈔補小山手校古今雜劇也是園藏明刊本共六十六册。

據祖蔭所引，則丕烈得也是園藏古今雜劇實爲六十六册。祖蔭引丕烈此目，非丕烈原文。何以知之？今本古今雜劇第一册首載丕烈此目，其目分五行書之。第一行僅存『元刊本』三字。第二行僅存『明刊』二字。第三行僅存『清常』二字。第四行僅存『小山手校』四字。校字已壞其半 第五行僅存『明刊本共』四字。以下諸字因撕毀皆不存。趙宗建所蓋『常熟趙氏舊山樓經籍記』一印，卽在黏補之空白葉上。是光緒初宗建得書時，此葉已殘，祖蔭得是書在民國初年，去宗建得書時已三十餘年。縱令讀書在先，亦當在宗建得書之後。祖蔭何從知其文乎？然則祖蔭所錄丕烈得書目，其册數乃祖蔭以意補之，非丕烈原文之舊無疑也。顧祖蔭何以得補其册數？今本古今雜劇第一册丕烈得書總目後，尙有丕烈所書細目。其目分四篇。第一篇記元刊琵琶記原裝二册，士禮居重裝仍二册。元刊雜劇二十五種原三册，士禮居重裝六册。又五種原裝一册，士禮居重裝二册。琵琶記與元刊雜劇共十册，此祖蔭可得而據者，故書曰十册。第三篇記古名家雜劇凡四集，每集劇四種，不記册數。第四編記元人雜劇選二十五種，亦不記册數。此祖蔭所不得而據者，故書二書云共□本。然丕烈特未記册數耳。豈有丕烈親得之書而不知其册數，親筆書目乃以空圍代之乎？此祖蔭以己意私補之明證也。其第二篇乃也是園藏書古今雜劇目。此目先分列劇名，次記其數，曰幾種共一册。（按丕烈記元刊雜劇亦如此）如先書劇五種，則曰五種共一册。先書四種，曰則四種共一册。以此類推，至末一册止。余取所記幾種共一册者一一數之，實得七十二册。祖蔭乃書云六十六册，與實際之册數不合。此又祖蔭以己意私補之明證也，顧祖蔭何以誤七十二册爲六十六册？丕烈也是園藏書古今雜劇目其累次所記幾種共一册五字之上，有朱筆批數目字，其下亦有朱筆批數目字，乃標明册籍之次第者。其上方所標分册籍爲二類。其一自第一至第三十八，爲三十八册。其一自第一至第四十八，爲四十八册。共得八十六册。其上方所標册籍次第與其所以分類之故，與此處所欲討論者無涉，當於下文述之，今姑不論。其下方所標自第一至第六十六，爲六十六册。此六十六有分上下册者，目如左：

一册下　薦福碑至貶黃州五種。
六册上　梧桐雨至牆頭馬上三種。
　　下　金錢記至單鞭奪槊四種。
十三册上　蔣神靈應至風光好四種。
　　下　翫江亭至進梅諫三種。
二十一册下　東堂老至翦髮待賓三種。
二十四册下　豫讓吞炭至勘頭巾六種。
二十九册上　飛刀對箭至劉行者四種。
三十三册上　城南柳至兒女兩團圓六種。
　　下　洞天玄記獨樂園二種。

三十六册上　伍子胥十八國二種。

四十一册下　邳鄲璋至施仁義三種。

四十五册下　單刀劈四寇怒斬關平二種。

五十册上　李存孝至朱全忠三種。

下　李嗣源至壓關樓三種。

五十二册下　張于湖至穆陵關四種。

五十五册下　釋迦佛觀音菩薩二種。

五十八册上　太平仙記至時眞人六種。

六十册下　小李廣鬧東平府至宋公明新春會三種。

六十一册上　三保下西洋一種。

以上所舉係下方批注明標上下册者。其應屬上册而未注上應屬下册而未注下者，皆不錄。其已佚之上册或下册爲目所不載者，今亦不爲補出。以本文宗旨惟在證明書分上下册之事，其明標上下册者，能指出其數，卽已敷用；固不必將原來失注上下之某某册某某劇以及目所不載之某某册某某劇一一盡舉之也。此下方所標册籍次第至最後一册爲六十六號，故祖蔭於丕烈得書總目書也是園藏古今雜劇爲六十六册。不知六十六者乃下方所標册籍號數，其册分上下者同隸一號，故書七十二册得六十六號，非原書實六十六册也。祖蔭一時疏忽不核其實數，乃誤以號數爲册數。其實丕烈手書也是園藏書古今雜劇目固在。試取丕烈所記册籍數之，何嘗是六十六册也？

丕烈所得也是園曲，以册論實爲七十二册，此七十二册乃殘餘之書。當也是園曲完全無缺時，其册爲幾何？此事錢曾未嘗自言之，繼曾後藏斯書者如何煌等，亦未嘗言之。則今日欲推尋其事，已屬不易。然余於黃丕烈手書也是園藏書古今雜劇目中，却發見舊本原爲八十餘册。此舊本册數，丕烈知之，而其跋中未之及。今爲補敍於此，丕烈手書古今雜劇目其幾種共一册五字之上，有朱筆批數目字，下方亦有朱筆批數目字，皆記册籍之次第者。其上方所標第一類自第一至三十八號，爲三十八，第二類自第一至四十八，爲四十八號。共得八十六號。其下方所標自第一至第六十六，爲六十六號。丁祖蔭誤以下方所標號數爲丕烈得曲册數，已於上文言之。今所欲申明者，卽下方所標皆是舊本册籍號數，包括已佚之册籍在內。其上方所標雖出新意，分兩類編號，然其所編號數亦包括已佚之册籍在內。何以知之？丕烈古今雜劇目所錄皆當時現存之本；今以也是園目勘丕烈古今雜劇目，凡劇爲也是園目所有而丕烈古今雜劇目無之者，其上下方所標册籍號數皆中斷。如下方所標『第六下』後書『第八』，以也是園目勘之，少尙仲賢負桂英柳毅傳書諸葛論功三種，所缺爲第七册一册。『第十三下』後書『第二十』，按：二十疑當作二十一上。因二十後非二十一下，無二十一上。則書二十者應是二十一或二十一上之誤也。以也是園目勘之，少楊顯之酷寒亭至吳昌齡西天取經二十四種，所缺爲第十四至第十九册六册。如余說所說第二十爲第二十一上之誤則應改云缺第十四至第二十册七册『第二十九』『第二十九上』後此謂後應移前故書二十九上反在二十九之後書『第三十一』，以也是園目勘之，少李素蘭至碧桃花五種，所缺爲第三十册一册。『第四十三』後書『第四十五下』，以也是園目勘之，少諸葛亮掛印至斬貂蟬七種，所缺爲第四十四第四十五上二册。『第六十一上』後書『第六十二』，以也是園目勘之，少保國公英國公二種，所缺爲第六十一下一册。『六十三』後一册失書册號，又下爲『第六十五』。以也是園目勘之，則『六十三』後少南極星金鑾慶壽至西王母祝壽瑤池會四種，則所缺是六十三下或六十四上一册，失書者爲第六十四册。原目失書册號之一册，下有草書四字，似卽六十四之省。總計下方所缺爲十二册。若依余所改第二十册應作第二十一册上，則所缺爲十三册。其上方所標，第一類如第八後書第十，缺第九册一册。缺劇爲負桂英等三種，與下方同。第十六後書第二十四，缺第十七至第二十三册七册。缺劇爲酷寒亭等二十四種，與下方同。第二類缺第八册一册，缺劇爲李素蘭等五種，與下方同。缺第二十册第二十一册二册，缺劇爲諸葛亮掛印七種，與下方同。缺第四十一册一册，缺劇爲保國公英國公二種，與下方同。缺第四十三册一册。缺劇爲南極星西王母四種，與下方同。總計上方所缺爲十三册。今按上下方編號中所缺册籍之數決非丕烈或丕烈同時之人所能想像而知之者。此必當時得書時，於本書之外另有底簿可憑或原裝書册之上曾標册號，故批注時得據其次第一一書之。

其書册缺者，其書號卽虛懸，故今得依其虛懸之數而知其所缺册數。丕烈目下方所標書號爲六十六，其分上下册者十有六；故於六十六册之外，須再加十六册，相加後得八十二册。又六十三册後缺六十三下或六十四上一册；如所缺是六十三下，則六十三號分上下册。如所缺是六十四上，則六十四號分上下册。此六十三號六十四號二號中，分上下册者必有其一。故於八十二册之外，須再加一册；相加後得八十三册。又目所載灌將軍至僧尼共犯八種一册，下不標書號，疑是三十四上。繼母大賢至仙官慶會六種一册，亦不標書號，疑是三十五上。再加此二册，得八十五册。則八十五册是下方所記舊本册籍之數。其分上下册之故不可曉，以意度之，或是書原裝六十六册，其中十有九册以書本過厚各析而二之，由是得八十五册。然則八十五册者是，丕烈前某一時期册籍之數；六十六册者，是八十五册前某一時期册籍之數。丁祖蔭書黃丕烈得曲爲六十六册，不唯其數不合，且時亦不合也。至丕烈目上方所標書號，其號依舊籍册號改編，雖改其號而未嘗減其數，故書號虛懸與書册中缺之數與下方全同。又不分上下，以一册爲一號，故兩類共計得八十六號。與下方實計得八十五册者相差一册。然上下方批注，所據既皆爲舊籍册號，則不應相差一册。是上下方所記書號，必有一誤。余按上方所記號數，自鄭廷玉寃家債主以下，以區分兩類之故，驟視之多顚倒失次。余曾依其分類之意排比爲二目。其第二類自第一至第四十八，號數皆相承。不誤。其第一類以册言應爲三十七册，而號數乃得三十八號。細核之，其風雲會至馬陵道一册，應標三十一號，而誤標三十二號。自此以下，遂遞差一號。由是言之，則上方第一類所記號數有誤，故以號計算，兩類共得八十六册。今正其誤，則兩類共計得八十五册，亦與下方同。則舊本實是八十五册無疑也。

汪士鐘至趙宗建時

丕烈藏書，其精本長洲汪士鐘以嘉慶末丕烈在日陸續得之。其餘諸書，丕烈生前未出售者，士鐘以道光五年丕烈卒後又得之。此古今雜劇，士鐘得之似在丕烈卒後。其時書有無缺損，視丕烈時如何，固不可知。然余意當與丕烈藏時同。民國二十二年吳縣志七十九雜記載士鐘藏書始末云：『黃丕烈孝廉歿，其書爲汪觀察士鐘捆載而去。雖易主，未嘗散也，觀察多子。身後，兄弟瓜分。家亦落。其書始散。經庚申之亂，掃地盡矣。』吳縣志載汪氏事，注云：『參汪氏家述。』則事出汪氏後人所述，必係事實。今本古今雜劇第一册，有繼丕烈後清理曲本之錄存書目。其目所載，視丕烈手書目少二十七種，（目見後附表）與今本全同。丁祖蔭黃蕘圃題跋續記附記，謂此目卽汪氏所書。然其字不類蕘道間人書法。余所見商務印書館打字本也是園舊藏元明雜劇目，此題係打字時所訂載此目還題爲『丁初我抄目錄』，不云汪氏抄。此必經人審訂確知爲丁氏筆蹟，故所題如此。然則祖蔭云汪氏錄者，又是祖蔭欺人之語。余謂士鐘得古今雜劇，其書當一如丕烈之舊，可以民國二十二年吳縣志所記汪氏得書事證之。丕烈此書至光緒初爲趙氏舊山樓所得，其時書已不全，可以今本古今雜劇第一册所載丕烈手書讀未見書齋得書目其册數皆撕去不存證之，蓋書賈得書時，數其册與丕烈讀未見書齋得書目所記不合，諱其爲不全之書，因撕去丕烈所記册籍數目字，以朦混購書之人。今黏補之空白葉上，有趙氏舊山樓藏書印，無汪士鐘印。明道光初汪士鐘得書時，此目完整不缺。至光緒初趙氏舊山樓得書時，已因書不全而毁其目，因毁其目而汪士鐘此處所蓋藏書印亦遂不存也。然士鐘初得是書，雖係丕烈之舊，其後汪氏書散，輾轉易主，則已非丕烈之舊。丕烈是書缺殘，當因咸豐十年庚申之役。是年，蘇州常熟相繼爲洪軍攻佔。以罟里瞿氏努力保全先人古籍，載書遷徙，流轉數處，而所遺猶爲全書之半。則丕烈藏古今雜劇二百六十八種，經庚申之役僅佚二十七種者，猶爲不幸中之大幸也。至丁祖蔭錄目，何以必託之汪氏，其理甚明：因祖蔭得此書，諱爲己有，自不得承認目係本人所開。又妄意黃丕烈舊藏書缺在汪士鐘得書之時，遂卽云目爲汪氏所錄也。

錢曾也是園藏曲，本爲三百四十一種。至黃丕烈時，其曲存者爲二百六十八種，當也是園曲五分之四而弱，佚者爲七十六種當也是園曲五分之一而強。至趙宗建時，則存者爲二百四十一種，當也是園曲三分之二而強。佚者一百零三種，當也是園曲三分之一而弱矣。此以雜劇種數言之也。以册籍言，則當也是園曲完全無缺時，舊本爲八十五册。至丕烈時遂降爲七十二册，視舊本少十三册。至宗建時又降爲六十四册，視舊本則少二十一册矣。夫古籍日久散佚，時代愈近，則古書存者愈少，此必然之事。宋元刊本，明人所習見。至清季則藏宋元本逾百種，即爲稀有之遇矣。以是言之，則也是園曲，自清康熙以來遞減其數，亦無足怪。唯其間事有不可解者：自康熙四十一年錢曾之亡至嘉慶九年黃丕烈得書時，歷時爲一百零二年。在此時期，也是園曲佚者爲七十六種，已當也是園曲五分之一。自道光五年丕烈之亡至光緒初趙宗建得書時，歷時爲四十九年。在此時期，丕烈所藏也是園曲佚者爲二十七種，不過當也是園曲十二分之一。夫歷時久則書之散佚者必多，歷時短則書之散佚者自少。此以時間論，則徒一期佚也是園曲五之一，後一期佚也是園曲十二分之一者，亦不足爲異。唯以時勢論，則自康熙中至嘉慶初，其時爲百餘年，此百餘年間，乃比較承平之時。自道光初至同光間，其時爲四十餘年，值洪楊之役，連兵十餘年。如上所述，則也是園曲當承平無事之時，損失却甚鉅；當極紛亂之時，而所損反至微，此眞不可解者也。夫書籍損失，往往有出於無意者。如詞曲小說自昔爲世人所輕，或臨時抽看，易地不返；或一瓻相借，久假不歸。書因而殘零，此事蓋多有之。此古今雜劇，在錢曾固貴其爲清常抄校秘本；然自他人視之，則未必不與其他尋常唱本等。則謂也是園曲曾卒後有無意失之者，固無不可。然謂七十六種盡屬無意失之，則亦殊不近情也。余意也是園曲，自康熙中至道光初，百餘年間，損五分之一，此事甚非偶然。宜於無意義之外，更有較深之意義，爲是書缺殘主因。其事爲何？則淸之禁錢謙益書是也。淸乾隆中，屢下詔禁錢謙益書。以當時帝王之尊，與一棺之士爲敵，其事固足以使聞者悚懼。今所見舊本書經謙益批閱者，往往撕去若干葉。此事余已於上篇言之。錢曾也是園藏古今雜劇爲謙益故物，則謙益閱此書或有批注之字。謙益康熙初撰義勇武安王集曾參閱此書，摭拾其與史傳牴牾者力爲舉正，則古今雜劇三國故事類中諸劇，當更多謙益批注字。也是園目三國故事劇凡二十一種，今缺者七種，其目爲諸葛亮掛印氣張飛、諸葛亮隔江鬥智、諸葛亮石伏陸遜、壽亭侯五關斬將、老陶謙三讓徐州、關雲長古城聚義、關大王月下斬貂蟬。此七種，舊本分訂二册，當嘉慶九年丕烈得書時已無之，此二册之缺，必因其上有謙益批字之故，斷非無意失之。丕烈得書時，也是園曲共缺十二册。以此二册例之，則其他十一册之缺，亦未必不因有謙益批字之故，未可云盡屬無意失之也。如余所說可認爲能深得事理者，則趙琦美錄校諸曲，康熙中著錄於也是園目者，不毀於明末甲申乙酉之變，不燬於順治庚寅絳雲之火，即其後經咸豐庚申洪軍之役，亦未有大損失；而其重大損失乃在乾隆中承平無事『古稀天子』御宇之時。是則專制時帝王之威，其摧毀文化有甚於兵火者，其事誠出人意外也。

三　板本

今也是園古今雜劇，其書以數種不同本子配合而成。有抄本，有刊本。其抄本有趙琦美錄內府本，有趙琦美錄于小穀本，有不知來歷抄本。三本共存曲一百七十三種。其刊本有息機子刊元人雜劇選本，有新安徐氏刊古名家雜劇本。二本共存曲六十八種。今敍此諸本，並列其目。

抄本

一　趙琦美錄內府本

趙琦美錄內府本，在今本中可分三類：一曰有琦美題識具載錄校年月者；一曰有琦美題識而不署年月者；一曰無琦美題識而劇附穿關可信爲內府本者。此三類更分述之：

琦美錄內府本曲，其錄校年月今可知者凡六十種。今依其錄校之時列目如左：

劇名	年	月	日
馬丹陽三度任風子（元馬致遠）	萬曆四十三年	正月	八日（照正月七日）
梁山七虎鬧銅臺（水滸故事）	……	……	十八日
飛虎峪存孝打虎（五代故事）	……	二月	十二日
二郎神鎖齊天大聖（神仙）	……	……	十七日
韓元帥暗度陳倉（西漢故事）	……	……	二十日
破符堅蔣神靈應（元李文蔚）	……	……	二十一日
漢姚期大戰邳仝（東漢故事）	……	……	二十四日
後七國樂毅圖齊（春秋故事）	……	……	二十六日
張翼德單戰呂布（三國故事）	……	……	二十八日
諸葛亮博望燒屯（元無名氏）	……	……	二十九日
硃砂擔滴水浮漚記（元無名氏）	……	三月	二日
女姑姑說法升堂記（雜傳）	……	……	……

施仁義劉弘嫁婢 元無名氏 …………………… …… 五日

廣成子祝賀齊天壽 教坊編演 …………………… …… 七日

黃眉翁賜福上延年 教坊編演 …………………… …… 九日

王矮虎大鬧東平府 水滸故事 …………………… …… 十二日

摩利支飛刀對箭 元無名氏 …………………… …… 十六日

閥閱舞射柳蕤丸記 元無名氏 …………………… …… 二十一日

田穰苴伐晉興齊 春秋故事 …………………… …… 二十二日

張子房圯橋進履 元李文蔚 …………………… …… 二十三日

劉千病打獨角牛 元無名氏 …………………… …… ……

鄧禹定計捉彭寵 東漢故事 …………………… …… 二十五日

李雲卿得悟昇眞 神仙 …………………… …… 原署建辰月 ……

梁山五虎大劫牢 水滸故事 …………………… 四月 三日

邊洞玄慕道昇仙 神仙 …………………… …… 五日

雲臺門聚二十八將 東漢故事 …………………… …… 十一日

三板本

隨何賺風魔蒯徹 西漢故事 …… …… 十九日

小尉遲將鬥將鞭認父 唐朝故事 …… …… 二十一日

馬援撾打聚獸牌 東漢故事 …… 五月 …… 六日

十八國臨潼鬥寶 春秋故事 …… …… 八日

運機謀隨何騙英布 西漢故事 …… …… 九日

祝聖壽金母獻蟠桃 教坊編演 …… …… 十一日

呂蒙正風雪破窰記 元王實甫 …… …… 十二日

爭玉板八仙過滄海 教坊編演 …… …… 二十三日

相國寺公孫汗衫記 雜傳。按元張國寶作 …… …… 三十日 原署晦日按是月三十日爲晦日

宋大將岳飛精忠 宋朝故事 …… 六月 …… 五日

守貞節孟母三移 春秋故事 …… 七月 …… 三日

觀音菩薩魚籃記 釋氏 …… …… ……

許眞人拔宅飛昇 神仙 …… …… ……

寶光殿天眞祝萬壽 教坊編演 …… …… ……

徐茂公智降秦叔寶 唐朝故事 …………………… …… 四日
狄青復奪衣襖車 元無名氏 …………………… …… 五日
灌口二郎斬健蛟 神仙 …………………… …… ……
衆羣仙慶賞蟠桃會 教坊編演。補題周王誠齋 …………………… …… 六日
慶冬至共享太平宴 教坊編演 …………………… …… ……
山神廟裴度還帶 元關漢卿 …………………… …… 八日
保成公徑赴澠池會 元高文秀 …………………… …… ……
海門張仲村樂堂 雜傳 …………………… …… 十日
周公瑾得志娶小喬 三國故事 …………………… …… 十一日
八大王開詔救忠臣 宋朝故事 …………………… …… ……
十探子大鬧延安府 宋朝故事 …………………… …… 十九日
關雲長大破蚩尤 三國故事 …………………… …… 二十二日
慶豐年五鬼鬧鍾馗 教坊編演 …………………… …… 二十七日
劉玄德獨赴襄陽會 元高文秀 …………………… 八月 二日

奉天命三保下西洋 明朝故事 …… …… ……

講陰陽八卦桃花女 元無名氏。按王曄作 ……題識但云乙卯秋朔不言何月姑置於此

立成湯伊尹耕莘 元鄭德輝 ……題識但云四十三年校不言何時何月姑置於此

楚昭公疏者下船 元鄭德輝 四十四年　二月　二十八日

趙匡胤打董達 宋朝故事 ……　三月　十五日

劉玄德醉走黃鶴樓 元無名氏。按朱凱作 四十五年　十二月　十九日

抄本有琦美題識明云據內府本校而不署年月者，凡十有三種。今舉其目，姑依今本次第書之：

劉夫人慶賞五侯宴 元關漢卿

鄧夫人苦痛哭存孝 元關漢卿

降桑椹蔡順奉母 元無名氏

二郎神射鎖魔鏡 元無名氏

漢公卿衣錦還鄉 西漢故事

孝義士趙禮讓肥 東漢故事

寇子翼定時捉將 東漢故事

走鳳雛龐統掠四郡三國故事

陶淵明東籬賞菊六朝故事

呂純陽點化度黃龍神仙

賀萬壽五龍朝聖教坊編演

衆天仙慶賞長生會教坊編演

慶千秋金母賀延年教坊編演

以上二類有題識者，所錄皆內府本，皆附穿關。其劇附穿關而無題識者，又二十二種。鄭氏跋古今雜劇，疑此等亦內府本。余意亦然。今舉其目亦姑依今本次第書之：

狀元堂陳母教子元關漢卿

鍾離春智勇定齊元鄭德輝

虎牢關三戰呂布元鄭德輝

同樂院燕青搏魚元李文蔚

黑旋風仗義疏財明周王誠齋

伍子胥鞭伏柳盜跖春秋故事

三板本

吳起敵秦掛帥印 春秋故事

陽平關五馬破曹 三國故事

莽張飛大鬧石榴園 三國故事

關雲長單刀劈四寇 三國故事

壽亭侯怒斬關平 三國故事

長安城四馬投唐 唐朝故事

立功勳慶賞端陽 唐朝故事

賢達婦龍門隱秀 唐朝故事

招涼亭賈島破風詩 唐朝故事

魏徵改詔風雲會 唐朝故事

程咬金斧劈老君堂 唐朝故事

楊六郎調兵破天陣 宋朝故事

孫眞人南極登仙會 神仙

宋公明排九宮八卦陣 水滸故事

賀昇平羣仙祝壽 教坊編演

感天地羣仙朝聖 教坊編演

以上所舉三類內府本共得九十五種。此外尚有但據內本錄穿關而不錄其曲文者：如息機子刊本附穿關者共有七種，其中二種穿關爲萬曆四十二年十二月所錄；四種穿關爲四十三年正月所錄；原本載琦美題識，所書皆校書年月。今姑以校書之月爲錄內府本穿關之月。雖未必全合，然錄與校其時間相去必不遠也。一種無題識，不知穿關係何年何月所錄，其目別見。

凡今所見內府本皆附穿關。此穿關二字，宜作何解？又琦美題識所稱內本者，應是內府何處之本？此不可不加說明者也。

穿關之制，今舉包待制智賺生金閣所附穿關爲例。此生金閣係息機子刊本，琦美以內府本校過者，其文全同。其穿關，則錄自內府本。余曾以此劇穿關所記脚色人物節次，與劇本文賓白中所記脚色人物節次核對，知其前後升降之次全同。以是知明內府本所附穿關，實爲排演而設者。今照錄其前三折穿關，其息機子本劇本文中所記節次亦附注於下，列爲一表，以資比較。

包待制智賺生金閣雜劇穿關

楔子

孛老兒

一字巾　茶褐直身　縧兒　髮白髯　拄杖

卜兒

搭頭手帕　眉額　襖兒　裙兒　布襪　鞋

旦兒

搭頭手帕　襖兒　裙兒　布襪　鞋

正末郭成

一字巾　圓領　縧兒　三髭髯

頭折

龐衙内

纓子大帽　膝襴曳撒　比甲　鞾帶

祗候

攢頂　圓領　項帕　褡膊

包待制智賺生金閣雜劇

楔子

孛老同卜兒旦兒正末扮郭成上

第一折

淨扮龐衙内領祗候上

店小二 雙縧氈帽 綿布襖 綿布搭 花手巾 榴鞋	淨店小二上
正末郭成旦兒 同前	正末同旦兒上
衙內祗候又上 同前	衙內領祗候上
衙內祗候又上 同前	衙內同祗候再上
正末郭成旦兒又上 同前	正末同旦兒上
第二折	第二折
衙內祗候 同前	衙內同祗候上

正旦嬤嬤 塌頭手帕　眉額　襖兒　裙兒　布襪　鞋　拄杖 倈兒 銀錠　青衣　項帕　褡膊	正旦扮嬤嬤同倈兒上
旦兒 同前	旦兒上
正旦嬤嬤又上 同前	正旦再上
衙內祗候又上 同前	元曲選本衙內同隨從打聽科 余所據息機子本此處缺姑依元曲選補之
第三折	第三折
正老人 一字巾　茶褐直身　絛兒　蒼白髯　拄杖 外老人 氈帽　茶褐直身　絛兒　蒼白髯　拄杖	元曲選本外扮老人里正同上 余所據息機子本第三折第一段白缺自此以下八節姑依元曲選補之

衙內祗候 同前	元曲選本衙內領隨從上
魂子 魂子衣　提頭	元曲選本魂子提頭冲上
衙內又上 同前	元曲選本衙內再上
魂子又上 同前	元曲選本魂子再上
店小二 同前	元曲選本店小二上
正老人外老人又上 同前	元曲選本老人里正慌上
正末包拯 一字巾　圓領　絲兒　白髯　踹馬兒 張千（原作引千） 攢頂　補衲直身　項帕　褡膊	元曲選本正末扮包拯便衣領張千上

正末包拯張千又上 同前	正末領張千再上
魂子又上 同前	魂子上做轉科
正末包拯又上 展角幞頭　紅襴　偏帶　白髯　笏 張千 同前　衙杖	正末領張千排衙上
婁青 攢頂　圓領　項帕　褡膊	婁青冲上
婁青又上 同前　拏燈籠紙	婁青拿燈籠紙再上
魂子又上 同前	魂子上

由上表觀之，知明時穿關其作用有二：一爲人物登場節次。凡劇本文中人物登場若干次，在穿關中亦書若干次。一一書之，不厭其詳。一爲穿戴等項。凡服裝扮像切末諸項，皆於人物第一次上

場時詳注之。以下諸場，其裝飾諸項依前不變者，則注同前，不出其項目。其因時地而變者，則另注之。如第三折內『正末包拯引張千上』，此爲第一次上場。注包拯爲一字巾等五項；注張千爲攢頂等五項。第二次上場服裝不變，故注同前。第三次上場，在劇爲排衙之時，故注正末包拯服裝改爲展角幞頭等五項；注張千則於同第一節五項之外，另加衙杖一項。是也。近世演戲，劇本外有提綱。余所見提綱有三種：其一記人物登場節次；每劇分若干場，於諸場中備載出場人物之名。凡劇中人物登場若干次，所書亦若干次。凡劇中人物第一次上場時，皆注取此人物之優人名。此與明內府本穿關同。其二爲穿戴提綱。此種提綱不分場，於每齣之中皆先書劇中人物名，次記其服裝扮像。此與明內府本穿關亦同。其三爲排場提綱。所記爲場上佈置景象，多以圖表出之。此爲明內府劇穿關所無者。此外尚有所謂串頭者：則所記於人物上下場之次第外，兼記其場上動作之次以及唱白起訖，斷送樂曲等；視登場節次及穿戴提綱特爲詳盡。提綱名後起。此串頭命名，似當與串關有關。明之穿關如以後世之串頭擬之，則二者名相似，用意亦同，而穿關所記較簡。若以提綱擬之，則穿關實以記人物節次提綱而兼穿戴題綱者也。

近世題綱，其記人物節次，即從劇本鈎稽而出。蓋以人物爲主撮其綱要，故曰提綱。明劇之穿關，以情理揣之，似亦從劇本鈎稽而出。觀上所引生金閣穿關，其人物節次與劇本賓白所記絲毫不殊，可知其人物登場節次即依劇本所記依次書之也。顧穿關命名何所取義？此事前人未有釋之者。余試爲詮解，雖不敢云是，固不妨一述之。按：穿關二字爲詞，本古語之通於今者。論衡程材篇：『春秋五經，義相關穿。』錢竹汀十駕齋養新錄卷十九引論衡此語而釋之云：『關穿猶言貫穿也。』關與貫音近並訓穿。（廣雅釋言：貫，穿也。禮記雜記：見輪人以其杖關轂而輠輪者。疏：關，穿也。）故『關穿』即『貫穿』，『關穿』亦可作『穿關』。『關穿』之作『穿關』，亦猶『貫習』之可作『習貫』，『會計』之可作『計會』也。此『穿關』之義可徵之于古者也。又近代流傳曲本，其本錄劇中一人之詞白者，謂之『單脚本』，亦謂之『單本』，或曰『單頭』。其盡錄劇中諸人詞白前後相屬者，謂之『串關』，亦作『串貫』，或曰『全串貫』。後又謂之『總講』，謂之『總本』。串今讀爲穿之去聲。古讀如慣。廣韻諫韻：『串，古患反』，與慣同音。釋云：『穿也』。是『串關』即『穿關』，亦即『關穿』。蓋以曲本而言，『單脚本』但錄一人詞白，此爲優人取此脚者誦習而設，其劇中之事不貫。合若干單本爲一總本，則貫穿矣。以北曲言，今所見元刊本雜劇，其賓白多不全。凡北曲諸折皆以一人唱。此賓白不全之本，實等于後世之單脚本。故今讀之，其劇情不貫。明周憲王矯其失，自刻所作誠齋雜劇皆全錄賓白，注曰『全賓』。全賓則貫穿矣。然則周憲王所刊全賓本，即今之串關本，亦即今之總本也。此『穿關』之義可按之于今者也。貫穿又有通曉習行意。爾雅釋詁：

『串，貫，習也』。廣雅釋詁：『貫，行也』。廣韻仙韻：『穿，通也』。魯語：『士朝而授業，晝而講貫。』漢書谷永傳云：『以次貫行，固執無違。』後漢書光武十王傳云：『奉承貫行。』此貫字皆作習行解。然講習奉行之篤，則事理自然通貫，斯其義實相成。今所見明內府本雜劇穿關，皆記人物脚色登場節次。其登降出入，前後相關，一劇之綱領畢見，所謂貫穿也。按行時依此節次，奉承無違，所謂貫行也。然則明內府劇『穿關』，其命名當兼取貫穿貫行二義。凡劇情劇詞，皆賴科白貫穿之；而科白唱皆繫于人物。今取劇中人物一一記其節次，則劇之全局與劇曲演奏之事悉概括于中，按試遵行，可一覽而知；以是謂之穿關，固其宜也。

附穿關之內本，今所見趙琦美諸題識，無一條指明收藏之處者，故須另考。明時禁秘藏書之地，其最著者有內閣，有司禮監經廠內庫。明劉若愚酌中志卷十八載經廠書以見有板者爲限，凡古本鈔本雜書皆不錄，故不知經廠中果有鈔本戲曲與否。明王驥德曲律卷四稱『金元雜劇甚多。康太史謂于館閣中見幾千百種。』按：此幾字，似當作近字解。驥德此處所稱康太史者，似卽康海，然余檢康對山先生集中無此語。然余考文淵閣目，其卷十僅錄戲曲大全等書四種四册；其卷十三亦僅有樂府新聲等三數册；無鈔本元人雜劇。文淵閣目修于正統時，其時內閣書尚未散佚。知明之內閣並不藏元雜劇。其後孫能傳等修內閣書目，其時舊藏已十亡六七，所錄多新增之書。讀其目則卷四集部已不復收詞曲，僅卷五樂府部收樂府混成集一百五册，按此書今文淵閣目不載亦無所謂鈔本元曲者。能傳等修書在萬曆三十三年，知萬曆中內閣亦不儲元雜劇。王驥德曲律所稱康太史曾于館閣見金元雜劇幾千百種者，蓋輾轉傳聞之詞，其言殊不足據。然余考內閣書目編纂之人，則其事有不可解者：內閣書目今通行適園叢書本。其卷八後題名書『萬曆三十三年，歲在乙巳，內閣勅房辦事大理寺左寺副孫能傳，中書舍人張萱秦焜郭安民吳大山奉中堂諭校理并纂釋』。考明史卷一一〇宰輔表，萬曆三十三年首輔爲沈一貫。則中堂是沈一貫也。孫能傳銜署『大理寺左寺副』。考明史卷七十四職官志中書舍人篇：『嘉靖二十年選各部主事大理寺評事帶原銜直誥勅制勅兩房』。知明內閣兩房辦事官，有由部寺選用仍帶原銜之例。此孫能傳在內閣勅房辦事猶署『大理寺左寺副』之故也。能傳後中書列名者四人，首張萱。明史卷七十四職官志稱『中書舍人無正貳，印用年深者掌之』。今萱名居首，蓋是掌印舍人也。以余所知，明有兩張萱。其一爲上海人，進士，孝宗朝官湖廣右參議，乃張之象之祖。名見明史二八七文徵明傳及光緒十一年重脩湖南通志卷一一五職官志。其人距萬曆乙巳甚遠，與內閣書目無涉。一爲惠州博羅人，舉人，萬曆中官內閣制勅房中書。卽脩內閣書目之張萱。清阮元脩廣東通志卷二九一有張萱傳。稱『萱字孟奇，博羅人，萬曆壬午（十年）以春秋魁鄉試。肄業南雍。屢上春官不第。考授內閣制勅房中書。纂脩正史，侍經筵。得發秘閣所藏書讀之，著秘閣藏書錄四卷。因脩玉牒稱旨，轉北戶部主事，差榷滸墅關，（按滸墅關在長洲縣西北。宣德四年設鈔關，清因之。見嘉慶一統志蘇州府關隘門。）陞本部郎中。差滿旋里，擢貴州平越守。未任，以蜚語中考功令歸。爲園榕溪之西，藏書萬卷，丹鉛無不滿者。所著述梓行者有西園存稿等書，卒年八十四。』傳所稱脩正史，乃萬曆間事。明史卷二一七陳于陛傳載神宗以于陛疏言『我朝史籍只有列聖實錄，無正史，請設局編輯；』詔命詞臣分曹類纂，以于陛及沈一貫馮琦爲副總裁，而閣臣總裁之。其事始二十二年三月，至二十四年冬于陛卒，史局遂罷。萱蓋與其事，故傳有脩正史之說也。傳稱萱讀秘閣書，著秘閣藏書錄，當卽指萱脩內閣書目事言之。萱等所脩書目，今所見適園叢書本名內閣書目；今所見述古堂抄本名內閣藏書目錄，均不名秘閣藏書錄。且書俱八卷，不作四卷。此或萱編內閣書目時曾私寫爲別錄，故書名卷數與今本不合。萱所著西園存稿今存。據西園存稿卷十六竹林小記序，稱『歲戊申，分司吳關』。戊申爲萬曆三十六年。則萱官內閣制勑房中書，當在二十二年脩正史與三十六年権吳關之間。其時正當三十三年脩內閣書目之時，則脩內閣書目之張萱，卽撰西園存稿之張萱無疑。今西園存稿竹林小記序稱『校書秘閣，得元人本數十百種，欣然會心。數欲爲蘇子瞻春夢記，未卒業。自今見放，行吟澤畔，而故稿遂飽蠹魚。今耄矣，不暇作溫柔鄉生活』。云云。則序是晚年所作。其記舊事稱『校書秘閣，得元人院本數十百種』，是萱官內閣時于內閣見其書。而所編內閣書目則不見所謂元人院本數十百種者。以前後一人著書而自相乖異如此，此眞不可解者也。以情理揣之，苟當時內閣庋有元人院本者，萱等編目斷不能不著錄其書。萱所稱『校書秘閣得元人院本若干種者』，蓋萱見元人院本適在編書目之時，而院本固不必爲內閣所庋。明史卷七十四職官志載中書舍人除中書科中書舍人定員二十人外，有直文華殿中書舍人，職掌奉旨書寫書籍；有武英殿中書舍人，職掌奉旨篆寫册寶圖書册頁；有內閣誥勑房中書舍人，掌書辦文官誥勅繙譯勅書並外國文書等事；有內閣制勅房中書舍人，掌書辦制勅詔書誥命册表寶文玉牒講章等事。此四色舍人所司不同，而皆以書進。直文華殿舍人，則專掌奉旨書寫書籍之事。然則萱所稱于秘閣得元人院本數十百種者；殆是內本發出，屬文華殿中書舍人傳寫，萱因得見其書。其書寫畢旋卽進呈，非內閣實有其本也。其王驥德稱康太史於館閣見金元雜劇幾千百種者，據明宋懋澄九籥別集卷三稱明時每逢節令進獻時物，則教坊作曲四摺送史官校定。懋澄久客京師，與勝流往還，所言必係實情。當時教坊進新曲旣須經翰林校定，則舊曲進御亦未必不經翰林校定。然則驥德所稱康太史云云，殆是內本雜劇發出付翰林校定，編檢等官因于館閣中見其書；其書校訂畢旋卽進呈，亦非館閣實有其本也。然則明內府劇本不在內閣，亦不在翰林院庫，其本當儲藏何處？此不可不加以考證者也。

鄭西諦氏跋古今雜劇引臧懋循元曲選序：『頃過黃，從劉延伯借得二百種。云錄之御戲監，與今坊本不同。』按：懋循此序，署旃蒙單閼，卽萬曆四十三年乙卯。是時承禧蓋請告歸家，而趙琦美方在京師，正爲鈔校雜劇之時。謂趙琦美所稱內本，卽御戲監本。其言頗可注意。余因鄭氏言更考劉延伯事蹟，及御戲監之出處，得名之由，稍有所獲。然後知鄭氏之言不可易。余所考者，今詳述於下：

延伯乃劉承禧字。承禧黃州麻城人，明萬曆八年庚辰武進士，官錦衣衛指揮，卽太保劉天和曾孫。光緒黃州志卷二十稱其『掌錦衣衛，士大夫獄急時頗賴其力』。康熙麻城縣志卷七稱其『好古玩書畫』。其家自明正統初至萬曆中，七世科甲，文武濟濟。自天和子瀊以後，子孫多爲侍衛官。今據黃州府志略敘其家世。

光緒黃州府志卷二十宦蹟傳有劉訓傳。承禧先人在府志有傳者，始見于此。訓字忠言，正統四年己未進士，官至山西參政。訓子仲輪，景泰四年癸酉舉人，官知縣，見府志卷十五科貢表。光緒麻城縣志卷十八云仲輪官崇德知縣。仲輪子璲，字士約，弘治三年庚戌進士，官豐城知縣，府志宦蹟傳有傳。璲子天和，字養和，號松石，松石號據康熙麻城縣志卷七正德三年戊辰進士。嘉靖中以兵部尚書總制三邊。吉囊入犯，屢却之。論功加太保。遷南戶部尚書。入爲兵部尚書。卒贈少保。謚莊襄。明史卷二百，黃州府志麻城縣志皆有傳。天和子可知者，曰瀊，曰溧。瀊嘉靖十一年壬辰進士，官刑部郎中，見府志卷十四科貢表及卷二十宦蹟傳。溧以父蔭入監，見府志卷十八廕襲門。府志卷十八封贈門載瀊以子守有貴，贈五軍都督。然潞實進士出身官郎署者也。府志卷十四嘉靖三十二年癸丑進士有劉洓，不知是天和子否？守有字思雲，萬曆十一年癸未武進士，卽承禧之父。承禧萬曆八年庚辰武進士，會試第一，殿試第二。其成進士先于父一科，父子並爲錦衣衛指揮。據府志卷十七武科表及光緒麻城縣志卷十五下選舉志守有曆神宗寵眷，加至太傅。據康熙麻城縣志卷七守有傳此承禧家世之可知者也。按：麻城劉氏自守有以降多廕敍得武職，以府志卷十八考之，如劉守蒙康熙麻城縣志卷八有傳劉守孚，皆以祖天和廕錦衣千戶，守乾以祖天和廕爲都督府都事，皆守有兄弟也。守有亦以祖廕得官府志卷二十尙有劉僑傳。僑萬曆二十年壬辰武進士，據府志卷十七武科表傳稱：僑天啓時襲祖天和錦衣職，授北鎭撫司。魏忠賢屬陷汪文言，不從，削籍歸。崇禎初起用，命訊喬允升易應昌之獄，僑素知二人端方保全之。云云。康熙麻城縣志卷七所載略同。但云僑崇禎初加太子太傅，府志不載。據府志卷十八封贈門劉守濟以孫僑貴，劉承棨以子僑貴，俱贈光祿大夫，則僑是『守』字輩之孫，『承』字輩之子姪，應是天和五世孫。此云祖天和，誤，然因是知麻城劉氏與錦衣衛關係至深。其掌錦衣始萬曆時，直至明末爲止。縣志傳守有父子，稱劉氏『弈葉豐華，爲邑之王謝』，亦庶幾得其實也。以上所述劉氏家世，今更括爲一表列其人如左：

- 訓（正統進士）
  - 仲騎
    - 璐（弘治進士）
      - 天和（正德進士）
        - 濛（嘉靖進士）
          - 守有（萬曆武進士　錦衣衛指揮）
            - 承禧（萬曆武進士　錦衣衛指揮）
          - 守濟（武舉人左都督　見府志卷十七）
            - 承棨
              - 僑（萬曆武進士　官至都督）
          - 守孚（錦衣千戶）
          - 守蒙（錦衣千戶）
          - 守乾（錦衣千戶）
        - 溧

光緒黃州府志天和傳稱守蒙（原誤守濛）以恩例當廕，讓其季父溧。據此知溧是天和季子。然不知天和有幾子。又偁守蒙以軍功當廕，復讓其弟守孚，據此知守蒙與守孚爲親兄弟。然亦不知二人是濛子否。康熙麻城縣志又稱守蒙是天和冢孫。按：天和諸孫皆以易卦命名。其序當與易卦合。今天和孫有守乾。則守蒙疑非長孫。志云冢孫，意蓋謂嫡孫也。

承禧父子俱以萬曆中官錦衣衛指揮。錦衣掌宿衛緝捕刑獄之事，日侍宮掖，號爲近臣。承禧所稱錄元曲于御戲監者，其言必可據。然余考明史及明人記政事之書，則訖無御戲監之名，初甚怪之。及讀明宋幼清九籥別集，卷三載明鐘鼓司伎有『狻猊舞』、『擲索』、『壘七卓』、『齒跳板』

諸雜伎，及『御戲』。其御戲條云：『院本皆作傀儡舞。雜劇卽金元人北九宮。南九宮亦演之內庭。』乃恍然大悟，知御戲監卽鐘鼓司也。鐘鼓司明洪武二十八年置，明史卷七十四職官志載宦官二十四衙門，凡十二監，四司，八局。四司之中，其一爲鐘鼓司。注云：『掌管出朝鐘鼓及內樂傳奇，過錦，打稻諸戲。其官爲掌印太監一員，僉書司房學藝官無定員。』明劉若愚酌中志卷十六內府衙門職掌篇載內府衙門有十二監，四司，八局，與明史同。其記鐘鼓司云：『掌管出朝鐘鼓及宮中陞座承應。其官掌印太監一員，僉書數十員，司房學藝官二百餘員。』記官員之數較明史爲詳。明史載四司八局，其長官品秩，司與局同，而皆下于監一品。是明內府衙門，監視司局爲尊，不可一例呼之。然朱彝尊日下舊聞卷八引客燕雜記，稱『內官二十四監，司禮視外之詞林』，是則內府二十四衙門已通稱爲監矣。蓋國家設官雖有別，而流俗稱謂，于其性質相近者，往往視同一例，不加分別。劉承禧非不知鐘鼓司者，其以鐘鼓司爲御戲監，亦循俗稱之耳。

鐘鼓司係內府衙門，故鐘鼓司所藏曲本可稱爲內本。劉承禧與趙琦美爲同時之人。萬曆時劉承禧錄內本雜劇既假之鐘鼓司，則萬曆時趙琦美錄內本雜劇亦必假之鐘鼓司。然則琦美所稱內本乃內府鐘鼓司藏本也。或曰：今本古今雜劇不有教坊編演雜劇若干種乎？其劇既大部分係教坊所編，其劇本亦安知不錄自教坊司，何以必云鐘鼓司乎？余曰：此易辨。明教坊司隸禮部，係外庭；教坊縱有劇本不得謂之內府本。今本古今雜劇有教坊編演劇本，蓋教坊編演之本爲鐘鼓司採用耳，非其本屬教坊司也。以承應言，教坊司樂舞承應，隨禮部典則有一定之時，一定之地，鐘鼓司宮中承應則必不拘此。（教坊司猶清之樂部，鐘鼓司猶清之昇平署。惟清樂部昇平署均隸內務府。明則教坊司隸禮部，其內府衙門相當于清之內務府。此爲不同耳。）觀明于愼行穀山筆麈卷六載『正德時有形家相教坊司門，謂此中當出玉帶數條。聞者笑之。未幾，上有所幸伶兒，入內不便，詔盡宮之，（宮明本誤作官，日下舊聞卷十二引作宮是也。）使入爲鐘鼓司官。後皆賜玉帶，今內中諸署指鐘鼓司爲東衙門，（按此當是以教坊司在東城之故）以其賤而不居』。云云。此可知教坊司與鐘鼓司內外之別。明時劇本多聚于鐘鼓司，其故無他：當亦緣內庭不時演劇，所須劇本至多，故所藏豐溢，非外庭所及耳。

明鐘鼓司爲承應內戲之署，其署在何處，今亦能指之否？按：明時內府監局皆在今皇城內。明劉若愚酌中志卷十七大內規制紀略篇云：

皇城內自北安門裏（按：北安門今呼地安門）街東曰黃瓦東門，門之東，街南曰尚衣監，街北曰司設監。再東曰酒醋麵局，曰內織染局，曰針工局，曰巾帽局，曰火藥局。再東稍南曰司苑局，曰鐘鼓司。再南曰都知監，曰司禮監。

據若愚所記，知明內府二十四衙門有十一衙門在北安門裏街東黃瓦東門內，監得四，局得六，司得一。黃瓦門今訛爲黃化門。司禮監，酒醋局，織染局，火藥局，今猶存其名。鐘鼓司今譌爲鐘鼓寺。余數過其地，徘徊流連，欲訪明鐘鼓司遺蹟，已不可復得。其地今爲曲巷，除某氏所立學校一座外，南北左右，皆是民居。境絕幽僻，距市甚遠，亦無崇高建築。孰知其爲三百年前教習歌舞之地，今士夫所重金元詞曲以爲超塵絕俗不可多得者，當時乃盡滙于此也？

明萬曆時掌宮中承應戲者，尚不限于鐘鼓司。如劉若愚酌中志卷十六記當時內戲承應除鐘鼓司外，尚有『四齋』及玉熙宮二處。其言曰：『神廟孝養聖母，設有四齋近侍二百餘員，以習宮戲外戲。凡慈聖老娘娘陞座，則不時承應。外邊新編戲文如華岳賜環記，亦曾演唱』。又曰：『神廟又自設玉熙宮近侍三百餘員，習宮戲外戲。凡聖駕陞座則承應之。此二處不隸鐘鼓司，而時進有寵』。然則此二處乃于宮中教習者，其地又近于鐘鼓司。所云宮戲，乃宮中舊有之戲，即北雜劇。所云外戲當是江南等處地方戲。沈德符野獲編補遺卷一禁中演戲條稱內廷諸戲劇，俱隸鐘鼓司，皆習相傳院本；沿金元之舊。今上（神宗）始設諸戲於玉熙宮，以習外戲，如弋陽海鹽崑山諸家俱有之，是其證。以理推之，玉熙宮四齋二處既係新設，其習宮戲所用本，當卽鐘鼓司本。然則此二處雖自爲部，其承應宮戲時所用之本則同鈞內本也。玉熙宮在西苑，據劉若愚酌中志卷十七云：『金海石橋（卽金鰲玉蝀橋）之北，河之西岸，向南曰玉熙殿（殿鈔本作宮）。由玉熙宮迤西曰欞星門，迤北曰羊房夾道（刻本脫夾道二字，今據鈔本補）』。清高士奇金鰲退食筆記卷下謂『玉熙宮在西安裏門街北金鰲玉蝀橋之西。欞星門在金鰲玉蝀橋西，迤北有巷曰羊房夾道』。與若愚所記並同。今圖書館館址，東爲金鰲玉蝀橋，西卽羊房夾道。（今訛爲養蜂夾道）則今圖書館址卽當年玉熙宮舊址無疑。（今圖書館址俗呼御馬圈。按高士奇金鰲退食筆記卷下云：玉熙宮入我朝遂廢，今改爲內廄，豢養御馬。俗呼御馬厩，當本此。）故以地論，則今之圖書館卽明之玉熙宮，其地爲內本雜劇按行之地。以本論，則明之內本雜劇爲趙琦美傳錄者，今亦盡爲館有。其肄習之地，肄習之本，均與圖書館有密切之關係。事雖偶然，亦可謂之異事矣。

二　趙琦美錄于小穀本

趙琦美錄于小穀本，在今本中可區爲二類：其一，琦美題識具載年月，其錄校之時可稽者。其一，琦美題識不署年月，不知其錄校之時者。今亦分述之。

琦美錄于小穀本其錄校之時可知者，凡二十三種，今依其時書之，目如左：

劇名	年	月	日
女學士明講春秋雜傳	萬曆四十年按四十年疑誤	五月	十四日
衆僚友喜賞浣花溪唐朝故事	四十三年	正月	二十五日
十八學士登瀛州唐朝故事	……	二月	八日
董秀英花月東牆記元白仁甫	……	……	十九日
秦月娥誤失金環記雜傳	……	……	二十二日
風月南牢記雜傳	……	三月	二日
月夜淫奔記雜傳	……	……	五日
張于湖誤宿女眞觀宋朝故事	……	四月	七日
司馬相如題橋記西漢故事	……	七月	二十三日四十五年十二月十八日又題
太乙仙夜斷桃符記神仙	四十四年	四月	一日
衆神聖慶賀元宵節教坊編演	……	……	二日
南極星度脫海棠仙神仙。朱批云誠齋集前有海棠吟	四十五年	正月	二十二日
獨步大羅天明丹丘先生。按明寧獻王作	……	……	二十八日

洛陽風月牡丹仙明周王誠齋…………………………二十九日

張天師明斷辰鈎月明周王誠齋………三月　二十八日題識不言何本疑卽于本

呂翁三化邯鄲店神仙………四月　十八日

雷澤遇仙記雜傳………五月　五日題識原作丁巳夏端日

慶賀長生節教坊編演。按卽紫薇宮慶賀長春壽………二十三日

莊周夢蝴蝶元史九敬先………二十四日

好酒趙元遇上皇元高文秀………六月　七日

卓文君私奔相如明丹丘先生。按明寧獻王作………

王文秀渭塘奇遇雜傳………

雁門關存孝打虎元無名氏………題識但云丁巳年不言何月姑置于此

琦美錄于小穀本其錄校之時不可知者，凡十種。今舉其目，亦依今本次第書之：

蘇子瞻風雪貶黃州元費唐臣

陶母剪髮待賓元秦簡夫

宋上皇御斷金鳳釵元鄭庭玉

三板本

鄭月蓮秋夜雲窗夢（元無名氏）

認金梳孤兒尋母（雜傳）

釋迦佛雙林坐化（釋氏）

魯智深喜賞黃花峪（水滸故事）

降丹墀三聖慶長生（教坊編演）

祝聖壽萬國來朝（教坊編演）

河嵩神靈芝慶壽（教坊編演。按周王誠齋作）

右兩類共三十三種，琦美題識皆云于小穀本，其實乃于小穀父于愼行本。今以琦美題記考之，如衆僚友喜賞浣花溪萬曆四十三年正月跋云：『據山東于相公子中舍小穀本抄校』。董秀英花月東牆記四十三年二月跋云『校抄于小穀藏本。于即東阿谷峯于相公子也』。司馬相如題橋記四十三年七月跋云：『于相公云：不似元人矩度，縣隔一層。信然。』息機子刊本布袋和尚忍字記署名『鄭庭玉』下批云：『于穀峯先生作元人孟壽卿作。』（以上所引琦美題跋三條，評語一條，內東牆記題橋記二跋及忍字記批鄭文已引。）此可爲于小穀藏本乃其父愼行遺書之證。愼行字無垢，一字可遠，別號穀山，東阿人。隆慶二年進士，萬曆初進修撰。張居正奪情，偕同官具疏諫。呂調陽格之，不得上，以此失居正意，請告歸。居正卒，起故官，尋擢禮部侍郎，遷禮部尙書。十八年，疏請早建東宮；又以忤帝旨告歸。家居十七年。三十五年，起爲東閣大學士。時已得疾，廷謝，拜起不如儀。旋卽臥病，卒于京師。年六十三。贈太子太保，謚文定。明史卷二百十七有傳。所著有穀城山館全集，按東阿有穀城山。愼行號穀山，其居曰穀城山館，蓋皆以玆山得名。其文集四十二卷余未見，余所見僅穀城山館詩集二十卷。穀山筆麈十八卷，讀史漫錄十四卷，又兗州府志東阿縣志史摘若干卷。以上愼行始末，據明史本傳及康熙五十四年鄭廷瑾續編東阿縣志卷七明人物志補遺。鄭志謂愼行別字穀山，琦美跋作穀峯。攷邢侗于文定公碑記，亦謂人稱穀山先生。疑愼行別署有作穀峯者，故琦美得以此稱之。愼行無子；以弟子緯爲嗣。琦美題跋所稱于小穀，當卽于緯。緯爲愼行弟愼由子，見鄭氏跋古今雜劇引道光東阿縣志卷十二封贈門于愼由條，注云：以出繼子緯貴，天啓間贈戶部郎中。按愼行父玭子五人，曰愼動愼思愼言愼行愼由。見明殷士儋撰明平涼府同知于公墓誌。愼思以詩著，有龐眉生集。清康熙五十四年鄭廷瑾續編東阿縣志卷五恩廕門，載緯以父文定公廕中書舍人，歷戶部主事員外郎中，廣東雷州府知府。鄭引道光東阿縣志卷十二文同清道光二年阮元修廣東通志卷十七職官表，載天啓朝雷州知府有于緯，不言何年任，然職官表載緯前知府爲韓逢禧，李之華。逢禧係天啓元年任。之華不言何年任，緯後爲范得志，係天啓七年任，則緯離職非天啓六年，卽天啓七年。鄭廷瑾編東阿縣志書緯官至雷州知府止，則緯之仕履殆終于雷州知府也。阮元修廣東通志載緯出身曰官生，明史卷六十九選舉志學校篇云：『入國學者，通謂之監生。舉人曰舉監；生員曰貢監；品官子弟曰廕監。廕監有官生，有恩生。成化三年定例，官生必三品以上京官年久著績，始得請廕。既得廕敍，由提學官考送部試如貢生例，送入監中。萬曆十二年定例，三品日講官雖未考滿得令一子入監。』愼行萬曆十四年丙戌，始由侍讀學士晉禮部右侍郎，（據鄭廷瓚續編東阿縣志）秩正三品。其以疏請立東宮忤上旨，請告歸家，在萬曆十九年。（據明史第一百十二卷七卿表）則緯廕官生，當在萬曆十四年之後，十八年之前。明之監生，雖例須坐監，然可託故在家延留，不必眞入監讀書。今愼行穀城山館詩集卷十有寄兒緯京師詩一首云：『炎風吹去馬，幾日到長安？要識人間路，休懷膝下歎。風宵常展卷，涼燠自加餐。世業餘叢桂，還從上苑看』。詩不記年，當卽愼行萬曆十九年後休致時作，蓋其時緯方應順天鄉試也。緯廕中書舍人在愼行卒後，（據鄭廷瓚東阿縣志卷七）又須三年服除始能齎文解赴部，則緯入京受職，至早亦當在萬曆四十年左右。今琦美題識萬曆四十三年正月跋稱『中舍小穀』，知緯萬曆四十三年正官中書舍人。其升戶部主事員外郎，均不知在何年。其升戶部郎中則在天啓間，以鄭廷瓚東阿縣志卷五貤封門，載緯生父愼由以出繼子緯貴天啓間贈戶部郎中也。（按趙琦美天啓三年遷刑部郎中，與緯同官。緯遷郎中之時，當與琦美遷郎中時不遠。是二人別四五年後又於京師相値也。）緯與琦美俱名臣之後，俱以廕敍得官。琦美父用賢，以劾江陵奪情罷官。緯父愼行，亦以疏諫江陵奪情失江陵意。用賢松石齋文集卷二十六有與于穀峯書，首謝賜幣云云。（用賢時官南禮部侍郎）知用賢與愼行志趣不遠，友誼亦篤。以是言之，則琦美與緯不唯同朝而已，且係通家世誼，有先人之好；意二人在京師，其交往當甚密，故琦美得向之通假書籍，繼續至三年之久也。

史稱愼行『學有原委，貫穿百家。神宗時詞館中以愼行及臨朐馮琦文學爲一時冠。』錢謙益絳雲樓書目有于文定公書目，是愼行收藏亦有可觀。琦美錄愼行曲本，今可知者三十三種。其原本雖不能一一知爲何本，然余意當以抄本爲多。其抄本錄自何處，今亦不能知。然余意其中當有錄自明內府者，至少與內府本爲近。何以徵之？以琦美所錄愼行曲本有教坊編演本徵之。『教坊編演』四字，本爲錢曾述古堂目也是園目分類標題。然此四字決非曾憑空擬定者。如必曾得琦美書時，其書册上原有標識，曾因得辨而知之。曾也是園目錄教坊編演本凡二十二種，以今本考之，其中有五種爲琦美據于愼行本錄本。今核其目，如衆神聖慶賀元宵節，如慶賀長生節，如降丹墀三聖慶長生，如祝聖壽萬國來朝，眞教坊編演本也。如河嵩神靈芝慶壽，乃周憲王誠齋雜劇之一。劇是周王本而以爲教坊編演本者，蓋本是教坊按行之本，因誤以爲教坊編演本。以是言之，則此教坊編演本五種，非愼行直接錄自教坊司，卽間接錄自鐘鼓司。如錄自教坊司，則爲教坊司庋藏本。如錄自鐘鼓司，則是內府庋藏本。教坊司鐘鼓司按行劇本，當皆有穿關。今愼行本無穿關者，蓋穿關非所重，錄時删去之耳。

三　無識題不知來歷鈔本

今存鈔本曲，除趙琦美錄內府穿關本及于小穀本外，尚有無琦美題識不知錄自何本者。此類鈔本今存者凡四十五種。今舉其目，亦依今本次第書之：

關大王獨赴單刀會　元關漢卿

尉遲恭單鞭奪槊　元關漢卿。按此無名氏本今本誤題關漢卿他本題尚仲賢亦非

崔府君斷冤家債主　元鄭廷玉

龐涓夜走馬陵道　元無名氏

貨郎旦　元無名氏

下高麗敬德不伏老　元無名氏。按楊梓作

斷殺狗勸夫　元無名氏。按元曲選以爲蕭德祥作

大婦小妻還牢末　元無名氏。按元曲選題李致遠元明雜劇本題馬致遠作

玎玎璫璫盆兒鬼　元無名氏

關雲長千里獨行 元無名氏

孟光女舉案齊眉 元無名氏

逞風流王煥百花亭 元無名氏

黃廷道夜走流星馬 明黃元吉

獨樂園司馬入相 明桑紹良

僧尼共犯 不署名。按明馮惟敏作

呂洞賓花月神仙會 明周王誠齋

惠禪師三度小桃紅 明周王誠齋

福祿壽仙官慶會 明周王誠齋

十美人慶賞牡丹園 明周王誠齋

瑤池會八仙慶壽 明周王誠齋

十樣錦諸葛論功 三國故事。余別有考說見下章

曹操夜走陳倉路 三國故事

劉關張桃園三結義 三國故事

三板本

也是園古今雜劇考

張翼德三出小沛 三國故事
張翼德大破杏林莊 三國故事
尉遲恭鞭打單雄信 唐朝故事
唐李靖陰山破虜 唐朝故事
李嗣源復奪紫泥宣 五代故事
壓關樓疊掛午時牌 五代故事
存仁心曹彬下江南 宋朝故事
焦光贊活拏蕭天祐 宋朝故事
穆陵關上打韓通 宋朝故事
王閏香夜月四春園 雜傳。按即關漢卿緋衣夢
清廉官長勘金環 雜傳
若耶溪漁樵閒話 雜傳
徐伯株貧富興衰記 雜傳
薛包認母 雜傳

四時花月賽嬌容雜傳。按明周憲王作

王蘭卿眞烈傳神仙。余別有考說見下章

太平仙記神仙。余別有考說見下章

獨李岳詩酒翫江亭神仙。余別有考說見下章

張天師斷風花雪月神仙。按元吳昌齡作

時眞人四聖鎖白猿神仙

猛烈那吒三變化神仙

黑旋風雙獻功水滸故事。按元高文秀作

右四十五種，皆不知錄自何本。鄭氏跋古今雜劇，謂此諸本無題識亦不附穿關，疑皆是于小穀本。按：鄭氏之言亦想當然耳。諸本之爲于小穀本，在今日已無證據。縱令信鄭氏之說以爲是于小穀本，則于小穀本自何本出，此尤不可不問者。余意此諸本既無題識，其來源已不能盡知。如司馬入相劇，其大題後署云：『明濮陽桑季子紹良著』此八字在第二行『蘇叔子濆校』此五字在第三行蘇叔子三字與桑季子齊此等形式，顯係據原書行款所書。鄭氏疑爲影鈔，或是如此。然影鈔者係何人？此謂之琦美也可，謂之于愼行亦可，謂係教坊伶官及內府學藝官所鈔均無不可。此不可強知者也。然合此無題識之鈔本雜劇四十五種觀之，則亦有約略可知者：此鈔本雜劇四十五種，以述古堂目分類考之，其屬元人者三種；屬元無名氏者九種；屬明人者八種；屬三國故事唐朝故事五代故事宋朝故事者共十二種；屬雜傳屬神仙者各六種；屬水滸故事者一種。以述古目所注本子考之，述古目諸類中注內府本者，以歷史劇爲最多。其目自春秋故事至宋朝故事，收雜劇共七十二種，中五十種爲內府穿關本鈔本。此內府本五十種，今存者二十八種，其目已見上文。二十二種爲尋常鈔本。此二十二種，今存者十六種。中四種爲于本；司馬相如題橋記，係西漢故事。衆僚友喜賞浣花溪，十八學士登瀛州，係唐朝故事。張于湖誤宿女貞觀係宋朝故事。已見上文。十二種爲無題識不知來歷之本，卽本節所錄者。今核其文字，其注內府本者如漢公卿衣錦還鄉，隨何賺風魔蒯通，小尉遲將鬥將將鞭認父，十探子大鬧延安府，皆舊本。程咬金斧劈老君堂，則董其昌跋云，『于內府閱過，乃元人鄭德輝筆』。其注鈔本而今有于小穀本者，如司馬相如題橋記；注鈔本而在今本爲無題識之本者，如十樣錦諸葛論功，亦皆舊本。是述古目所錄歷史雜劇，間有舊本羼入。然除此數種外，核其詞筆，皆大致相同，如出一手，顯係同時同地所編者。且詞意呆滯，不唯不類元人曲，且亦不類明初人曲，故余疑述古目所錄歷史劇，除少數爲舊本外，其餘皆係教坊新編。其本曾進呈演之內庭，故歷史劇內府本獨多。今存內府本二十八種，除舊本五種外，既皆爲教坊新編之本；則今存之于本四種無題識本十二種，各除舊本一種，餘亦當爲教坊新編之本。既爲教坊新編之本，則其書雖無題識，以意揣之，亦當直接間接自內府本出也。其劇不附穿關者，蓋鈔時省略；且內府本不必一一按行也。此鈔本無題識之歷史劇，既可作如是解；則其他非歷史之無題識鈔本劇，亦可作如是解。然則此無題識鈔本四十五種中，當亦有不少自內府本出者。唯此爲余個人私見，其事今尚無確證，不敢信爲必是耳。

刊本

一　息機子刊元人雜劇選本

息機子刊本琦美以內府本校過者七種，皆附鈔穿關。此七種中六種有琦美題識，可知其校書之時。一種無題識，不知其校書之時。今依其校書年月書之，其不知年月者附于後。

劇名	年	月	日
望江亭中秋切鱠旦（元關漢卿）	萬曆四十二年	十二月	
看財奴買寃家債主（元鄭庭玉）	……………………	…………	二十五日

三　板本

錦雲堂美女連環記（元無名氏）　四十三年　正月　一日

趙匡義智娶符金錠（元無名氏）　…………　……　四日

包待制智賺生金閣（元無名氏）　…………　……　六日（？）

東堂老勸破家子弟（元秦簡夫）　…………　……　十三日

王月英元夜留鞋記（元無名氏）　無題識不知何年校

息機子本琦美以于小穀本校過者四種。其中二種題識署年月，二種不署年月。目如次：

張公藝九世同居（元無名氏）　萬曆四十五年　四月　十五日跋

劉晨阮肇誤入天台（明王子一）　…………　六月　八日跋

死生交范張鷄黍（元宮大用）　題識不署年月

布袋和尚認字記（元鄭廷玉）　題識不署年月

其無題識者又四種：

孟浩然踏雪尋梅（原題馬致遠實明周憲王作）

㑳梅香騙翰林風月（元鄭德輝）

孝義士趙禮讓肥（元秦簡夫）

翠紅鄉兒女兩團圓 明楊文奎

右琦美藏息機子本，今存十五種。其以于小穀本校者：如張公藝九世同居，琦美跋云：『此册與于小穀本大同小異，又別錄一册』。考錢曾述古堂目元無名氏張公藝九世同居下注云：鈔。知述古目所錄九世同居，卽琦美據于小穀本別錄之一本。今也是園藏古今雜劇，有琦美跋息機子本，無別錄本。是曾先得別錄本，後得息機子本。今曾後得之息機子本存，而先得之別錄本已佚。此不幸而失其一者也。其無琦美題識而知其曾以內府本校過者：如孝義士趙禮讓肥，今也是園藏古今雜劇有二本：一卽息機子本，與東堂老勸破家子弟，陶母剪髮待賓合訂一册；同屬秦簡夫劇。一爲內府穿關本，與寇子翼定時捉將，鄧禹定計捉彭寵合訂一册；同目爲無名氏東漢故事劇。按內府穿關本趙禮讓肥，必係琦美所錄；息機子本趙禮讓肥，亦當是琦美遺書。琦美當時旣有息機子本，又錄內府本；此必以內府本校息機子本，察其文不同，故別錄一册，其用意與九世同居之別錄一册正同。今本也是園藏古今雜劇以息機子本屬秦簡夫，以內府本入東漢故事類，似不知其爲一劇者。蓋息機子本內府本趙禮讓肥琦美均無跋，後人編訂，不知其有二本之故，一時失檢，遂將息機子本內府本分置二處，致前後重出矣。按：錢曾述古堂目秦簡夫名下趙禮讓肥係內府穿關本抄本。東漢故事類更無趙禮讓肥，也是園目同。但也是目例不注本子，其所錄秦簡夫趙禮讓肥，不知是何本。是曾編述古目時，所藏趙禮讓肥只是內府穿關本，其後又得息機子本。故今也是園藏古今雜劇趙禮讓肥有二本，此幸而兩存者也。又息機子本元人雜劇選，余所見國立圖書館藏本其目原爲三十種。（館藏本缺五種）前有息機子序，署『萬曆戊申』。戊申爲萬曆二十六年，下距琦美校書時僅十六年。琦美當時得此書，固當爲全本。今本也是園藏古今雜劇所存息機子本雜劇僅十五種。疑曾所得琦美遺書本不全，（曾于琦美鈔校曲本，陸續得之，非一時所收，說已見上。）其得息機子本曲僅限于此數，非琦美萬曆時所得息機子本元人雜劇選實爲十五種殘本也。

二　新安徐氏刊古名家雜劇本

新安徐氏刊本，琦美以于小穀本校過者九種，並有琦美題識。其題識署年月者七種，不署年月者二種。目如左：

劇名	年	月	日
包待制智斬魯齋郎（元關漢卿）	萬曆四十四年	十一月	十二日
包待制三勘蝴蝶夢（元關漢卿）	…………	…………	十三日

河南府張鼎勘頭巾元孫仲章。本書訂入無名氏…………………………十四日
張孔目智勘魔合羅元孟漢卿 四十五年 六月 八日
呂洞賓三度城南柳原題元谷子敬…………………………
蕭淑蘭情寄菩薩蠻原題元賈仲名…………………………
鐵拐李度金童玉女原題元賈仲名…………………………十一日
江州司馬青衫淚元馬致遠 題識不署年月
錢大尹智寵謝天香元關漢卿 題識不署年月

其無題識者四十四種，依今本次第列目如左：

破幽夢孤雁漢宮秋元馬致遠
呂洞賓三醉岳陽樓元馬致遠
半夜雷轟薦福碑元馬致遠
西華山陳摶高臥元馬致遠
開壇闡教黃粱夢元馬致遠
四丞相歌舞麗春堂元王實甫

也是園古今雜劇考

杜蘂娘智賞金線池元關漢卿
趙盼兒風月救風塵元關漢卿
溫太眞玉鏡臺元關漢卿
錢大尹智勘緋衣夢元關漢卿
感天動地竇娥寃元關漢卿
唐明皇秋夜梧桐雨元白仁甫
裴少俊牆頭馬上元白仁甫
醉思鄉王粲登樓元鄭德輝
迷青瑣倩女離魂元鄭德輝
陶學士醉寫風光好元戴善夫
包龍圖智勘後庭花元鄭廷玉
宋太祖龍虎風雲會元羅貫中
忠義士豫讓吞炭不題撰人。按元楊梓撰
蘇子瞻醉寫赤壁賦不題撰人

玉清菴錯送鴛鴦被不題撰人

羅李郎大鬧相國寺原題元張國賓。本書訂入無名氏類

馬丹陽度脫劉行首原題元楊景賢。本書訂入無名氏類

龍濟山野猿聽經不題撰人

二郎神射鎖魔鏡不題撰人

漢鍾離度藍采和不題撰人

李雲英風送梧桐葉不題撰人。按元李唐賓撰

呂洞賓桃柳昇仙夢原題元賈仲名

荆楚臣重對玉梳記原題元賈仲名

宴清都洞天玄記原題國朝楊升庵

灌將軍使酒罵座記原題榭園居士。

金翠寒衣記原題榭園居士。按榭字今本皆誤斛榭園居士即葉憲祖

漁陽三弄

玉通和尚罵紅蓮

三板本

木蘭女

黃崇嘏女狀元

東華仙三度十長生原題署國朝楊誠齋。朱筆楊字改周王

羣仙慶壽蟠桃會原題國朝楊誠齋。朱筆楊字改周王

清河縣繼母大賢原題國朝誠齋。朱筆誠齋上補周王二字

趙貞姬身後團圓夢原題國朝誠齋。朱筆誠齋上補周王二字

劉盼春守志香囊怨原題國朝誠齋。朱筆誠齋上補周王二字

李亞仙花酒曲江池原題國朝楊誠齋。朱筆楊字改周王

紫陽仙三度常椿壽原題國朝楊誠齋。朱筆楊字改周王

善智識苦海回頭原題國朝誠齋。朱筆誠齋上補周王二字。按此劇乃陳沂作，題誠齋誤。

右四十四種皆無題識。其中如醉思鄉王粲登樓，馬丹陽度劉行首，述古目所載皆是內府穿關本。此二種當亦經琦美看詳一過，因其內府本與刊本不同，各爲別錄一本。今也是園藏今古雜劇但有刊本，無內府穿關本，亦不幸而失其一者也。

古名家雜劇新續古名家雜劇之名，初唯見于彙刻書目。彙刻書目錄古名家雜劇，凡金石絲竹

瓠土革木八集，共四十種；新續古名家雜劇凡宮商角徵羽五集，共二十種。王國維撰曲錄其卷二卷三注元雜劇及元明雜劇本子，有古名家雜劇本，有續古名家雜劇本。然國維實未見其書，曲錄所注卽依書目書之。近年秘本間出，則有原本爲國立北京圖書館收得者；有丁氏八千卷樓舊藏本爲南京國學圖書館影印者。北京圖書館所藏有二：一爲彙刻書目所錄古名家雜劇本，書已殘，僅存五種：曰金線池謝天香，據彙刻書目在竹集；曰梧桐葉，曰紅梨花，據彙刻書目在土集；曰帝妃春遊，據彙刻書目在木集。一爲新續古名家雜劇，書亦不全，僅存宮徵二集，每集四種，共八種。核其宮集卷首所附總目，與彙刻書目所錄全合。南京國學圖書館所印元明雜劇本，凡二十七種。其見于彙刻書目者爲彙刻書目之瓠集四種。土集四種，竹集二種，（以上古名家雜劇目）又宮集二種，商集三種，角集三種。（以上新續古名家雜劇）餘九種彙刻目不載。以上三本共得四十種。今也是園藏本，合有題識及無題識者計之，共得五十三種。則今所見明新安徐氏刊本曲以今也是園舊藏本爲最多。也是園藏鈔本元明舊曲之發見，爲元明曲之絕大發見；也是園藏明新安徐氏刊本曲，今存者有如是之多，則以本論，亦可謂一大發見也。

以元明雜劇勘也是園本，二一本重複者凡十有八種。其元明雜劇有也是園本無者九種，目如左：

尉遲恭單鞭奪槊（原題元尚仲賢）

杜牧之詩酒揚州夢元白仁甫
玉簫女兩世姻緣元喬夢符
謝金蓮詩酒紅梨花元張壽卿
鄭孔目風雪酷寒亭元楊顯之
大婦小妻還牢末原題元馬致遠
劉晨阮肇悞入天台原署國初王子一
秦脩然竹塢聽琴元石子章
李太白匹配金錢記元喬夢符

以上所書，俱依今元明雜劇次第。

此九種中，尉遲恭單鞭奪槊，大婦小妻還牢末，以余所考，則爲也是園本本有而後失之者。何以言之？黃丕烈手書也是園藏書古今雜劇目，尉遲恭單鞭奪槊有二本：一在關漢卿名下，一在尙仲賢名下。今本則在尙仲賢名下者已佚。在關漢卿名下者係鈔本，題名下批云：『太和正音名敬德降唐』。鄭氏跋古今雜劇，謂此劇封面裏頁有某氏批云：『此尙仲賢所作，非漢卿。玄度誤認作敬德降唐，故目』。此二十字批余未見是此劇本因趙琦美認爲係關漢卿之敬德降唐，故置關漢卿名下。其在尙仲賢名下者必係刊本。單鞭奪槊明刊本今有二本：一爲元曲選本，一卽今南京國學圖書館所印元明雜劇本。『元明雜劇』四字，本係誤題，其書實卽古名家雜劇本。今也是園藏本古今雜劇，其劇之爲刊本者唯息機子元人雜劇選及古名家雜劇二種，無元曲選。則黃丕烈手書目所記尙仲賢名下之單鞭奪槊，應卽古名家雜劇本無疑。是丕烈收書時尙存古名家雜劇刊本也。大婦小妻還牢末今也是園藏本古今雜劇所收是鈔本。劇題下亦有批云：『別作馬致遠非也。依太和正音作無名氏』。此十六字不知亦係趙琦美筆否？據此批知當時所見有署馬致遠之本。還牢末刊本，今亦有二本：一爲元曲選本，題李致遠；一卽今行元明雜劇本，其題正作『馬致遠』。然則批所稱別作馬致遠者，卽指古名家雜劇本無疑。是還牢末原有古名家雜劇本也。

以館藏殘本古名家雜劇勘也是園本，則重複者三種。此重複者三種中，梧桐葉又見元明雜劇；故此劇徐氏刊本今有館藏也是園古今雜劇本，館藏古名家雜劇，及元明雜劇本三本。其劇爲館藏殘本古名家雜劇所有而今也是園本無之者二種：一爲元張壽卿撰謝金蓮詩酒紅梨花，一爲明程士廉撰帝妃春遊。紅梨花亦見元明雜劇，故此劇徐氏刊本今有館藏古名家雜劇及元明雜劇本二本。以館藏殘本新續古名家雜劇勘也是園本，則館藏新續古名家雜劇之宮徵二集，今也是園本全有之。此宮徵二集八種爲複本。此複本八種中，宮集之元張國寶撰羅李郎大鬧相國寺，元無名氏撰之漢鍾離度脫藍采和元明雜劇亦有之，故此二劇徐氏刊本今亦各有館藏也是園古今雜劇本，館藏新續古名家雜劇本，及元明雜劇本三本也。

以現存諸本勘彙刻書目，則今存本有而彙刻書目無者十三種，目如次：

破幽夢孤雁漢宮秋 元馬致遠

四丞相歌舞麗春堂 元王實甫

善智識苦海回頭 明陳沂

宴清都洞天玄記 明楊慎

右見也是園本

醉思鄉王粲登樓 元鄭德輝

忠義士豫讓吞炭 元楊梓

蘇子瞻醉寫赤壁賦 元無名氏

劉盼春守志香囊怨 明周憲王

清河縣繼母大賢 明周憲王

趙貞姬身後團圓夢 明周憲王

金翠寒衣記 明葉憲祖

灌將軍使酒罵座記 明葉憲祖

右見也是園本元明雜劇本

尉遲恭單鞭奪槊 元尚仲賢

右見元明雜劇本

右十三種，彙刻書目所錄正續古名家雜劇中皆無其目。據此知彙刻書目所錄非全書。然亦有彙刻書目有而今存本無之者，今舉其目於後：

金集三 鐵拐李借屍還魂 元岳伯川

絲集四 馬丹陽三度任風子 元馬致遠

革集五 楚襄王夢遊高唐記 明汪道昆

六 范蠡歸舟五湖記 明汪道昆

七 張敞畫眉京兆記 明汪道昆

八 曹植懷思洛神記 明汪道昆

木集六 泛西湖秦蘇賞夏 明程士廉

三 板 本

七　醉學士韓陶月宴　明程士廉

八　憶故人戴王訪雪　明程士廉

右九種古名家雜劇

羽集四　呂洞賓花月神仙會　明周憲王

右一種新續古名家雜劇

館藏也是園古今雜劇，古名家雜劇，新續古名家雜劇及通行元明雜劇四書所收徐氏刊本曲，共得九十三種。此九十三種中有三十種爲重複本，去其重複本，則實存之曲爲六十三種，此新安徐氏刊本據現存本計算之數也。彙刻書目所載徐氏刊本曲目，其爲今本所無者十本。以今本實存之六十三種加十種，得七十三種，此新安徐氏刊本據存本佚本合併計算之數也。然則明新安徐氏刊本曲今可知者爲七十三種。此七十三種有已佚者，有彙刻書目所不載者。徐氏原書，於此諸本應如何詮次？當徐氏刊本曲因也是園曲發見而驟然增多之今日，此亦留心詞曲之人所亟欲一知者也。

欲推尋徐氏原書本來面目，居今日而言，其困難有二：其一彙刻書目所著錄之古名家雜劇非原本也。彙刻書目所錄古名家雜劇有正續二集，其續集以今存新續古名家雜劇宮集首所附全目考之，其每集標名與每集所收之劇，兩目皆一一相合，此可不論。其正集分金石絲竹匏土革木八集。

以現存諸本考之，則彙刻書目所書金石絲竹，今存本其劇名在彙刻書目金石絲竹四集中者，其板心皆書文行忠信，無作金石絲竹者。其匏土革木之名，絶不見于今存本：是所標集名不足據也。又彙刻書目古名家雜劇八集，自金集至土集，皆每集四劇；其革集木集，則每集八劇，自爲參差。核今存本板心所書卷數，皆止於四卷，無四以下字樣，明原本每集所收只是四劇，劇爲一卷，故止四卷，無收八劇之事：是其裒集不足據也。此二事近人已有言之者（見文學集林第一期鄭氏跋古今雜劇後所附關於古名家雜劇一文，署名『孚』）。然尚未推求其所以收八劇之故。余則以彙刻書目所錄古名家雜劇非原本解釋之，彙刻書目木集帝妃春遊以下四劇，皆明程士廉作。其目見述古堂原鈔本述古堂書藏目所附續編雜劇目。今館藏恰有帝妃春遊一本，署程士廉，與述古目續編雜劇目合。帝妃春遊在彙刻書目木集中次第五，應是第五卷，而今館藏本板心所書爲一卷，不作五卷。明帝妃春遊以下四劇本自爲一集，其卷數爲一至四卷。彙刻書目以此四劇與倩女離魂，緋衣夢，竇娥冤，三度城南柳四劇合爲一集；乃取明人專集四卷與元人總集四卷合爲一集也。以此推之，則革集以徐渭漁陽三弄四劇與汪道昆夢遊高唐記四劇爲一集，亦是併兩集爲一集。故余疑彙刻書目所錄古名家雜劇，乃後印本。其時板已不全，書肆姑就當時存劇若干種輯爲一編，妄立八集之目，故參差如此。其二，今存徐氏刊本多係殘零或拆散之本，原書次第不易一一考見也，今所見徐氏刊古名家雜劇凡四本。此四本中，除新續古名家雜劇本存宮徵二集較爲整齊外，其館藏殘本古名家雜劇僅五種，所可資以印證者無多。也是園本古今雜劇所收徐氏刊本雖多，然皆拆散，依也是園目編訂，今讀其書，僅見板心書某某卷，而不知爲某某集中之某某卷；此僅可目爲也是園藏古今雜劇一書中有徐氏刊古名家雜劇板片，已不得謂之徐氏書。至元明雜劇雖非拆散之本，然亦拾殘本裝訂成册。今考其板心所書卷數，前後多不相承，其相承者，僅第二册梧桐雨至曲江池四卷，第三册梧桐葉至牆頭馬上四卷。且合也是園本及元明雜劇本觀之，尚有板心不書卷數者。則今日欲據今存本以推知徐氏原書本來面目，其事甚難。然則徐氏原書本來面目果不可考見乎？是又不然。蓋今存本雖多零落失次，然間存舊文，可以推知徐氏刻書旨意。其彙刻書目所錄古名家雜劇雖係後印本，非原本，然以今存本板心所記卷數與彙刻書目古名家雜劇金集至土集目一一勘校，其次第無不合者。然則彙刻書目所據以著錄之本，雖八集名目係重印時所擬，其集先後次第亦未必盡如原書之舊，然專以一集言，其金集至土集每集所收之劇，猶是原書次第則無可疑也（其間或亦有替換，如以甲集某卷作乙集某卷者，但此等情形當屬甚少）。其革集木集，各合二集爲一集；然若以四集觀之，則每集所收劇，其次第亦是原書之舊，未嘗改也。以是言之，則徐氏刊本曲，其編刊宗旨與原書編定次序，以現存本與彙刻書目參互考證，尚非全不可知者。以下所說爲余個人私見，其所詮釋未敢云是。以之備一說，固無不可也。

彙刻書目載古名家雜劇八集。其木集八種，爲明徐渭汪道昆曲。革集帝妃春遊以下四種，爲明程士廉曲。新續古名家雜劇五集，其羽集四種爲明周憲王曲。今存徐氏刊本六十三種。其中明人曲除周憲王常椿壽，十長生，蟠桃會，徐渭四聲猿，程士廉帝妃春遊俱見彙刻書目外，尚有周憲王之香囊怨，曲江池，繼母大賢，團圓夢，陳沂之苦海回頭，楊愼之洞天玄記，葉憲祖之金翠寒衣記，灌將軍使酒罵座記，亦明人曲也。此諸明人曲，其見於彙刻書目者，王國維撰曲錄注板本據之，注曰：『古名家雜劇本』。其不見於彙刻書目而今有其本者，近世人亦逕稱曰：『古名家雜劇本』無異辭也。然以余所考，則此諸明人曲，皆本自有集，徐氏所刊應爲孤行本。徐氏所刊古名家雜劇，應只限於元人及元末王子一谷子敬賈仲名等所爲曲；以上所舉諸明人曲，皆不在古名家雜劇之內也。何以明之？凡雜劇本爲別集單行者，明人錄入總集中例不收原書序跋。今也是園本楊愼撰洞天玄記，首載嘉靖丁酉玄都浪仙序一首，又載嘉靖壬寅愼弟楊悌序一首，又載嘉靖戊午門人張天粹跋一首，卷末劇後又載嘉靖壬寅楊際時後序一首，此徐氏刊本楊愼洞天玄記爲孤行本之明證也。今館藏殘本古名家雜劇（按：原無書題，以此書殘存劇五種皆見彙刻書目古名家雜劇目，故今以古名家雜劇稱之。）五種，其前四種爲元人曲，末一種爲程士廉帝妃春遊。前載一文云：『小泉（按士廉字）程君，縱步詞林舊矣。

間者復出是製示余，而程仲子吳伯子綴之以語，以屬余書。余閱之，晉唐汴宋，千載目前；天子公卿，賞心樂事；宛如也。不唯奇節快人視聽，抑亦情文得其奧旨。以小雅堂名，夫誰匪然』。後署『泥蟠齋』，不著姓名。又後一行書云：『萬曆己丑（十七年）孟秋書林徐』。以下字缺。『徐』字已壞左畔，此所書與也是園本四聲猿後所書龍峯徐氏當是一人。據此葉板心有『後跋』二字，知此文本係跋語。據跋『程仲子吳伯子』云云，知此劇尚有程吳二氏序或跋，今已不存。

按述古堂原鈔本述古堂目卷十後所附續編雜劇目，載程士廉帝妃春遊四劇，無總題。據此跋則知此劇以『小雅堂』名。『小雅堂』者，對其鄉先生汪道昆大雅堂言之也。士廉，休寧人。汪道昆高唐四記，總名大雅堂樂府，見明呂天成曲品（曲品原脫堂字）。明張萱西園存稿卷十六竹林小記序云：余友汪伯玉大雅堂，徐文長四聲猿，亦能以小語致巧，驅字取姸。所稱大雅堂，即大雅堂樂府省稱，今脈望館目流字廚詞類有大雅堂集一册，疑亦是此書。然則帝妃春遊四劇，徐氏刊本當名小雅堂樂府或小雅堂集，此又爲孤行本之明證也。更以元明雜劇考之，元明雜劇收周憲王曲爲香囊怨，曲江池，繼母大賢，團圓夢四種。其香囊怨，團圓夢卷首俱載宣德八年自序。以正統刻原本誠齋傳奇勘之，文全同，此亦不似選集本。故余疑誠齋傳奇有萬曆中新安徐氏重刊本。誠齋傳奇原本爲三十一種。今元明雜劇本，存四種。也是園本，去其與元明雜劇本重複者，存三種。彙刻書目著錄今不存者一種。徐氏刊本今可考者只此八種。然也是園本尚有善智識苦海回頭，署『國朝誠齋』撰。此劇非周王曲而誤以爲周王曲。然則新安徐氏所刊誠齋傳奇，應比原本多一種爲三十二種本，其係重刊專集不在古名家雜劇之內，事亦甚明也。餘如徐渭四聲猿今也是園本無序。然以錢曾述古堂目續編雜劇目考之，續編雜劇目所錄即新安徐氏本，曾編目但書四聲猿，列其散目，不目爲總集。彙刻書目古名家雜劇目，錄四聲猿四劇在革集前四卷中，果其書原本爲古名家雜劇本者，曾編目宜書古名家雜劇某集，不當但書『四聲猿』（曾續編雜劇目，專集總集皆分別書之），此亦可證徐氏所刻四聲猿本爲孤行本。彙刻書目所錄古名家雜劇，係後印本；印書者以孤行本入總集，自是四聲猿遂有古名家雜劇本也。四聲猿如此，其汪道昆之高唐記四種，葉憲祖之金翠寒衣記灌將軍使酒罵座記二種，當亦如此。憲祖劇當是徐氏最後印本。憲祖生嘉靖四十五年丙寅，卒于崇禎十四年辛巳，年七十六。今徐氏刊本四聲猿，署『萬曆戊子刊』，戊子爲萬曆十六年，憲祖時年二十三歲。次年己丑刊帝妃春遊四劇，憲祖時年二十四歲。憲祖詞學富贍，此時固未嘗不可作曲。然據黃宗羲吾悔集卷一六桐葉公改葬墓誌銘，稱憲祖『撰鸞篦記借賈島以發舒二十餘年公車之苦』（按憲祖萬曆二十二年甲午中舉人。自此九上春官，至萬曆四十七年己未，始中進士）。凡詞家撰曲，多在牢騷不得意之時；憲祖所撰雜劇，據王國維曲錄卷三所記共九種，此諸雜劇如作與鸞篦同時者，則其時當在萬曆二十二年之後，四十七年之前。徐氏於斯時刊其曲，或並諸劇刊之，依憲祖之意標舉集名。以是言之，則徐氏所刊憲祖曲，當不止金翠寒衣記罵座記二種。今姑假定寒衣記罵座記係憲祖早年所作，則憲祖當萬曆十六七年間年方二十餘歲，徐氏刊其劇更不得目爲古人，置其劇於古名家雜劇中也。（凡雜劇總集如陽春奏，柳枝酹江集，皆兼收明人曲。然此等總集所標書名，皆與朝代時代無涉，故得古今人兩收。徐氏刊古名家雜劇，明示其書所選爲古雜劇，則楊愼徐渭汪道昆皆正嘉間人，其時代距萬曆初甚近，以理論皆不應收入。其並時人曲，如程士廉葉憲祖更不應在內。亦猶臧懋循元曲選但收元人曲及明初王子一等四家曲，不及正嘉以後人也。）以是言之，則楊愼徐渭汪道昆程士廉葉憲祖諸明人曲。其人在嘉靖萬曆之間其劇本自爲一集者，徐氏所刊應皆是孤行本無疑。其周憲王誠齋傳奇自成一集；徐氏重刊其劇，亦自是孤行本無疑。徐氏所刊雜劇以現存本與彙刻書目著錄本一併計之，去其重複者爲七十三種。從七十三種中除楊愼一種，徐渭汪道昆程士廉各四種，葉憲祖二種，及周憲王誠齋傳奇九種（以上共二十四種）餘四十九種，方是古名家雜劇。王國維撰曲錄，於徐渭四聲猿，汪道昆高唐夢四記，及程士廉帝妃春遊四劇，均注『古名家雜劇本』。此未見原本，但據彙刻書目書之。以今考之所注殊爲失實；因彙刻書目所錄古名家雜劇非原本，原本古名家雜劇，徐渭四聲猿；汪道昆高唐夢四記，程士廉帝妃春遊四劇，均不在內也。近人於元明雜劇所收周憲王與葉憲祖劇亦多目爲『古名家雜劇本』。此以周憲王與葉憲祖劇，其板刻形式，與其他雜劇彙刻書目著錄以爲古名家雜劇者相似，因而一律稱之。以今考之，亦殊爲失實；因周憲王劇葉憲祖劇與其他元人劇同爲新安徐氏所刊，故板式絕相似，一家所刊劇，固不必同隸一集也。又彙刻書目區古名家雜劇爲正續二集。以余所考，『新續古名家雜劇』之稱，疑亦非原有。因余所見圖書館藏新續古名家雜劇，其宮集封面但書『古名家雜劇四種』，旁書四種之目；其徵集封面亦但書『古名家雜劇四種』，旁書四種之目；不見所謂『新續古名家雜劇』者。其宮集前所附五集總目，第一行雖題『新續古名家雜劇目錄』然細審之，其新續二字乃係剜補，字形與下七字迥然不同。以是知新安徐氏所刻古名家雜劇，並無正續之分。其書分若干集，每集四種，通稱古名家雜劇。亦猶臧懋循元曲選分二十四集，每集五種，其書雖分兩次印行，而通稱元曲選並無正續之分也。

徐氏刊書旨趣既明，始可以語徐氏原書詮次之事。今彙刻書目所載古名家雜劇金石絲竹匏土革木八集之名，既不見於今本，則彙刻書目所標集名，係後來所定。徐氏原書所標集名爲何，今已不可知。彙刻書目所載劇目既有爲今存本所無者，今存劇本又有爲彙刻書目所不載者，則彙刻書目所錄本與今存本皆非全書。徐氏原書分若干集，今亦不可知。而在彙刻書目，其每一集中所書劇名次第，既皆與今存本合，則彙刻書目所記集名與諸集之次雖不足據，而分別觀之，其每集所書劇目尙屬可據。今取今存本與彙刻書目所錄諸劇重新詮次，不立集名，不標諸集之次，但取某某劇應爲一集者書之。其每集卷第，取今存也是園本元明雜劇本古名家雜劇本新續古名家雜劇本一一注於劇名之下，以資參證。其元馬致遠漢宮秋，王實甫麗春堂，無名氏單鞭奪槊。鄭德輝王粲登樓，楊梓豫讓吞炭，無名氏醉寫赤壁賦六種爲彙刻書目所不載者；今存本皆不著卷數。姑附書於後。徐氏原本古名家雜劇（包新續古名家雜劇言），其編刊次第余知而能訂之者止於此。

其明人別集，如周憲王誠齋傳奇今存本多不著卷數（正統本亦無卷數）。楊愼洞天玄記，葉憲祖金翠寒衣記灌將軍使酒罵座記今存本亦不著卷數。唯徐渭四聲猿今存四卷本；程士廉曲今存第一卷：可知其爲分卷之本。至汪道昆高唐四記，今無存本，亦不知其係分卷本與否。按：北曲每劇四折，後人刻書因以四折爲一卷。其總集某劇標某卷者，示其在總集某一集中次第，別於他劇言之也。其別集以數劇爲一集者，於某劇標某卷，示其在別集中次第，亦別於他劇言之也。然總集別集前皆有目，故其劇在集中者標卷數可，不標卷數亦可，今楊愼洞天玄記四折，本以一卷孤行，宜不分卷。徐渭四聲猿所包四劇，其劇有二折者有四折者，故可分卷。葉憲祖二劇或因其集本有總目，故不分卷。至汪道昆程士廉所作劇，每劇只一折；此如認其集所包爲四劇，固可分四卷；若準前人四折爲一劇之例，則亦不必分卷也。故此等分卷與否，可不必注意。今列此六人別集，各依其原書之名。其卷第見於今本者，亦據今本一一注出之。

溫太眞玉鏡臺 元關漢卿　彙刻書目 金集第一　也是 文卷一

江州司馬靑衫淚 元馬致遠　彙刻目 金集第二　也是 文卷二

鐵拐李借屍還魂元岳伯川　彙刻目金集第三　也是文卷四

李鐵拐度金童玉女明賈仲名　彙刻目金集第四

右四種爲一集

陶學士醉寫風光好元戴善夫　彙刻目石集第一　也是行卷一

蕭淑蘭情寄菩薩蠻明賈仲名　彙刻目石集第二　也是行卷二

開壇闡教黃粱夢元馬致遠　彙刻目石集第三　也是行卷三

呂洞賓三醉岳陽樓元馬致遠　彙刻目石集第四　也是行卷四

右四種爲一集

包待制智斬魯齋郎元關漢卿　彙刻目絲集第一　也是忠卷一

包待制智勘後庭花元鄭廷玉　彙刻目絲集第二　也是忠卷二

呂洞賓桃柳昇仙夢明賈仲名　彙刻目絲集第三　也是忠卷三

馬丹陽三度任風子元馬致遠　彙刻目絲集第四

右四種爲一集

杜蘂娘智賞金綫池元關漢卿　彙刻目竹集第一　也是信卷一　古名家信卷一

三板本

錢大尹智寵謝天香元關漢卿　彙刻目竹集第二　也是信卷二　古名家信卷二

鄭孔目風雪酷寒亭元楊顯之　彙刻目竹集第三　元明信卷三

大婦小妻還牢末元李致遠　彙刻目竹集第四　也是佚本　元明信卷四題馬致遠

右四種爲一集

唐明皇秋夜梧桐雨元白仁甫　彙刻目瓠集第一　也是卷一　元明卷一

玉簫女兩世姻緣元喬夢符　彙刻目瓠集第二　元明卷三

杜牧之詩酒楊州夢元喬夢符　彙刻目瓠集第三　元明卷二

李亞仙花酒曲江池　彙刻目瓠集第四

右四種爲一集曲江池有元石君寶及明周憲王二本。彙刻目所錄，不知爲何人本。今存也是園本，元明雜劇本，所錄皆是明周憲王本。按：徐氏所刊周憲王曲，應是別集單行本。彙刻書目所錄瓠集曲江池，如非以周憲王誠齋傳奇殘本零種配置此處者，則應是石君寶本。又余所見彙刻書目喬夢符兩世姻緣，皆次第二，楊州夢皆次第三。今元明雜劇本則兩世姻緣板心書三卷，楊州夢板心書二卷，與彙刻書目所錄本不合。

李雲英風送梧桐葉元李唐賓　彙刻目土集第一　也是卷一　元明卷一　續古名家卷一

謝金蓮詩酒紅梨花元張壽卿　彙刻目土集第二　元明卷二　續古名家卷二

荆楚臣重對玉梳明賈仲名　彙刻目土集第三　也是　元明卷三

裴少俊牆頭馬上（元白仁甫） 彙刻目（第四土集） 也是（卷四） 元明（卷四）

右四種爲一集（梧桐葉，存本皆不著撰人。據天一閣本錄鬼簿續編，知爲元末李唐賓作。又也是園本玉梳記，余前閱其本，一時疏忽，忘記卷數，今姑缺之。）

迷青瑣倩女離魂（元鄭德輝） 彙刻目（第一木集） 也是（卷一）

錢大尹智勘緋衣夢（元關漢卿） 彙刻目（第二木集） 也是（卷二）

感天動地竇娥冤（元關漢卿） 彙刻目（第三木集） 也是（卷三）

呂洞賓三度城南柳（明谷子敬） 彙刻目（第四木集） 也是（卷四）

右四種爲一集

趙盼兒風月救風塵（元關漢卿） 彙刻目（第一宮集） 也是（卷一） 續古名家（卷一）

羅李郎大鬧相國寺（元張國寶） 彙刻目（第二宮集） 也是（卷二） 元明（卷二） 續古名家（卷二）

包待制三勘蝴蝶夢（元關漢卿） 彙刻目（第三宮集） 也是（卷三） 續古名家（卷三）

漢鍾離度脫藍采和（元無名氏） 彙刻目（第四宮集） 也是（卷四） 元明（卷四） 續古名家（卷四）

右四種爲一集

半夜雷轟薦福碑（元馬致遠） 彙刻目（第一商集） 也是（卷一）

秦脩然竹塢聽琴（元石子章） 彙刻目（第二商集） 元明（卷二）

李太白匹配金錢元喬夢符　彙刻目商集第三　元明卷三
馬丹陽度脫劉行首明楊景賢　彙刻目商集第四　也是卷四　元明卷四

右四種爲一集

西華山陳摶高臥元馬致遠　彙刻目角集第一　也是卷一
宋太祖龍虎風雲會明羅貫中　彙刻目角集第二　也是卷口　元明卷口
劉晨阮肇誤入天台明王子一　彙刻目角集第三　元明卷三
龍濟山野猿聽經元無名氏　彙刻目角集第四　也是卷四　元明卷四

右四種爲一集

河南府張鼎勘頭巾元孫仲章　彙刻目徵集第一　也是卷一　續古名家卷一
張孔目智勘魔合羅元孟漢卿　彙刻目徵集第二　也是卷二　續古名家卷二
玉清菴錯送鴛鴦被元無名氏　彙刻目徵集第三　也是三口卷卷　續古名家三口卷卷
二郎神醉射鎖魔鏡元無名氏　彙刻目徵集第四　也是卷四　續古名家卷四

右四種爲一集

破幽夢孤雁漢宮秋元馬致遠　也是無卷數

四丞相歌舞麗春堂（元王實甫）		也是（無卷數）	
尉遲恭單鞭奪槊（原署元尚仲賢）		也是（本佚）	元明（無卷數）
醉思鄉王粲登樓（元鄭德輝）		也是（無卷數）	元明（無卷數）

右四種爲一集？

忠義士豫讓吞炭（原不著名。按元楊梓撰）		也是（無卷數）	元明（無卷數）
蘇子瞻醉寫赤壁賦（元無名氏）		也是（無卷數）	元明（無卷數）

右二種不知與何種爲一集

以上古名家雜劇（其集今可知者爲十二集有奇，其劇今可知爲五十種。彙刻目瓠集所錄曲江池如確係以誠齋傳奇零種配補，則應除去此一種，原本今可知者爲四十九種。）

誠齋傳奇（明周憲王撰）

李亞仙花酒曲江池	彙刻目（瓠集第四）	也是	元明（卷四）
清河縣繼母大賢		也是	元明
趙貞姬身後團圓夢		也是	元明
劉盼春守志香囊怨		也是	元明
紫陽仙三度長椿壽	彙刻目（羽集第一）	也是	

三　板　本

也是園古今雜劇考

東華仙三度十長生　彙刻目羽集第二　也是

羣仙慶壽蟠桃會　彙刻目羽集第三　也是

呂洞賓花月神仙會　彙刻目羽集第四

善智識苦海回頭陳沂撰誤屬之周王　也是

洞天玄記明楊慎撰　今存也是園本

四聲猿明徐渭撰

漁陽三弄　彙刻目革集第一　也是卷一

玉通和尚罵紅蓮　彙刻目革集第二　也是卷二

木蘭女　彙刻目革集三　也是卷三

黃崇嘏女狀元　彙刻目革集第四　也是卷四

按彙刻目革集錄渭四劇，其四劇之名與今存本四聲猿後所書題目正名四句同，與今本每卷所題散目不同。

大雅堂樂府明汪道昆撰　徐氏刊本今不存

楚襄王夢遊高唐記　彙刻目革集第五

范蠡歸泛五湖記　彙刻目革集第六

張敞畫眉京兆記　彙刻目革集第七

曹植懷思洛神記　彙刻目革集第八

小雅堂樂府 明程士廉撰　徐氏刊本今存一卷

帝妃春遊　彙刻目木集第五

秦蘇夏賞　彙刻目木集第六

韓陶月宴　彙刻目木集第七

戴王訪雪　彙刻目木集第八

按述古堂目續編雜劇目錄此四劇。其劇名皆四字，目爲帝妃春遊，秦蘇夏賞，韓陶月宴，戴王雪訪。今存古名家雜劇殘本標題亦只作帝妃春遊，與述古目續編雜劇目合。彙刻目所錄皆七字標題，間亦顛倒其字。蓋後印本以此四卷與他劇配合，對原書標題亦加以改動也。

金翠寒衣記 明葉憲祖撰　今存也是園本元明雜劇本

灌將軍使酒罵座記 明葉憲祖撰　今存也是園本元明雜劇本

以上明人別集

新安徐氏所刻雜劇，余以己意測推爲詮次如上。此外尚有一事在昔本無問題，而今以也是園曲發見忽成問題不可不一述者，卽徐氏刊曲時其編次之人爲誰是也。彙刻書目載古名家雜劇正續二集，俱注云：『明玉陽仙史編刊』。王國維曲錄卷六錄古名家雜劇八集，續古名家雜劇五集，釋云：『明陳與郊編刻』。卷三錄昭君出塞等三劇，釋云：『明陳與郊撰。與郊字廣野，號玉陽仙史，海寧人』。是國維知『玉陽仙史』卽陳與郊號；其以正續古名家雜劇爲陳與郊編刊者，以彙刻書目所記編刊之人與陳與郊號合也，（按陳與郊號，諸書所載不甚一致。有作隅陽者，民國九年印海寧州志稿卷二十九與郊傳所書是也。有作禺陽者，明呂天成曲品卷上書陳與郊禺陽，又謂禺陽給諫富而好文是也。有作玉陽者，明王驥德曲律卷二論治曲須識字條，謂衣衩之衩，曲家多誤爲平聲。唯陳玉陽詅癡符記玉抱肚曲作去聲獨是是也。與郊海寧人，與國維同鄉里。國維以玉陽仙史爲陳與郊號，當自有據。）國維此說，世無異詞。近鄭氏跋古今雜劇始疑之；其言曰：『諸家書目皆以古名家雜劇爲陳與郊編刊。今女狀元末有一牌子云：萬曆戊子（十六年）夏五西山樵者校正，龍峯徐氏梓行。知編刊者非陳氏。緣世人均未見此牌子，故有此誤』。如鄭氏所考，則古名家雜劇編刊與陳與郊無涉。然則彙刻書目所注以及王國維所考訂者將皆爲虛語乎？余疑古名家雜劇選輯或與陳與郊不關無係。蓋編刊不必爲一人，刊書者是徐氏，編選或出陳與郊之手。彙刻書目所注，自當據所見本書之；『玉陽仙史』四字，必非編彙刻書目者所自擬，其事固甚明也。然龍峯果是何地？龍峯徐氏刊書何以與陳與郊發生關係？此不可不考者。余按：四聲猿後木記所書『龍峯徐氏』，當與帝妃春遊跋後所書『書林徐某』者是一人。帝妃春遊作者程士廉，字小泉，徽州休寧人。（據今本帝妃春遊署題）跋稱『小泉程君，漁獵百家，縱步詞林舊矣。閒者復出是製示余。余閱之』。云云。跋不署名，審其圖章是『吳文輅』三字，疑其人與士廉非同里卽同郡。士廉與作帝妃春遊跋者既皆爲徽州人，疑刻書者書林徐氏亦當爲徽州人。明之徽州府，在隋爲新安郡。故明人稱徽州亦曰新安。其署『龍峯徐氏』者，徽州歙縣之黃山有三十六峯，其峯有名『九龍』者，有名『飛龍』者。舊時人自署郡邑，多以山水名代郡邑名，則徐氏或是歙縣人也。如余所說不誤，則徐氏與陳與郊關係可得而言。與郊海寧人，卒於海寧，然與郊曾寓歙縣，此事世人或不盡知之。淸康熙三十八年趙吉士脩徽州府志卷九科第門萬曆元年癸酉鄉試欄，載陳與郊字廣野，歙巖鎭人，甲戌進士，浙江籍，太常寺少卿。道光八年歙縣志卷七之二，載陳與郊爲巖鎭人，竈籍，舉萬曆元年鄉試，甲戌進士，太常寺卿，亦同。據府志卷一疆域門，巖鎭村名，在十九都。與郊之寓歙縣，府縣志所書詳細如此，此不謂之實錄不可也。然則與郊曾寓徽州。明之徽州，以刻書著名。與郊既居其地，其與徽州書賈有友誼關係，實爲平常之事。今以徐氏所刊雜劇考之，徐氏所刊古名家雜劇及明人別集，今知者爲七十三種。當時所刊，或不止於此。以意揣之，如此繁多劇本，決非書賈所能自致者；宜必有人代爲搜羅選輯，方克成事。按：明萬曆中元劇，已爲專家收藏之品。非如時下傳奇，流行廛市，人人得而見之者。故臧懋循藏元曲有名。其刻元曲選猶假書於麻城劉氏。徐氏書坊之人，見聞狹隘，其刻古名家雜劇，必別有代爲搜輯之人可以斷言。然則與郊蓋選曲之人，彙刻書目注正續古名家雜劇並云『玉陽仙史編刊』，當是所見本有玉陽仙史序，不知爲何人刊，因誤以編與刊屬之一人。然正爲其書係玉陽仙史編遂有此誤。苟其書與玉陽仙史毫無關係者，即不應有此等誤會也。故余疑古名家雜劇等雖非與郊所刊，而其書當與與郊有關。王國維曲錄卷三定玉陽仙史為陳與郊，其說如不誤；則曲錄卷六定古名家雜劇為陳與郊編刻，其言亦不盡誤也。今所見徐氏刊曲，其四聲猿為萬曆十六年戊子刻，帝妃春遊為萬曆十七年己丑刻。此皆明人別集。其刻古名家雜劇不知在何時。以意度之，或與刻四聲猿帝妃春遊之時相去不遠。考與郊第進士後，歷官河間推官，吏科給事中，都給事中，提督四夷館，太常寺少卿。其罷官之時，據明沈德符野獲編所記，知為萬曆辛卯。野獲編卷十六陳祖皐條云：『浙之海寧太學生陳祖皐治春秋最有聲（按祖皐與郊長子）。其應辛卯順天鄉試，已舉榜首。時乃父吏垣都諫方以聚劾去位，比拆榜，知為都諫子遂寘之，而以他卷登賢書。』云云。辛卯為萬曆十九年。與郊官至太常寺少卿，德符乃止以都諫稱之，似與郊官太常寺少卿不久即去職。按民國九年印海寧州志槁與郊傳，稱與郊遷都給事中，居省八載。不知八載自何年起何年止。考明史卷二二〇辛自脩傳，載自脩為都御史。十五年大計京官。有貪競者十餘輩，自脩欲去之。給事中陳與郊自度不免，因訐自脩云云。是與郊十五年猶為給事中。卷二一七沈鯉傳，載給事中陳與郊為人求考官不得，怨鯉。危言撼鯉，鯉引疾歸。亦在十六年。是與郊十六年猶為給事中。與郊為申時行黨，時行致仕在十九年九月。明順天鄉試以八月舉行。據德符所記，其時與郊已去位，則與郊罷官當在十九年八月以前也。如新安徐氏刊古名家雜劇果在萬曆十六七年者，則與郊其時方官京師，為之蒐集劇本固甚便也。

徐氏刊曲，其選輯之人如依余所說為陳與郊。與郊為徐氏選曲，如依余所說似在萬曆十九年前與郊官北京之時；則關於徐氏刊本曲尚有一事足以使吾人感興味者，即徐氏刊本曲疑亦與明內府本明于愼行本有關是也。余此說實無確證，然審情度理，似當如是。今略引其端緒。按今所見趙琦美抄本曲，其大部分自明內府本出，一部分自于愼行本出。愼行本疑亦與內府本有關。余在上文已詳言之。臧懋循刻元曲選所據爲麻城劉承禧本，劉承禧本卽從內府本出。余在上文亦已詳言之。然則明人藏曲多錄自內府，與郊在京師爲徐氏選曲，所據除內府本外，似無他本可以任其採輯者。且余以與郊所著蘋川集考之，知趙琦美錄曲，與之通假借之于小穀，其人父子並與與郊有舊；臧懋循刊曲，與之通假借之劉承禧，其人亦與與郊有舊。此雖不足證明與郊選曲定向此二家借書，然可斷定愼行承禧藏元明舊曲多種，與郊定知之，承禧傳錄內府本曲，與郊未必不與聞其事。蘋川集卷七有與東阿于公子書一首，其人卽于小穀。書云：『不肖得望見先相公淸光，去之二十年矣。而相公入相，不肖正陷網羅，無路上書，蒙相公矜憫非辜，惻然欲救之虎口中。傳至台情，幷示門下手簡，捧讀數四，感激欲死。痛傷命薄，不克終承天造，謹吐出肺肝，一奏几筵之下。粱壞山頹，運關隆替，萬唯節順』。云云。此書爲弔愼行喪而作。愼行卒於萬曆三十五年，則書是萬曆三十五年作。所稱不肖正陷網羅者，乃指誣殺滿指揮一獄。其事在萬曆三十三年乙巳。與郊子祖臯以妻母殁遣僕致祭，値滿指揮捕鹽爲販人所殺，掌印指揮朵成文夙怨與郊，遂搆祖臯于要津，致大辟。與郊奔走呼籲，獄得稍緩。然祖臯猶羈獄中，不得出。及與郊殁，與郊殁不知在何年。以錢希言獪園所記考之，似距三十三年不甚遠。或當在四十年左右。祖皐事始得白，出獄不久亦死。明沈德符野獲編卷十六，錢希言獪園卷七卷十一，並載此事。與郊遭家難先于愼行之亡者三年，故曰『正陷網羅』也。據此書，知愼行入相抱病時，猶拳拳于與郊之獄，則當萬曆十九年前二人同宦京師時，其友誼當甚厚。愼行藏曲，與郊定知之，且未必不取閱其本也。同書同卷又有與劉延伯錦衣書一首，延伯卽劉承禧字。其書云：『往年流浪長安，辱吾丈道義之雅，過于骨肉。一歸海曲，如隔霄壤。虛題短疏，一候起居。緣逐臣不可以寸幣入國門，雖于密友亦復如是』。云云。據此，則與郊官京師時與承禧交甚密。承禧錄內府曲如在萬曆十九年前，與郊定亦知之，且承禧武人，其錄內府曲未必不由與郊之啓示也。明之君相，皆不知重書。正嘉以還，百政廢弛。內閣藏書，既爲人盜竊以盡；司禮監經廠庫書，亦漸次淪散，嘉靖初楊愼且盜取其半（見常熟秦徵蘭天啓宮詞自注）。內府曲本藏之鐘鼓司，其書當更不爲當局所重。以意揣之，想亦散亡不少。其猶存若干種者，蓋由宮庭演戲時用其本耳。其本雖藏內庭，而京官嗜曲者閱其書似甚易。如于愼行，董其昌，固皆閱其書者，愼行似曾傳錄，劉承禧且錄其本至二百種。愼行其昌皆達官淸貴，承禧官錦衣，司門禁，其得閱內府曲本，皆無足異。至趙琦美小京官猶得借錄其書，則內府曲本殆京官人人可取而閱之也。以是言之，則以與郊酷好詞曲之人，其於內府曲本可直接假之鐘鼓司，其選輯元曲卽據內府本錄之，亦在情理之中。今也是園古今雜劇中有徐氏刊曲五十三種，其經趙琦美以于愼行本校過者，除一二種外，其文與于愼行本全同，可證徐氏刊本與于愼行本同出一源。于愼行本既與內府本有關，則與郊所選古名家雜劇亦應直接間接與內府本有關，其事固不待煩言而解也。

或曰：子以徐氏刊本曲或爲陳與郊所編，與郊曲選似在宦京師時，其所據之本應與內府本或于愼行本有關，其言辯矣。顧蘋川集卷七尙有與王百朋文學書一首，其書稱『前奉璧古名家雜劇中，記有倩女離魂者，更求惠借。數日卽繳上，决不敢點涴。』古名家雜劇既是陳與郊所選，與郊應自有其書，何以反假之他人乎？余曰：此易解。與郊蘋川集所收皆尺牘，其尺牘作於萬曆三十三年以後者十之八九。當獄興時，其子祖皋擬大辟，家產亦被抄掠。此卷尙有與孫世聲書稱『蒙賜紅蕖記，不佞向曾有之；而難中被虜，與羣書並失。今頓還舊觀，况兼得德璘原傳，受教不淺。』云云，此可爲與郊書籍因難不存之證。紅蕖記乃吳江沈璟撰，璟與與郊爲同時儕輩。璟所撰紅蕖，與郊既於難中失之；則與郊二十餘年前所編古名家雜劇，因難中失之轉向王百朋借此書，其事毫不足異；此固不足爲古名家雜劇非陳與郊編之證也。

今所見明刊本元曲總集凡七書。此七書之目：曰李開先改定元賢傳奇，其書刊於嘉靖時，今存者六種。曰新安徐氏刊古名家雜劇，曰息機子刊元人雜劇選，此二書並見本文。曰尊生館刊陽春奏，按：尊生館乃黄正位齋名。圖書館藏巾箱本琵琶記，本心下題尊生館刊本，其題詞署新都黄正位著。可證。其書刊於萬曆三十七年，前有于若瀛序。彙刻書目載其目爲三十九種，今只存三種。曰顧曲齋刊元曲，其書當編刊於萬曆間，但不知在何年，國內今存者十六種。曰臧懋循刊元曲選，其書刊於萬曆四十三年，凡百種。曰孟稱舜刊古今名劇合選柳枝集酹江集，其書刊於崇禎六年，共五十六種。此七書除李開先改定元賢傳奇外，李開先刊六種元曲，瞿氏鐵琴銅劍樓有其書。余未見。友人趙斐雲先生曾以其目見示。余皆親見其書，曾一一讎校。以余所考，除臧懋循元曲選不依原文，改訂太多，孟稱舜柳枝酹江二集，出入於原文及懋循本之間，此二書應別論外，其餘五書，勘其文皆大同小異，知同出一源。其所據底本今雖不能盡知，然余意當直接間接自明內府或教坊本出。明沈德符野獲編補遺卷一禁中演戲條云：內廷諸戲俱隸鐘鼓司，皆習相傳院本，沿金元之舊，以故其事多與教坊相通。明內廷教坊所習皆金元詞。其事既相通，其本亦應相通也。明內府本曲與教坊本同，故亦可云自明內府本出。何以明之？今也是園舊藏古今雜劇中，有明息機子刊元人雜劇選十五種。其中七種，趙琦美曾以內本校過。今讀琦美校本，其文幾全同，知明息機子刊元人雜劇選最近內本。余所見圖書館藏息機子刊元人雜劇選，首載息機子自序，稱『余少時見雲間何氏藏元人雜劇千□，羨不及錄。用以爲缺。既而□□□友人自京師來，所攜攜字已缺右畔□□□□□□，此六字以意逆之似是元雜劇若干種爲爲字已缺壞續梓之』。據此，知息機子刊元曲，其所據底本乃友人自京師攜來者。其友人攜來之本，今固不知爲何本，然觀所刊劇與內本幾全同，則疑其本自內本出。黄正位所刊陽春奏，今存陳摶高卧、風光好、風雲會三種。余曾以息機子本校陳摶高卧風雲會，其文大致相同。然則息機子本與陽春奏本皆近內本可知也。新安徐氏刊古名家雜劇，余疑其書係陳與郊據內本編選。徐氏刊本曲與息機子刊本重複者爲竹塢聽琴、倩女離魂、兩世姻緣、風雲會、誤入天台、鴛鴦被六曲。竹塢聽琴、倩女離魂、館藏息機子本缺。其兩世姻緣以下四種，余校其文全同。顧曲齋刊元曲，今存十六種。余取其與新安徐氏本重複者校之，其文亦無一不同，直是一本。然則新安徐氏本顧曲齋本與息機子本同近內本亦可知也。不特此也。雍熙樂府，據宋懋澄九籥別集卷三，謂是世宗時武定侯郭勛所進。（原文但言武定侯，不出郭勛名。按勛五世祖英封武定侯。勛正德初嗣侯。）勛嘉靖初掌五軍營，爲世宗所嬖。其編此書，所據必是內本。其書摘選元明舊曲，本供清唱之用，故所錄有詞無白。其詞亦多節省，不盡存原文。（如卷十四所錄范張鷄黍第三折，以息機子本校之，少醋葫蘆至尾聲五曲。此五曲今所見元刊本有之。卷八所錄香囊怨第三折，以元明雜劇本（卽新安徐氏本）校之，少牧羊關五曲。此五曲正統本誠齋傳奇有之。知息機子本新安徐氏本依原文，雍熙樂府所錄並不盡依原文也。）然卽其所錄者考之，其文與新安徐氏本息機子本實大同小異。此可證新安徐氏本息機子本與雍熙樂府本相近。雍熙樂府所據既爲內本，則新安徐氏本息機子本以及其他本與此二本文同者，皆當出於內本可知也。至臧懋循元曲選，本自內本出。而懋循，師心自用，改訂太多，故其書在明人所選元曲中自爲一系。凡懋循所訂與他一本不合者，校以其他諸本，皆不合。凡他一本所作與懋循本不合者，校以其他諸本，皆大致相合。故知明人選元曲之刻於萬曆中者，除元曲選外，皆同系。然懋循選元曲，謂其出於內本而不依內本也可，謂其不出於內本則不可。孟稱舜柳枝集酹江集，書出在臧懋循本之後。故其書多依懋循本。然據其眉評所稱原本作某某句或某某字，稱舜或從或不從者；以新安徐氏刊本顧曲齋本核之，文皆一一相合。知稱舜所據原本，非新安徐氏本即顧曲齋本。然則稱舜此書兼採懋循本、新安徐氏本、或顧曲齋本。其依徐氏本或顧曲齋本者，固亦近於內本。故余意凡明人選刻元曲，無一不與內本有關。蓋明代所存元曲以內府爲最富。諸家藏曲至千餘種或數百種者，其本皆應錄自內府；則諸家刻曲，其本亦應直接間接自內府本出。內府鐘鼓司學藝官歌曲及教坊伶人歌曲，均不能無所改動。故今所見明內府本，新安徐氏本，息機子本，核其文皆大致相同；然校以元刊本則多異文。又諸家刻曲雖同出內本，然明人以己意改書原屬常事，雖忠於原書者亦難免有所改動；故今所見諸本，其文有全同者，有大同小異者，不能一律。要之，明人刻曲苟不如臧懋循之孟浪，在當時已可視爲原本；此孟稱舜未見元刊本，即以新安徐氏本爲原本之故也。近世伶人所習元曲唱本以及清人選集中所錄元曲，除九宮大成譜選錄元曲選者不論外，其餘偶存舊本原亦是由明內府及教坊司輾轉傳來之本。故所歌所錄與明內府本及諸明人刻本是一系，而異於元刊本。然則居今日而言元曲本子，今所見士禮居藏元刊本，是原本也。今所見趙琦美錄明內府本，係當時按行之本，已不必盡依原本。今所見新安徐氏刊古名家雜劇息機子刊元人雜劇選以及盛世新聲雍熙樂府等書，皆自明內府本出；其文雖大致與內府本同，而已不必一一盡依內府本。然此等明抄明刊雖不盡依原本，而去原本尚不甚遠；大抵曲有節省，字有竄易，而不至大改原文：皆刪潤本也。至臧懋循編元曲選，孟稱舜編柳枝集酹江集，皆以是正文字爲主，於原文無所愛惜：其書乃重訂本也。凡刪潤之本，校以元刊本，大抵存原文十之七八。懋循重訂本，校以元刊本，其所存原文不過十之五六或十之四五。三十年前究元曲者但據元曲選一書；是於元曲僅十得四五也。年來曲學進步，秘本多出，然吾人所見舊本，除元刊三十種外，其餘仍爲刪潤之本；是於元曲僅十得七八也。居今日而言，讀元曲十得七八，固已遠勝三十年前十得四五者；然十之七八究非原文，以之論定元曲，則猶嫌不足也。嗟呼！安得元本盡出，使世人得一一讀原文從而論定其曲也？

四 校勘

也是園古今雜劇中，有趙琦美何煌所校曲。何趙皆有名校勘家。今據校本詳述其事：

琦美校曲分二種：其一以原本校重抄本。如所錄內府本曲，于小穀本曲，每抄訖卽以原本校對一過改正其訛字是也。其一以他本校所藏本。如所藏息機子刊元人雜劇選，以內府本及于小穀本校之；所藏新安徐氏刊古名家雜劇，以于小穀本校之是也。其以原本校重抄本者，不過改正書手誤寫之字，此爲抄書者應有之義，無足注意。其以他本校所藏本乃校諸本異同，其事甚可注意，今略述之。琦美校書，有別錄一本者，如息機子本九世同居跋云：『與于小穀本大同小異，又別錄一册。』是也。有合爲一本者，如所錄內府穿關本馬丹陽三度任風子跋云：『內本世本，各有損益。今爲合作一家。』是也。按任風子有元曲選本。琦美校此劇，在萬曆四十三年正月。元曲選第一序作於四十三年二月。是琦美校此劇時，不得見元曲選，其所稱世本斷非元曲選本。考彙刻書目載任風子有古名家雜劇本。古名家雜劇，琦美藏有其書。今所見也是園古名家雜劇中有古名家雜劇五十三種。其書不全，似尚非琦美收藏之舊。則琦美此劇跋所稱世本，殆指古名家雜劇本無疑。古名家雜劇本任風子，錢曾收琦美書時已佚，故原本述古堂目錄任風子只有內府穿關本一本。今存也是園曲中亦無古名家雜劇本任風子。別錄一本，是兩存之。合爲一本，則是定著爲完善之本，與劉向之校中秘書無異矣。唯琦美所據明內府本于小穀本，與琦美所藏息機子刊本新安徐氏刊本同源。故琦美校曲，於是正文字方面，無甚收穫。琦美之於元明舊曲，其功不在於校而在於抄；此關於琦美校曲之事可得而言者一也。又琦美於元明諸曲，不唯抄校而已，且曾一一加以考證。今所見也是園古今雜劇，其抄本曲劇名下所署人名，核其筆跡，多係補書，知非抄書時據原題所寫；其補書人名，墨色又有濃淡之分，知非一時補寫。余閱其本，初不敢定爲何人所題。及讀抄本立成湯伊尹耕莘劇，其署名作『元鄭德輝』，卷末有琦美跋云：『萬曆四十三年校錄內本。』又跋云：『太和正音有伊尹扶湯，或即此。是後人改今名也。然詞句亦通暢。雖不類德輝，要亦非俗品。姑置鄭下。再考。』據此知內本立成湯伊尹耕莘一劇本不題撰人，其『元鄭德輝』四字，乃琦美據太和正音譜所題。以此推之，則內本其他劇本亦不必盡署人名，其人名大多數爲琦美補寫者。此關於內本者也。于小穀藏本，今不知其書爲何本；以意度之，其中當大多數爲抄本。如司馬相如題橋記末有琦美跋云；『于相公云：不似元人矩度，縣隔一層。信然。』此當是于慎行原有跋，而琦美引之。又息機子刊本范張鷄黍署名『宮大用』，（此三字係墨筆補書原缺人名）下有琦美批云：『于本作費唐臣。』息機子刊本忍字記原署『鄭庭玉』，下有琦美批云：『于穀峯先生查元人孟壽卿作。』按：范張鷄黍，錄鬼簿太和正音譜皆以爲宮大用作，無費唐臣說。愼行素號博洽，似不至誤宮大用爲費唐臣。此殆教坊伶人所題，愼行錄書時偶沿其誤，未及改正。至忍字記，錄鬼簿正音譜皆以爲鄭庭玉作；又二書載元劇作者有孟漢卿，無孟壽卿。愼行查作孟壽卿者，不知所據何書。然因此知于愼行所藏曲，其本亦多不署名，故愼行曾爲考訂查補。此關於于本者也。凡劇本供按行之用者多不署作者姓名。元曲如元刊古今雜劇三十種，明淸曲如今所見淸昇平署抄本曲，皆然。以所錄本供按行之用，所重在詞；其詞係何人所編，非所措意也。明內府鐘鼓司及教坊司所藏曲本，本亦供按行之用者，故於作者亦不措意。其本不署名者多，偶然署名，亦不免錯誤。吾人因此知今日考訂元曲，欲知某劇爲某人作，其可援據者唯是錄鬼簿與正音譜二書。欲據舊本原題而確知其作者，自明時已不可能，在今日則尤不可能也。今所見明內府本曲，所題劇名有與錄鬼簿正音譜異者。琦美校曲時，以正音譜所記名目與內府本所演之事合，因而斷定其劇爲正音譜所錄某人本。此等考證雖大致不誤，而尙不敢云必是。然吾人在今日，亦無從訂其得失。因舊本失題，旣無可援據，卽不得不姑承認琦美所定爲是也。今所見明刊元曲總集，皆從內本出。內本多不題撰人。則今所見明刊元曲總集，其各劇署名亦是編選者所定。其署名間有錯誤，或彼此互異，蓋卽沿內本及舊本而誤歧。要之，明人考訂元曲作者，所據不出錄鬼簿正音譜二書，與吾人今日考元曲所據同；而吾人今日所見錄鬼簿正音譜本子，尙有勝於前人者。是則以元曲本子言，明人所見固勝於今人；以元曲考訂言，則明人殊不如今人。王國維撰曲錄，書元曲作者除引錄鬼簿正音譜外，間亦引元曲選所署人名爲證。不知元曲選本出於內本，內本原不署人名，其間署人名者亦不足援據也。凡錄鬼簿正音譜所錄劇名，數家各有其本者，今傳一本，吾人亦更不能定爲何人之本。因傳本多不署人名。錄鬼簿於劇名同作者異之曲，雖間注其韻以示區別，如李文蔚東山高臥注趙公輔次本鹽咸韻之類，然此例不多，其可適用於今日者殊少。又明內府曲本，所錄題目正名，多異原本，其劇名亦往往改易。故琦美校曲，遇此等亦核其異同。今也是園古今雜劇抄本曲其劇題及人名下批注甚多，今固不敢定爲一一皆琦美所書。然如保成公徑赴澠池會人名補題『高文秀』，批云：『太和正音作廉頗負荊。』考太和正音譜高文秀劇實有廉頗負荊。鍾離春智勇定齊人名補題『鄭德輝』，批云：『太和正音作無鹽破環。』考太和正音譜鄭德輝劇實有無鹽破環。此等人名與劇稱關連，如不以廉頗負荊爲澠池會，無鹽破環爲鍾離春者；則不得以澠池會鍾離春爲高文秀鄭德輝作。且審其批與人名實係一人所書。故余疑此批係琦美筆。又如尉遲恭單鞭奪槊補題『關漢卿』，批云：『太和正音名敬德降唐。』鄭氏跋古今雜劇引某氏有批注駁之云：『此尚仲賢所作，非漢卿。玄度誤認作敬德降唐，故目。』按太和正音譜載關漢卿劇有敬德降唐，尚仲賢劇有三奪槊。余上文所引琦美諸跋與批雖爲余所手錄，鄭氏皆先已引之。此某氏批注駁琦美者，余未見。今轉引鄭氏文。又爲行文方便計，不及一一稱鄭氏語，今記於此。此批逕稱琦美字曰玄度，似其人與琦美同時或距琦美不遠，確知『太和正音譜名敬德降唐』九字係琦美所書，故所言如此。鄭氏以爲此批即錢曾所書，不知鄭氏曾細驗其筆跡否。然則今也是園古今雜劇抄本曲，其劇題人名下諸批以太和正音譜核對者，大抵出琦美之手，亦無可疑。以是言之，則琦美於所抄藏諸曲，不唯勘其文字，且曾考其作者核其劇目，其所費功力不小。此關於琦美校曲之事可得而言者二也。唯琦美考校作者與劇目，所據不出正音譜一書。引錄鬼簿只一見，如劉玄德醉走黃鶴樓跋云：錄鬼簿有劉先主襄陽會，是高文秀作，是也。其事即在他人亦能爲之，不必定出琦美之手。故以琦美校曲言，其考證功夫亦非絕不可企及者。然其一一勘定，爲後人省精力不少。吾人今日讀也是園曲，能開卷即知其作者，審其劇名異同，不煩檢索，實覺有無窮方便。此皆出琦美之賜。是則琦美考訂之功實有不可泯沒者也。

琦美抄校書籍爲世所重。其一生精神皆寄於讎書。其校吳琯刻本洛陽伽藍記，自萬曆二十七年起至三十四年止，凡用五本校，歷八年之久始爲善本（讀書敏求記校證卷二之下）。其校抄宋秦九韶數書九章在萬曆十五年（鐵琴銅劍樓書目卷十五），是時琦美年僅二十有五。其校抄元張光弼詩集在天啓二年（蕘圃藏書題識卷九），是時琦美年六十，越二年而琦美亡。是琦美校書可謂與其人相終始也。琦美歿後，其校抄書盡歸錢謙益。其後錢曾又從謙益手中得之。曾撰讀書敏求記，於此事稱頌不置，稱愜之意，溢於言表，則琦美校抄書之見重於人可知。顧其本自錢曾以後傳世絕少。清嘉慶中黃丕烈收書，已云清常本所遇不多。則其本之稀而可貴又可知。今所見也是園藏琦美校抄曲二百餘種，其中有琦美題跋者更多至一百二十五種。則斯編之可貴自不待言。今讀琦美諸識題，不唯其錄校之年月可知，且其校書之程亦可以考見。琦美題跋諸曲，余已備識於上。今更依上文所記計其每月校曲之數，列表如次：

萬曆四十二年

十二月　以內本校息機子本二種。

萬曆四十三年

正　月　錄校內本二種，于本一種，以內本校息機子本四種：共七種。

二　月　錄校內本八種，于本三種：共十一種。

三　月　錄校內本十三種，于本二種：共十五種。

四　月　錄校內本五種，于本一種：共六種。

五　月　錄校內本七種。

六　月　錄校內本一種。

七　月　錄校內本十七種，于本一種：共十八種。

八　月　錄校內本二種。

秋□月　錄校內本一種。

？月　錄校內本一種。

右四十三年校六十九種。是年十月至十二月無。

萬曆四十四年

二　月　錄校內本一種。

三　月　錄校內本一種。

四　月　錄校于本二種。

十一月　以于本校新安徐氏本三種。

右四十四年校七種。是年正月，五月至十月，十二月俱無。

萬曆四十五年

正　月　錄校于本三種。

三　月　錄校于本一種。

四　月　錄校于本一種，以于本校息機子本一種：共二種。

五　月　錄校于本三種。

六　月　錄校于本三種，以于本校息機子本一種，校新安徐氏本四種：共八種。

十二月　錄校內本一種，于本一種。（于本不知何月校，姑置此月中。）

右四十五年校十九種。是年二月及七月至十一月俱無。

由上所舉觀之，知琦美校曲除四十二年不論外，以四十三年爲最多，是年所校爲六十九種。四十五年次之。四十四年最少。其四十三年中，以七月爲最多，是月所校爲十八種。三月爲十五種，二月爲十一種。其餘諸月有至一種者。其書册分配殊不均勻。又以時考之，則四十三年中有三月無校本；四十四年中有八月無校本；四十五年中有六月無校本。其時間分配亦殊不均勻。然此等計算，本但就題識有年月者計之，雖可略知琦美某年某月校書之程，而非確切正當算法。因今所見也是園曲尙有載琦美題識而不署年月者。此類題識內本得十三種，于本得十種，息機子本新安徐氏本各得二種：共得二十七種。此二十七種琦美偶不書年月，固當分配於此數年之中也。此外無題識者內本得二十二種，不知何本者得四十五種，息機子刊本得五種，新安徐氏刊本得四十四種：共得一百一十六種。此一百一十六種琦美縱未全校，亦當一一看過，亦當分配於此數年之中也。今所見也是園曲二百四十一種，已非錢曾也是園藏曲之舊；錢曾也是園目著錄曲三百四十一種，以余所考，亦非琦美藏曲之舊。琦美藏曲若干，今雖不可知，要比錢曾也是園目著錄者爲多。即以曾藏曲之數爲琦美藏曲之數，則琦美於三年之中校閱曲三百四十餘種，其數已爲不少。況琦美於書無所不嗜，此三年之中必非專校曲閱曲。則此表所列自四十二年十二月起至四十五年十二月止，其間某某月無校本者，正當以題識不署年月及無題識者塡補之，非琦美於此時期並未校書閱書也。至四十五年七月至十一月無校本，其故亦可推測。錢謙益撰琦美墓表，稱神宗末琦美官太僕寺丞，以解馬出山海關。歸，上書於朝。不見用。遂以使事歸里。琦美上書及歸里，據謙益此文所記俱在萬曆四十六年。則琦美解馬出關似在四十五年。蓋以七月啓行，十一月返京。故四十五年七月至十一月無校本，至十二月乃更有校本也。

琦美錄校內本曲，今所見者九十五種。此外如息機子本，以內本校者七種。琦美所據內本，今所知者已得一百零二種，其餘抄本之不知所據爲何本者，亦未必不出內本；刊本之未有校字者，亦未必不曾以內本比較看詳一過，緣無異文，故不復校；非琦美錄校曲時內府存曲只得一百零二種，其事甚明。況據臧懋循元曲選序，稱劉承禧從內府錄曲，懋循選元曲，曾向承禧借曲二百種。承禧萬曆時官錦衣，其錄內府曲與琦美同時。懋循有藏曲之名，其向承禧借曲二百種，亦不可謂承禧所錄內府曲只二百種。然則明萬曆時內府藏曲當猶不少可知也。顧明人記內府藏曲事率不詳盡。琦美諸跋，亦未述及內府儲曲狀況。明內府藏曲，果如今所見清昇平署本及伶人傳寫之本，以一種爲一册歟？抑曾經整理詮次爲合訂之本歟？以意推之，明內府藏曲，本供學藝官按行之用，所重在唱，不在整理儲存。則明內府藏曲，自當與後世按行曲本同，為未整理之本。唯今日欲證明其事苦無方法耳。然非毫無方法也。今所見也是園曲，其內府本有琦美題跋者凡六十處。今讀琦美題跋，其曲有同日校對者，有挨日校對者。苟琦美同日挨日所校曲，其作者同時其曲同類者，卽可認為琦美所借內本曲為曾經整理之本；否則為未經整理之本。琦美跋內府諸曲，余曾依其時列為一表。今以表中所列觀之，知琦美校曲在同日或在前後銜結之日者，其目殊無倫次。今舉其例如左：

萬曆四十三年正月二十日校	韓元帥暗度陳倉
同　年同月二十一日校	破苻堅蔣神靈應

韓元帥暗度陳倉，也是園目入『西漢故事』。凡也是園目所錄歷史戲，十之八九為教坊編本。則暗度陳倉本教坊編本也。破苻堅蔣神靈應，琦美考以為卽錄鬼簿太和正音譜著錄之李文蔚謝玄破苻堅；乃元人本也。四十三年正月二十日校教坊編本，次日校元李文蔚本。其本不類。

萬曆四十三年三月二十一日校	閥閱舞射柳蕤丸記
同　年同月二十二日校	田穰苴伐晉興齊
同　年同月二十三日校	張子房圯橋進履

同　　年同月同　日校　劉千病打獨角牛

豨丸記，太和正音譜古今無名氏雜劇目不載。今本劇題下書一『元』字。審其文亦是元明舊本。田穰苴劇，也是園目入『春秋故事』類，乃教坊編本。圯橋進履，錄鬼簿正音譜著錄皆以爲元李文蔚作，琦美據之，署『李文蔚』。病打獨角牛，太和正音譜著錄在古今無名氏雜劇目。亦舊本。此四日所校，二種爲元無名氏本，一種爲教坊編本，一種爲元李文蔚本。教坊編本與元人本雜廁，不類。元名家與無名氏雜廁，不類。且正月二十一日校李文蔚破符堅，三月二十三日始校李文蔚圯橋進履，其事亦不類也。

萬曆四十三年五月十一日校　祝聖壽金母獻蟠桃

同　　年同月十二日校　呂蒙正風雪破窰記

祝聖壽金母獻蟠桃，也是園目著錄以爲『教坊編演』本。呂蒙正風雪破窰記，據錄鬼簿太和正音譜，元關漢卿王實甫皆有其本。今琦美錄本題『元王實甫』，（此四字不似補題疑抄書時據內本原題書之）或自有據。五月十一日校教坊編演本，次日校元王實甫本。元王實甫本與明教坊編演本固不相涉也。

萬曆四十三年八月二日校　劉玄德獨赴襄陽會

同　　年同月同日校　奉天命三保下西洋

劉玄德獨赴襄陽會，琦美考證以爲元高文秀作。考錄鬼簿太和正音譜，高文秀名下均有劉先主襄陽會。雖劇名微異，可相信爲高文秀作。奉天命三保下西洋，也是園目入『明朝故事』類。其劇演永宣間太監鄭和事，當是明中葉教坊伶人所編。元高文秀本與明中葉教坊伶人編本亦不相涉也。

由上所舉考之，知琦美所借內府本乃一一散置，毫無條理者。其中有間以類次者，如四十三年七月三日所校四種，爲：女貞節孟母三移，也是園目入『春秋故事』；觀音菩薩魚籃記，也是園目入『釋氏』；許眞人拔宅飛昇，也是園目入『神仙』；寶光殿天眞祝萬壽。也是園目入『教坊編演』。四日所校一種，爲徐茂公智降秦叔寶，也是園目入『唐朝故事』，也是園目分類固是一人之意，非有準繩，然此五劇疑皆教坊編本，固亦可謂類次者。然五日所校爲狄青衣襖車，也是園目入『元無名氏』。其劇太和正音譜著錄在古今無名氏雜劇目，實爲元明舊本。知琦美校書時，此教坊五劇相承，亦偶然之事。然則明內府本信爲分散之本，不曾整理，亦未併合裝訂，與今所見淸昇平署本優人傳寫本正相同也。

明內府本多不署人名，琦美曾一一爲之考訂，補題撰人。然則琦美所抄諸劇，除太和正音譜未著錄之無名氏本外，其餘時代作者均釐然可考：琦美當日於此諸本亦曾編次整理勒爲一書乎？此事琦美未自言之，固不得而知。然以余所考，則琦美似未暇詮次，編訂成帙。此仍可以琦美題跋證之。今所見琦美抄本有劉玄德獨赴襄陽會，其劇琦美考訂以爲卽正音譜所錄元高文秀本，上文已言之。今琦美抄本劉玄德醉走黃鶴樓，劇名下『元無名氏』四字係補題，後有琦美跋云：

錄鬼簿有劉先主襄陽會，是高文秀作。意者卽此劇乎？當查。

按：劉玄德醉走黃鶴樓，曹寅刊本錄鬼簿以爲朱凱作。錄鬼簿世傳本不一，所錄亦間有異同。余所見明末尤貞起抄本錄鬼簿，錄朱凱劇爲孟良盜骨殖黃鶴樓二種，與曹寅刊本同。余所見明說集本錄鬼簿，無朱凱之名，清乾嘉間戴光曾抄本，則朱凱但有傳，不附所撰劇目。琦美所據錄鬼簿，蓋是缺朱凱名或不附凱所撰劇之本，故不知劇爲朱凱作。然此劇與高文秀之劉玄德獨赴襄陽會所演非一事，（高文秀襄陽會，演劉琮欲害玄德，玄德乘的盧馬躍馬過檀溪，及遇司馬操訪得徐庶，庶設計破曹仁事。朱凱黃鶴樓演周瑜設碧蓮會於黃鶴樓，請玄德赴宴。姜維扮漁夫獻魚，以計賺周瑜，使玄德逸去事。）其詞亦不相沿襲。考琦美校高文秀劉玄德獨赴襄陽會，在萬曆四十三年八月二日。校劉玄德醉走黃鶴樓，在萬曆四十五年十二月十九日。蓋事隔二年餘，已不復記憶，故疑劉玄德醉走黃鶴樓卽高文秀之劉先主襄陽會。然正以其於諸劇未曾整理，憚於檢索，故有此誤。若琦美當日於諸劇曾排比詮次者，則前所校高文秀之劉玄德獨赴襄陽會，可卽時取閱，一勘卽知，斷不致誤二本爲一本。故知琦美在京錄校諸曲，但隨時考校，未暇整理。其四十六年因差旋里，家居者近五載，是否攜所抄諸劇曲，一一爲之詮次董理，裝訂成帙，事則不可知矣。

琦美以內府本于小穀本校所藏曲，其用力雖勤，而收穫無多。其最大功績，乃在於考訂作者。清雍正初何煌得琦美抄藏曲，於作者已不復有所考證，而是正文字所得獨多。此非何煌巧而琦美拙也。以煌曾遇明以前舊本，而琦美所據不過明內府本與于小穀本，此二本與琦美所藏息機子刊本新安徐氏刊本本屬同源，以明本校明本其相去甚微，故所得異文亦寥寥無幾也。煌校琦美抄藏曲，據煌自記，所據有二本：一曰元刊本雜劇，一曰舊抄本元雜劇。元刊雜劇，見煌單刀會、看財奴、范張鷄黍及魔合羅跋。今錄其文如左。

抄本單刀會跋：　雍正乙巳（三年）八月十日，用元刊本校。

息機子刊本看財奴跋：　雍正乙巳八月二六日燈下，用元刻校勘。仲子。

息機子刊本范張鷄黍跋：　雍正己酉（七年）秋七夕後一日，元槧本校。中缺十二調，容補錄。耐中。

新安徐氏刊本魔合羅跋：　用李中麓所藏元刊本校訖了。清常一校爲枉廢也。仲子。

右四跋單刀會不署名，審其字實係何煌筆。其跋單刀會看財奴，俱在雍正三年八月。跋范張鷄黍則已至雍正七年七月。前後相距，凡五年之久。似書卽煌所自有，非假之他人。魔合羅跋不署年月，然煌校曲記所據本却以此跋爲詳。據此跋知煌所據爲元刊本，其書乃明李開先舊藏。按：開先此書今存。自煌以下，收藏是書之人，猶依稀可考。今略述於下。煌藏是書，乾隆中曾歸元和顧氏。今本也是園古今雜劇首册所載黃丕烈手書讀未見書齋得曲目，記所得書五種，中有元刊雜劇。其跋署嘉慶甲子。稱『今年始從試飲堂（試飲堂爲元和顧氏齋名已詳上篇）得元刊明刊舊抄名校等種，列目如前。』云云。此可爲煌藏元刊雜劇與趙琦美抄校諸曲同歸元和顧氏之證。丕烈所藏宋元精本，晚年已散出。其元刊本琵琶記於道光初歸汪士鐘。元刊本太平樂府，後亦入汪氏之手。此元刊雜劇丕烈目載其劇凡三十種，不知以何時散出，亦不知歸何人。唯光緒中里人顧麟士曾得其書。（按麟士字謂一，號鶴逸，工畫，藏宋元本頗富。見民國二十二年印吳縣志卷七十九雜記。）今所傳顧鶴逸藏書目宋元舊刊類有古今雜劇。注云：『士禮居舊藏，一楠木匣。已去。』知所藏卽丕烈書。此書旋歸羅振玉。後又爲日本京都帝國大學所有。今有日本京都帝國大學影印本及上海重印本。此書原本余未見。丕烈跋但記其收曲始末，不言所得元刊本係李中麓故物。今上海重印本前載民國四年王國維序，亦但言『元刊雜劇三十種，今藏上虞羅氏。舊在黃丕烈家。』書匣上刻丕烈楷書十二字曰：元刊古今雜劇乙編士禮居藏。隸書一字曰：集部。』不及其他。則國維亦不知書爲李中麓故物也。何煌跋言書係李開先舊藏，必有所據。疑此書爲煌收得時，書上有開先印記，因知爲開先故物。其後顧氏收得此書，或書葉缺殘，或本已不全，故自顧氏以下悉不知爲開先書。煌所據舊抄本見新安徐氏刊本王粲登樓跋，其文如左：

雍正三年乙巳八月十八日，用李中麓抄本校，改正數百字。此又脫曲廿二，倒曲二，悉據抄本改正補錄。鈔本不具全白，白之繆陋不堪，更倍於曲。無從勘正。冀世有好事通人爲之依科添白。更有眞知眞好之客足致名優演唱之，亦一快事。書以俟之。小山何仲子記。

據此知抄本亦李開先舊藏。此本今未見。自煌以下亦無復有言及是書者。蓋久佚矣。據煌跋稱『抄本不具全白，繆陋不堪』，則其本與今所見元刊古今雜劇三十種正同。以此知開先所藏抄本必爲元人抄本，否則自元刊本或元抄本出。煌此跋後尚附書八劇名，應與所跋王粲登樓同屬李開先抄本。其目如左：

謅梅香　竹葉舟　倩女離魂　漢宮秋　梧桐雨　梧桐葉　留鞋記　借屍還魂

此八種中如竹葉舟借屍還魂，今行元刊本亦有之。餘六種俱不見元刊本。然則煌所得李開先抄本應是九種，其中二種與煌所得李開先藏元刊本重複也。按：李開先以藏書著名，所收金元詞曲亦多。開先撰文，屢自矜其藏曲之富（見開居集改定元賢傳奇自序，南北插科詞自序）。今觀何煌所記，知開先所藏實有驚人秘本，所自矜者不虛。開先書經其後人保守，至淸初始散。錢曾讀書敏求記夢粱錄條稱『毛斧季（扆）從輦下還。解裝出書二百餘帙，邀予往視，皆秘本。乃中麓秘藏之物。』是開先秘本多歸毛扆。朱彝尊靜志居詩話卷二李開先條稱『中麓藏書之富甲於齊東，所儲百餘年無恙。近徐尚書原一（按：徐乾學，字原一）得其半』。王士禛帶經堂集卷九十二跋山谷精華錄稱『予與李中麓太常爲鄉里後進。曾購其藏書目錄，累年不可得。僅於京師慈仁寺市得小册西漢文鑑一種，朱印宛然。後數年間，聞其書盡捆載歸崑山徐司寇矣。』是開先遺書除毛扆收得二百餘帙外，餘盡爲徐乾學所得。然乾學購開先遺書，亦經毛扆手。何煌義門先生集卷八跋孟子音義稱『毛丈斧季爲東海司寇購得章邱李中麓少卿所藏北宋本』是也。煌跋所稱開先藏元刊雜劇及舊抄本雜劇，余檢今行本汲古閣珍藏秘本書目、傳是樓宋元板書目、傳是樓書目俱無之。不知何故。汲古閣珍藏秘本書目，本毛扆擬售書於潘耒時所開書目。扆舊藏諸書，未必悉在於是。今行傳是樓書目劉喜海所目爲定本者，據傳硯齋叢書本傳是樓宋元板書目卷首所附徐衡與吳丙湘書，知亦非定本。然則此元劇總集二種不見於毛氏徐氏書目，尚未可謂二家無其書。考煌兄焯與毛扆善，時向扆借閱書。煌乾隆初始沒，汲古閣傳是樓藏書俱先於雍正中散出。故煌兄弟多見章邱李氏藏本。以余所知，如孟子音義，焯跋稱毛斧季爲徐乾學購得者係北宋本，篇敍獨完，乃李中麓所藏。 按此書今傳是樓宋元板書目不載 漢官儀，係焯囑煌爲人購得書；何義門家書卷四載康熙五十九年庚子與煌書，稱其人見刻手既精，且素知是章邱李氏舊藏，極口稱讚云。 按：漢官儀傳是樓宋元板目傳是樓書目俱不錄。汲古閣祕本書目有漢官儀一册。注云：影宋板，精抄本。 清阮元孟子注疏校勘記，記所據本，經注有北宋蜀大字本，係章邱李氏藏，據何焯校本。按汲古閣祕本書目傳是樓宋元板書目俱無孟子經注。唯傳是樓書目經部孟子類有漢趙岐注孟子十四卷，不注何本。春秋穀梁傳注疏校勘記，記所據本單疏有抄宋殘本，章邱李中麓藏，文公以前缺，據何煌校本。煌校本及抄宋殘本後俱歸昭文張氏。今愛日精廬藏書志卷五具載其書。志載煌校本有康熙五十六年丁酉煌跋。其抄宋殘本，據志所記，則係自李中麓藏本輾轉傳寫者，尚非開先原本。由以上所舉徵之，知煌兄弟所遇開先藏書不少。此開先藏元刊雜劇及抄本雜劇，煌爲跋在雍正時，疑亦當汲古閣傳是樓書散之際輾轉得其本，又適得也是園藏古今雜劇，遂卽據此二本校也是園藏本也。

元刊古今雜劇，今所見本存雜劇三十種。黃丕烈手書讀未見書齋得書目所記亦然。煌當日所藏或亦爲三十種。以今所傳元刊古今雜劇勘今也是園本古今雜劇，則元刊本泰華山陳摶高臥，張鼎智勘魔合羅，今也是園古今雜劇所收新安徐氏本有其本。元刊本看財奴買寃家債主，死生交范張鷄黍，今也是園古今雜劇所收息機子本有其本。元刊本關大王單刀會，今也是園古今雜劇所收爲抄本。以上重複者共五種。此外以余所知，則新安徐氏本尚有馬丹陽三度任風子，有鐵拐李借尸還魂；息機子本尚有散家財天賜老生兒，亦有西華山陳摶高臥：皆與元刊古今雜劇複重。而也是園古今雜劇所收新安徐氏本息機子本，中缺此四種。煌當日所收也是園古今雜劇，不知有此四本否。今姑認煌所收亦缺此四本，則煌所藏元刊古今雜劇與所藏也是園古今雜劇，可互校者五種。

而煌所校止四種。其目爲新安徐氏本魔合羅，息機子本范張鷄黍、看財奴，抄本單刀會。其新安徐氏本陳摶高臥則未校也。又息機子本范張鷄黍，煌雖校過，而其跋云：中缺十二調，容補錄。是於息機子范張鷄黍亦未暇全校也。更以煌所得李開先藏抄本雜劇勘今也是園本古今雜劇，則抄本謅梅香，留鞋記，今也是園古今雜劇所收息機子本有其本。抄本漢宮秋，梧桐雨，倩女離魂，王粲登樓，梧桐葉，今也是園古今雜劇所收新安徐氏本有其本。以上重複者七種，可以互校。而今煌所校唯新安徐氏本王粲登樓；其餘六種則並未校也。其劇可校而不校；以煌一生事業專注於校書，何以於此諸曲忽懶散如此？蓋校曲之事較校四部經籍爲難，以諸本曲白往往不同也。以元刊本元抄本曲校明刊本明抄本曲，其事尤爲煩難；以其詞相去太遠也。余嘗以元刊本古今雜劇校明息機子本元人雜劇選、新安徐氏本古名家雜劇、及顧曲齋刊元雜劇，知其異文甚多，每調皆然，甚至有一調差至一二百字，一劇差至十餘調者；其屯難困苦，與校其他書實不可同日而語。夫校書之道固希望其有異文；異文愈多，則愈感興味。凡有校書經驗者皆知之。然若兩本異其面目，則是改而非校，雖嗜校讎者亦廢然而返矣。此煌校元曲所以不能卒業之故也。故以校曲言，煌校曲所得異文雖多而未能卒業，與琦美之竟全功者不同；然煌雖未能卒業，其所費精神却不下於琦美。以收穫言，則煌勝琦美；以終始其事言，則琦美勝煌。要其熱心於校曲之事則一也。以校讎言，自明以來，績學之士，嗜書之人，遇有異本莫不悉心讎校，然而鮮有校及曲者。唯琦美與煌肯從事於此，爲他人所不屑爲之業。是二人實開風氣之先，其在曲學考校方面應佔重要地位，自不待言。今所見也是園藏古今雜劇既有琦美煌校曲多種，則今日述也是園藏古今雜劇，於趙琦美何煌校曲之事自不得不詳言之也。

五 編 類

趙琦美錄內府本于小穀本曲於京師，其時雖考訂作者，校對文字，而未曾綜合整理，編次成書。迨萬曆四十六年，琦美由京師旋里，家居五載，此時琦美於所鈔藏雜劇，果重行編次否，事已難質言。然以余所考，則琦美於所鈔藏諸劇，似未編訂成帙。其鈔本仍爲散訂之本；其所藏刊本，亦未與鈔本併合裝訂，如今本也是園古今雜劇之式。且不獨琦美然也，其書歸錢謙益後，謙益亦未曾加以整理編次，其書當一如琦美庋藏之舊也。何以明之？謙益歿後，所藏琦美遺曲，爲錢曾所得。曾康熙八年己酉編述古堂藏書目，所錄曲三百種，唯鈔本，無刊本。假使琦美謙益曾以刊本與鈔本合訂爲若干巨册，一如今日所見者；則曾不應得鈔本而遺刊本。此琦美謙益時，刊本與鈔本未曾合訂之明證也。曾康熙二十四五年間編也是園書目，已得刊本。今所見也是園古今雜劇，刊本有徐渭四聲猿，與曾述古堂書目續編雜劇目所錄是一本。可證。然曾於刊本，亦非一時得之，故有今本也是園古今雜劇有，而也是園目無之者。曾於鈔本亦非一時得之，故有也是園目有，今本也是園古今雜劇有，而述古堂目無之者；又有黃丕烈手書也是園古今雜劇目有，今本也是園古今雜劇有，而也是園目無之者。假令琦美謙益時，於鈔本曲曾經排比詮次，合訂成帙；則曾不應於康熙八年已購得鈔本曲後，復摭拾奇零，陸續得之：此琦美謙益於諸鈔本曲未曾整理詮次之明證也。然則當琦美謙益時，並未將鈔本曲與刊本曲合訂；亦未將鈔本曲詮次整理。其以刊本與鈔本合訂，依作者時代分類詮次定爲一書者，果出何人之手乎？

琦美鈔藏雜劇，今所傳琦美脈望館書目，錢謙益絳雲樓書目，皆不著錄。著錄是編者，自錢曾述古堂藏書目始。述古堂書目卷十錄雜劇三百種。其劇目首行標題云：『古今雜劇』。是琦美鈔藏雜劇，至曾時始有總題，目爲『古今雜劇』也。其編次體例，首載元曲有撰人名氏者，先舉其人，次書其劇。所錄自馬致遠以下至鄭庭玉凡四十人，共得劇九十五種。次載元無名氏劇四十種。又次載明人劇有名號可考者，自丹邱先生以下至周憲王凡十一人，共得劇二十六種。又次載無名氏劇，凡十三種：曰春秋故事，曰西漢故事，曰東漢故事，曰三國故事，曰唐朝故事，曰五代故事，曰宋朝故事，曰雜傳，曰釋氏，曰神仙，曰水滸故事，曰明朝故事，曰教坊編演。此十三類共得劇一百三十九種。此述古堂書目古今雜劇詮次之大略也。也是園目詮次體例與述古目全同。唯周憲王述古目在楊升菴後，也是目移前，濡丹邱先生之後，王子一之前。楊升菴述古目在斛園居士後。也是目移前；置康對山之後，桑紹良之前。無名氏十三類劇，述古目無解釋。也是目增六朝故事，凡十四類。春秋故事下釋云：以下古今無名氏，姑從類次。稍爲不同。據曾述古堂藏書目後序（此後序係康熙八年己酉作），稱『諸家經籍志，惟焦氏（按指焦竑）詳而有法。予每思悉舉所藏，編定目錄。自慚四庫罣疏，區類詮次，登之簿籍，未免有掛一漏萬之譏。緣是中止。今年春，止宿隱湖。毛子誘予寫書目。勅先（按陸勅先）亦相慫慂。余歸，遂發興，叢書於堂，四部臚列。援毫次第，頗效焦氏體例，稍以己意參之，釐也十卷，浹辰始畢。』云云。是曾編述古堂藏書目，其分類次第，悉曾所自訂。其卷十雜劇目分類詮次，當亦出曾之意。然則琦美鈔藏雜劇，至曾始詮次整理可知也。曾藏琦美曲三百種，與季滄葦藏書目所記合。振宜藏是書，不知係曾藏原本，抑係錄副之本。今姑假定振宜所藏即曾藏原本，其本一仍曾藏之舊，並未改裝。今季滄葦藏書目，記劇册數爲一百册。則曾於琦美諸曲詮次整理之後，復依次裝訂；其劇三百種，分訂爲百册。易散本爲合裝本，其事亦當自曾始。曾康熙己酉前購琦美遺曲，並未得刊本。故己酉編述古堂藏書目，皆鈔本，無刊本。然曾雖未得刊本，而曾假借錄副。故今所見也是園古今雜劇，凡某某劇之爲刊本者，述古目皆有其目。至康熙二十四五年頃，曾編也是園目時，曾已先得琦美校藏刊本。其季振宜所藏趙琦美原鈔本，至是因振宜之歿亦復歸於曾。故今所見也是園古今雜劇有鈔本，亦有刊本，與述古目所錄盡是鈔本者不合。此事余於上章已詳言之。以意揣之，曾既得琦美校藏刊本，必不更取己酉前錄副之本。然則以鈔本與刊本合裝，殆亦是曾所爲。近人『新陳』著論，謂以刻本與鈔本合裝，當出錢遵王手（見書誌學第十一卷第一號），其言似可信。然以余所考，則事尚有不可解者。也是園目所錄雜劇，較述古目所錄多四十一種。此四十一種，有已見於述古目續編雜劇目者；此類曾得之蓋在編也是園目之前，而爲時稍早。有始見於也是園目者；此類曾得之當亦在編也是園目之前，而爲時較後。其先見於述古目續編雜劇目者：如周憲王誠齋傳奇，述古目卷十雜劇目正目所錄只十種，不全；續編雜劇目所錄爲三十一種，已全。也是園目所錄，亦爲三十一種，似即續編雜劇目著錄本。續編雜劇目所錄誠齋傳奇，或包正目所錄十種在內，與續得之二十一種配齊爲三十一種；或在正目十種之外，爲續得之另一足本。今皆不可知。然目曰『續編』，則似是十種外續得之本。此足本誠齋傳奇，當曾康熙中編也是園目時，完全無缺。至嘉慶中黃丕烈手錄目時，已降爲三册十五種。丕烈所錄周憲王劇十五種外尚有苦海回頭一種此劇非周王作散佚太甚，今姑不論。如僧尼共犯，述古目續編雜劇目錄其劇，與梁狀元不伏老同在馮惟敏名下。至曾編也是園目時，則僅存僧尼共犯，而梁狀元不伏老已佚；且入僧尼共犯於雜傳類，已不知爲馮惟敏作。按：曾續編雜劇目所錄諸劇，有旋即出售者，如雜劇十段錦曾售於朱彝尊，是其例。此書今存有錢朱二家印記可徵其保守未失而復見於也是園目者，唯周憲王誠齋傳奇、王九思沽酒遊春、康海中山狼、徐渭四聲猿、及此僧尼共犯五書。此五書至黃丕烈時，唯四聲猿及僧尼共犯存。僧尼共犯黃目與徐渭四譬猨訂爲一册不在雜傳類中誠齋傳奇已佚其半。康王劇俱不存。今假定曾得趙琦美鈔藏雜劇，曾併合裝爲若干册，總題爲『古今雜劇』；此續得諸劇，曾當時果更依其次，分別訂入古今雜劇者；則續編雜劇目以爲劇是馮惟敏作者，不應後來重編書目反失其名，劇二種亦不應遽佚其一。故余疑曾康熙己酉後續得之劇，並未裝入古今雜劇中。今本古今雜劇中有續編雜劇目著錄之劇，蓋後人得其本裝入古今雜劇，今本古今雜劇已非曾原裝之舊也。更以黃丕烈手書目考之。丕烈目載當時所得也是園曲，皆先舉劇名，次記册籍曰：『若干種共一册。』所記册籍之下，復有標注記册籍次第。以丕烈劇目次第大致與也是園目合，故雖已佚之册，其某某册中應有某某劇，可以也是園目比勘而知之。以丕烈目所注册籍號數皆依舊號不改，其劇缺者，其書號亦虛懸；故雖已佚之劇，其所隸册號，亦可審核而知之。說已見上章。其某某劇在某册其册已亡者，今可勿論。其某册今存，而以述古目及也是目核之，此册中之劇有遺失者：如第四十六册中，缺米伯通衣錦還鄉一種；第五十五册中，缺鴣奔亭蘇娥自訴一種。此二劇述古目也是目並著錄，乃曾舊得之本，不知於何時遺失者也。第五十二册或五十二册下，缺蘇東坡悞入佛遊寺一種；第五十三册缺李瓊奴月夜江陵怨一種，缺崔驢兒指腹成婚一種；第五十五册缺賽金蓮花月南樓記一種。此四種述古目不載，至也是園目始著錄，乃曾後得之本，不知於何時遺失者也。第四十册劉文叔中興走鴉路有目無書。丕烈批云：

缺。此劇不見述古目，也是目亦不載，乃曾最後得之本，亦不知於何時遺失者也。以上五種，皆也是園目所謂『古今無名氏』劇。更以元無名氏劇考之。丕烈目載元無名氏劇册籍，自第二十四册起至第三十一册止。其中第二十四册第二十九册各分上下，故共得十册。第三十册亡，書號虛懸，故實存九册。丕烈此類目所錄劇，與也是園目先後次第不合。故以也是園目核對，其劇爲也是園目所有而丕烈目無之者，不知應在第幾册中。今但舉其目。丕烈目所缺，如荊娘盜果、摔表諫、孝順賊魚水白蓮池、行孝道郭巨埋兒、宦門子弟錯立身，皆述古目所不載僅見於也是園目者，乃曾後得之劇。如玉壺春、漁樵記、合同文字、碧桃記，此四劇與郭巨埋兒在也是園目中俱前後相承郭巨埋兒在漁樵記後合同文字前並見述古目及也是目，乃曾舊有之劇。以上所缺共爲九種。按丕烈目所載每册之劇，無逾六種者。唯第三十四上（？）一册，收灌將軍罵座記，金翠寒衣記，漁陽三弄，罵紅蓮，木蘭女，女狀元，僧尼共犯，共七種。然四聲猿除女狀元五折外，漁陽三弄只一折，罵紅蓮木蘭女各二折。漁陽三弄罵紅蓮木蘭女雖三劇，其量不過等於元曲一劇。是此册所收劇雖爲七種，而與他册收五種者實無大差別也。此所缺劇九種，決不盡在已亡之第三十册中。其現存諸册中。應尚有遺失之曲。惜丕烈前舊本裝訂時，已將也是園目元無名氏劇目次第改變，丕烈目卽據舊簿或舊本書之，其目與也是園目次第不合，今不能考訂之耳。按：曾也是園藏曲，以劇種數言本爲三百四十一種。至丕烈時僅餘二百六十八種，佚者爲七十六種。以册籍言，曾也是園曲在丕烈前某一時期本爲八十五册，至丕烈時僅餘七十二册，佚者爲十三册。其散失已不爲少。其書殘缺原因，有曾歿後後人無意失之者；有因書上有錢謙益題字，以乾隆中禁謙益書，藏書者畏事於是時毀之者。如以上所舉古今無名氏劇五種及元無名氏劇若干種，並非某某劇在某册，其册已亡；乃某册存而某册之劇不全，於某册中偶佚其一二種者。此以清禁錢謙益書事考之，謂之抽毀，固無不可。然若定謂此諸劇之缺，皆因書上有謙益題字爲人抽毀之故，則亦嫌無確證。今若假設此諸劇之缺，並非全因書上有謙益題字爲人抽毀者；則必謂：曾於所得琦美鈔藏曲，雖下一番整理功夫，而諸本仍是一一散置，未裝成厚册，其本易散，故後人所得不全。今之也是園古今雜劇，乃曾以後人依曾也是園目次第合裝爲若干厚册，非曾時已合裝爲若干厚册。必如此解釋乃近於情理也。以是言之，則趙琦美鈔藏諸曲，琦美雖依正音譜一一考其作者，審其劇名，而未曾詮次，加以整理。其本亦一一散置，未曾合裝。至錢謙益時，其書亦猶是琦美之舊。至錢曾時，雖曾加以整理，編製書目，而其本合裝與否，今猶在不可知之數。在未得強有力證據之前，尚不得遽云劇本合裝自錢曾始也。

趙琦美考訂元曲作者，悉據明寧獻王太和正音譜。錢曾整理琦美遺曲，即據琦美考訂結果重加排比。其排比次第，亦依太和正音譜。故其述古堂目也是園目錄元人曲，其人與劇次第悉與太和正音譜合。以是而言，則琦美之考證與曾之整理，皆一遵太和正音譜。其據元鍾嗣成錄鬼簿者，僅琦美跋劉玄德醉走黃鶴樓劇一見。此非琦美與曾不知錄鬼簿可爲元曲考證之資也。蓋正音譜錄元人曲，與錄鬼簿所錄相去甚微。且錄鬼簿錄元曲僅限於知名者，正音譜錄元無名氏曲，則多一百一十種，以之考元曲較便。此琦美與曾所以俱取正音譜不據錄鬼簿之故也。唯曾編述古目也是目，其依正音譜次第者，僅限於元名家雜劇。其元無名氏曲及明人曲，則並不依正音譜安排次第。按：述古目也是目所錄元馬致遠等四十人曲，相當於正音譜雜劇目第一章所錄馬致遠等六十九人曲。所錄元無名氏劇，相當於正音譜雜劇目第三章古今無名氏雜劇。所錄丹丘先生等明人曲，相當於正音譜雜劇目第二章所謂國朝人曲。正音譜錄明人曲，在元名家之後，古今無名氏之前。述古目也是目錄明人曲，在元無名氏之後，今就二書所載，尋繹其意，則正音譜所書以爲古今無名氏劇者，其作者可爲元人，亦可爲明人。述古目也是目所書以爲元無名氏劇在明人之前者，其作者當悉爲元人。此不同者一也。又述古目也是目所錄元無名氏劇，其中約十之七見於正音譜古今無名氏劇目。此正音譜已錄之曲，述古目也是目雖略以類聚，而先後次第並不依正音譜，且有與正音譜不著錄本雜廁者；如留鞋記、連環記，正音譜皆已著錄，乃置留鞋記於碧桃花後，置連環記於九世同居後；碧桃花、九世同居，正音譜不著錄。是其例。此不同者二也。又正音譜古今無名氏劇目所錄諸劇，中多有傳本明著作者姓名者。述古目也是目於此等劇，則或從傳本，或從正音譜。其從傳本者，如勘頭巾、風雲會，正音譜皆以爲無名氏劇，述古目也是目則以勘頭巾爲元孫仲章作，以風雲會爲元羅貫中作，不入元無名氏劇。是其例。此不同者三也。以是言之，則曾編述古目也是目，雖大致依正音譜，而間有出入。其於無名氏劇，尤不遑董理，故未能一一安排就序。後人得曾曲，遂有據正音譜重加整理者。今詳述其事如下：

錢曾述古堂目也是園目錄元無名氏劇，不盡依正音譜，其說如上。今本古今雜劇卷首所載黃丕烈手書也是園藏書古今雜劇目，係丕烈得曲時所寫定書目，所據應是丕烈前舊本。今考其目，其元無名氏劇編次，則又不依述古堂目及也是園目，而反與正音譜合，顯係據正音譜訂曾之失者。如風雲會，勘頭巾，述古堂目也是園目皆據傳本署題以爲是羅貫中孫仲章作，不入元無名氏類；此目則據正音譜悉入元無名氏類，不從傳本：此關於劇署題者也。今本古今雜劇，自第十六册起，至第二十二册止，皆太和正音譜所謂古今無名氏雜劇。其每一劇題目旁皆編號。其第十六册劇三種，第一種爲新安徐氏刊本風雲會。署名『羅貫中』下批云：『太和正音作無名氏劇』。題旁編號爲第一號。其書眉上又有批云：『太和正音無名氏凡一百一十摺。按應云一百一十種此所編號，依其次也』。此劇旁編號及眉批，余初疑黃丕烈所書，曾質之張菊生先生。先生謂：『其字確非黃丕烈筆，是否趙琦美所寫，不敢斷定』。先生博雅，精於鑒賞，言當可信。余謂如先生言，則此批決非趙琦美所書。因琦美於無名氏劇，果依太和正音譜編號，整理就序；則曾編述古堂目也是園目時縱於劇署名改從傳本，其爲正音譜著錄而無他傳本者，曾斷不淆亂其次，故與正音譜相違也。以是言之，則依正音譜爲無名氏劇編號者，當是曾以後人。唯今不能指爲何人耳。按今本古今雜劇，唯元無名氏劇有號，餘無號；且唯元無名氏劇爲太和正音譜著錄者有號，其太和正音譜不錄者俱無號。知當時編號用意，唯在依正音譜爲元無名氏劇重新排定次序。然余以影鈔洪武本太和正音譜，勘今本古今雜劇元無名氏劇編號；其號數有合者，有不合者。今本古今雜劇，元無名氏劇編號者，共二十八種。以黄丕烈手書目第二十四册至二十九册上核之，其劇同，其劇之排列次第亦同。知黄目與編號有相當關係。今以黄目元無名氏劇，與今本元無名氏編號劇合爲一表。其洪武本正音譜古今無名氏雜劇目每劇所居之次，亦附注於下，以資比較：

黄目	今本	正音譜
風雲會	第一號	次第一同
博望燒屯	第九號	次第九同
馬陵道	第十號	次第十三
右第二十四册	右第十六册	
豫讓吞炭	第十六號	次第十六同

連環記	第十八號	次第十八同
赤壁賦	第二十號	次第二十二
雲窗夢	第二十六號	次第二十六同
留鞋記	第二十八號	次第二十八同
勘頭巾	第三十二號	次第三十一
右第二十四册下	右第十七册	
浮漚記	第三十三號	次第三十六
貨郎旦	第三十四號	次第三十三
敬德不伏老	第三十五號	次第三十五同
劉弘嫁婢	第四十五號	次第四十六
右第二十五册	右第十八册	
獨角牛	第四十七號	次第四十五
殺狗勸夫	第四十八號	次第五十
還牢末	第四十九號	次第四十八

桃花女	第五十號	次第五十三
右第二十六册	右第十九册	
盆兒鬼	第五十二號	次第五十一
黃鶴樓	第五十四號	次第五十六
鴛鴦被	第五十九號	次第五十五
右第二十七册	右第二十册	
千里獨行	第六十六號	次第六十六同
舉案齊眉	第六十九號	次第七十二
存孝打虎	第七十二號	次第七十三
衣襖車	第七十四號	次第七十五
右第二十八册	右第二十一册	
飛刀對箭	第七十五號	次第七十七
蔡順奉母	第九十九號	次第一百零一
羅李郎	第一百零一號	次第一百零三

劉行首　　第一百零八號　　次第一百零四

右第二十九册　　右第二十二册

由上所舉觀之，知今也是園本古今雜劇元無名氏劇編號，與洪武本太和正音譜古今無名氏雜劇目次第同者僅八種。其目：爲風雲會，博望燒屯，豫讓吞炭，連環記，雲窗夢，留鞋記，敬德不伏老，千里獨行。餘俱不同。其次有差一二號者，有差三四號者，然至多無逾四號。夫編號旣依正音譜，何以與正音譜次第不同？余初不知其故。繼思之乃得其故：蓋當時所據正音譜，其本與今行景洪武本正音譜次第不同故也。按正音譜錄鬼簿，明以來所行大抵爲傳抄本。今洪武本正音譜所列元明人劇及古今無名氏劇，其劇皆分三欄書之。此是原本形式。設傳抄時併爲一欄或二欄，或更由一二欄分爲三欄，其形式旣改，寫時稍一不愼，其次第卽不免有誤。余所見明抄說集本錄鬼簿，明天一閣抄本錄鬼簿，所列劇目，其次第與今行曹寅刊本無一合者。說集本天一閣本錄鬼簿，劇分數欄書之。曹寅本只一欄。此可悟形式改則次第亦不能固定也。以正音譜言，曾以後編號人所據正音譜，其古今無名氏劇雖與今行洪武本次第微異，然劇皆爲一百一十種則同。以風雲會眉欄批注明言太和正音無名氏凡一百一十摺，今行洪武本所錄無名氏劇，數之亦適得一百一十種也。然則二書其本雖異，其所書之劇悉同，在校讎上實無大關係。特編號人自言依正音譜次第編號，而其第與今通行本不合，不得不說明之耳。按：錢曾編述古目也是目，錄元無名氏劇不依正音譜次第；其意蓋以爲正音譜古今無名氏雜劇目所列諸劇，其作者時代既不可考，則劇即無妨隨意書之；蓋鈞是無名氏，無所謂先後次第也。曾之見果如此，未嘗不是。然編目有依據，究勝於無依據。此曾以後人得曾藏也是園曲，於無名氏劇重新整理，依正音譜次第排列，其用意實勝於曾。此關於劇次第者也。又曾述古目也是目，明人曲俱在元無名氏劇之後。今所見也是園本古今雜劇亦然。然今也是園本古今雜劇元無名氏類所收息機子本九世同居有批云：『此後俱太和正音不收』。此批余閱曲時未及錄出。今但據鄭氏跋文引（第七章），不能斷爲何人所書。然審其詞意，應是爲無名氏劇編號人所書。鄭氏以爲趙琦美批，恐不然。以今本也是園古今雜劇核之，則九世同居在第二十四册。其第二十五册所收劇，有明丹丘先生之獨步大羅天，私奔相如；有王子一之悞入天台。第二十六册所收劇，有明谷子敬之城南柳，賈仲名之度金童玉女，楊文奎之兩團圓，皆爲太和正音已收者。何得云此後俱太和正音不收也？考正音譜錄明人曲本在古今無名氏劇之前。以今本古今雜劇言，設將今本第二十五册至第三十一册諸明人曲，移於今本第十六册本書所目爲元無名氏劇之前，第十五册元鄭廷玉劇之後；則本書第二十四册元無名氏劇後，應接第三十二册春秋故事劇。自此以下至第六十四册畢，其劇皆爲太和正音譜所不著錄者。如此則與九世同居批之言合矣。以是言之，則丕烈前某一時期舊本裝訂，其册爲明人劇者本在元無名氏劇之前，元諸名家劇之後。其編次體例與正音譜合，與述古目也是目皆不合。後有得是書者，不知其與述古目也是目不合之故，復據也是目移明人曲於元無名氏曲之後。劇之地位非舊，而此批猶存；遂致批與本書衝突矣。嘉慶時黃丕烈所得也是園古今雜劇卽係將明人曲移後之本，故其目書明人曲在元無名氏劇後，與今本合，與曾述古堂目也是園目亦合。然則矯曾之失，依正音譜例將明人曲移於元無名氏劇之前者；其人當在錢曾之後，黃丕烈之前，其時代去曾或不甚遠。不知前人依正音譜改編之意，唯曾是從，復將明人曲還原置於元無名氏劇之後者；其人當亦在錢曾之後，黃丕烈之前，其時代去丕烈或不甚遠。按此丕烈前某氏，雖依曾也是園目復將明人曲移於元無名氏劇之後；而於元無名氏劇前人曾依正音譜整理編號者，則絲毫未加改動。故黃丕烈手書目及今本古今雜劇中之元無名氏劇，其劇次第皆與編號一致也。余疑將明人曲移前之人，卽是爲元無名氏劇編號之人。以其對錢曾編目不滿，是正之處，皆依正音譜例，一反曾所爲；其態度同也。然則當曾亡之後，歷時不久，卽有人得其曲重爲之整理。其着意之點，一爲重新排定元無名氏雜劇次第，一爲更定明人雜劇位置。其整理之方，卽依正音譜例訂曾述古目也是目之失。此爲曾編目後之第一次整理。世人於此事或未之知也。

今所見黃丕烈手書也是園藏書古今雜劇目，其記某某册之上下方，有朱筆標數目字，皆記册籍之次第者。其下方所標書號，皆依舊籍次第。其册缺者，其號卽中斷。其上方所標，乃出己意另編號數，不依舊籍册號。其書册缺者，其號亦中斷。余已於上章言之。此上方所標册號，其屬於元名家雜劇者：自第一册馬致遠曲起至第二十七册鄭庭玉曲止，除中間第九册缺書號中斷，第十七至第二十三册缺書號中斷外，其餘書號皆前後相承。自第二十七册以後，則往往失次。如第二十七册後忽書第三十二册；第三十二至三十七册後，忽書第七册；第七册後又書第三十八册；第三十八册後又書第九册。其例甚多，不煩毛舉。所標書號，驟視之多顛倒失次，苦不能解其故。及細審之，乃知其將也是園古今雜劇重加釐定，區爲二類。每類册籍編號，自爲起訖。其第一類自第一册起至第三十八册止，所包爲元名家劇，明諸家劇，元無名氏劇。第二類自第一册起至第四十八册止，所包爲也是園所錄諸類無名氏劇，及明劇作者不可考不能知者，舊劇之不見於前人書著錄者。其詮次之方，命意所在，一一猶可考見。以當時釐定編號，但就丕烈手書目所書某某册爲之評定先後次第，而不曾另開書目；故驟視之但覺其凌亂無序，不能知其故也。余曾依其分類之意試爲排比詮次，寫成二目，其第一類目如左：

……………………

第一册（黃目下批第一册同）　漢宮秋至青衫淚（並元馬致遠）四種。

第二十七册（下批第二十三册）　看財奴至寃家債主（並元鄭庭玉）三種。

……………………

右第一册至第二十七册，上方原批書號相承。自第二册以下，號數與下方所批異，而册籍先後之次則未改。今但舉端末，不一一書之。

以上二十七册元名家劇。

第二十八册下批第三十二册　獨步大羅天（明丹丘先生）至流星馬（明黃元吉）四種。

第二十九册下批第三十三册上　城南柳（明谷子敬）至兒女兩團圓（明楊文奎）六種。

第三十册上方原無批字，今以意定之。下批第三十三册下。　洞天玄記（明楊升菴）至獨樂園（明桑紹良）二種。

以上三册明諸家劇。

第三十二册號與上不接。似應作三十一册。以下遞差一號。下批第二十四册。　風雲會至馬陵道三種。

第三十三册下批第二十四册下　豫讓吞炭至勘頭巾六種。

第三十四册下批第二十五册　硃砂擔至劉弘嫁婢四種。

第三十五册下批第二十六册　獨角牛至桃花女四種。

第三十六册下批第二十七册　盆兒鬼至鴛鴦被三種。

第三十七册下批第二十八册　千里獨行至衣襖車四種。

第三十八册下批第二十九册　飛刀對箭至劉行首四種。

以上七册元無名氏劇，並太和正音譜著錄。

右所舉第一册至二十七册，爲元名家劇；第二十八至第三十册，爲明諸家劇；第三十二册至三十八册，爲元無名氏劇。以明諸家劇置於元名家之後，元無名氏之前，其用意與太和正音譜著錄之意合，與錢曾以後人將明諸家曲移前之意亦合。其異者：周王誠齋諸劇，樹園居士灌將軍使酒罵座記，金翠寒衣記，四聲猿，僧尼共犯，黃丕烈手書目俱目爲明無名氏劇，（原作本朝無名氏）附明諸家劇之後，此當是舊本次第。此目於此諸劇並入第二類，不入第一類。元無名氏劇太和正音譜不著錄者，如蕤丸記等六種，符金錠等四種，丕烈手書目俱附太和正音譜著錄本之後，當亦是舊本次第。此目則第一類不收太和正音譜不著錄之本，故蕤丸記六種符金錠四種並在第二類目中。凡明劇，作者姓名可考者入第一類，不可考者入第二類；元劇，太和正音譜著錄者入第一類，不著錄者入第二類：此其義例之可見者也。凡第一類所收，除黃元吉之流星馬，賈仲名之升仙夢、菩薩蠻、玉梳記爲太和正音譜所遺，楊升庵之洞天玄記、桑紹良之獨樂園，其劇皆明中葉人所作、爲太和正音譜所不能收外，餘皆爲太和正音譜著錄之本。故觀丕烈手書目批注，其第一類詮次，實以太和正音譜爲底本，其劇今存者，依類錄之；其明諸家劇，有正音譜失收及不及收者，據傳本增補之。此其體格之可見者也。其第二類目如左：

第一册（黃目下批第三十四册）　十長生至牡丹仙（並周王誠齋）六種。　黃目本朝無名氏。

第二册下批第三十五册	牡丹園至仗義疏財（並周王誠齋）四種。	黄目本朝無名氏。
第三册下批缺	繼母大賢至仙官慶會（並周王誠齋）六種	黄目本朝無名氏。
第四册下批第五十九册	黄花峪至鬧銅臺三種	黄目水滸故事
第五册下批第六十册	東平府至雙獻功三種。	黄目水滸故事。
第六册下批第六十册下	小李廣至新春會三種。	黄目水滸故事。
第七册下批第二十九册	麩丸記至梧桐葉六種。	黄目元無名氏。
第九册下批第三十一册	符金錠至九世同居四種。	黄目元無名氏。
第十册下批第三十六册上	伍子胥至臨潼鬥寶二種。	黄目春秋故事。
第十一册下批第三十六册下	田穰苴至孟母三移四種。	黄目春秋故事。
第十二册上方原無批字，今以意定之。下批第三十七册。	蝴蝶夢至陽臺夢四種。	黄目春秋故事。
第十三册下批第三十八册	衣錦還鄉至賺蒯通三種。	黄目西漢故事。
第十四册下批第三十九册	暗度陳倉至題橋記二種。	黄目西漢故事。
第十五册上方原無批字，今以意定之。下批第四十册。	走鴉路至戰邳仝四種。走鴉路缺實三種	黄目東漢故事。
第十六册下批第四十一册	趙禮讓肥至捉彭寵三種，	黄目東漢故事。

第十七册 下批第四十一册下　昆陽大戰至岑母大賢三種。　黃目東漢故事。

第十八册 下批第四十二册　諸葛論功至走鳳雛四種。　黃目三國故事。

第十九册 下批第四十三册　周公瑾至石榴園三種。　黃目三國故事。

第二十二册 下批第四十五册下　劈四寇至怒斬關平二種。　黃目三國故事。

第二十三册 下批第四十六册　大破蚩尤至東籬賞菊五種。　黃目三國故事，六朝故事。

第二十四册 下批第四十七册　四馬投唐至龍門隱秀三種。　黃目唐朝故事。

第二十五册 下批第四十八册　招涼亭至老君堂四種。　黃目唐朝故事。

第二十六册 下批第四十九册　徐茂公至陰山破虜五種。　黃目唐朝故事。

第二十七册 下批第五十册上　李存孝至朱全忠三種。　黃目五代故事。

第二十八册 下批第五十册下　李嗣源至壓關樓三種。　黃目五代故事。

第二十九册 下批第五十一册　下江南至破天陣三種。　黃目宋朝故事。

第三十册 下批第五十二册上　焦光贊至延安府三種。　黃目宋朝故事。

第三十一册 下批第五十二册下　張于湖至打韓通四種。　黃目宋朝故事。

第三十二册 下批第五十三册　相國寺至女姑姑四種。　黃目雜傳。

第三十三冊下批第五十四冊　勘金環至辟包認母五種。　黃目雜傳。
第三十四冊下批第五十五冊上　認金梳至秦月娥六種。　黃目雜傳。
第三十五冊下批第五十五冊下　雙林坐化至魚籃記二種。　黃目釋氏。
第三十六冊下批第五十六冊　許眞人至邯鄲店三種。　黃目神仙。
第三十七冊下批第五十七冊　度黃龍至王蘭卿四種。　黃目神仙。
第三十八冊下批第五十八冊上　太平仙記至鎖白猿六種。　黃目神仙。
第三十九冊下批第五十八冊下　猛烈那吒至鎖魔鏡四種。　黃目神仙。
第四十冊下批第六十一冊上　三保下西洋一種。　黃目本朝故事。
第四十二冊下批第三十四冊上　灌將軍至僧尼共犯七種。　黃目本朝無名氏。
第四十四冊下批第六十四冊　河嵩神至五龍朝聖三種。　黃目本朝教坊編演。
第四十五冊下批第六十五冊　長生會至慶千秋四種。　黃目本朝教坊編演。
第四十六冊下批第六十六冊　廣成子至羣仙朝聖三種。　黃目本朝教坊編演。
第四十七冊下批第六十二冊　寶光殿至賀元宵五種。　黃目本朝教坊編演。
第四十八冊下批第六十三冊　萬國來朝至鬧鍾馗三種。　黃目本朝教坊編演。

右所列，自第一册至第四十八册，乃據當時所標書號書之。其實以實存册數論，只有四十三册。因其中第八，第二十，第二十一，第四十一，第四十三册，書號皆中斷。乃也是園藏書本有而當時已佚者也。此四十三册，其劇經批注者檢校，皆以爲太和正音譜不著録者。其劇作者名氏，經批注者檢校，皆以爲不可考者。其劇既不見於太和正音譜著録，而作者名氏又不可考；故別爲一目。此批者意旨之可推知者也。其排列方法，首周王誠齋劇，次演水滸故事諸劇，次元無名氏㷬丸記符金錠等十劇，次演春秋至宋朝故事諸歷史劇，次雜傳釋氏神仙諸劇，次演本朝（此沿遵王舊稱，應改云明朝，下同）故事劇，次本朝無名氏灌將軍等八劇，次本朝教坊編演諸劇。以也是園目及黃丕烈手書也是園藏書古今雜劇目考之，水滸故事劇，本遠在歷史劇之後，此移前置於春秋故事之前，周王誠齋劇之後，與也是園目及丕烈手書目不同。㷬九記等十劇，本附正音譜著録無名氏劇之後，此以其劇正音譜不著録入第二類，置於水滸故事劇之後，春秋故事劇之前；灌將軍等七劇，本附明諸家之後，此以其劇作者不可考入第二類，置於本朝故事劇之後，教坊編演劇之前，與也是園目丕烈手書目亦不同。余嘗反覆推求其故，乃知其以時代爲次，諸劇編演時代，批者非考證而知之，乃鑒定文字而知之也。按：周王誠齋即周憲王有燉，乃周定王橚之子，太祖之孫。其嗣王在洪熙元年，薨於正統四年（明史卷一一六諸王傳）。本明初人，故作風與王子一諸家爲近。批注者雖不知周王爲有燉，而能知其劇應爲明初人作，故取以冠第二類之首。水滸諸劇，風格似元，其爲元人作爲明人作不可知。批注者審其文字知爲舊本，故置周王誠齋劇之後。𧿡丸記等十劇，以今考之，有元人筆，有明初人筆，批注者雖未暇深考，而審其文字亦知爲舊本，故置於水滸劇之後。此明初舊本批注者能審其文字而知之者也。自此而下，也是園目所錄諸歷史劇以及雜傳釋氏神仙三類劇，其品甚雜。然觀其文字，泰半爲嘉靖前舊本。故批注者一仍也是園目丕烈手書目之舊，不改其次，而置於𧿡丸記等十劇之後。此嘉靖前舊本批注者能審其文字而知之者也。四聲猿本徐渭作，僧尼共犯本馮惟敏作，其人嘉靖時人也。灌將軍使酒罵座記、金翠寒衣記本葉憲祖作，其人萬曆時人也。批注者皆不知其人，而置其劇於教坊編演劇之前，嘉靖前舊本之後，則固能知其劇爲嘉靖萬曆間人作矣。是其鑒賞文字，頗爲有識。其劇作者姓名本可稽者，以之入第二類，雖屬考訂之疏，（懈園居士，周王，述古目置其劇於陳大聲桑紹良之後，均不能明指其人。也是目將誠齋傳奇前移，置丹邱先生之後，然但書周王誠齋，似亦不知爲何人。則明劇作者，雖錢曾亦未能一一考訂也。）然其排比詮次，頗有條理，其於諸劇一一審定，亦費苦心。是其於也是園曲重加整理，釐爲此目，其用意亦有可取也。

丕烈手書目某某册上方批注，今不知出何人之手。然其批注即書於丕烈手書目之上，則批注者非丕烈並時之人，即去丕烈時不遠。余疑此批當是丕烈門客或汪士鐘門客所書，决非趙宗建或丁祖蔭時人所書。因祖蔭得是書於趙氏，其册籍種數一如趙氏之舊。今本古今雜劇載丁祖蔭手錄現存目，其曲視丕烈時已佚八册二十七種；而讀丕烈手書目，其册籍上方批注悉依丕烈目詮次董理，丕烈藏曲，此時固絲毫未損也。又觀丕烈目册籍上方批注，其甲乙次第，與也是園目丕烈手書目相較，變動之處已不爲少。當時册籍，或曾改裝全依此批注次第，或此注僅是擬目，其册籍固未改裝。今已不可知。唯以丁祖蔭手錄目及今本考之，則今本册籍，其次第甲乙猶是丕烈目之舊，與丕烈目册籍上方批注固毫不相涉。以意測之，倘丕烈時或去丕烈不遠時，其册籍曾依丕烈目批注改裝者，則今本册籍裝訂一如丕烈目之舊，當是後人依丕烈目或也是園目回改；故其次與丕烈目批注不合。否則批注僅是擬目，自丕烈後至丁祖蔭時，册籍相傳，並無改動，今本册籍次第，雖未必爲錢曾時之舊，而尚是丕烈時之舊，其事亦甚明也。余曾取今本看詳，其裝訂處釘眼甚多。蓋也是園曲，自錢曾以來遞經諸家收藏，其本重裝改訂，已非一次。其編訂詮次咸依己意，或重訂，或還原，其曲折往復，已非吾人今日所能盡知。以丕烈目批注言，縱令當時僅擬此目，書籍未曾改訂，而其裁定之旨，以今考之，固灼然可見。則述也是園曲編次沿革，此一節固不可略而不論也。要之，趙琦美抄藏曲，琦美時雖加以考訂，而未曾詮次整理。書歸錢謙益後，亦如故。自錢曾整理編目後，始詮次成編。而整理之事，後來繼起，其事頻繁。今可知者，有曾編目後不久之第一次整理，其事世人或未之知，余以今本元無名氏劇編號及九世同居批知之，已詳述如上。有曾編目後百餘年之第二次整理，其事余以丕烈手書目所記册籍上方批注知之。今釋其意，亦略具梗概。世人於此，亦或未之知也。

趙琦美校抄雜劇，自清康熙中錢曾編目始，至嘉慶中某氏重訂分類止，凡經三次整理，具說如上。琦美曲經此數番整理，果能井然有序毫髮無遺憾乎？此問題甚重要，不可不一述之。蓋琦美校抄曲至三百餘種之多，至清黃丕烈時雖有遺失，其存者尚二百六十九種。此是曲學上重要史料，整理工夫既不可少，則琦美曲經此數次整理，其成績如何，誠學者所亟欲一問者也。今按：整理舊籍，以考校爲基本工夫。必考校無訛，而後詮次可觀。琦美曲自清康熙末至嘉慶中，雖經數次董理，然諸家編次，但汲汲焉注重排比先後，而於基本之考校工夫尚未能切實作到。故論其工力，亦可謂勤；論其成績，則應考者未考，應校者未校。至今視之，仍多遺憾也。今述康熙以來諸家編次竟，更詳論其得失：

琦美抄藏曲，至錢曾整理編目，始有次第可尋。然曾之編目，第就琦美考訂結果爲之排比，不過因人成事耳。夫事有開有繼，一種學術之成就，固不能專藉一人之力。則曾編目之因人成事，固亦未可厚非。唯琦美當時抄校諸曲，本是一時興會，並無蓄爲一編之意。其所藏或一劇數本，散置各處；或一劇二名，驟觀之直若兩劇。以不曾整理，遂致失其倫次。其劇作者，琦美雖據正音譜隨時疏訂，然正音譜所錄以爲無名氏曲者，以今考之，往往自有其撰人，曾既踵起整理，理應考證作者，詳校文字，庶幾拾遺補闕，詮次可觀。今讀曾所編目，則疵眚甚多，有不能爲之諱者。今以也是園目爲主，一一指出之。按：也是園目所錄劇，有一劇前後複出者：如元無名氏類有二神郎醉射鎖魔鏡，古今無名氏神仙類復有二郎神醉射鎖魔鏡。周王誠齋名下有四時花月賽嬌容，南極星度脫海棠仙，河嵩神靈芝慶壽；古今無名氏雜傳類復有四時花月賽嬌容，神仙類復有南極星度脫海棠仙，教坊編演類復有河嵩神靈芝慶壽。此緣劇有二本，不憶其作者是一人，遂致前後複出也。元關漢卿名下有錢大尹智勘緋衣夢，古今無名氏雜傳類復有王閏香夜鬧四春園。尙仲賢名下有玉清殿諸葛論功，古今無名氏三國故事類復有十樣錦諸葛論功。戴善夫名下有趙江梅詩酒翫江亭，古今無名氏神仙類復有瘸李岳詩酒翫江亭。元無名氏類有雁門關存孝打虎，古今無名氏五代故事類復有飛虎峪存孝打虎。明周王誠齋名下有羣仙慶壽蟠桃會，古今無名氏教坊編演類復有衆神仙慶賞蟠桃會。明楊升庵名下有宴清都洞天玄記，古今無名氏神仙類復有證無爲太平仙記。此緣劇有二名，不加考核，誤以爲二劇，遂致前後複出也。有作者可考而不能考者：如元無名氏類所錄忠義士豫讓吞炭，下高麗敬德不伏老，本元楊梓劇。按王國維曲錄卷二引元姚桐壽樂郊私語大婦小妻還牢末，本元李致遠劇。（據元曲選題。李致遠之名，不見錄鬼簿。然正音譜元羣英樂府格式有其名。朝野新聲太平樂府卷七曾選其雙調離歌別鳳又經年一套。卷八曾選其南呂白雲留故山一套。元曲選所題，當有所本，必非臆書。）講陰陽八卦桃花女，本元王曄劇。劉玄德醉走黃鶴樓本元朱凱劇。（與王曄桃花女並見曹寅刊本錄鬼簿）降桑椹蔡順奉母疑卽蔡順摘椹養母，本元劉唐卿劇。（據錄鬼簿）雁門關存孝打虎，李玉北詞廣正譜越調類（第十六帙）套數分題以爲陳存甫劇。羅李郎大鬧相國寺，元曲選題以爲張國賓劇。（錄鬼簿張國賓名下無此劇）李雲英風送梧桐葉，本元李唐賓劇。（據天一閣本錄鬼簿續編）王月英元夜留鞋記，元曲選題以爲元曾瑞卿劇。（錄鬼簿曾瑞卿名下有才子佳人悞元宵，應是一劇異名。）包待制智勘生金閣，元曲選題以爲元武漢臣劇。（天一閣本錄鬼簿武漢臣名下有提頭鬼，無生金閣。）包待制智斬魯齋郎，元曲選題以爲關漢卿劇。（錄鬼簿關漢卿名下無此劇。）宦門弟子錯立身，非李直夫劇卽趙文敬劇。（據錄鬼簿及正音譜文敬一作文殷）此作者姓名本可考而入元無名氏。（以上所舉諸例其撰人見於元曲選者，未必可據，然可備一說。）古今無名氏唐朝故事類有程咬金斧劈老君堂，乃元鄭德輝劇。（據董其昌跋）雜傳類有相國寺公孫汗衫記，乃元張國寶劇。（據錄鬼簿）神仙類有張天師斷風花雪月卽張天師夜祭辰鈎月，乃元吳昌齡劇。（張天師斷風花雪月，今有元曲選本。錄鬼簿吳昌齡劇有張天師夜祭辰鈎月，卽此劇。余別有考。）水滸故事類有黑旋風獻功卽黑旋風雙獻頭乃元高文秀劇（據錄鬼簿）此作者姓名本可考而入古今無名氏。不獨此也，元無名氏類有馬丹陽度脫劉行首，不知其劇乃明楊景賢作。（據天一閣本錄鬼簿續編此劇今有傳本）古今無名氏神仙類有王蘭卿服信明貞烈不知其劇乃明康海作。（說見下）明人劇有『榭園居士』灌將軍使酒罵座記，金翠寒衣記，不知『榭園居士』乃明葉憲祖號。有四聲猿不著撰人名氏，不知四聲猿乃明徐渭作。

景賢明初人，其名字不彰。康海徐渭皆聞人。憲祖卒於明崇禎十四年，曾生於崇禎二年，其時代猶相及，曾亦竟不能知其人。則曾編雜劇目，其劇作者除沿琦美舊題外，可謂全無考核也。有劇時代約略可定而仍不能定者：如古今無名氏宋朝故事類有十探子大鬧延安府，雜傳類有海門張仲村樂堂，水滸故事類有魯智深喜賞黃花峪。延安府黃花峪俱見天一閣本錄鬼簿續編附載失名氏傳奇目。（黃花峪又見寶文堂目）此元人舊劇也而入古今無名氏。天一閣本錄鬼簿續編近年始發見，曾未見其本，此猶可說。古今無名氏春秋故事類有守貞節孟母三移，明周憲王香囊怨劇第一折引雜劇有孟母三移。三國故事類有諸葛亮掛印氣張飛。香囊怨劇第一折引雜劇有諸葛亮掛印氣張飛。唐朝故事類有小尉遲將鬥將將鞭認父，元無名氏藍采和劇引雜劇有小尉遲鞭對鞭。此亦元人舊劇也而並入古今無名氏。誠齋傳奇，藍采和，也是園並有其本。曾顧不之考，未免失之眉睫。以是言之，則曾之編目，疏舛殊多，其於趙琦美曲雖有整理之功，而考證既疏，詮次亦未能盡合，此不能爲曾諱也。

曾編目後不久，有繼起爲第一次整理者。其整理方法，乃據太和正音譜矯曾目之失。其更訂者凡二處：一，將明人曲移前，置於元名家曲之後，元無名氏曲之前。二，將曾目所錄元無名氏曲，悉依太和正音譜古今無名氏雜劇目次第編號。其將明人曲移前，置元名家曲之後，元無名氏曲之前，事不關重要，今可勿論。其依正音譜古今無名氏雜劇目爲元無名氏曲編號，用意雖稍勝於曾，然正音譜古今無名氏雜劇目所錄諸曲，其作者姓名本多可考。有錄鬼簿明載劇作者姓名，而正音譜以爲無名氏曲者。有傳本明載作者姓名，而正音譜以爲無名氏曲者。然則正音譜所錄無名氏曲，特偶失作者姓名耳。非他書載作者姓名皆非，而正音譜以爲無名氏作者獨是也。今依正音譜編號，而一唯正音譜是從，不唯錄鬼簿等書未能參考，即風雲會勘頭巾傳本明著作者姓名以爲元羅貫中孫仲章作者，亦改從正音譜，目爲無名氏作。則但信正音譜一書，而不見他書，或抹煞他書。不唯太狹，亦失之太陋。其於元無名氏曲，雖重加編次，而所得者少，所失者多，尚不得遽謂之有整理之功也。至曾編目後百餘年，復有人爲第二次整理。今以黃丕烈手書目册籍上方批注觀之，其詮次雖亦有條理，而細察之却與考校無涉，但區也是園曲爲二類。以正音譜著錄本及明劇作者可考者入第一類，以正音譜不著錄本及明劇作者不可考者入第二類而已。然仍有明劇作者本可考，宜入第一類，以不知其人遂誤入第二類者。是也是園曲經此次整理，其成績亦微。自此而下，藏書者如趙宗建如丁祖蔭，但珍重其書，亦未能校理文字，考證作者。故今之也是園古今雜劇，其編訂詮次猶是也是園目之舊；其失考失校亦猶是也是園目之舊也。按：劇本考訂，本非如四部書之繁難。也是園曲不過三百餘種，校理之事亦甚易爲。顧前人於此率不措意。曾編也是園古今雜劇目，其疏舛之處，雖在今日亦尙無人明言其失者。余爲斯文始一一發之。此非余之學勝於前人，亦注意之點與前人稍異而已。

六品題

今也是園古今雜劇六十四册。其第一册有某氏（疑即丁祖蔭）所書錄存目。核其目與今本悉合，知即據今本爲之。其目載諸册之劇，共爲二百四十二種。其第二十八册目誤衍月明和尚度柳翠一種，故所錄實爲二百四十一種。然此二百四十一種中，尚有前後複出之本。如第四十九册古今今無名氏雜傳類之王閏香夜月四春園，與第五册之關漢卿錢大尹智勘緋衣夢複。第三十七册古今無名氏東漢故事類之趙禮讓肥，與第十三册之秦簡夫趙禮讓肥複。第四十五册古今無名氏五代故事類之飛虎峪存孝打虎，與第二十一册元無名氏類之雁門關存孝打虎複。第五十五册古今無名氏神仙類之證無爲太平仙記，與第二十七册之楊升菴宴清都洞天玄記複。第五十六册古今無名氏神仙類之二郎神射鎖魔鏡，與第二十三册元無名氏類之二郎神醉射鎖魔鏡複。第六十册教坊編演類之衆羣仙慶賞蟠桃會與第二十九册之周王誠齋羣仙慶壽蟠桃會複。今將複本歸併，則存劇實爲二百三十五種。此二百三十五種中，今有傳本者爲一百零三種。其無傳本者爲一百三十二種。此無傳本之一百三十二種，以今本古今雜劇分類考之，元名家及元無名氏劇共得二十六種；明人劇得六種；自春秋故事以下古今無名氏劇共得百種。而古今無名氏劇中，以余所知尙有應入元者八種，應入明者一種，共九種。去此九種，則古今無名氏劇今無傳本者實得九十一種。元劇孤本二十六種，入古今無名氏劇八種，則其劇今無傳本者應得三十四種。明諸家劇孤本六種，入古今無名氏劇一種，則其劇今無傳本者應得七種。以下更分述之：

元劇孤本二十六種，其目如左：

蘇子瞻風雪貶黃州	第二册	元費唐臣
呂蒙正風雪破窰記	第三册	元王實甫
劉夫人慶賞五侯宴	第四册	元關漢卿
鄧夫人苦痛哭存孝	第五册	元關漢卿
山神廟裴度還帶	第六册	元關漢卿
董秀英花月東墻記	第七册	元白仁甫
保成公逕赴澠池會	第八册	元高文秀
劉玄德獨赴襄陽會	第八册	元高文秀

立成湯伊尹耕莘　第九册　元鄭德輝
鍾離春智勇定齊　第九册　元鄭德輝
虎牢關三戰呂布　第十册　元鄭德輝
張子房圯橋進履　第十一册　元李文蔚
破符堅蔣神靈應　第十二册　元李文蔚
老莊周一枕蝴蝶夢　第十二册　元史九敬先
陶母剪髮待賓　第十三册　元秦簡夫
宋上皇御斷金鳳釵　第十四册　元鄭庭玉
劉玄德醉走黃鶴樓　第二十册　元朱凱今本劇入元無名氏類
雁門關存孝打虎　第二十一册　元陳存甫今本劇入元無名氏類
降桑椹蔡順奉母　第二十二册　元劉唐卿今本劇入元無名氏類

右元名家劇十九種

鄭月蓮秋夜雲窗夢　第十七册　元無名氏
施仁義劉弘嫁婢　第十八册　元無名氏

劉千病打獨角牛　第十九冊　元無名氏

關雲長千里獨行　第二十一冊　元無名氏

狄青復奪衣襖車　第二十一冊　元無名氏

摩利支飛刀對箭　第二十二冊　元無名氏

閥閱舞射柳蕤丸記　第二十三冊　元無名氏

右元無名氏劇七種

其劇在古今無名氏類應改入元劇者八種。目如左：

十樣錦諸葛論功　第三十八冊　元尚仲賢

程咬金斧劈老君堂　第四十三冊　元鄭德輝

右元名家劇二種

守貞節孟母三移　第三十三冊　元無名氏

漢公卿衣錦還鄉　第三十四冊　元無名氏（？）

按：張國寶有漢高祖衣錦還鄉，白仁甫有高祖歸莊。此所寫是漢公卿奉高祖命還鄉事，故不得逕目為張國寶或白仁甫劇。然此劇似是舊本。或劇從舊本出，亦未可知。

十探子大鬧延安府　第四十七冊　元無名氏

海門張仲村樂堂　第四十九册　元無名氏

瘸李岳詩酒翫江亭　第五十五册　元無名氏

魯智深喜賞黃花峪　第五十七册　元無名氏

右元無名氏劇六種

如上所舉，今本古今雜劇，其元劇之爲孤本者，並本書元名家、元無名氏、及古今無名氏之應入元者計之，實爲三十四種。按：今本古今雜劇六十四册。其劇實存者爲二百三十五種。以書論亦可謂裒然巨帙。以如此巨帙，所存元劇孤本不過三十四種，在吾人固深感其少。然元人雜劇，傳世至稀。三十年前，學者讀元曲，所據唯是元曲選一書。王靜安先生撰曲錄，所注元曲板本，雖有古名家雜劇、續古名家雜劇、元人雜劇選、元曲選諸本，實則所見者只是元曲選一書，無他本也。其後士禮居元刊雜劇三十種。書中有孤本劇十七種。靜安先生撰宋元戲曲考元劇之存亡篇，遂取元刊雜劇中之十七種孤本合元曲選所收眞元劇九十四種，以及西廂五劇撰爲一目。共得元劇一百十六種。視元曲選僅增二十二種。則元曲孤本之難遇可知。其後明息機子刊元人雜劇選、玉陽仙史編古名家雜劇、續古名家雜劇、元明雜劇等本相繼出。黎劭西先生遂據此諸本，取靜安先生舊目增訂之，別撰一目。（目見圖書館學季刊第五卷第一期）據劭西先生序，則目所錄現存元曲爲一百二十種，若加顧曲齋本緋衣夢、富春堂本敬德不伏老、及西廂五劇、西遊記六劇，則現存元曲爲一百三十三種。覩靜安先生舊目僅增十七種。則元曲孤本之難遇又可知。以今本古今雜劇言，自此編出現，元曲孤本遂得多三十四種。以此新增三十四種合諸傳本，則現存元曲已由靜安先生目所指爲一百十六種，劭西先生目所指爲一百三十三種者，增多至一百六十七種。此以西廂爲五劇西遊爲六劇計算。若以西廂西遊各爲一劇計算，則王目應云一百十二種，劭西先生目應云一百二十四種，今應云一百五十八種。此不謂之重要發見不可也。

更以王靜安先生目黎劭西先生目所錄元諸家劇考之。關漢卿曲，王目十三本。凡王目所謂一本者，皆以書一種言之。今承其語。劭西先生目同。今增五侯宴，哭存孝、裴度還帶三本。關漢卿曲遂有十六本。高文秀曲，王目三本。劭西先生目同。今增澠池會、襄陽會二本。高文秀曲遂有五本。鄭庭玉曲，王目五本，劭西先生目同。今增金鳳釵一種。鄭庭玉曲遂有六本。白仁甫曲，王目二本。劭西先生目同。今增東墻記一本。白仁甫曲遂有三本。李文蔚曲，王目一本。劭西先生目同。今增圯橋進履，將神靈應二本。李文蔚曲遂有三本。王實甫曲，王目幷西廂記計之，爲二本。劭西先生目不錄西廂，爲一本。今增破窰記一本。幷西廂計之，遂有三本。尚仲賢曲，王目四本。劭西先生目同。今增諸葛論功一本。尚仲賢曲遂有五本。鄭德輝曲，王目四本。劭西先生目同。今增伊尹耕莘、鍾離春智勇定齊、虎牢關三戰呂布、斧劈老君堂四本。鄭德輝曲遂有八本。秦簡夫曲，王目二本。

劭西先生目同。今增剪髮待賓一本。秦簡夫曲遂有三本。朱凱曲，王目一本。劭西先生目同。今增黃鶴樓一本。朱凱曲遂有二本。以上諸家新增曲共爲十七本。此外如費唐臣蘇子瞻貶黃州一本，史九敬先蝴蝶夢一本，劉唐卿蔡順奉母一本，陳存甫雁門關存孝打虎一本，亦唯今本古今雜劇有之，王目及劭西先生目皆不載。自關漢卿以下，並元劇名家；其劇前此未有傳本者，苟得其一已爲瓌寶。況今所得不傳之劇有一人多至數本者。則今本古今雜劇之可貴，正以其存前人不見之本，爲今日治元曲者陡增許多資料。吾人生今日幸遇如許秘本，將感激慙謝之不暇，又何敢以少爲嫌也。至於元無名氏曲，王靜安先生目所錄爲二十七本。其中嚴子陵垂釣七里灘爲宮天挺作，應除外。實爲二十六本。劭西先生目所錄爲三十二本。其中梧桐葉今考定爲元末李唐賓作，來生債今考定爲元末劉君錫作，應除外。實爲三十本。視靜安先生目增四本。以今本古今雜劇言，今本古今雜劇所存孤本元無名氏劇，合元無名氏類及古今無名氏類中劇之應入元者計之，共爲十五本。以此十五本合劭西先生目所列元無名氏劇三十本，共爲四十五本。是則元無名氏劇，以也是園古今雜劇之發見，其數驟然增加至有四十五本之多。此亦研究元曲之重要資料在今日極堪重視者也。

明諸家劇孤本六種。其劇今本在古今無名氏類是孤本，應改入明諸家劇者，一種。目如左：

沖漠子獨步大羅天　第二十五册　明丹丘先生（寧獻王權）

卓文君私奔相如　第二十五册　明丹丘先生（寧獻王權）

黃廷道夜走流星馬　第二十五册　明黃元吉

呂洞賓桃柳昇仙夢　第二十六册　明賈仲明

宴清都洞天玄記　第二十七册　明楊升菴

獨樂園司馬入相　第二十七册　明桑紹良

王蘭卿貞烈傳　第五十四册　明康海（今本劇入古今無名氏神仙類）

右七劇作者六家。其中如冲漠子獨步大羅天，卓文君私奔相如，並見明寧獻王權所撰太和正音譜。晁瑮寶文堂目亦有其目。洞天玄記，今也是園古今雜劇所收新安徐氏刊本題如此。其抄本在古今無名氏神仙類者名證無爲太平仙記。考晁瑮寶文堂目樂府類有太平仙記，又有降六賊伏龍虎太平仙記，皆是此劇。瑮嘉靖時人。則洞天玄記別名太平仙記其來已久，非後起也。賈仲明呂洞賓桃柳昇仙夢，天一閣本錄鬼簿續編錄仲明曲十四種無此目。其曲見於讀書樓目、述古堂目、也是園目、及鳴野山房目。今通行彙刻書目亦載之。而其本夙未之見，僅見此編。黃元吉黃廷道夜走流星馬，桑紹良獨樂園司馬入相，則並不見他書著錄。唯述古堂目也是園目有之。此編所收，即其本也。黃元吉也是園目錄其劇在王子一劇之後，谷子敬劇之前。蓋明初人。其始末不詳。道藏目太平部有淨明忠孝全書六卷，撰者黄元吉。疑即曲家。桑紹良也是園目録其劇在楊升菴劇之後，似是明中葉人。考四庫全書總目卷四十四小學類存目二載桑紹良撰春郊雜著一卷，文韻考衷六聲會編十二卷。釋云：紹良字遂初，零陵人。今也是園本司馬入相題『濮陽桑季子紹良著。蘇叔子潢校』。（按季子叔子當是二人行第，非字也。）濮陽即明之開州，隸北直隸。里貫不同，不知是一人否？至王蘭卿眞烈傳，亦見寶文堂目。述古堂目也是園目録此劇並在古今無名氏神仙類。余考李開先閒居集有爲康海所作傳。稱海所著有武功志、張氏族譜、沜東樂府、納涼餘興、春遊餘録、王蘭卿傳奇、即景餘録。有史筆，有元音。而對山文集不雕刻，亦有識見云。（以上據閒居集傳之十對山康修撰傳引。）所稱王蘭卿傳奇即是王蘭卿眞烈傳無疑。海妙擅音律，在正嘉間以詞曲著名。其所撰劇，舊唯傳中山狼一本。今得此遂有二本。按：明初承元餘緒，雜劇頗盛。後漸衰替。中葉以前諸家雜劇，其傳本極不多見。此七劇俱出名筆。其曲吾人昔日僅由正音譜及寶文堂讀書樓述古堂也是園等目知其名者，今以也是園古今雜劇之發見，乃得籀讀其書。雖劇只七種，已屬非常之遇，更不得以少爲嫌也。

古今無名氏劇，自春秋故事類以下至教坊編演類止，其劇孤本共百種。按：今本古今雜劇古今無名氏劇，自第三十二册起至第六十四册止，共三十三册。其劇共一百十五種。此一百十五種中，其劇與前複出者六種，（說已見上）今有傳本者九種。（第三十四册之隨何賺風魔蒯通，第三十五册之司馬相如題橋記，第四十四册之小尉遲將鬬將鞭認父，第四十九册之相風寺公孫汗衫記，第五十一册之四時花月賽嬌容，第五十五册之南極星度脫海棠仙，張天師斷風花雪月，第五十八册之黑旋風雙獻功，第六十二册之河嵩神靈芝慶壽。共十五種。去此十五種，餘百種爲孤本。此孤本百種中有八種應改入元劇類，一種應改入明諸家劇類。更去九種，則餘九十一種爲孤本。是古今無名氏劇實有孤本九十一種。在也是園曲中，以此類孤本爲最多。然考其曲，除少數類似舊本外，餘大抵爲明中葉人及教坊所編。按：諸劇編演，似尚在嘉靖以前。以其中多有爲晁瑮寶文堂目所已著錄者，瑮嘉靖時人也。其文學價值殊不高。故其本遠不如元劇及明諸家劇之重要。按：也是園古今雜劇，自清康熙後經諸家收藏，遞有散失。也是園目錄雜劇三百四十二種，嘉慶時黃丕烈所得也是園曲不全，其佚者爲七十六種。民國初元，丁祖蔭所得黃丕烈曲不全，其佚者爲二十七種。計前後所佚爲一百零三種。此已佚之一百零三種，試以也是園目比勘，則也是園目錄元名家元無名氏曲共一百四十種，今佚者爲五十種。也是園目錄明諸家劇五十三種，今佚者爲二十種。也是園目錄古今無名氏劇一百四十九種，今佚者爲三十三種。是也是園目錄元名家及元無名氏曲少於古今無名氏曲九種，其所佚之曲則多於古今無名氏曲十七種。其曲可貴而存本較少者，所佚反多。其曲不甚可貴而存本較多者，所佚反少。由今思之，眞不幸之事也。然古今無名氏雜劇，今存孤本至九十餘種。其劇既多爲嘉靖前人所編，吾人今日研究明劇可取資於是，究不失爲一代詞曲淵藪。其劇以詞論視元曲固有高下之分，若以戲曲史論則與元曲同屬研究資料，並無高下之分也。吾人昔日研究明劇，每患所見雜劇之少（今通行盛明雜劇，所錄多是正嘉以後人作，正嘉前舊本殊少）。今得也是園古今無名氏曲，已可補此種缺憾。是也是園古今無名氏諸類劇之發見，雖無補於元曲之學，而大有助於明曲研究。其在曲學上之價值，宜分別觀之，不可執一而論也。其孤本九十一種目，今從略。不歷舉。本文篇末已附今本古今雜劇目。學者欲知古今無名氏諸類劇孤本，但去其重複本六種，其劇今有傳本者九種，餘盡孤本，可一覽而知。更由所餘孤本中，出八種入元劇類，出一種入明諸家劇類，所餘是古今無名氏類實有孤本，亦可一覽而知。故此處可不歷舉。

今本也是園古今雜劇，實存二百四十一種，已佚者爲一百零三種。今本古今雜劇卽清光緒初趙宗建得書之舊。然則也是園曲，自清康熙四十一年錢曾之亡至光緒初不過一百五十餘年，所失曲已幾及也是園曲三分之一，甚可惋惜。然今所謂損也是園曲三分之一者，不過以本數言。若按之實際，則殊不如此。蓋今所謂損失三分之一者，其中不盡孤本也。試以黃丕烈手書待訪古今雜劇存目言，丕烈此目，記元曲之佚者三十三種。數不實。應增元李壽卿度柳翠，元無名氏合同文字、碧桃花，爲三十六種。此三十六種中，其爲孤本者僅十五種。目如左：

王魁負桂英　元尚仲賢

風月兩無功　元陳定甫

韓退之雪擁藍關記　元趙明遠

也是園古今雜劇考

抱姪擕男魯義姑　元武漢臣
女元帥掛甲朝天　元武漢臣
神龍殿欒巴噀酒　元李取進
黃桂娘秋夜竹窗雨　元石子章
劈華山神香救母　元張壽卿
鄧伯道棄子留姪　元李直夫
唐三藏西天取經　元吳昌齡
宦門子弟錯立身　元李直夫或趙文敬

右十一種元名家劇

賢達婦荊娘盜果　元無名氏
摔袁祥　元無名氏
孝順賊魚水白蓮池　元無名氏
行孝道郭巨埋兒　元無名氏

右四種元無名氏劇

右十五種今無傳本。其餘二十一種則皆有傳本也。（二十一種中，尚仲賢玉淸殿諸葛論功，卽今本古今無名氏劇三國故事類之十樣錦諸葛論功。此劇實未佚。但一劇有二本，失其一耳。丕烈目第以本論，故書之。）丕烈待訪目載明人曲之佚者爲十八種。數不實。應增明周憲王海棠仙、河嵩神爲二十種。此二十種中，僅三種爲孤本：

遙天笙鶴　　明丹邱先生

花月妓雙偷納錦郎　　明陳大聲

鄭耆老義配好姻緣　　明陳大聲

其餘所錄，如周憲王王九思康海諸劇，則皆有傳本也。唯所載古今無名氏曲之佚者二十種，其中除諸葛亮隔江鬥智一種有傳本外，餘十九種皆爲孤本：

諸葛亮掛印氣張飛

諸葛亮石伏陸遜

老陶謙三讓徐州

壽亭侯五關斬將

關大王月下斬貂蟬

關雲長古城聚義

米伯通衣錦還鄉
蘇東坡誤入佛遊寺
李瓊奴月夜江陵怨
崔驢兒指腹成婚
鵲奔亭蘇娥自訴
賽金蓮花月南樓記
呂洞賓戲白牡丹
保國公安邊破虜
英國公平定安南
南極星金鑾慶壽
賀萬年拜舞黄金殿
獻禎祥祝延萬壽
西王母祝壽瑶池會

由是言之，則丕烈待訪古今雜劇目所載也是園佚曲並應增者計之，雖爲七十六種，然其中無傳本者僅三十七種。其餘三十九種，今皆有傳本。非七十六種盡是佚曲也。

更以今本也是園古今雜劇考之。今本也是園古今雜劇，視丕烈時所得也是園曲少二十七種。此二十七種中，屬於元曲者十四種。此元曲十四種中，有五種爲孤本。屬於古今無名氏曲者十三種。此十三種盡是孤本。今舉其目如左：

中郎將常何薦馬周　元庾吉甫

雙獻頭武松大報仇　元高文秀

鄭云：此劇有元曲選本。今按元曲選有黑旋風雙獻功。雙獻功一作雙獻頭。鄭意當指此劇。然雙獻功所演乃李逵事，與武松無涉。觀此劇以武松報仇標名，似所演乃武松殺西門慶及嫂爲其兄報仇事。其事見水滸傳。元曲演梁山濼事有與小說全同者，此其一也。但錄鬼簿載高文秀劇無雙獻頭武松大報仇之目。不知當日清常何據以爲高文秀本也。

趙光普進梅諫　元梁進之

李存孝慢入長安　元陳存甫

英雄士蘇武持節　元周仲彬

右五種元名家劇

莊周半世蝴蝶夢　古今無名氏

鄭云此與現存之史九敬先老莊周一枕蝴蝶夢不知是否一劇

羊角哀鬼戰荊軻　古今無名氏
四公子夷門元宵宴　古今無名氏
巫娥女醉赴陽臺夢　古今無名氏
邳郿璋昆陽大戰　古今無名氏
金穴富郭況遊春　古今無名氏
施仁義岑母大賢　古今無名氏
李存孝大戰葛從周　古今無名氏
狗家疃五虎困彥章　古今無名氏
朱全忠五路犯太原　古今無名氏
小李廣大鬧元宵夜　古今無名氏
宋公明劫法場　古今無名氏
宋公明喜賞新春會　古今無名氏

右十三種古今無名氏劇

以上所舉元名家劇五種，古今無名氏劇十三種，共十八種，今無傳本。餘九種今皆有傳本。九種中，戲善甫趙江梅詩酒翫江亭即今本古今無名氏劇神仙類之瘸李岳詩酒翫江亭。其劇實存。則今本也是園古今雜劇，視丕烈時所得也是園曲實際僅少十八種，非二十七種盡是佚曲也。

由上所說，則今本古今雜劇，實存劇爲二百四十一種；上視黃丕烈及錢曾時，所佚之曲雖爲一百零三種，而實際佚者不過五十五種。此五十五種中，二十種爲元曲；三種爲明人曲；三十二種爲古今無名氏曲。然則以本論，也是園目錄元名家曲元無名氏曲共一百四十種，其曲今佚者爲五十種；錄古今無名氏曲一百四十九種，其曲今佚者爲三十三種。今之也是園曲，其元曲之佚者誠較古今無名氏之佚者爲多。若以劇論，則元曲佚者五十種，其中二十種爲孤本；古今無名氏曲佚者三十三種，其中三十二種爲孤本。是也是園曲元曲之佚者，在今日實際反較古今無名氏曲之佚者爲少。此不可不知者也。

也是園曲，自清康熙以還，經諸家收藏，遞有損失。傳至今日，其佚曲爲一百零三種。此數目雖鉅，而以其曲不盡爲孤本，故其實際損失尚未如吾人想象之甚。今所存也是園曲，去其複重之本，實得二百三十五種。此二百三十五種中，今別有傳本者爲一百零三種，今無傳本者爲一百三十二種。此爲詞曲最大發見，其影響於曲學者甚鉅。蓋元明舊曲，傳本至稀。斯編出，而元明曲得多百餘種。自此研究劇曲者遂得多所憑藉。批評欣賞，沾溉無窮。此關於文學者也。詞曲傳刻，動多異文。故讀曲須校。今所見明人刊元曲總集，多是殘帙。其存劇至多者，集不過二十餘種。可資以校讎者無多。今所存也是園曲，其劇今有傳本者有百餘種之多。其本與今傳本非一本者，可以互校。由是而折衷考訂，漸成善本，庶不至讀誤書。此關於校讎者也。然余以爲斯編之可貴尙不盡於此二者。蓋讀曲貴舊本。舊本之所以可貴者，以所錄是原文或比較能保存原文。其保存原文愈多者，其給予吾人之研究資料愈多。也是園古今雜劇，乃趙清常抄校本。其抄校雖在萬曆中，而所據者實爲明洪永以來內府傳習之本。其價值不在元本下。且其書久閟，近世治曲學者皆未之見。則其書中所錄，必多有奇文秘記足以考訂元明戲曲者，可以斷言。惜余之留滬不過一月。其閲是書所費時間，不過三週。既不能逐字逐句細讀，則其中所錄，私意以爲應有奇文秘記者，不免錯過。故今欲爲此本張目，苦無可多言者。然卽匆匆閱讀，亦非毫無所獲。且所獲者自今視之，確係奇文秘記足以考訂元明戲曲：則清常所錄之于小穀本司馬相如題橋記是。此題橋記今有雜劇十段錦本。然十段錦本題橋記中，乃毫無戲曲史料。蓋十段錦本題橋記是删潤本；今也是園本題橋記是原本。其文字原本有而今十段錦本無之者：爲第四折越調鬥鵪鶉曲『巍巍乎魏闕天高』下所插白文二百餘字。今錄其文於後：

正末扮司馬相如儒服上，云云。唱：

〔越調鬥鵪鶉〕巍巍乎魏闕天高。

〔外按喝上云〕雜劇四折，正當關鍵之際。單看那司馬相如儒雅風流，獻了上林、長楊、大人三賦，盡了事君之志。題了昇仙橋，遂了丈夫之志。發了一道諭蜀榜文，安了四夷百姓之心。可見康濟大才有用之實學也。……所以後人做出這本雜劇來，單表那百世高風。觀者不可視爲尋常。好雜劇！上雜劇！看這個才人將那六經三史諸子百家，略出胸中餘緒；九宮八調，編成律呂明腔。作之者無罪，觀之者足以感興。做雜劇猶擴梭織錦，一段勝如一段；又如桃李芬芳，單看那收園結果。囑付你末泥用心扮唱，盡依曲意！〔末拜起唱〕

蕩蕩乎皇圖麗藻。點滴滴玉漏傳時，聲喔喔金雞報曉。……

右正末上場唱鬥鵪鶉曲，僅得『巍巍乎魏闕天高』一句，卽被外末闌住。俟外末演說訖，正末始接唱『蕩蕩乎皇圖麗藻』。云云。此外末非參加扮演之人。自『雜劇四折』以下至『用心扮唱，盡依曲意！』二百餘字，皆外末導達宣揚之詞，與劇本文無涉：此也是園本所指爲按喝者也。何謂按喝？凡伎藝登場呈伎，皆有人爲之贊導。其贊導詞用之於發端者，則謂之開呵。如百回本水滸傳第五十一回，載妓女白秀英說唱諸宮調前，其父裹頭巾、穿褐衫、繫縧、持扇上開呵云：『老漢是東京人氏白玉喬的便是。如今年邁，只憑女兒秀英歌舞吹彈，普天下伏侍看官。』次卽白秀英上，說唱云云。此開呵也。其贊導詞用之於演唱中間者，則謂之按喝。亦見百回本水滸傳五十一回。此回記白秀英唱至務頭，白玉喬按喝云：『雖無買馬博金藝，要動聽明鑑事人。看官喝采道是過去了。我兒且回一回！』此按喝也。其詞用之於結末收場者，則謂之收呵。如百回本水滸傳第三十六回，記一使槍棒賣膏藥人（李忠）作場訖，求人齎發銀兩。無與之者。唯宋江與之銀五兩。其人收呵云：『難得這位恩官顛倒齎發五兩白銀！正是：當年却笇（笇字疑誤，恐是笑字。）鄭元和，只向青樓買笑歌；慣使不論家豪富，風流不在着衣多。』（按此是自贊之詞，非他人贊。）此收呵也。以上所舉三例，其二爲說唱諸宮調，其一爲雜伎，尙非用之於戲曲者。以余所知，則戲曲亦有開呵。如雍熙樂府卷十七雜曲醉太平詠風流樂官云：『開呵時運寬，發焰處拋觀。薦子梁把戲數十般，盡都曾教管。能歌時曲能踏爨，能翻古本能粧判。能收新韻助倩（淸）歡。是一箇風流樂官。』發焰踏爨，皆副淨之事，知副淨亦司開呵。運寬猶言運用多方也。明李開先撰園林午夢院本，今所見金陵文秀堂本附北西廂後者，院本前有六言詩四句云：『輪轉心常不動，爭長競短何用？撥開塵世閒愁，試聽園林午夢！』四句上有二字標題云：『開和』。此四句諸本皆有之，唯『開和』二字僅見此本，必有所據。『開和』當卽『開喝』之訛。然則戲曲扮唱前有開喝甚明。其扮唱中間之有按喝，則證以也是園本題橋記而知之，此可謂絕好戲曲史料也。余按：明周憲王瑤池會八仙慶壽第二折載藍采和與諸小兒嬉戲。小兒勸其做院本。采和拒之。復勸其拴焰爨云：『替那鼓弄每開呵些也好。』采和又拒之，其唱詞云：『你教我打一個硬開呵；着那夥看官每笑我。』元明人謂做院本爲鼓弄（亦作古弄）；拴焰爨在院本之前，所謂艷段。此以拴焰爨爲鼓弄之開呵，正以其在鼓弄之前爲做院本之先聲也。朝野新聲太平樂府卷九載元睢玄明（按：當即睢景臣），詠鼓耍孩兒『樂官行徑』套。其五煞云：『若有閑些兒箇，除是撲煞、點砌、按住、開呵。』此謂扮戲唯撲煞、點砌、按住、開呵時不用鼓。按：撲煞似謂扮相爭相打之事。點砌謂庸峭語。所謂按住，似即指按喝時言之。然則按喝開喝，自元時演戲即已有之，不始於明。今之文秀堂本園林午夢有開呵，當據開先原本書之。也是園本題橋記之有按喝，則以其本爲內府按行本而然。其事爲當時演戲所有，實沿元人舊例也。今十段錦本題橋記無外末按喝一段。蓋刻書者不知按喝之義，以爲浮詞而删之。余所閱十段錦，係武進董氏珂羅板印本。其題橋記卷末有小字一行云：『趙清常鈔本校。耐中。』耐中乃何煌號。知此書錢曾以康熙中售之於朱彝尊者，至雍正初爲煌有。煌跋所謂趙清常鈔本者，即今也是園古今雜劇所收本。煌得十段錦，於所收題橋記雖以清常鈔本校一過，然於此二百餘字亦未補出。則亦緣不知按喝之義，以爲浮詞無用可不必錄之也。煌校此劇，今按其詞，實無大異同。所異者此二百餘字耳。其詞大致相同者可不必校，而必一一校之。其白文大異者，宜校而不校。自今視之，眞買櫝還珠也。以煌之以校書著名，而疏忽如此；則校書之事，循文核字，固不關乎學問，實亦未易言。顧何氏失校者，余乃以無意中得之。亦可謂僥倖之至矣。

外末按喝之事，可徵之於也是園本題橋記者，如上所述。此外尚有一事，亦可以也是園本題橋記徵之，則正劇後之有打散是也。此劇爲末本。其第四折越調鬥鵪鶉套，唱至尾聲，劇情已畢。十段錦本此後更無文字。也是園本則尾聲後尚有一場。今錄其文於左：

（尾聲）今日箇青霄有路終須到。不負我漢相如題詩過橋。國正遠人來，才高近臣表。十段錦本題橋記文至此止。

（衆云）雜劇卷終也。（外云）道甚？（衆答云）瀛州開宴列嘉賓，祝贊吾皇萬萬春；武將提刀扶社稷，文官把筆佐絲綸。

題目正名：

王令尹敬賢有禮，蜀富家擇壻無驕；

卓文君當爐賣酒，漢相如獻賦題橋。

右所引自『衆云雜劇卷終了』以下，皆打散之詞。何謂打散？凡正劇扮演畢，脚色出場；不欲即散，更爲餘情羨文以收拾之，元明人於此等通謂之打散。蓋扮雜劇至末折尾聲止，正劇雖完，而當場之藝猶未結束，觀者猶未去也。至打散訖而承應之事始畢。打散者乃正劇之後散段，其事實爲送正劇而作者。昔唐之呂才，謂古今樂府奏正曲之後，皆別有送聲。此古意也。按：今之優伶演劇，但奏正劇而已。其前無艷詞，後無送聲。而考之於古則不然。宋時做正雜劇之前，先做尋常熟事一段，謂之豔段。正雜劇後又有雜扮，或曰雜班，即雜劇之後散段。見吳自牧夢粱錄卷二十伎樂條。夢粱錄此條又稱：雜扮多是借裝爲山東河北村叟以資笑端。是雜扮亦扮演事態。前後散段雖皆演事，而所演視正劇爲簡。其爲游詞羨文，所以增正劇之恣態，以之迎送正劇則一也。元之戲劇，其演奏之事，不知視宋雜劇如何？然以諸書考之，則院本謂之踏爨；做院本之前，有拴焰爨，亦謂之焰段。院本雜劇之後有打散。其拴焰爨之副淨，扮演事狀，兼爲院本開呵；其打散者演事狀，兼爲正劇讚送，其事與宋之扮雜劇實相去不遠。拴焰爨，上文考引戲已略述之。至打散則元高安道有哨遍『暖日和風』一套。其一煞曲中述及打散。此套見朝野新聲太平樂府卷五。今錄其一煞曲於後：

打散的隊子排，待將回數收。搽灰抹土胡僝僽。淡番東丸來西丸，却甚放走南州共北州！伹了也難收救。四邊廂土糝，八下裏磚颩。

此詞爲嘲行院之薄藝者而作，故形容多過甚之詞。然其寫打散之狀則甚明。所云打散的隊子，卽此題橋記所云『衆』。搽灰抹土，乃副淨之事。明周憲王復落娼劇頭折混江龍曲云：『付淨的取歡笑，抹土搽灰。』湯舜民贊教坊新建构欄套二煞曲云：『付淨色張怪臉。土木形骸與世違。』是也。據安道此詞，是打散以付淨色爲主。而今也是園本題橋記，其贊導者是外不同。蓋打散或演事態，或贊正劇。其演事態以發科打諢爲工者，則以付淨色爲之。其或不演事態而但念誦詞語以收拾正劇，則以外領之。此因敷演之不同而優伶之本色有異。題橋記據趙琦美考訂，係明人曲，非元曲。知明時打散多趨念誦詞語之一途，於諢砌非所重矣。又元夏伯和青樓集魏道道小傳，述道道之伎亦以打散言。其言曰：

勾欄內獨舞鷓鴣四篇（說集本作四片。據葉德輝刻本。）此打散，自國初以來無能及者。粧旦色有不及焉。

舞鷓鴣乃女眞樂。其樂器有鼓，有長管。其曲有四換頭，每一換則休息片時。其舞則主人宴客時自爲之而諸妓爲伴舞之人。蓋本貴族家樂。大定明昌，此風最盛。金亡，遂淪爲倡家樂，以笛易長管，以妓代男子。此樂，金史樂志不載，余於元楊宏道小亨集發見之。卷二有鷓鴣七言長歌詠之。乃樂藝重要史料也。青樓集所云四篇，篇通遍，卽四換頭。高安道云打散排隊子，此云打散獨舞鷓鴣，蓋打散時有隊子，又有獨舞鷓鴣。且以余所考，不獨打散舞鷓鴣，卽正劇前亦然，如高安道暖日和風套記戲棚做院本前所見有四𨏶舞（六煞云：四𨏶兒喬𤫊紐。四𨏶卽四篇），有調隊子（五煞云：調隊子全無些骨巧）。明劉東生嬌紅記第一本第一折記扮唱雜劇先舞鷓鴣。其上馬嬌曲所謂『比及聽遏雲歌半掩桃花扇，先看他舞罷鷓鴣篇』。是也。打散既爲正雜劇之後散段，其伎爲餘伎，詞爲羨文，故今所見元刊明刊諸雜劇，所錄皆至正雜劇末折尾聲止，不復附打散之詞。明人刊十段錦，删題橋記按喝一段，雖緣其人不知按喝之義自作主張；其不錄打散詞，却非自作主張。以元明人刊曲，例不附打散詞也。然以今所見元刊明刊諸劇考之，亦間有不去打散之詞者。今舉元刊本風月紫雲亭及明刊王實甫西廂記爲例：

元刊本風月紫雲亭爲旦本，四折。其第四折雙調套末一曲爲收江南。收江南曲下注：『卜兒云下。』是劇已畢矣。而其後復有鷓鴣天詞。詞云：

玉軟香嬌意更眞，花攢柳寸（疑是簇字之訛）足消魂。半生碌碌忘丹桂，千里悠悠覓彩雲。鸞鏡破，鳳釵分，世間多少斷腸人。風流公案風流傳，一度搬着一度新。

鷓鴣天後復有七絕一首及八言詞偈四句一首，標曰正名：

象板銀鑼可意娘，玉鞭驕馬畫眉郎；
兩情迷到忘形處，落絮隨風上下狂。

靈春馬適意悞功名，韓楚蘭守志待前程；
小秀才琴書青瑣幃，諸宮調風月紫雲亭。

今按此元本紫雲亭末折雙調一套後所附鷓鴣天詞，非正曲，乃打散之詞也。鷓鴣天後所附『象板銀鑼』一絕，雖在標題正名之下，實非正名，亦打散之詞也。何以明之？北詞大石調有鷓鴣天，雙調無鷓鴣天。此詞與雙調套內諸曲了不相涉。此劇末折雙調曲至收江南止。雙調套數收江南後，應有尾聲。此本無之，蓋省略。（雍熙樂府所選北曲套詞多有省尾聲者）以意度之，元刊紫雲亭所據底本，其末折雙調套偶省尾聲，雙調套後偶附打散用之鷓鴣天一詞。坊間刻書，不知鷓鴣天係打散詞，因附鷓鴣天於收江南後，遂似連爲一套者。不知鷓鴣天與雙調套內諸曲不類，未可綴附。鷓鴣天韻眞文，雙調套內諸曲韻江陽。凡同屬一套之曲，未有不同韻者。以此詞入雙調套，其韻亦不同也。其證一。此詞末二句云：『風流公案風流傳，一度搬着一度新。』此自爲打散人語，非當場扮脚人語。考紫雲亭北曲，本有石君寶戴善甫二本。（據錄鬼簿卷上）其劇演開封府完顏同知子靈春馬戀妓女韓楚蘭之色，偕之私遁，與南戲宦門子弟錯立身關目全同，實是一事翻新。而北曲宦門子弟錯立身尚非一本。（李直夫趙文敬皆有錯立身。見錄鬼簿。）此云『一度扮着一度新』；正打散人疏通正劇之詞，言此事作劇者雖有若干家，而此本尤新穎也。劇以代言，而此爲讚揚疏通，明是打散語。其證二。朝野新聲太平樂府卷九有楊立齋哨遍『世事摶沙』一套。其前亦有鷓鴣天一首，乃引詞，樂府低二格書之，示非正曲。今紫風亭末折雙調套附鷓鴣天，其格式與楊立齋哨遍同。惟一在前一在後爲異。鷓鴣天北曲與詩餘同一體。此前附後附之鷓鴣天，疑是詞不是曲。其證三。以是言之，則此鷓鴣天詞乃元曲打散詞之僅存者。至鷓鴣天詞後所書『象板銀鑼』一絕，必非正名。何以言之？凡北曲有題目，有正名，皆撮劇意爲之；所謂標題立目也。題目者，品藻之謂。世說新語賞譽篇注引王澄別傳，所謂『四海人士，一爲澄所題目。則二兄不復措意，云已經平子澄字。』是也。以品藻爲主，故其意虛。正名是劇本名，故其意實。宋元伎藝有『合生』，亦謂之『說題目』。其事以二人爲之，一唱一和。大抵指事類情，虛實相生，與元劇題目正名之意合。凡元劇大題皆取正名。此題目與正名之異也。其題目正名，有一爲起句一爲收句者；合作一聯則不韻。如竹葉舟題爲『呂純陽顯化滄浪夢，陳季卿悟道竹葉舟。』是也。有各占二句者，合爲二聯則用韻。如霍光鬼諫題目正名各二句，詞曰：『長安城霍山造反，海溫縣廢王遭難；長信宮宣帝登基，承明殿霍光鬼諫。』好酒趙元遇上皇題目正名亦各二句，詞曰：『丈人丈母很心腸，司公倚勢要紅粧；雪裏公人大報寃，好酒趙元遇上皇。』是也。此紫雲亭劇『靈春馬適意悞功名，韓楚蘭守志待前程』二句是題目。『小秀才琴書靑瑣幃，諸宮調風月紫雲亭』二句是正名。夫既有題目正名矣；則『象板銀鑼』一絕，其韻既與

『靈春馬』四句之韻庚青應是題目正名者不同；其詞但詠歌贊嘆耳，亦非北曲題目正名措詞造語之格：此何得謂之正名乎？故曰：此打散之詞。非題目，亦非正名也。按：戲曲題目，南曲皆於副末開場時以問答出之。其家門大意，亦於開場時念出。北曲揭櫫綱領之題目正名，於何時道出？自來無言之者。唯元明人刊劇率不遺題目正名。其題目正名有置劇前者：如雜劇十段錦，及孟稱舜柳枝酹江集是。有置劇後者：則自元刊本以下，如明新安徐氏刊本古名家雜劇、息機子刊本元人雜劇選、臧懋循刊本元曲選、以及明內府抄本曲皆如此。以今思之，自當以置劇後者爲是。以也是園本題橋記考之，其本末折尾聲後有衆念『瀛州開宴』一絕。此一絕句與風月紫雲亭之『象板銀鑼』一絕句相當，皆打散之詞也。其『瀛州開宴』一絕句後，卽列題目正名四句。未注明何人念，疑與『瀛州開宴』一絕皆蒙上文所記外問衆答云爲文。然則題目正名卽由衆唱出，實亦打散語也。蓋打散亦有諸般節目。打散之中有獨舞鷓鴣；則獨舞鷓鴣是一節目也。有念詞有誦詩；則念詞誦詩是一節目也。誦詩之後，繼之以唱題目正名；則唱題目正名又是一節目也。打散至唱題目正名，則是收呵，與劇之開呵遙遙相應，而扮劇之能事畢矣。唱題目正名與念詞誦詩，雖同爲打散之事；而念詞誦詩與唱題目正名節次有別。誦詩之不得爲題目正名，猶題目正名之不得以誦詩當之。則元刊本以『象板銀鑼』一絕句爲正名，其爲誤仞不待言也。書坊刻曲，不過利其易行；於作者旨意以及樂章節奏，本非所知。故此劇以鵪鶉天詞誤入雙調套內；又誤以『象板銀鑼』一絕爲正名。一劇之中而二誤見焉。事之可怪無逾於此。然雖誤入誤題，而未嘗誤刪其文。故雖於錯誤之中仍可以考見元劇扮演之狀。觀於此而知舊本之可貴，學者讀書稽古，應思如何善用舊本也。

元王實甫西廂記四本。今所見明刊舊本，每本末折尾曲後皆附小絡絲娘一曲。明凌濛初謂此絡絲娘曲爲衆伶人打散語，其言甚是。今據凌濛初本錄其曲於後：

第一本

〔絡絲娘〕則爲你閉月羞花相貌，少不得剪草除根大小。第一本末折雙調套用蕭豪韻。此絡絲娘曲韻同。

題目　老夫人閑春院，崔鶯鶯燒夜香。

正名　小紅娘傳好事，張君瑞鬧書房。

第二本

〔絡絲娘〕不爭惹恨牽情鬥引，少不得廢寢忘飡病證。第二本末折越調套用東鍾韻。此絡絲娘曲韻眞文庚青。

題目　張君瑞破賊計，莽和尚生殺心。

正名　小紅娘晝請客，崔鶯鶯夜聽琴。

第三本

〔絡絲娘〕因今宵傳言送語，看明日攜雲握雨。（第三本末折越調套用侵尋韻。此絡絲娘曲韻魚模。）

題目　老夫人命醫士，　崔鶯鶯寄情詩。

正名　小紅娘問湯藥，　張君瑞害相思。

第四本

〔絡絲娘〕都則爲一官半職，阻隔得千山萬水。（第四本末折雙調套用車遮韻。此絡絲娘曲韻齊微。）

題目　小紅娘成好事，　老夫人問由情。

正名　短長亭斟別酒，　草橋店夢鶯鶯。

右所舉絡絲娘曲，諸本錄其詞，皆在每本末折唱徹扮脚人出場之後。其詞用韻，既多與各本末折唱詞不叶；其詞意亦非當場扮戲人語。此以伶人打散語目之，則怡然理順。不知舊劇有打散之事，則愕然不得其解，遂有疑此詞非原本所有爲後人增入者矣。如明之王驥德，即不知元時扮戲有打散之事者。其所刊古本西廂記卷首凡例論此事云：

元劇每折（按驥德刊西廂記，以一本爲一折。所謂折實指劇一本言之。）後皆有正名等語。諸本益以絡絲娘一尾。語既鄙俚，復入他韻。又竊後折意提醒爲之，似搊彈說詞家所謂『且聽下回分解』等語，明係後人增入。

但古本幷存。又太和正音譜亦收入譜中。或竄入已久，相沿莫爲之正耳。今從秣陵本删去。

正名四語，今本誤置折前，幷正。

按：正名四語在小絡絲娘曲後，應與小絡絲娘曲同爲打散人語。驥德不從坊本，（驥德所謂今本俗本諸本皆指坊本。見凡例。）置正名於劇後。是也。其從秣陵本删小絡絲娘曲，以爲類搊彈說詞家語，明係後人所增。則非也。打散在正劇之後。打散人入場，在扮正劇人出場之後。其人非復扮脚之人；其念唱詞語，亦僅以申說正劇，既是疏通導達，何妨作搊彈說詞家語。且戲曲未嘗不通於搊彈說詞也。諸宮調有開呵，元明院本固亦有開呵也；諸宮調有按喝，元明院本雜劇固亦有按喝也。劇之異於搊彈說詞者，以劇爲代言體，而說詞爲宣講體。然元明演劇於當場扮劇人外，復有從旁贊導之人。如也是園本題橋記所載，其贊導者宣揚劇意，至數百言。則宣講之體固未嘗不可用之於戲曲也明矣。此非驥德所知也。據驥德所述，小絡絲娘曲坊本有之，古本有之，（驥德所謂古本指嘉靖癸卯本及萬曆戊子本言之。見凡例。）太和正音譜所引亦有之。是自明初以還，傳本皆有此曲，定原文也。顧驥德則獨從秣陵本。夫驥德之從秣陵本者，以其删此曲適與己意相合耳。凡讀書之道貴能辨誤，尤貴能闕疑。遇事之疑莫能明者，與其信一說而不必眞，無甯從衆說而期其是。今輕信一本而擯衆本，是但以合吾意者爲是，不合吾意者爲非。非審愼校書之道也。凌濛初習聞教坊之事，知此曲之不可删；故於所刊西廂記第一本末折著論，力闢驥德之誤。其言曰：

此有絡絲娘煞尾者，因四折之體已完，故復爲引下之詞結之，見尚有第二本也。此爲衆伶人打散語，猶說詞家有分交以下之類，是其打院本家數。王謂是傷彈引帶之詞而削之，太無識矣！

按：濛初之責驥德甚是。顧其釋伶人打散，謂正劇四折完復爲引下之詞結之，見尚有第二本。則殊失伶人打散之意。伶人打散，不過以收拾正劇耳。非爲見其尚有第二本也。元刊本紫雲亭劇只一本，非如西廂記之連數本爲一劇。其末折所附鷓鴣天詞，是打散語，不作引下之詞。鷓鴣天詞後所書『象板銀鑼』一絕，亦是打散語，亦不作引下之詞。可見打散本意原非以引下。西廂記第一至第三本，小絡絲娘曲皆作引下之詞；以每本後適有相承之本耳。非伶人打散必爲引下之詞也。唯濛初此評本在第一本末折。其爲此說，蓋因事立言，原其本意，或未必謂打散必作引下之詞。余初讀濛初此評，所疑如此。以爲濛初既能訂王驥德之失；既知古劇正劇後有打散；必不謂打散盡作引下詞也。及讀所刊西廂記第四本末折評，釋絡絲娘曲『都則爲一官半職阻隔得千山萬水』云：『此煞尾必是欲續者所增，應非實甫筆。』乃恍然大悟，知濛初之意果以爲打散語必作引下詞也。實甫作劇止於第四本。既不曾接第四本後更有所作，則無須作引下詞。今竟有絡絲娘曲，則曲非實甫筆。濛初之見當如此。不知『都則爲一官半職阻隔得千山萬水』二語，可不必作引下看；續西廂以張生登第投書崔氏始，以團圓終，與『都則爲一官半職阻隔得千山萬水』之言，亦非密切銜接也。其後閔遇五刊西廂，遂依濛初意删此一曲。其箋疑云：『前三本俱有絡絲娘，爲結上起下之詞。是也。至此，實父之文情已完。故云：除紙筆代喉舌，千種相思對誰說。是了語也。復作不了語可乎？明屬後人妄增。不復錄。』遇五此箋，卽發揮濛初之意。濛初疑此曲而未删，遇五則竟删去。是遇五之妄，實濛初爲厲階也。由王驥德之删西廂記絡絲娘曲觀之，則知輕信之害。由凌濛初之疑西廂記第四本絡絲娘曲觀之，則知輕疑之害。驥德之輕信，由不知古劇有打散之事也。濛初之輕疑，由但見西廂記所載絡絲曲娘多是引下語，因謂凡打散定作引下語。不知劇只一本者亦有打散。打散既不限於前後本互相關連之劇，則打散卽不必定作引下語。且優伶打散實以收拾正劇，不爲引下而作也。驥德自負知曲。其撰曲律，於元劇多所論列。顧打散之屢見於元人書至明猶遵行之者；驥德乃不知其事何也？豈明教坊承應及內庭承應宮戲，其節次儀範猶沿元之舊，此外率從簡略；驥德處士，不踐巖廊，目不覩中祕之書；故知見有所不足歟？若濛初已知教坊有打散之事，而其說打散以爲必作引下語，乃全不得打散之意。夫知有打散而不能通曉其意，則猶之乎未知也。則甚矣知之難也！

元代扮戲，其正劇後有打散，可以高安道『暖日和風』套及夏伯和青樓集魏道道傳知之。然二人記其事，未錄其詞也。打散詞，今考之元刊本諸宮調風月紫雲亭，而得其鷓鴣天詞及『象板銀鑼可意娘』一詩。考之明舊本西廂記，而得其小絡絲娘四曲。然二書但錄其詞，不書念誦之人；今讀其詞尚不能詳其事也。唯也是園本題橋記既錄其詞又書其人。讀此記則知明時打散有隊子，與元同；而宣贊者是外，與高安道所詠打散用副淨者稍異。然打散人雖異，而正劇後有打散則同。此打散之事因題橋記而愈明者也。宋元諸宮調，其說唱中間有按喝；可以百回本水滸傳第五十一回徵之。宋元扮戲，其中間當亦有按喝；可以元睢景臣『樂官行徑』套『按住開呵』一語徵之。然諸宮調究非戲曲。『按住開呵』，其語摹略不詳。不讀也是園本題橋記，則不知扮戲時如何按喝。此元之按喝，不妨以明時按喝說明之，因題橋記始得明悉其事狀者也。據題橋記所書，扮戲正劇後有打散，其打散之領導者是外。扮戲正劇中有按喝，其按喝者亦是外。余疑打散之外即按喝之外。此外末一色，在打散與正劇中，所司者皆爲贊導之事。其事務如此，其職是何名目？余意則宋元人所謂引戲是也。宋周密武林舊事、吳自牧夢粱錄載當時扮雜劇皆有引戲一色。宋之雜劇即元之院本。元夏伯和青樓集序及陶宗儀輟耕錄記當時做院本亦有引戲一色。明初寧獻王太和正音譜及湯舜氏筆花集中贊教坊新建构欄套數，記扮戲人亦有引戲一色。是引戲自宋至明扮戲皆有之。

以上所舉六書，唯夢粱錄、筆花集引戲有說明。夢粱錄之言曰：「雜劇中末泥色爲長。末泥色主張，引戲色分付。」此謂扮戲時承宣之事，由引戲掌之也。筆花集贊教坊拘欄套之詠引戲也，曰：「引戲每叶宮商，解禮儀。」叶宮商者，協律協樂之謂。解禮儀者，掌儀掌範之謂。蓋樂有節次，威儀動作亦有節次，須有人指麾贊導之。此謂扮戲時指麾贊導之事由引戲掌之也。此二書所述，一以分付言，一以指麾贊導言，而其意則相去不遠。今以也是園本題橋記所記外末按喝等事徵之，則亦與二書所記引戲行事相去不遠。如題橋記第四折正末唱越調鬥鵪鶉，僅得「巍巍乎魏闕天高」一句，卽被外末闌住。由外末宣念劇意，至二三百言。今所見元曲，雖唱詞中間帶白未有如是之長者。况此念白者非扮戲之人，而爲扮戲以外人之宣念詞。此宣念詞不在本調他句下，而在首句下，必非漫然而作，宜必有音律節次關係可知。其詞收尾云：「囑付你末尼用心扮唱，盡依曲意！」此分付語亦可謂贊導語也。及正劇演畢，扮脚人出場。打散隊子以雜劇卷終聞。外問云：「道甚？」次則衆念詩爲祝讚語答之。此時外問，非請事之問而爲啓發之問亦甚明。則此外末，無論在正劇在後散段中，皆爲贊導之人，優伶依其語行事。此不謂之引戲殆不可也。更以宋孟元老東京夢華錄所載伎樂承應時之參軍色考之。此書卷九載宰執親王宗室百官入內上壽，賜燕。酒行至第四盞，舞畢。參軍色執竹竿拂子，念致語口號。再作語，勾合大曲舞。第五盞，三臺舞訖。參軍色執竹竿子作語，勾小兒隊舞。小兒舞步進前，叩殿陛。參軍作語，問小兒。班首（按小兒、班首）近前，進口號。舞唱訖。小兒班首入，進致語，勾雜劇入場。雜劇畢。參軍色作語，放小兒隊出場。至第七盞，三臺舞訖。參軍色作語，勾女童隊入場。女童舞步進前。參軍色作語，問隊。杖子頭進口號。舞唱訖。女童進致語，勾雜劇入場。雜劇訖。參軍色作語，放女童隊出場。此參軍色所司爲贊導宣念之事，與也是園本題橋記所記外末行事亦合。則院本雜劇之有引戲贊導，亦猶大曲隊舞諸伎之有參軍色贊導也。按：宋時伎樂承應，其參軍有二。一爲執竹竿子指麾贊導之參軍色。此參軍色與舞旋雜劇諸色並峙，各爲教坊十三部之一（見夢粱錄卷二十伎樂條），乃不參加扮演者：卽此處所引參軍色作語、發問、勾放小兒隊女童隊者是也。一爲雜劇中之參軍，以副淨爲之，乃參加扮演者：卽陶宗儀輟耕錄等書所謂『副淨古謂之參軍』者是也。此二等人雖俱冒參軍之名，而其職不同，其得名亦應異。教坊十三部之參軍色，其得名似由於眞官之有錄事參軍事。舊唐書卷四十四職官志載京兆河南等府，府牧下各有司錄參軍二人。諸府州都督刺史下，各有錄事參軍事二人或一人。其職爲勾稽省署抄目監符印等事。然亦綱紀衆務，通判列曹。新唐書卷二〇二孫逖傳，載逖孫簡，會昌中建言，稱『京兆河南司錄及諸府州錄事參軍事，皆操紀律正諸曹；與尚書省左右丞紀綱六曹略等。』可證。教坊之有參軍色，蓋在教坊使之下，平時則通檢推排簿籍；

承應時則監當諸部伎樂，而指麾贊導之。此其名目之出於眞官者也。若雜劇之參軍以副淨爲之，本出於唐優戲之弄參軍弄假官，自始卽爲假官。其後遂爲脚色之稱，卽不扮員吏亦可謂之參軍。此名目之由於權假者也。故雜劇中之參軍，與教坊之參軍色不同；雜劇中之引戲，其性質乃有類於教坊之參軍色者。以引戲在雜劇中，爲諸優之贊導人；參軍色在朝廷饗宴承應時，爲諸部伎之贊導人也。又引戲與末泥，據夢粱錄所記，雖一爲主張一爲分付者；然末泥之爲戲頭，有時參加扮演：如夷堅志丁集卷四載秦檜子三人過省。三年後，優者扮戲，爲士子應試者，相與推測本年知舉之人，指某某官之名。優長非之，以爲往年韓信知舉，今年必差彭越。衆嗤其妄。乃云：『當年若不是韓信知舉，如何取得三秦？』云云。所云優長，當卽末泥，所謂末泥色爲長也。此是末泥參加扮演始終其事之例。有時不參加扮演：如岳柯程史卷七載高宗勅就秦檜第賜燕。假以教坊，扮戲。優長誦致語退。有參軍者前褒檜功德。云云。是末泥誦致語卽退，其做作任他人爲之。此爲末泥不參加扮演之例。是雜劇由末泥主張，其人參加扮演與否，殊無一定。若引戲則始終爲不參加扮演之人。宋之教坊參軍色，開場則念致語，散場則作語放隊。念致語卽開呵，作語放隊，卽收呵也。余疑元明扮戲，開呵收呵，皆由引戲參加指導之。至正雜劇中之有按喝，則可斷言爲引戲之事。此徵之也是園本題橋記而益信者也。

黃丕烈手書也是園藏書古今雜劇目，記所得也是園曲爲七十二册二百七十種。（實爲二百六十八種）今存本古今雜劇，丁祖蔭所録目爲六十四册二百四十二種，（實爲二百四十一種）視黃目少八册二十八種。（應云二十七種）今合爲一表，以資比勘。其黃目所記幾種共一册，上下方均有朱筆批注數目字，今亦照録於表中。其上方批注數目字，用阿剌伯號碼書之。下方批注數目字用漢字書之，以示區別。

黃丕烈手書也是園藏書古今雜劇目	今本古今雜劇	
	抄本	刊本
破幽夢孤雁漢宮秋（元馬致遠）		徐氏本
馬丹陽三度任風子（同上）	內本	
呂洞賓三醉岳陽樓（同上）		徐氏本
江州司馬青衫淚（同上）		徐氏本
(1)四種共一册(一)	第一册	
半夜雷轟薦福碑（元馬致遠）		徐氏本
西華山陳摶高臥（同上）		徐氏本

孟浩然踏雪尋梅同上					息機子本
開壇闡教黃粱夢同上				徐氏本	
蘇子瞻風雪貶黃州元費唐臣		于本			
(2)五種共一冊(一下)	第二冊				
四丞相歌舞麗春堂元王實甫				徐氏本	
呂蒙正風雪破窰記同上	內本				
死生交范張雞黍元宮大用					息機子本
杜蕊娘智賞金線池元關漢卿				徐氏本	
(3)四種共一冊(二)	第三冊				
劉夫人慶賞五侯宴元關漢卿	內本				
關大王獨赴單刀會同上			本不明		
趙盼兒風月救風塵同上				徐氏本	
溫太眞玉鏡臺同上				徐氏本	

(4)四種共一冊(三)	第四冊				
望江亭中秋切鱠旦 元關漢卿					息機子本
錢大尹智寵謝天香 同上				徐氏本	
鄧夫人苦痛哭存孝 同上	內本				
錢大尹智勘緋衣夢 同上				徐氏本	
包待制三勘蝴蝶夢 同上				徐氏本	
感天動地竇娥冤 同上				徐氏本	
(5)六種共一冊(四)	第五冊				
山神廟裴度還帶 元關漢卿	內本				
尉遲恭單鞭奪槊 同上			本不明		
狀元堂陳母教子 同上	內本				
(6)三種共一冊(五)	第六冊				
唐明皇秋夜梧桐雨 元白仁甫				徐氏本	

董秀英花月東牆記同上	于本
裴少俊牆頭馬上同上	徐氏本
(7)三種共一冊(六上)	第七冊
李太白匹配金錢記元喬夢符	
杜牧之詩酒揚州夢同上	
玉簫女兩世姻緣同上	
(8)四種共一冊(六下)	缺
尉遲恭單鞭奪槊元尚仲賢	
中郎將常何薦馬周元庾吉甫	
須賈誶范雎元高文秀	
雙獻頭武松大報讎同上	
(10)三種共一冊(八)	缺
保成公竟赴澠池會元高文秀	內本

好酒趙元遇上皇 同上		于本		
劉玄德獨赴襄陽會 同上	內本			
(11)三種共一册(九)		第八册		
立成湯伊尹耕莘 元鄭德輝	內本			
鍾離春智勇定齊 同上	內本			
㑳梅香騙翰林風月 同上				徐氏本
(12)三種共一册(十)		第九册		
醉思鄉王粲登樓 元鄭德輝				徐氏本
迷青瑣倩女離魂 同上				徐氏本
虎牢關三戰呂布 同上	內本			
(13)三種共一册(十一)		第十册		
張子房圯橋進履 元李文蔚	內本			
同樂院燕青博魚 同上	內本			

(14)二種共一册(十二)	第十一册				
破符堅蔣神靈應 元李文蔚	內本				
老莊周一枕蝴蝶夢 元史九敬先		于本			
張孔目智勘魔合羅 元孟漢卿				徐氏本	
陶學士醉寫風光好 元戴善夫				徐氏本	
(15)四種共一册(十三上)	第十二册				
趙江梅詩酒翫江亭 元戴善夫					
趙氏孤兒大報讎 元紀君祥					
趙光普進梅諫 元梁進之					
(16)三種共一册(十三下)	缺				
魯大夫秋胡戲妻 元石君寶					
蕭何月下追韓信 元金志甫					
李存孝悞入長安 元陳存甫					

英雄士蘇武持節 元周仰彬					
(24)四種共一册(二十)		缺			
東堂老勸破家子弟 元秦簡夫					息機子本
孝義士趙禮讓肥 同上					息機子本
陶母剪髮待賓 同上		于本			
(25)三種共一册(二十一下)		第十三册			
宋上皇御斷金鳳釵 元鄭廷玉		于本			
布袋和尚忍字記 同上					息機子本
楚昭公疎者下船 同上	內本				
(26)三種共一册(二十二)		第十四册			
看財奴買寃家債主 元鄭廷玉					息機子本
包龍圖智勘後庭花 同上				徐氏本	
崔府君斷寃家債主 同上			本不明		

(27)三種共一冊(二十三)	第十五冊				
宋太祖龍虎風雲會 元無名氏				徐氏本	
諸葛亮博望燒屯 同上	內本				
龐涓夜走馬陵道 同上			本不明		
(32)三種共一冊(二十四)	第十六冊				
忠義士豫讓吞炭 元無名氏				徐氏本	
錦雲堂美女連環記 同上					息機子本
蘇子瞻醉寫赤壁賦 同上				徐氏本	
鄭月蓮秋夜雲窗夢 同上		于本			
王月英元夜留鞋記 同上					息機子本
河南府張鼎勘頭巾 元孫仲章				徐氏本	
(33)六種共一冊(二十四下)	第十七冊				
硃砂擔滴水浮漚記 元無名氏	內本				

貨郎旦同上			本不明	
下高麗敬德不伏老同上			本不明	
施仁義劉弘嫁婢同上	內本			
(34)四種共一冊(二十五)		第十八冊		
劉千病打獨角牛元無名氏	內本			
王翛然斷殺狗勸夫同上			本不明	
大婦小妻還牢末同上			本不明	
講陰陽八卦桃花女同上	內本			
(35)四種共一冊(二十六)		第十九冊		
玎玎璫璫盆兒鬼元無名氏			本不明	
劉玄德醉走黃鶴樓同上	內本			
玉清庵錯送鴛鴦被同上				徐氏本
(36)三種共一冊(二十七)		第二十冊		

關雲長千里獨行元無名氏			本不明		
孟光女舉案齊眉同上			本不明		
雁門關存孝打虎同上		于本			
狄青復奪衣襖車同上	內本				
(37)四種共一冊(二十八)	第二十一冊				
閥閱舞射柳蕤丸記元無名氏	內本				
逞風流王煥百花亭同上			本不明		
龍濟山野猿聽經同上				徐氏本	
二郎神醉射鎖魔鏡同上				徐氏本	
漢鍾離度脫藍采和同上				徐氏本	
李雲英風送梧桐葉同上				徐氏本	
(7)六種共一冊(二十九)	第二十三冊				
摩利支飛刀對箭元無名氏	內本				

降桑椹蔡順奉母同上	內本				
羅李郎大鬧相國寺同上				徐氏本	
馬丹陽度脫劉行首同上				徐氏本	
(38)四種共一冊（二十九上）	第二十二冊				
趙匡義智取符金錠元無名氏					息機子本
包待制智賺生金閣同上					息機子本
包待制智斬魯齋郎同上				徐氏本	
張公藝九世同居同上					息機子本
(9)四種共一冊（三十一）	第二十四冊				
沖漠子獨步大羅天本朝丹丘先生		于本			
卓文君私奔相如同上		于本			
劉晨阮肇誤入天台本朝王子一					息機子本
黃廷道夜走流星馬元黃吉			本不明		

(28)四種共一册(三十二)	第二十五册			
呂洞賓三度城南柳本朝谷子敬			徐氏本	
鐵拐李度金童玉女本朝賈仲名			徐氏本	
呂洞賓桃柳昇仙夢同上			徐氏本	
蕭淑蘭情寄菩薩蠻同上			徐氏本	
荊楚臣重對玉梳記同上			徐氏本	
翠紅鄉兒女兩團圓同上				息機子本
(29)六種共一册(三十三上)	第二十六册			
宴清都洞天玄記本朝楊升菴			徐氏本	
獨樂園司馬入相本朝桑紹良		本不明		
二種共一册(三十三下)	第二十七册			
灌將軍使酒罵座記本朝無名氏			徐氏本	
金翠寒衣記同上			徐氏本	

漁陽三弄同上				徐氏本	
玉通和尚罵紅蓮同上				徐氏本	
月明和尚度柳翠同上				徐氏本	
木蘭女同上				徐氏本	
黃崇嘏女狀元同上				徐氏本	
僧尼共犯同上			本不明		
(42)八種共一冊		第二十八冊			
東華仙三度十長生周王誠齋				徐氏本	
羣仙慶壽蟠桃會同上				徐氏本	
呂洞賓花月神仙會同上			本不明		
惠禪師三度小桃紅同上			本不明		
張天師明斷辰鉤月同上		于本(?)			
洛陽風月牡丹仙同上		于本			

劇目	作者	冊			版本
(1)六種共一册（三十四）		第二十九册			
清河縣繼母大賢	周王誠齋				徐氏本
趙貞姬身後團圓夢	同上				徐氏本
劉盼春守志香囊怨	同上				徐氏本
李亞仙花酒曲江池	同上				徐氏本
紫陽仙三度常春壽	同上				徐氏本
福祿壽仙官慶會	同上			本不明	
(3)六種共一册		第三十册			
十美人慶賞牡丹園	周王誠齋			本不明	
善智識苦海回頭	同上				徐氏本
瑤池會八仙慶壽	同上			本不明	
黑旋風仗義疏財	同上	內本			
(2)四種共一册（三十五）		第三十一册			

伍子胥鞭伏柳盜跖春秋故事	內本			
十八國臨潼鬭寶同上	內本			
(10)二種共一册(三十六上)		第三十二册		
田穰苴伐晉興齊春秋故事	內本			
後七國樂毅圖齊同上	內本			
吳越敵秦挂帥印同上	內本			
守貞節孟母三移同上	內本			
(11)四種共一册(三十六)		第三十三册		
莊周半世蝴蝶夢同上				
羊角哀鬼戰荊軻同上				
四公子夷門元宵宴同上				
巫娥女醉赴陽臺夢同上				
四種共一册(三十七)		缺		

漢公卿衣錦還鄉西漢故事	內本	
運機謀隨何騙英布同上	內本	
隨何賺風魔蒯通同上	內本	
(13)三種共一冊(三十八)		第三十四冊
韓元帥暗度陳倉西漢故事	內本	
司馬相如題橋記同上	于本	
(14)二種共一冊(三十九)		第三十五冊
劉文叔中興走鴉路東漢故事(缺)		
馬援撾打聚獸牌同上	內本	
雲臺門聚二十八將同上	內本	
漢姚期大戰邳仝同上	內本	
三種共一冊(四十)		第三十六冊
孝義士趙禮讓肥東漢故事	內本	

寇子翼定時捉將 同上	內本
鄧禹定計捉彭寵 同上	內本
(16)三種共一册(四十一)	第三十七册
邳鄲璋昆陽大戰 東漢故事	
金穴富郭況遊春 同上	
施仁義岑母大賢 同上	
(17)三種共一册(四十一下)	缺
十樣錦諸葛論功 三國故事	本不明
曹操夜走陳倉道 同上	本不明
陽平關五馬破曹 同上	內本
走鳳雛龐統掠四郡 同上	內本
(18)四種共一册(四十二)	第三十八册
周公瑾得志娶小喬 三國故事	內本

張翼德單戰呂布 同上	內本	
莽張飛大鬧石榴園 同上	內本	
(19)三種共一册(四十三)	第三十九册	
關雲長單刀劈四寇 三國故事	內本	
壽亭侯怒斬關平 同上	內本	
(22)二種共一册(四十五下)	第四十册	
關雲長大破蚩尤 三國故事	內本	
劉關張桃園三結義 同上		本不明
張翼德三出小沛 同上		本不明
張翼德大破杏林莊 同上		本不明
陶淵明東籬賞菊 六朝故事	內本	
(23)五種共一册(四十六)	第四十一册	
長安城四馬投唐 唐朝故事	內本	

也是園古今雜劇考

立功勳慶賞端陽 同上	內本		
賢達婦龍門隱秀 同上	內本		
(24)三種共一册（四十七）	第四十二册		
招涼亭賈島破風詩 唐朝故事	內本		
衆僚友喜賞浣花溪 同上		于本	
魏徵改詔風雲會 同上	內本		
程咬金斧劈老君堂 同上	內本		
(25)四種共一册（四十八）	第四十三册		
徐茂功智降秦叔寶 唐朝故事	內本		
小尉遲將鬬將將鞭認父 同上	內本		
尉遲公鞭打單雄信 同上			本不明
十八學士登瀛州 同上		于本	
唐李靖陰山破虜 同上			本不明

(26) 五種共一冊（四十九）		第四十四冊	
李存孝大戰葛從周 五代故事			
狗家疃五虎困彥章 同上			
朱全忠五路犯太原 同上			
(27) 三種共一冊（五十上）		缺	
李嗣源復奪紫泥宣 五代故事			本不明
飛虎峪存孝打虎 同上	內本		
壓關樓疊掛午時牌 同上			本不明
(28) 三種共一冊（五十下）		第四十五冊	
存仁心曹彬下江南 宋朝故事			本不明
八大王開詔救忠臣 同上	內本		
楊六郎調兵破天陣 同上	內本		
(29) 三種共一冊（五十一）		第四十六冊	

焦光贊活拏蕭天祐（宋朝故事）			本不明		
宋大將岳飛精忠（同上）	內本				
十探子大鬧延安府（同上）	內本				
(30) 三種共一册（五十二）	第四十七册				
張于湖誤宿女真觀（宋朝故事）		于本			
女學士明講春秋（同上）		于本			
趙匡胤打董達（同上）	內本				
穆陵關上打韓通（同上）			本不明		
(31) 四種共一册（五十二下）	第四十八册				
相國寺公孫汗衫記（雜傳）	內本				
海門張仲村樂堂（同上）	內本				
王閏香夜月四春園（同上）			本不明		
女姑姑說法升堂記（同上）	內本				

(32)四種共一册(五十三)	第四十九册		
淸廉官長勘金環雜傳			本不明
雷澤遇仙記同上		于本	
若耶溪漁樵閒話同上			本不明
徐伯株貧富興衰記同上			本不明
薛包認母同上			本不明
(33)五種共一册(五十四)	第五十册		
認金梳孤兒尋母雜傳		于本	
四時花月賽嬌容同上			本不明
王文秀渭塘奇遇同上		于本	
慶豐門蘇九淫奔記同上		于本	
風月南牢記同上		于本	
秦月娥誤失金環記同上		于本	

(34)六種共一冊(五十五)				第五十一冊
釋迦佛雙林坐化(釋氏)		于本		
觀音菩薩魚籃記(同上)	內本			
(35)二種共一冊(五十五下)				第五十二冊
許眞人拔宅飛昇(神仙)	內本			
孫眞人南極登仙會(同上)	內本			
(36)三種共一冊(五十六)				第五十三冊
呂翁三化邯鄲店(同上)		于本		
呂純陽點化度黃龍(神仙)	內本			
邊洞玄慕道昇仙(同上)	內本			
李雲卿得悟昇眞(同上)	內本			
王蘭卿服信明貞傳(同上)			本不明	
(37)四種共一冊(五十七)				第五十四冊

證無爲太平仙記（神仙）			本不明		
癩李岳詩酒玩江亭（同上）			本不明		
太乙仙夜斷桃符記（同上）		于本			
南極星度脫海棠仙（同上）		于本			
張天師斷風花雪月（同上）			本不明		
時眞人四聖鎖白猿（同上）			本不明		
(38)六種共一冊（五十八上）	第五十五冊				
猛烈哪吒三變化（神仙）			本不明		
二郎神鎖齊天大聖（同上）	內本				
灌口二郎斬健蛟（同上）	內本				
二郎神射鎖魔鏡（同上）	內本				
(39)四種共一冊（五十八）	第五十六冊				
魯智深喜賞黃花峪（水滸故事）		于本			

梁山五虎大刼牢同上	內本	
梁山七虎鬧銅臺同上	內本	
(4)三種共一冊(五十九)	第五十七冊	
王矮虎大鬧東平府水滸故事	內本	
宋公明排九宮八卦陣同上	內本	
黑旋風雙獻功同上		本不明
(5)三種共一冊(六十)	第五十八冊	
小李廣大鬧元宵夜水滸故事		
宋公明刼法場同上		
宋公明喜賞新春會同上		
(6)三種共一冊(六十下)	缺	
奉天命三保下西洋本朝故事	內本	
(40)一種一冊(六十一上)	第五十九冊	

寶光殿天眞祝萬壽（本朝教坊編演）	內本	
衆羣仙慶賞蟠桃會（同上）	內本	
祝聖壽金母獻蟠桃（同上）	內本	
降丹墀三聖慶長生（同上）		于本
衆神聖慶賀元宵節（同上）		于本
(47)五種共一册(六十二)	第六十册	
祝聖壽萬國來朝（本朝教坊編演）		于本
爭玉板八仙過滄海（同上）	內本	
慶豐年五鬼鬧鍾馗（同上）	內本	
(48)三種共一册(六十三)	第六十一册	
河嵩神靈芝獻壽（本朝教坊編演）		于本
紫薇宮慶賀長春壽（同上）		于本
賀萬壽五龍朝聖（同上）	內本	

(44)三種共一册		第六十二册
衆天仙慶賀長生會本朝教坊編演	内本	
慶冬至共享太平宴同上	内本	
賀昇平羣仙祝壽同上	内本	
慶千秋金母賀延年同上	内本	
(45)四種共一册(六十五)		第六十三册
廣成子祝賀齊天壽本朝教坊	内本	
黄眉翁賜福上延年同上	内本	
感天地羣仙朝聖同上	内本	
(46)三種共一册(六十六)		第六十四册

（註）本列目所書幾種共一册，其上下方所批號數，係記册籍之次第者。然其號數間有缺而不書者，今概仍其舊，不以意增寫。其目誤題，如孟浩然踏雪尋梅題馬致遠撰，尉遲恭單鞭奪槊題關漢卿撰。誤編如羅貫中宋太祖龍虎風雲會入元無名氏類。撰人失考如元無名氏類下高麗敬德不伏老等劇，明無名氏類灌將軍使酒罵座記等劇，古今無名氏類十樣錦諸葛論功等劇。複出如孝義士趙禮讓肥、宴清都洞天玄記等。本文已一一辨之。今亦概仍其舊，不復疏明。

附錄——

余所見錢謙益重編義勇武安王集

也是園曲與也是園藏書目底本

也是園目尙仲賢玉清殿諸葛論功戴善甫趙江梅詩酒翫江亭劇未佚說

重話舊山樓

元曲新考

余所見錢謙益重編義勇武安王集

錢曾讀書敏求記載錢謙益因感關羽神之佑，取元胡琦編關王事蹟、明呂柟編義勇武安王集，釐定之，別爲一書，名曰重編義勇武安王集。其書敏求記云二卷，也是園目作八卷，丁祖蔭重脩常昭合志藝文志作三卷，皆不同。章鈺敏求記校證，謂胡菊圃校本作八卷。又引管廷芬云：『此書已歸朱述之司馬緒曾插架。旋攜歸金陵里第。已早墮刀兵刼中矣。』鈺又自加案語云：『開有益志不載此書。』是章氏撰讀書敏求記校證時，實未見謙益此書，而斯書之罕見可以知矣。

余初撰『述也是園舊藏古今雜劇』一文，曾引敏求記『重編義勇武安王集』條，據其釋題中『公又取內府元人雜劇，摭其與史傳牴牾者，力爲舉正』一語，以證明趙琦美抄校雜劇，錢謙益當清順治末重編義勇武安王集時，實曾閱其書。謙益重編義勇武安王集，余亟欲得而讀之。顧詢之故都藏書家，皆無其本，爲之憮然。今歲二十九年冬，偶與友人言及。乃聞東城某氏藏有此書，亟往拜訪，假歸讀之。則敏求記所稱正內府元人雜劇之失者，其文儼然在內。曩於是書屢求而不獲。今乃一旦遇之，喜可知也。謹據是書所載，參之他書，略疏本末如左：

是編書三卷，分訂二册。以卷首卷上爲第一册，卷下爲第二册。卷首爲敍目；卷上卷下爲正文。其第一册卷首之前，又附載元胡琦新編關王事蹟序一篇，元李鑑題刻胡琦新編關王事蹟序一篇，明呂柟義勇武安王集序一篇。板心下題曰：『原序』。原序第一頁有章，曰『明善堂所見書畫印記』，曰『安樂堂藏書記』，知爲淸怡府舊藏書。按：錢遵王毛子晉書散，半歸徐健庵季滄葦。徐季之書由何義門介紹歸於怡府。則是書鈐有怡府印記，或竟是遵王藏過之書，亦未可知也。其卷首敍目第一行，上下題字已撕去。第二行題『虞山蒙叟錢謙益訂』。其下載謙益小序云：

元巴郡胡琦編關王事蹟五卷。本朝高陵呂文簡公柟重脩爲五卷，名義勇武安王集。今謙益取二書次第刊定，釐爲八篇。其名則仍呂公之舊。

以下八篇各有小序，目曰：本傳考第一，故事考第二，譜系考第三，墳廟考第四，封爵考第五，神跡考第六，正俗考第七，藝文考第八。正文自本傳考至墳廟考爲上卷，自封爵考至藝文考爲下卷。敏求記錄謙益此書，不載其篇章次第。今覩是本始知之。然則敏求記作二卷者，但取正文上下二卷，卷首敍目不在內也。也是園目作八卷者，以篇爲卷，書八篇故曰八卷，敍目亦不在內也。丁祖蔭重修常昭合志藝文志作三卷者，并正文上下二卷及卷首計之也。

是本半頁九行，行十七字。開板寬闊，字亦疏朗悅目，的是清初原本。顧余以清萬之衡吳寶彝所輯漢關侯事蹟彙編考之，（余所閱係嘉慶十一年丙寅印本）則尚有不可解者。彙編卷五引關帝事蹟徵信編云：

顧湄武安王集附錄云：今侯塐像畫像，必有周倉持刀侍立，俗呼『周將軍』。關漢卿單刀會雜劇亦然。其來舊矣。而莫詳所出，志傳俱無明文。意史氏之書爲失其實邪？豈以羅貫中之演義爲足據邪？識之以俟博考。

關帝事蹟徵信編乃周廣業輯。廣業此文所稱『武安王集』，必指謙益重編義勇武安王集言之。其曰顧湄附錄者，湄謙益門人，蓋謙益撰是書，湄曾爲附錄也。余以彙編五所引廣業關帝事蹟徵信編核是本，則此條在是本卷上故事考『楊儀廖化』條小注中，非附錄之文。此或廣業誤記，亦未可知。然彙編附錄卷三尚引武安王集附錄文：

遂寧李公如石云：余少時，一夕夢立青草墀中。見堂上文昌帝君簪纓拱立，若有候者。俄而關帝至。賓主揖畢。關帝指余謂文昌曰：『者秀才也肯學好。』文昌曰：『已將他姓名注就。』公諱實，崇禎癸未進士，選長洲縣令。甲申後，罷官居吳。人比之陶靖節云。

此逕引武安王集附錄，亦不見此本。湄爲附錄，本各因其事附謙益諸篇之後。此本本傳考後有附錄，所錄是程敏政讀將鑑博議文，可證。彙編引李如石事，應是神跡考附錄。而是本除本傳考外餘俱無附錄。蓋已佚矣。

彙編六引重編義勇武安王集云：

黃梅瞿待詔九思曰：『關將軍非漢忠臣，蓋火帝也。』件繫有六十二款，蔓延至數十萬言。如云：『何以名羽？南方屬火，火爲朱雀，朱雀有羽徵，其爲火帝一也。天南門之星正在南方。門闕在南，門扃亦在南，自宜姓關。南方爲夏，夏雲屬火，故字雲長。』雜引經史，鏖糟鄙俚，如風如譫，可資嘔噦。楚人至今驚其炫博，奉爲聖書，不亦悲乎！

此逕引重編武安王集，亦不見此本。謙益闢瞿九思，又見錢牧齋尺牘二與顧伊人（湄字）書。書云：

關廟碑三篇領到。幽贊錄隨來仵奉還。此書出楚人瞿九思之手。鏖糟鄙俚，可嘔可恥。不謂天地間有此等惡物也！然得一見而痛削之，亦有助於正神矣！

此書與彙編所引重編武安王集語合，知彙編所引重編武安王集定是原文。顧是本則不載何也？豈彙編所引係原本，有此文。是本已非初印原本，以謙益此文激訐太甚，印時删去之耶？

又是本所缺，以今考之，不徒以上所舉三條而已。謙益與顧湄書，稱『關廟三記領到，當採入集中。弇州續集有一篇，卽州治西門廟碑。便中幸錄以見付』。今彙編卷八載王世貞漢前將軍漢壽亭侯關公廟記，稱廟在太倉城西巽隅，卽謙益屬顧湄採錄者。檢是本藝文考，不但無世貞關公廟記，且無明人文。詩至邵賓詩伏橋有志寧口止下缺又彙編卷七載周亮工所撰重編義勇武王集序，是本亦無之。知是本所缺實多。蓋謙益書淸乾隆中曾禁行。湄所附錄及明人文中，容有觸當時之忌者。是本久藏怡府，或當乾隆之世曾去其違礙之文，故今以他書核之所引多不見是本也。

然敏求記所稱謙益『取內府元人雜劇，正其與史傳牴牾力爲擧正』者，其文却不缺。內府雜劇，是本所引凡三。一爲破蚩尤劇，見神跡考『解池平妖本末』條注。其文云：

內府破蚩尤雜劇，云呂夷簡、范仲淹、寇準入奏鹽池乾涸。張天師奏尋玉泉長者，請關神往破蚩尤。就封『崇寧眞君』，遣范仲淹往解州立廟。事與古記同（按古記以爲是關公平蚩尤，事在大中祥符七年：漢天師世家以爲是關公平蛟精，事在崇寧二年；不同）。

今也是園本古今雜劇有關雲長大破蚩尤，是趙琦美錄內府本。此引內本，正合。其二爲斬貂蟬劇，見正俗考，文云：

史載卓常以呂布自衞。常小失意，拔手戟擲布。布拳捷避之。使布守中閤，與卓侍婢私通。恐事發覺。王允以布州里壯健，厚接納之。使手刃刺卓。傳奇謂王允以養女貂蟬設連環之計，兩許卓布。父子構怨，遂有擲戟之事。蓋以布通卓侍婢及失意拔戟二事牽合成文。今內府斬貂蟬雜劇，謂布死後，貂蟬歸於侯，巧言皆布。侯怒而殺之。則初無此事。亦或因下邳城下請布將秦宜祿妻之事而附會流傳也。

斬貂蟬劇今佚。述古堂目也是園目錄其曲，均在三國故事類。述古目注本子曰『抄』。據此條，知斬貂蟬亦爲內府本。劇所演關公斬貂蟬事，亦賴是條所記得知其梗概。其三不言何劇，亦見正俗考：

（辭曹拜書）本傳云：盡封其所賜，拜書告辭而奔先主。公語左右：彼各爲其主，勿追也。俗說遂云：操與張遼諸將追餞中途。內府雜劇遂云：『三請雲長不下馬，將刀挑起絳紅袍』。斯爲妄矣。

今也是園本古今雜劇，有關雲長千里獨行，係抄本。以無題跋，不知其出於何本。其劇四折，皆正旦唱。其第一折爲仙呂，（俺可便奔走東西）第二折爲南呂，（今日箇雖消除我腹內憂）第三折爲中呂，（則你那途路迢遞）第四折爲雙調。（你保護的俺一家妯娌得安康）余所記止此，餘不能詳。今雍熙樂府卷五引千里獨行仙呂點絳唇套，是末扮雲長唱。其首句爲『我則待創立劉朝』，與余所記者不合。而雍熙樂府所引此套混江龍曲，有『昨日在相府修書封府庫，今日在霸陵刀挑絳紅袍』之語，却與謙益摘句略同。今也是園本千里獨行，余不能取其本與雍熙樂府所引比勘，故不知其與雍熙樂府本千里獨行關係如何。謙益所引內府雜劇，果是今也是園本關雲長千里獨行否？如卽今也是園本關雲長千里獨行，謙益所摘句，應在第幾折內？惜余此時不能質言之也。述古目也是目尚有壽亭侯五關斬將，在三國故事類。其本亦佚。不知中有辭曹拜書事否？

元人雜劇，是本所引爲關漢卿單刀會，亦見正俗考。其文如左：

元人關漢卿單刀會雜劇，盛稱魯肅陳兵設伏，邀侯臨江亭宴會，擒侯以奪荊州。侯單刀往赴，掀髯談笑。肅慴伏莫敢出氣，盡撤陸口伏兵，送侯還營。其詞曲發揚蹈厲，觀者咸拊手擊節。綜其實不然。是時子敬與侯相距益陽。侯來爭三郡，軍容甚盛。子敬邀侯會語，諸將皆懼有變，力阻勿往。子敬曰：正欲開譬是非，彼亦何敢重干國命？乃合諸將軍單刀俱會。往復辨論，遂割湘水爲界。罷軍。是則單刀約會者子敬也。非侯也。子敬力勸孫權以荊州借劉。中分之後，立謀在東西一家，勠力破魏。今之爲傳奇者，但爲侯描畫英雄生面，而於子敬之老謀苦心則抹殺無餘矣。余故伸而明之，抑亦侯之所默許也。

今也是園本古今雜劇所收關漢卿單刀會係抄本。上無題識，不知據何本傳錄。此條但引其劇，亦不言何本。謙益當日所閱，或即今也是園本古今雜劇所收抄本，亦未可知也。

趙琦美藏書，天啓四年琦美歿後，盡爲錢謙益所有。琦美抄校諸曲，謙益當時亦盡得之否？以謙益絳雲樓書目不載雜劇，今也是園本古今雜劇無謙益題識及收藏圖記；世之論者，因謂謙益雖得琦美書，而琦美抄藏諸劇尚未可遽云爲謙益所有。以無證也。今得謙益重編義勇武安王集讀之，其引內府雜劇，或摘其句，或摭其事，明白如此，知謙益曾閱其本，曾藏其書。今疏而明之，不唯可釋世人之惑，亦可證錢曾讀書敏求記之言之確可依據也。

周亮工重編義勇武安王集序，是本不載。余所見道光己丑裔孫鑾刊本賴古堂集亦無之。今據關侯事蹟彙編所載附錄於後：

重編義勇武安王集序——

武安王生漢季，歷唐宋以及今千餘年。前史既載其事，人人能言之。自元漳濱隱士胡公輯其全；而明高陵呂文簡爲增修，共五卷。至虞山先生仍文簡之舊，次第釐定之，爲八篇。於是武安王之紀爲詳且盡。後之誦述武安者，至是無以加矣。予莊誦是編，敬爲之識其略曰：道義之在天地，豈不隨在充滿如水之注而不竭也哉！粵稽唐虞數千年以迄於茲，其間英哲挺生，仁聖賢人而外，或以直節聞，或以忠正顯，或以勇略雄；雖廝養臧獲之賤，婦人女子之流，莫不誠感霜霰，氣變星虹；彰彰乎不可更僕數也。而上下千百年獨見無踰於武安王，不能不共歸向以爲人倫之宗極者，何歟？曰：匪得之於學，蓋得之於氣也。夫學之所至，明義理，統宗傳。可以爲聖賢之所守，而亦可爲鄉愿之所托；可以爲帝王之所權，而亦可爲奸雄之所竊。而氣之所至，浩乎自得，奮乎吾往，充乎其中而莫禦乎其外；舉天下之以直見以忠見以勇見者，固皆得其標流而未會其原本也。故夫古今天下之人，里巷委曲婦孺瑣雜，莫不於王乎是欽是仰。蓋王之節概，若元氣之入人肝脾，而其爲萬世宗極莫踰者，亦天下匹夫匹婦之心所統滙爲一人之隆軌也。是其配道義而塞天地，固有放之彌著密之無形者。維王風烈，豈復係載筆之書；而方册所紀亦吾王英靈所昭察，若在上而若在左右者也。雖謂是編爲六經之輔翼，四子之鼓吹可矣。豈獨編年列傳之遺文記事記言之故錄而已哉！

也是園曲與也是園藏書目底本

余撰『也是園古今雜劇考』畢，於豐潤張庚樓先生所，獲見先生新收也是園目稿本。書上下二册。每册書衣上有某氏墨筆題云：『也是園藏書目底本』。其下册書衣復有題字云：『己亥秋日，得於東鄉吳氏。付寺前學福堂重裝。錦芝識。』與『也是園藏書目底本』八字是一人所寫。學福堂乃清末常熟城內印刷書籍鋪。錦芝不知何人。所紀甲子己亥，疑是清光緒二十五年。書衣用毛邊紙。其書册大小，裝訂形式，與今存也是園古今雜劇略同。疑在過去某時，藏是目者亦兼藏古今雜劇。目與古今雜劇同時重裝，故形式亦相似也。庚樓先生語余：此目自第一葉一行『也是園藏書目卷第一』起，至第十葉第一行『晦庵改本大學一卷』止，皆遵王親筆所書。餘則書手所書。而遵王於行間添出書名甚多。以核通行玉簡齋叢書本也是園目，則遵王親筆添出之書，悉已刻入正文。知上虞羅氏刊玉簡齋叢書時所據也是園目，其本即從此本出。庚樓先生又語余云：今玉簡齋本第五卷子部小說類，止於馬純陶朱新錄。陶朱新錄後，即接律曆類趙緣督革象新書等十九書。以此本核之，則此本小說類陶朱新錄後，尚有鶴林玉露等七十六書。小說類後，尚有兵家、軍占、天文、五行、六壬、太乙、奇門、七類。此七十六書及七類，爲玉簡齋本所無。又此本子部自儒家起至軍占止，爲第五卷。自天文起至類家止，爲第六卷。集部自制詔至詞，爲第七卷。玉簡齋本以子部書少之故，併此本之第五卷第六卷爲第五卷一卷。而析原本第七卷集部爲二卷。以原本集部之制詔、表奏、騷賦、文集、四類爲第六卷，以原本集部之詩集、集句、詩文總集、詩文評、四六、詞、六類爲第七卷。余取先生所說一一考之。信然。是羅氏刊玉簡齋叢書所據也是園目，乃輾轉傳抄不全之本。此本爲錢遵王稿本，其書獨完。則斯本之可貴審矣！

余假得庚樓先生是書後，曾據是書校玉簡齋本也是園目一過。除上所云玉簡齋本子部缺書七十六種及七類而外，其他異同尚不一而足。將別爲文論之。今但述是書卷十古今雜劇目，與也是園古今雜劇之關係。余在『也是園古今雜劇考』文中，曾以通行玉簡齋本也是園目、述古堂原抄本述古堂目、黃丕烈手書也是園藏書古今雜劇目、及今本也是園古今雜劇，參伍考證，於今本也是園古今雜劇之册籍、板本、校勘、編類諸問題，有所推測。雖不敢自逞臆說，而究無錢遵王手記可憑。是書爲遵王著書底本。其中有添改劇名，有編定號數，有圈點鈎乙符號，有計算雜劇號碼及雜劇總數。遵王當時入藏雜劇及編訂宗旨約略可見。今取以按吾說，余所推測幸多符合，不甚背馳。然亦有須加以修正者。今據是書所記分述於後：

一

是書古今雜劇目，遵王所添劇名，有已書而復乙去者：如元名家劇武漢臣名下，魯義姑後掛甲朝天前，行書添『李素蘭風月玉壺春』一種，又上下乙之。按：遵王編元雜劇目，悉依太和正音譜著錄次第。正音譜錄武漢臣劇無玉壺春。臧懋循編元曲選，其卷首所附『涵虛子雜劇目』（即太和正音譜），於武漢臣名下增玉壺春一目。注云。一名『玉堂春』。按錄鬼簿錄武漢臣劇有玉堂春。懋循以爲與玉壺春是一劇，故注如此。然玉堂春演鄭瓊娥事，其目爲『鄭瓊娥梅雪玉堂春』，與玉壺春之演李素蘭事者不同。以爲一劇，實懋循之誤。是書玉壺春原入元無名氏劇目。遵王蓋偶讀元曲選卷首所引涵虛子劇目，欲據之以玉壺春屬武漢臣。旋知其不可，故又乙之，仍以爲元無名氏劇。此其矜慎之可取者也。（今玉簡齋本玉壺春仍入元無名氏劇目，不入武漢臣劇目。）

有原文劇目在前，改書於後者：如原文三國故事類關雲長單刀劈四寇之下，爲米伯通衣錦還鄉。此米伯通衣錦還鄉七字以墨筆塗之，復用行書書其目於下文張翼德大破杏林莊之下。此當以人與事論，謂米伯通劇應在張鎰德大破杏林莊之下也。今玉簡齋本誤以米伯通劇置杏林莊之上。有原文劇目在後而改書於前者：如原文雜傳類首爲張于湖誤宿女眞觀。此『張于湖誤宿女眞觀』八字以墨筆點破之，復用行書書於上文宋朝故事類蘇東坡誤入佛遊寺之後。此以張孝祥爲宋人，應入宋朝故事不應入雜傳也。

有原文所無以行書添出劇目，明其爲新得之本者：如於原文點破之『張于湖誤宿女貞觀』旁，添『女學士明講春秋』一目，加✓以識之。✓是屬上符號。蓋是劇所演亦宋事，應入宋朝故事類。其下『相國寺公孫汗衫記』之旁有行書『雜傳一』三字。此謂雜傳類應自汗衫記始也。今玉簡齋本也是園目，依此批以張于湖誤宿女眞觀入宋朝故事類。而雜傳類仍自女學士明講春秋始。此但見張于湖劇目之點破移上，而不見女學士劇目之有識別亦應屬上也。又如教坊編演類，於原文『祝聖壽金母獻蟠桃』上，有右引符號﹨，行書旁添『衆神仙慶賞蟠桃會』一目。於原文『紫薇宮慶賀長春壽』上，有右引符號﹨，行書旁添『河嵩神靈芝慶壽』一目。此二劇已刊入玉簡齋本也是園目教坊編演類。此皆目寫定之後續有所得，遵王親筆添出者也。

遵王述古堂目，編於淸康熙八年己酉，今有遵王述古堂藏書自序可證。此底本也是園目，卽以述古堂藏書目後序冠于簡端，故不知此底本也是園目編於何時。然余考此書第六卷子部畫錄，有『芥子園畫傳五卷』。此七字行書，係遵王所添。今所見芥子園畫傳凡四集。其初集刊成在康熙十八年己未冬，前有康熙己未李漁序。二集有康熙二十一年壬戌諸昇序。遵王此處所錄，定是初集。（初集山水五卷與遵王所錄亦合）則遵王手錄此書於也是園目，其時當在康熙十八年與二十一年之間。其也是園目清抄，更在著錄芥子園畫傳之前。余前撰『也是園古今雜劇考』，曾據章鈺讀書敏求記校證類記及錢陸燦詩注，斷遵王居也是園在康熙二十四五年間。今據此目，知遵王在康熙十七八年間已居也是園。其年爲五十許。去康熙八年己酉編述古堂目時，不過十年耳。遵王以古今雜劇售於季振宜，事在己酉之後，余假定遵王所售者係清常原抄本，而自留副本。迨康熙二十年左右振宜歿，季氏書散，遵王乃復得清常原抄本。以是本考之，其目清抄既在康熙十八年冬之前。如斯時振宜已卒，則遵王編也是園古今雜劇目，所據本或已爲清常原抄本，非復當年售書時錄副之本矣。又以是本考之，目中添注之劇如女學士明講春秋、河嵩神靈芝慶壽，據今也是園本古今雜劇，是清常錄于小穀本。如衆神仙慶賞蟠桃會，據今也是園本古今雜劇，是清常錄內府本。此皆也是園目清抄後新得之本。明遵王編目後，於清常藏抄本曲尚續有所獲。而黄丕烈手書也是園藏書古今雜劇目，所錄之劉文叔中興走鴉路是抄本，善智識苦海回頭是龍峯徐氏刊本者，尚不在此目。明遵王編目後，於清常所藏抄本刊本諸曲猶搜採未盡。余前著論謂遵王於清常藏抄本刊本諸曲，乃陸續得之，非一時所收。今覩此目而益信。此底本也是園目之可以證明吾說者一也。

二

今所見玉簡齋本也是園目，其卷十古今雜劇目，錄雜劇爲三百四十二種。余前撰『也是園古今雜劇考』，曾據黄丕烈手書也是園藏書古今雜劇目，考定丕烈所見也是園目，其古今雜劇目實爲三百四十一種，中無『周王誠齋』一目。因斷定『周王誠齋』非劇名。玉簡齋本出此目，乃因周王誠齋劇由後移前，而人名不删，誤衍於此。今讀此本，則古今無名氏神仙類後水滸故事前，有行書添寫『本朝無名氏』五字。其下空數格，又有行書『周王誠齋』四字。其式如左：

神仙

灌口二郎斬健蛟…………二郎神射鎖魔鏡

本朝無名氏行書添　　周王誠齋行書添

水滸故事

魯智深喜賞黃花峪……………

梁山五虎大劫牢……………

此九字疑係遵王筆。則遵王所錄明有『周王誠齋』。似『周王誠齋』實是劇名，余前之所論非矣。然細考之，『周王誠齋』似仍非劇名。今玉簡齋本也是園目，所錄雜劇至感天地羣仙朝聖止。是本亦然。是本感天地羣仙朝聖下，有行書小字云：『三百四十一』。此五字亦似遵王筆蹟。此計會古今雜劇之數也。考是本古今雜劇目，其經書手淸抄者原爲三百三十八種。其目寫訖復以行書添寫者：有女學士明講春秋一種，在雜傳類；有衆神仙慶賞蟠桃會、河嵩神靈芝慶壽二種，在教坊編演類。以書手淸抄之三百三十八種加此三種，則爲三百四十一種，與遵王所計古今雜劇總數合。倘以『周王誠齋』爲劇名，則遵王添寫之劇係四種。以書手淸抄之三百三十八種加四種，則爲三百四十二種，與遵王所計古今雜劇總數不合。是遵王計古今雜劇總數，『周王誠齋』原不在內也。此『周王誠齋』四字，如認爲遵王添寫在結算古今雜劇總數之後，固亦無不可。然余今不欲主此說。因余檢上文明人劇目有墨筆鈎識，似與『本朝無名氏』『周王誠齋』九字之添寫有關。今略述於下：此底本明人劇目，首丹丘先生。次周王誠齋。次王子一、黃元吉、谷子敬、賈仲名、楊文奎。次陳大聲、王渼陂、康對山、楊升庵、桑紹良。次『斛園居士』。次四聲猿。其桑紹良獨樂園司馬入相左側，以✓鈎識之。今假定此鈎識亦係遵王筆，則其施鈎識於此處，大可注意。今按桑紹良以上諸劇作者，遵王編目或書其號，或書其封爵，或直書其姓字。其排列略以時代爲次。此遵王知其人或粗知其世者也。桑紹良以下所書『斛（應作榭）園居士』，本葉憲祖號。今據劇本書『斛園居士』，不書葉憲祖。四聲猿述古目不錄，所附續編雜劇目有之，書『徐文長四聲猿』。今但書四聲猿，不書作者。又以時論，文長在前，憲祖在後。今書四聲猿反在『斛園居士』曲後。是遵王於『榭園居士』本不知爲何人。四聲猿始雖知爲文長作，及重編也是目，書手淸抄竟落其人。遵王亦不復省憶。且如僧尼共犯，述古目續編雜劇目本屬馮惟敏。重編也是目，書手淸抄却入古今無名氏雜傳類。遵王亦不改正。蓋暮年著書，於舊目所考知者已忘之矣。然則『獨樂園司馬入相』旁之加鈎識者，蓋謂自此以上，其劇爲一類；自此以下，其劇爲一類。今底本也是園目，古今無名氏神仙類後之添『本朝無名氏』五字者，蓋是簡括之詞，謂『榭園居士』曲及四聲猿，並是本朝無名氏曲，應移下置此處也。也是園目淸抄，在康熙十七八年間。墨筆添字，更在其後。此際目『榭園居士』曲四聲猿，應曰明無名氏曲；而猶作『本朝』者：蓋遵王早歲與牧翁遊處，以明季遺民自居，其行文習慣如此爾。錢謙益重編義勇武安王集，絕筆於康熙三年。其序稱本朝呂文簡公柟。曾編述古堂目在康熙八年。其古今雜劇目明朝故事，本作本朝故事。以粉塗去，改爲明朝故事。至『本朝無名氏』五字下，空數格書『周王誠齋』四字，余謂亦是簡括詞，謂上周王誠齋劇應移下置此。也是目錄周王誠齋曲，本在獨樂園司馬入相前，屬第一類者。今忽謂遵王意欲將周王誠齋曲移下。聞者或疑吾說之不可通。請更揣當時事解之：述古目錄周憲王誠齋曲，在楊升庵之後。是此時遵王尚不知周憲王爲何時人。也是目去王謚作周王誠齋，置其人於『丹邱先生』之後，似此時遵王已知周憲王爲明初人。然余以是本考之，則當也是目淸抄後，遵王於周王誠齋之在『丹邱先生』後王子一等前，似又有齟齬不安者。今玉簡齋本也是目，書『丹邱先生』、王子一、黃元吉、谷子敬、賈仲名、楊文奎，皆冠以『元明』二字。讀是本知『元』字皆墨筆所添，其字亦似遵王筆。按：『丹邱先生』、王子一、谷子敬、賈仲名、楊文奎，正音譜錄其劇所謂『國朝三十三本』者也。其人皆由元入明，正音譜稱『國朝』爲宜。臧懋循元曲選卷首引涵虛子劇目（卽正音譜），則一律目爲元人。且改『丹邱先生』爲柯丹邱。遵王之添『元』字，容或受懋循影響。不曰『本朝』而曰『元明』，蓋以此六人乃元明之際人也。顧於周王誠齋則不冠『元』字。以明人而廁於元明人之間，此在遵王熟思之後，必有不自愜者。周王誠齋，既不可如述古目置楊升庵後，今升之明初，又覺難以位置；則姑移下置其曲於古今無名氏類本朝無名氏之後。蓋遵王於周憲王誠齋始末，本未暇深考。故其升降出入無一定宗旨。始似昭晣，終亦冥昧。觀『樹園居士』之爲葉憲祖，其人與遵王爲並時相及之人，遵王猶不能知，至目爲本朝無名氏，置徐文長之前；則於周憲王之不能知爲何時人，置本朝無名氏之後，亦無足爲怪矣。其『丹邱先生』，遵王始終不知爲寧獻王。依周憲王例，更應移下。其所以不移下者，蓋遵王編目，元明人劇悉依正音譜次第著錄。『丹邱先生』與王子一等五人，既悉見正音譜，且在正音譜，『丹邱先生』名裒然居國朝人之首；此斷不能移下者也。余揣測遵王之意如此，聞者或以爲曲解。請更引黃丕烈手書也是園藏書古今雜劇目證之。丕烈手書目，據舊本迻錄，非丕烈出己意重新編目。余於『也是園古今雜劇考』文中已言之。今所見丕烈手書目，於『樹園居士』灌將軍駡座記、金翠寒衣記、四聲猿，目曰『本朝無名氏』。此舊本目『樹園居士』及四聲猿作者爲本朝無名氏之證也。此本朝無名氏曲，合訂一册（第三十四册上？）。其下三册，即周王誠齋曲（第三十四册下，第三十五册上，第三十五册下）。此舊本以周王誠齋曲附本朝無名氏後之證也。其異者：舊本周王誠齋曲在本朝無名氏曲後，本朝無名氏曲在桑紹良獨樂園司馬入相後。是本批注，則『周王誠齋』在『本朝無名氏』後，『本朝無名氏』在古今無名氏神仙類後。蓋其始擬將本朝無名氏及周王誠齋曲一並下移，置古今無名氏神仙類之後。其後意又變，本朝無名氏曲依舊不動，僅將周王誠齋曲下移，置本朝無名氏之後。此應是遵王最後主張，故與是本批注微有不合。然移下程度雖有遠近之不同，而其以『樹園居士』曲及四聲猿爲本朝無名氏曲，以周王誠齋曲附本朝無名氏曲後則一。此可證底本神仙類後之『本朝無名氏』五字，爲上『斛園居士』曲及四聲猿之概括詞；『周王誠齋』四字，爲上周王誠齋曲之概括詞。今玉簡齋本也是園目遂寫此九字，其式爲：

本朝無名氏

周王誠齋

是謂本朝無名氏所撰有周王誠齋一曲。所謂『差之毫釐謬以千里』也。余前著論，謂『周王誠齋』四字非劇名。推測四字見於玉簡齋本也是園目神仙類後之故，謂是周王誠齋曲由後移前，而八名不删，誤衍於此。今讀底本也是園目，乃知神仙類後『周王誠齋』四字，爲周王誠齋曲由前移後之概括詞。深愧前此設想之誤。然前此推測四字之由來雖誤，而其謂四字非劇名，今以底本也是園目反覆考之，仍可相信其不誤。此底本也是園目之可以證明吾説者又其一也。

三

是書劇名旁偶有墨筆批數目字，係表示劇之次第者。按：遵王也是園目，其著錄元人曲及明人曲，率依正音譜次第。然亦有隨意編次不盡依正音譜者：如元無名氏曲即其例。余於『也是園古今雜劇考』編類篇已言之。今讀是本，則知元人雜劇目次第，其書手所抄有與正音譜次第不合者，悉以墨筆於劇名旁注數目字，示其次第應如此。其古今無名氏劇目爲正音譜所不錄者，亦往往以意更正，於劇名旁注數目字，示其次第應如此。余試以黃丕烈手書也是園藏書古今雜劇目勘是本批注，其次第皆同。知丕烈前舊本裝訂，全據是本批注。以玉簡齋本也是園目古今雜劇目勘是本批注，則其次悉與是本書手清抄之目合，與批注不合。知玉簡齋本也是園目雖應從是本出，而其本傳抄時却未注意此批，或其本傳抄時尚未有批。是本劇目着批者四處：甲、元馬致遠劇目；乙、元關漢卿劇目；丙、元無名氏劇目；丁、古今無名氏劇目。今分述於後：

甲　元馬致遠劇

元馬致遠劇，正音譜所錄十三種，也是園目收八種。是本八種中有四種着批。今引其目如後：

漢宮秋
任風子
岳陽樓
青衫淚

黃粱夢 四

薦福碑 一

踏雪尋梅 三

陳摶高臥 二

試除去劇名旁批不論，但以正音譜勘此目，則知此目後四種次第與正音譜不合。今爲比較如左：

	也是園目次	正音譜次
漢宮秋	一	二
任風子	二	三
岳陽樓	三	六
青衫淚	四	七
黃粱夢	五	十三
薦福碑	六	九
踏雪尋梅	七	十二
陳摶高臥	八	十一

正音譜所錄曲，也是目不能全有。故遵王編目依正音譜次，非在也是目次第一者在正音譜亦爲第一。設正音譜次第一者遵王無其曲，而次第二者遵王恰有其曲，則其編目卽以正音譜之第二爲也是目之第一。蓋所謂遵王編目依正音譜次者，乃依正音譜著錄先後之次；設正音譜所錄某人曲某類曲遵王盡有之，則正音譜之次卽也是目之次；設正音譜錄某人曲某類曲遵王或有或無，則論也是目但可言其先後之次與正音譜先後之次合不合，不可言也是目次與正音譜次同不同。此事理之至顯然者。蓋同者必合而合者却不必同也。如上所引也是目馬致遠劇目，其前四種漢宮秋、任風子、岳陽樓、青衫淚，也是目次爲一、二、三、四。在正音譜次爲二、三、六、七。此可謂合，故無問題。其後四種黄粱夢、薦福碑、踏雪尋梅、陳摶高臥，也是目次爲五、六、七、八。而以此次與正音譜對勘，則其在正音譜次，却爲十三、九、十二、十一。完全不合。故此後四種次第必須重排。應改爲

（五）薦福碑，（六）陳摶高臥，（七）踏雪尋梅，（八）黄粱夢。

或但論後四種，改爲

（一）薦福碑，（二）陳摶高臥，（三）踏雪尋梅，（四）黄粱夢。

如此始與正音譜

（九）薦福碑，（十一）陳摶高臥，（十二）踏雪尋梅，（十三）黃粱夢。

著錄先後之次合。此黃粱夢批四、薦福碑批一、踏雪尋梅批三、陳摶高臥批二之理由也。也是園目馬致遠劇目，其清抄時次第之誤者，如上所說，其後四種有批已正之矣。也是園藏曲則何如？黃丕烈手書也是園藏書古今雜劇目，其目據舊本錄出，故丕烈手書目雜劇次第即舊本册籍雜劇次第。今更引丕烈目於下，與是本批注加以比較：

丕烈目	底本批
漢宮秋	無
任風子	無
岳陽樓	無
青衫淚	無
四種共一册（一）	
薦福碑	一
陳摶高臥	二
踏雪尋梅	三

黃粱夢　　四

…………

五種共一册（一下）

觀右表，知丕烈目所載第一册下馬致遠雜劇四種，其排列次第與此底本批注全合。由此可推知丕烈前舊本其裝訂時排列次第即依是本批注也。

乙　元關漢卿劇

元關漢卿劇，正音譜錄六十種，也是園目所收十四種。此十四種中有六種着批。今錄其目於後：

劉夫人　二
單刀會　三
救風塵
玉鏡臺
切鱠旦
謝天香

哭存孝
緋衣夢
蝴蝶夢
竇娥冤
金線池 十四
拜月亭 十三
陳母教子 十二
裴度還帶

試除去批不論，以正音譜校此目，則其次第有合者有不合者。列表如左：

	也是目次	正音譜次
劉夫人	一	十
單刀會	二	十二
救風塵	三	十七
玉鏡臺	四	二十五

切鱠旦	五	二十七
謝天香	六	三十
哭存孝	七	三十三
緋衣夢	八	三十五
蝴蝶夢	九	三十九
竇娥冤	十	四十三
金線池	十一	八
拜月亭	十二	十一
陳母教子	十三	五十九
裴度還帶	十四	五十二

此左表所示，金線池，正音譜次第八，劉夫人，次第十。也是目錄關漢卿曲，若依正音譜先後次第，則應以金線池爲第一，劉夫人爲第二。今目以劉夫人爲第一，以金線池爲第十一。此大不合。拜月亭，正音譜次第十一，單刀會，次第十二。也是目錄漢卿曲，若依正音譜先後次第，則應以拜月亭爲第三，單刀會爲第四。今目以單刀會爲第二，以拜月亭爲第十二。此又大不合。裴度還

帶，正音譜次第五十二，陳母教子，次第五十九。也是目錄漢卿曲，若一律依正音譜先後次第，則應以裴度還帶居陳母教子之前。今目反以陳母教子居裴度還帶之前。此又不合。除此六劇之外，其餘如救風塵至竇娥寃八劇，以正音譜勘之，則其先後次第皆合。余所據正音譜係涵芬樓秘笈所收景洪武本。此底本原目顛倒失次之處，若依洪武本改正則應爲：

（一）金線池，（二）劉夫人，（三）拜月亭，（四）單刀會，……（十三）裴度還帶，（十四）陳母教子。

而據底本批，其改正次第却爲：

（一）金線池，（二）劉夫人，（三）單刀會，……（十二）裴度還帶，（十三）陳母教子，（十四）拜月亭。

與余所擬次第不合。此事初使余惆悵。但不久卽釋然，曰：此當日所見正音譜本與今所據洪武本正音譜不同故也。余前撰『也是園古今雜劇考』，論遵王後有人收得古今雜劇，曾據正音譜爲元無名氏劇重新編號事，已發覺當時所據正音譜與今行洪武本正音譜不同。今述也是園目底本批注，又發覺當時所據正音譜與今行洪武本正音譜不同。此事頗使余感覺興味。亟願一述之。今所謂不同者爲何？卽拜月亭劇之位置是也。今行洪武本正音譜所書關漢卿劇目，倒數之則第一爲擔水澆花旦，第二爲陳母教子。擔水澆花旦第六十，次居最末。此底本批以拜月亭次第十四，陳母教子第十三；明所見正音譜，倒數之，其第一爲拜月亭，第二爲陳母教子。今行洪武本正音譜，擔水澆花旦次最後；而於底本也是園目上加批者，其所見正音譜，拜月亭次最後。此其異也。今行洪武本正音譜關漢卿劇目最後之擔水澆花旦位置，在批者所見本既以拜月亭代替之；則批者所見本，其擔水澆花旦位置必卽今洪武本之拜月亭位置。今行洪武本正音譜，拜月亭次第十一；則批者所見正音譜，其次第十一者乃擔水澆花旦也。批者所見正音譜與今行洪武本正音譜，唯此二劇位置互易，餘無不同。然此二劇位置既互易，則以正音譜訂也是園目，其所訂次第亦必不同。蓋據今洪武本以訂也是園目，則是一種形式；依批者所見本以訂也是園目，則另是一種形式也。

正音譜錄關漢卿劇六十種。其爲也是園目所收者只十四種。其爲也是園目所不收而與本文有關者，爲擔水澆花旦一種。此關漢卿劇十五種，在批者所見正音譜中，次第應如左：

金線池　八

劉夫人　十

擔水澆花旦　十一

單刀會　十二

救風塵	十七
玉鏡臺	二十五
切鱠旦	二十七
謝天香	三十
哭存孝	三十三
緋衣夢	三十五
蝴蝶夢	三十九
竇娥冤	四十三
裴度還帶	五十二
陳母教子	五十九
拜月亭	六十

右劇十五種，其中擔水澆花旦一種爲也是園目所不收。故依此目先後之次以訂也是園目，則爲：（一）金線池，（二）劉夫人，（三）單刀會，（四）救風塵，（五）玉鏡臺，（六）切鱠旦，（七）謝天香，（八）哭存孝，（九）緋衣夢，（十）蝴蝶夢，（十一）竇娥冤，（十二）裴度還帶，（十三）

陳母教子，（十四）拜月亭。

底本批所訂也是園目次第，以此釋之則怡然理順，渙然冰釋。不依其本而以今行本繩之，則不免枘鑿矣。

關漢卿劇，也是園目底本加批者六種，余已細爲解釋如上。黃丕烈手書目，即從舊本錄出。舊本關漢卿劇，其册籍之裝訂次第與底本批關係如何？此亦不可不論也。今更引丕烈手書目於左以與底本批比較：

丕烈手書目	底本批
……	
……	
……	
金線池	一
四種共一册（二）	
劉夫人	二
單刀會	三

救風塵　無

玉鏡臺　無

四種共一册（三）

切鱠旦　無

謝天香　無

哭存孝　無

緋衣夢　無

蝴蝶夢　無

竇娥冤　無

六種共一册（四）

裴度還帶　十二

單鞭奪槊

陳母教子　十三

三種共一册（五）

附錄

丕烈目無拜月亭而增單鞭奪槊。觀此表則知丕烈目排列次第，除單鞭奪槊後增不論外，其餘與底本批次第全合。可見丕烈前舊本裝訂卽依底本批爲之也。單鞭奪槊，本爲也是目所無。此增單鞭奪槊者，蓋此劇後得，蓄書者見其上趙琦美批有『太和正音作敬德降唐』之語，誤信琦美語，謂卽正音譜關漢卿劇之敬德降唐。遂訂於此處。（敬德降唐正音譜次第五十四，而裴度還帶次第五十二，陳母教子次第五十九，故置此劇於裴度還帶之後陳母教子之前。）不知琦美所考訂者實誤，不可從也。拜月亭，底本加批，明當時有之。其失去必在底本加批之後。底本加批與舊本裝訂，相距應有若干時，今固不可知。然以意揣之，其時間相距似必不遠，或竟同時。然則此拜月亭劇之失或在裝訂後亦未可知。至其何以失去，亦非吾人今日所能知者。豈以劇所演係金宣宗南渡時事，以後之金視前之金，閱者曾加批於其上，其語觸時忌，因拆去之耶？

丙　元無名氏劇

遵王編也是園雜劇目，於元明諸名家劇，咸大致依正音譜。於元無名氏劇，則不依正音譜。其最顯然者：如風雲會、勘頭巾，正音譜以不知其作者並入古今無名氏雜劇目；也是目則據傳本署題，以風雲會爲羅貫中作，以勘頭巾爲孫仲章作，不入元無名氏劇目。其元無名氏劇目中所錄劇之見於正音譜者，亦不依正音譜次第編次。余撰『也是園古今雜劇考』已言之（見編類篇）。今存也是園本古今雜劇，則依正音譜將羅貫中風雲會、孫仲章勘頭巾悉編入元無名氏劇中。其元無名氏劇之見於正音譜而先後次第與正音譜不合者，亦依正音譜整理一番。其方法，凡劇之見於正音譜者，悉依正音譜編號，固定其原來位置。然後排比次第，編訂成册。故今本也是園古今雜劇，自二十四册上風雲會起至二十九册上劉行首止，凡劇七册二十八種，核其先後次第皆與正音譜合。其第二十九册下劇六種，第三十一册劇四種（第三十册佚），以劇爲正音譜所不收，皆未編號。是其注意之點，唯在依正音譜爲元無名氏劇重新排定次序。其劇爲正音譜所不收者則略之。余撰『也是園古今雜劇考』亦已言之（亦見編類篇）。今以也是園目底本考之，則當日劇目移動以及重訂之跡，尤爲顯然。今也是園目底本，以勘頭巾屬孫仲章，與通行玉簡齋本也是園目同。但於『元孫仲章』四字右上加點。其式如左：

元孫仲章

河南府張鼎勘頭巾

此右上之點係移下符號。謂此人劇宜入元無名氏劇也。其以風雲會屬羅貫中，亦與通行玉簡齋本也是園目同。但於『元羅貫中』之『元』字右上加點，『宋太祖龍虎風雲會』『宋』字旁書一『一』字，『會』字旁加點。其式如左：

、元羅貫中

一　宋太祖龍虎風雲會、

此所加二點係移下符號。一字係號數。謂此羅貫中劇應下移入元無名氏劇目，且屬第一號也。自羅貫中而後，越過秦簡夫鄭廷玉二人劇目，卽爲元無名氏劇目。此元無名氏劇目所錄劇，自諸葛亮博望燒屯起至宦門子弟錯立身止，共四十五種，與通行玉簡齋本也是目亦同。但劇旁批注數目字甚多。審之，皆係編號，爲重訂也是園元無名氏劇次第而作者。按：今存也是園本元無名氏劇，其劇題旁編號，卽爲重訂劇本次第而作。黃丕烈手書目，其元無名氏劇排列次第與也是目不合，亦是重訂次第。此底本批既爲重訂次第而作，則其與也是園本元無名氏劇編號丕烈手書目之關係如何，不可不一述之。今約舉四事，說明於後：

一、　劇本編號與底本批注，雖皆爲訂元無名氏劇次第而作，然其性質不同。也是園本元無名氏劇劇本編號，乃以劇在正音譜中應得之號，移寫於劇本之上；故劇本上所編號，卽劇在正音譜中應得之號。凡劇名見於正音譜者，也是園非盡有其本，故其劇編訂先後之次雖與正音譜合，而其所編之號則往往不相承。底本編號，乃依劇在正音譜中之號定也是園本元無名氏劇之次；故底本所注非劇在正音譜中應得之號，乃劇在也是園古今雜劇元無名氏類中應得之號。其編號以劇現存者爲限，故其號驟視之雖前後顛倒不相承，而若依其所編之號以次書之，則自然相承。是此二者，一據正音譜注定其劇在正音譜中原來位置；一據正音譜重新詮注，定劇在也是園古今雜劇元無名氏類中之次。用意不同，故所編號數亦異也。今舉其例：如風雲會在正音譜古今無名氏劇目次第一。劇本據正音譜編號，故書第一號。底本批訂元無名氏劇次第，亦以此劇爲第一號。此正音譜古今無名氏劇目之第一號劇，也是園恰有其本，故劇本編號與底本批注同。博望燒屯在正音譜古今無名氏劇目，次第九。劇本據也是園目編號，亦書第九。底本批則書二。此以正音譜之第九爲也是目之第二。以正音譜之第二至第八爲也是目所無，故重加詮注，升正音譜之第九爲第二也。豫讓吞炭在正音譜古今無名氏劇目，次第十六。劇本編號亦書第十六。底本批注則書四。此以正音譜之第十六爲也是目之第四。亦因正音譜之第十一至第十五爲也是目所無，故重加詮注，升第十六爲第四也。其他以此類推。是底本批注與劇本編號不同之故，乃因正音譜所錄劇也是園多無其本，詮注時重訂次第，不得不有超資升擢之事。其次雖不同，而其以資推升，實以正音譜舊資爲根據，非置正音譜於不顧也。然則底本批與劇本編號，雖數目字不同，而其援用正音譜則一。以號數言則不合，以其編訂排列先後之次言則合。此面目似異而精神實同者也。

二、　也是園目錄元無名氏劇四十五種。此也是園目底本加批者四十種，然其號却得四十一號。因也是園目元無名氏第一劇爲博望燒屯，底本批號則自上文風雲會起。其批也是園目元無名氏第一劇，所予之號是第二也。此加批四十種，若依批注以次書之，則自第一至第二十七爲正音譜已著錄者。自第二十八至第四十一爲正音譜不著錄者。今先言正音譜已著錄者。底本所批正音譜著錄之曲，余持與劇本編號較，則劇本編號自第一號至一百零八號共二十八號；底本批自第一至第二十七共二十七號。此緣底本勘頭巾偶未批號數，遂差一號。並非去取不同。依底本批注例，勘頭巾應書第九。而勘頭巾也是目本以爲孫仲章劇，不入元無名氏，其文在前。批者書第八後，應檢上文追書第九。而一時手滑，竟未追書，遂誤以他劇之應書第十者爲第九。自此遞差一號。其編號本應有二十八號，至是遂祇有二十七號矣。然除差一號之外，持此底本批與劇本編號較，其先後次第實無不合。是底本批注與劇本編號其事意同也。黃丕烈手書也是園藏書古今雜劇目所錄元無名氏劇自第二十四册上起至第二十九册上止，爲正音譜已著錄者。余又以底本批第一號至二十七號曲，與丕烈手書目第二十四册上至第二十九册上曲比較，其先後次第亦一一相合。丕烈手書目出於舊本。是舊本裝訂與底本批注其事意亦同也。以是知劇本之編號，底本之着批，丕烈前舊本之裝訂，其事皆相通。丕烈前舊本裝訂，謂其據劇本編號排比先後，裝訂成册也可；謂其據底本批注，即依其所書次第裝訂成册，亦無不可。蓋遵王編古今雜劇元無名氏劇目，本無條理。

據正音譜重新整理，其步驟必爲：（一）將正音譜古今無名氏劇目所錄諸劇，一一爲之編號。（二）凡劇正音譜有也是園亦有者，即照正音譜號數書於也是園劇本之上。凡也是園本劇號數與正音譜中劇號數同者，亦在正音譜中一一記之。（三）將劇本所借正音譜號數，依其先後之次改爲本書元無名氏類號數。今之也是園本古今雜劇，其元無名氏劇劇題旁編號，皆據正音譜迻寫者。是第一步功夫作完後所作第二步功夫也。今之也是園目底本元無名氏劇批注，其號係新定，而考其先後之次皆與正音譜合。是第二步功夫作完後所作第三步功夫也。第三步功夫可用之於書目批注。亦可用之於册籍裝訂。蓋裝訂時就劇本上所書正音譜號數排比先後，亦可完成第三步功夫。故丕烈前舊本裝訂之從劇本編號出，或從底本批注出，今可不論。以事屬此屬彼皆可，今無從斷定之也。至也是目元無名氏劇目所載正音譜不著錄之曲，底本除五種未加批外，餘皆一律加批。明其批注爲定現存全部元無名氏劇次第而作，與劇本編號之僅限於正音譜著錄者不同。然余考其批，自第二十八號射柳蕤丸記至第四十一號九世同居，所批共十四種。以與也是園原目此段劇目較，除郭巨埋兒不批，留鞋記移前批第八，不在此數外；其十四劇先後之次與也是園原目實同。唯所批視原目少二曲；故其號數自三十六號以下，與原目參差，不能全合。至黃丕烈手書目，所書第二十九册下至第三十一册曲，爲正音譜所不著錄者。余持底本批第二十八號至第四十一號曲，與丕烈手書目第二十九册下至第三十一册曲比較，除底本批第三十四號至第三十七號曲，舊本裝訂應在第三十册而丕烈目不載，知丕烈時已佚此一册外，其餘諸册，其曲名次第與底本批無一不合。似丕烈前舊本裝訂，對於正音譜不著錄之曲，即依底本批詮次。底本批本爲定現存全部元無名氏劇次第而作；則謂丕烈前舊本裝訂，其元無名氏劇十册四十二劇，即盡依底本批詮次編訂，亦無不可也。

三、也是園目所錄元無名氏劇四十五種。底本加批者只四十種。其不加批者五種，目如左：

賢達婦荊娘盜果

摔袁祥

孝順賊魚水白蓮池

行孝道郭巨埋兒

宦門子弟錯立身

此五種不加批。余意當批注時已無其本矣。上文所舉馬致遠關漢卿劇，底本有加批者，有不加批者。其加批者係重訂次第。其不加批者，本皆現存。明其次第不誤無庸加批。此處五種不加批，當與馬致遠關漢卿劇之不加批者同例；而余則曰：當批注時此五種已亡。聞者將疑吾說之不可信。請詳言其故。也是園目元無名氏劇目，編次本不依正音譜。其目顛倒失次，通篇皆然。此也是園目元無名氏劇目，不得引馬致遠關漢卿劇目爲例也。也是園目底本批注，本爲定全部元無名氏劇次第而作，與馬致遠劇目關漢卿劇目之部分訂正者不同。此也是園目底本元無名氏劇目批注，不得引底本馬致遠劇目關漢卿劇目批注爲例也。考此五種不加批之劇，其劇有見於正音譜者：如宦門子弟錯立身，正音譜有二本，一在李直夫名下，一在趙明鏡名下。此劇在正音譜，本非無名氏劇。批者如認爲此劇應剔出，固可不加批。然以底本他處批考之，則劇之出此類入彼類者，皆此乙彼添。今於此處存其劇名，他處亦不見添此劇名，此非底本批注之例也。如荆娘盜果、白蓮池，見正音譜古今無名氏劇目：此正批注所應據正音譜以訂其次者。今反無批何耶？如摔袁祥、郭巨埋兒，正音譜不著錄。依底本批注例，凡元無名氏劇不見於正音譜者，亦一律編號，次於正音譜著錄本之後。此二劇亦應爾。今亦無批。豈非此五劇當批注時已佚，底本元無名氏劇編號，皆據現存者書之，此皆不存，故不編號歟？然此猶近於空論也。尚有證在。今底本元無名氏劇目，其最末一劇宦門子弟錯立身下，有墨筆書號碼Ⅸ。按：也是目底本中此種號碼常見，不唯此一處有之。前之四部經籍，後之明人劇古今無名氏劇，其目中皆有此種號碼。明人劇目中，此種號碼一見。古今無名氏劇目中，此種號碼凡兩見。余細考之，確是計算劇雜種數號碼。以彼例此，則此處所書，亦應是計算雜劇種數號碼。也是園目元無名氏劇目，錄曲凡四十五種。而此處書號碼作Ⅸ。

余初不知其故。繼思之，也是園目元無名氏劇目錄曲四十五種，底本加批者四十種。此四十種曲中，其名見於正音譜者二十六種，不見於正音譜者十四種。然則此處號碼〡〤當指正音譜不錄本言之，謂當時所存元無名氏曲，其爲正音譜所不載者是十四種也。余上文已言也是園目元無名氏劇目，底本不加批者五種。其中三種爲正音譜已著錄者，二種爲正音譜不著錄者。倘此正音譜不著錄之二種見存，則此處計正音譜不著錄本，號碼應作〡〦。今竟作〡〤。明此二種不在內，其本已亡也。又號碼計正音譜不著錄本，其數爲十四；批注爲正音譜不著錄本編號，數其劇編號者，亦得十四。明編號與統計皆以劇現存者爲限。此正音譜不著錄二種，既可因編號與統計皆不在內，證明其不存。則正音譜已著錄三種，底本批注不爲編號，亦必因其劇不存之故，無可疑也。余前撰『也是園古今雜劇考』，謂舊本也是園古今雜劇，其元無名氏劇本分訂十册，自二十四册起至三十一册止。其中第二十四册第二十九册各分上下，故得十册。至丕烈時第三十册已亡，所存實爲九册。也是園目元無名氏劇目之玉壺春、漁樵記、合同文字、碧桃花四劇，及荊娘盜巣、摔袁祥、白蓮池、郭巨埋兒、錯立身五劇，丕烈目皆無之，所缺實爲九劇。又謂丕烈目所缺九劇，决不盡在已亡之第三十册中。其現存諸册中，應尚有遺失之曲。見編類篇 當時未見底本也是園目，故爲此摹略之詞。今以底本也是園目考之，則知舊本第三十册所收，正是玉壺春、漁樵記、合同文字、碧桃花四劇。此四劇底本加批，知當時猶存，至丕烈錄目時始亡。此遺失在裝訂之後者也。至荊娘盜果等五劇，底本不加批，則是當時已無其本。其遺失不唯在舊本裝訂之前，且尚在底本批注之前。丕烈前舊本十册中，斷不應有此五劇。余前此所論殊未明悉，且與事實不合。今獲見也是園目底本，以底本正其誤，殊以爲幸也。

四、今也是園目底本其元無名氏劇目上有批注數目字，所以定元無名氏劇之次者。其爲元無名氏劇編號，雖與今也是園本古今雜劇同，然其編號方法却不同。劇本編號，乃以劇在正音譜中之號移寫於劇本之上。故劇本上所編號，卽劇在正音譜中之號，底本批注編號，乃依劇在正音譜中之號定也是園元無名氏劇之次。故底本批注所編號，非劇在正音譜中應得之號，乃劇在也是園古今雜劇元無名氏類中應得之號。說已見上文。劇本編號時所據正音譜，與今行洪武本正音譜非一本。余撰『也是園古今雜劇考』亦已詳言之。（見編類篇）余今以也是園目底本批與劇本編號比較，復發見一有趣之事：卽底本批注時所據正音譜，與劇本編號時所據正音譜確是一本是也。此事如屬實，似卽可斷定於底本上加批之人，卽爲劇本編號之人。此一節甚重要，不可不一述之。按：也是園本古今雜劇，其元無名氏劇劇本編號者共七册。余前撰『也是園古今雜劇考』，已將此七册劇本編號與今行洪武本正音譜次第比較，列爲一表。今欲證明底本批所據正音譜，與劇本編號時所據正音譜是一本，與今行洪武本正音譜非一本，仍須以底本批與劇本編號洪武本正音譜次第比較。也是園古今雜劇其劇本編號者雖有七册，然與本問題有關者只第二十五、第二十六、第二十七三册。故今於七册劇本編號不必全引，但引此三册劇本編號卽可。今具錄此第二十五、第二十六、第二十七三册劇本編號，與底本批注洪武本正音譜次第參伍考證，以見底本批注時所據正音譜，與劇本編號時所據正音譜確是一本。

劇本第二十五册編號，與底本批及洪武本正音譜次第比較，其異同之處如左：

	劇本編號	底本批	洪武本正音譜次第
浮漚記	三十三	九	三十六
貨郎旦	三十四	十	三十三
敬德不伏老	三十五	十一	三十五
劉弘嫁婢	四十五	十二	四十六

劇本據正音譜編號，浮漚記爲第三十三，貨郎旦爲第三十四，敬德不伏老爲第三十五。底本批以正音譜舊次定元無名氏劇之次，因以第三十三爲第九，第三十四爲第十，第三十五爲第十一。其號數與劇本編號雖不合，而先後之次却極合。底本批若依今行洪武本正音譜次第，則貨郎旦洪武

本次第三十三，敬德不伏老洪武本次第三十五，浮漚記洪武本次第三十六；依底本批注例，必以貨郎旦爲第九，敬德不伏老爲第十，浮漚記爲第十一，始與洪武本正音譜次第合。今底本批貨郎旦書第十，不書第九；敬德不伏老書第十一，不書第十；浮漚記書第九，不書第十一。明所據與今行洪武本正音譜非一本，與劇本編號所據正音譜乃是一本也。

劇本第二十六册編號，以底本批及洪武本正音譜次第校之，如左表：

	劇本編號	底本批	洪武本正音譜次第
獨角牛	四十七	十三	四十五
殺狗勸夫	四十八	十四	五十
還牢末	四十九	十五	四十八
桃花女	五十	十六	五十三

劇本據正音譜編號，殺狗勸夫是第四十八，還牢末是第四十九。底本批以第四十八爲第十四，第四十九爲第十五，次殺狗勸夫於還牢末之前，與劇本編號合。底本批若依洪武本正音譜次第，則還牢末洪武本次第四十八，殺狗勸夫洪武本次第五十；應以還牢末置殺狗勸夫之前，不應以殺狗勸夫置還牢末之前也。

劇本第二十七冊編號，以底本批及洪武本正音譜次第校之，如左方所示：

	劇本編號	底本批	洪武本正音譜次第
盆兒鬼	五十二	十七	五十一
黃鶴樓	五十四	十八	五十六
鴛鴦被	五十九	十九	五十五

黃鶴樓劇本編號是第五十四，鴛鴦被劇本編號是第五十九。底本批以第五十四爲第十八，以第五十九爲第十九，次黃鶴樓於鴛鴦被之前，與劇本編號亦合。底本批若依洪武本正音譜次第，則鴛鴦被洪武本次第五十五，黃鶴樓洪武本次第五十六；應以鴛鴦被置黃鶴樓之前，不應如今日所書以黃鶴樓置鴛鴦被之前也。

由上所舉觀之，知底本批注時所據正音譜，確與劇本編號時所據正音譜是一本，與今行洪武本正音譜非一本。因底本批注以劇本編號校之，則先後之次合；以今行洪武本正音譜校之，則先後之次往往不合也。夫底本批注與劇本編號，所據正音譜是一本，批注者與編號者固亦不必定是一人。然批注與編號同皆爲訂古今雜劇元無名氏劇次第而作。其方式不同而事實相因。其事既屬一事，而所據以訂正之書又是一本。則謂批注與編號事是一人所爲，實較故反其說謂其事定不出一人之手者爲有根據也。如承認余說不誤，則當下更有一問題：卽今底本批注果係何人所書是。遵王歟？另一人歟？此問題今暫置不論，容於下文述之。

也是園目底本批注，與也是園劇本編號黃丕烈手書也是園藏書古今雜劇目之關係，余約舉四端說明如上。按：也是園目元無名氏劇目，錄雜劇至四十五種。其在底本，加批者亦有四十種。條目旣多，讀者但閱上文，恐於底本批訂正也是園目之故，以及底本批與劇本編號黃丕烈手書目之關係，底本批與正音譜之關係等，尙不易完全明瞭。今更綜此數事，列爲一表。讀者以此表與上文參看，庶於此等複雜錯綜關係益瞭然矣。

	也是園目原次	也是園目底本批	劇本編號	洪武本正音譜次第	黃目每册排列次第	黃目册籍
宋太祖龍虎風雲會	在羅貫中名下	一	一	一	一	第二十四册
諸葛亮博望燒屯	一	二	九	九	二	三種共一册
龐涓夜走馬陵道	二	三	十	十三	三	
忠義士豫讓吞炭	四	四	十六	十六	一	

錦雲堂美女連環記	四十四	五	十八	十八	二	第二十四册下 共六種一册
蘇子瞻醉寫赤壁賦	十	六	二十	二十二	三	
鄭月蓮秋夜雲窗夢	三	七	二十六	二十六	四	
王月英元夜留鞋記	三十九	八	二十八	二十八	五	
河南府張鼎勘頭巾	在孫仲章名下		三十二	三十一	六	
硃砂擔滴水浮漚記	六	九	三十三	三十六	一	第二十五册 共四種一册
貨郎旦	五	十	三十四	三十三	二	
下高麗敬德不伏老	七	十一	三十五	三十五	三	
施仁義劉弘嫁婢	十三	十二	四十五	四十六	四	
劉千病打獨脚牛	九	十三	四十七	四十五	一	第二十六册 共四種一册
王翛然斷殺狗勸夫	十一	十四	四十八	五十	二	
大婦小妻還牢末	十二	十五	四十九	四十八	三	
講陰陽八卦桃花女	十五	十六	五十	五十三	四	

玎玎璫璫盆兒鬼	十四	十七	五十二	五十一	一	第二十七册 三種共一册
劉玄德醉走黃鶴樓	十六	十八	五十四	五十六	二	
玉清庵錯送鴛鴦被	十九	十九	五十九	五十五	三	
關雲長千里獨行	十七	二十	六十六	六十六	一	第二十八册 四種共一册
孟光女舉案齊眉	二十一	二十一	六十九	七十二	二	
雁門關存孝打虎	二十三	二十二	七十二	七十三	三	
狄青復奪襖衣車	二十四	二十三	七十四	七十五	四	
摩利支飛刀對箭	二十五	二十四	七十五	七十七	一	第二十九册上 四種共一册
降桑椹蔡順奉母	二十二	二十五	九十九	一百零一	二	
羅李郎大鬧相國寺	二十六	二十六	一百零一	一百零二	三	
馬丹陽度脫劉行首	二十七	二十七	一百零八	一百零四	四	
閬閲舞射柳蕤丸記	二十八	二十八			一	第二十九册下
逞風流王煥百花亭	二十九	二十九			二	

龍濟山野猿聽經	三十	三十			三	六種共一册
二郎神醉射鎖魔鏡	三十一	三十一			四	
漢鍾離度脫藍采和	三十二	三十二			五	
李雲英風送梧桐葉	三十三	三十三			六	
李素蘭風月玉壺春	三十四	三十四				(第三十册佚)
王鼎臣風雪漁樵記	三十五	三十五				
包待制智賺合同文字	三十七	三十六				
薩眞人夜斷碧桃花	三十八	三十七				
趙匡義智取符金錠	四十	三十八			一	第三十一册
包待制智賺生金閣	四十一	三十九			二	四種共一册
包待制智斬魯齋郎	四十二	四十			三	
張公藝九世同居	四十三	四十一			四	
賢達婦荆娘盜果	八			四十		

捽袁祥	十八				
孝順賊魚水白蓮池	二十			七十一	
行孝道郭巨埋兒	三十六				
宦門子弟錯立身	四十五			見李直夫及趙明鏡劇目	

丁　古今無名氏劇

上所舉也是園目馬致遠關漢卿名下諸劇，其劇皆見正音譜；而也是園目錄其劇，於正音譜次第或依或違。也是園目元無名氏劇，其劇亦泰半見正音譜；而也是園目錄其劇，則全不依正音譜次第。故底本批注，重爲詮次，皆據正音譜訂之。至也是園目古今無名氏劇，皆正音譜不著錄者；此求之於故書中既少援據，似其所書前後次第可無須更正。乃今以底本批注考之，則亦有以意訂之者：如宋朝故事類及雜傳類是。宋朝故事類，底本書手所抄目原爲九種。經遵王添改由下雜傳類移來劇二種。共十一種。此十一種中有七種著批。今錄其目於左：

存仁心曹彬下江南

八大王開詔救忠臣

楊六郎調兵破天陣

焦光贊活拏蕭天祐 一

趙匡胤打董達 六

穆陵關上打韓通 七

宋大將岳飛精忠 二

十探子大閙延安府 三

蘇東坡誤入佛遊寺

張于湖誤宿女眞觀 四 由雜傳類移來

女學士明講春秋 五 由雜傳類移來

右所批七劇，如打董達、打韓通，係藝祖事，書第六第七。焦光贊拏蕭天祐，係眞仁間事，書第一。大閙延安府、講春秋、劇中出范仲淹名，係仁宗時事，書第三第五。岳飛精忠、張于湖誤宿女眞觀，皆南宋高宗時事，書第二第四。所批號數殊無條理，不知其所以如此訂正之故。然余考丕烈目，則舊本裝訂次第全與此批合。今吏以丕烈目與底本批比較。列表如次：

丕烈目	底本批
存仁心曹彬下江南	無
八大王開詔救忠臣	無
楊六郎調兵破天陣	無
三種共一冊（五十一）	
焦光贊活拏蕭天祐	一
宋大將岳飛精忠	二
十探子大鬧延安府	三
三種共一冊（五十二）	
張于湖誤宿女眞觀	四
女學士明講春秋	五
趙匡胤打董達	六
穆陵關上打韓通	七
四種共一冊（五十二下）	

附錄

右表曹彬下江南、八大王救忠臣、楊六郎破天陣，丕烈目在第五十一册，明丕烈前舊本此三種不缺。舊本裝訂次第應依底本批注，而底本此三種不批者，蓋謂此三種次第可依也是園原目，無須改也。底本蘇東坡誤入佛遊寺一種亦不批。考丕烈目錄宋朝故事劇十種，而底本所錄是十一種。丕烈目所缺者正是此東坡誤入佛遊寺一種。是此一種底本不加批者，乃因批注時其劇已亡。凡底本劇不加批者有二種：一爲不必批者，一爲無從批者。此須分別觀之。非以丕烈目與底本批對照勘合則不能知其故也。

也是園目底本雜傳類所錄劇爲二十種。今爲敘述方便計，將此二十種分爲三節。第一節自相國寺公孫汗衫記至女姑姑說法升堂記，共六種，有批。第二節自清廉長官勘金環至薛包認母，共五種，無批。第三節自認金梳孤兒尋母至僧尼共犯，共九種，有批。其第二節無批，乃因劇次第依舊不變之故，不在本文範圍之內。今但論第一節及第三節。其第一節劇六種，中有五種著批。目如左：

雜傳一　相國寺公孫汗衫記

三　王閏香夜月四春園

李瓊奴月夜江陵怨

海門張仲村樂堂

一　崔驢兒指腹成婚

四　女姑姑說法升堂記

右目汗衫記乃元張國賓劇；四春園即緋衣夢，乃元關漢卿劇。也是園原目失考，誤入古今無名氏雜傳類。底本批注亦因而不改。此可勿論，至汗衫記與崔驢兒皆批一，疑有一誤。以丕烈目勘此目，則此目劇六種相當於丕烈目第五十三册目。李瓊奴月夜江陵怨、崔驢兒指腹成婚，丕烈目缺。其餘劇爲丕烈目所收者，次第與底本批悉合。

相國寺公孫汗衫記　一

海門張仲村樂堂　二

王閏香夜月四春園　三

女姑姑說法升堂記　四

此注所書號數止於四號。丕烈目此册所收劇亦恰得四種。由是知底本李瓊奴月夜江陵怨不批者，以無其本也。崔驢兒指腹成婚其本應亦不存而批一者，乃筆之誤也。

第三節劇九種，中有四種著批。目如左：

認金梳孤兒尋母

鵲奔亭蘇娥自訴

四時花月賽嬌容

一 王文秀渭塘奇遇

四 秦月娥誤失金環記

三 賽金蓮花月南樓記

二 風月南牢記

慶豐門蘇九淫奔記

僧尼共犯

右目劇九種相當於丕烈目第五十五册目。蘇娥自訴、花月南樓記，丕烈目俱缺。僧尼共犯，則丕烈目入本朝無名氏類，與灌將軍罵座記、金翠寒衣記、四聲猿合訂一册（第三十四册上？），不在此處。其餘劇爲丕烈目所收者，次第與底本批亦合。

丕烈目	底本批
認金梳孤兒尋母	無

四時花月賽嬌容　無
王文秀渭塘奇遇　一
慶豐門蘇九淫奔記　二
風月南牢記　三
秦月娥誤失金環記　四

以丕烈目與底本目對照，底本認金梳孤兒尋母、四時花月賽嬌容不批，丕烈目有其劇。知底本不批者，以其次不改也。底本鵲奔亭蘇娥自訴、賽金蓮花月南樓記不批，丕烈目此二劇缺。知底本不批者，以無其本也。底本僧尼共犯不批，丕烈目此劇出雜傳入本朝無名氏。知底本不批者，以出此劇入他類中也。然底本此處僧尼共犯不删，上文四聲猿後亦未添出『僧尼共犯』一目。蓋底本諸批非一時所書，甚或非一人所書，其隨時加批既各有意，不緣一事，則不免顧此失彼。故所批以今察之，在本目中往往不相照應。此不足爲怪也。四時花月賽嬌容本周憲王曲，不應在雜傳類。也是園原目既誤，批注與舊本裝訂亦因而未改。但此與上文所舉汗衫記之本爲張國賓曲、四春園之本爲關漢卿曲，均是考校問題。凡底本劇旁所批數目字既皆爲訂劇次第而作；則本文論底本批注以及與丕烈目比較者，應均以劇目次第爲限。不必於本問題之外更涉及考校問題也。

余以丕烈目與底本比較，證底本宋朝故事類之蘇東坡誤入佛遊寺，雜傳類之李瓊奴月夜江陵怨、崔驢兒指腹成婚、鵲奔亭蘇娥自訴、賽金蓮花月南樓記，當批注時其本已亡。所論似非不可信者。如讀者以爲證據不足，請更引一事明之。今也是園目底本古今雜劇目，其劇名旁有加圈者：如雜傳類之李瓊奴月夜江陵怨、崔驢兒指腹成婚、鵲奔亭蘇娥自訴，神仙類之呂洞賓戲白牡丹，其劇名第一字右側皆著○。此四劇丕烈目無之，今本也是園古今雜劇亦無之。此劇名上之圈，是檢校時所加記號，示其劇爲已佚之本也。有雙鈎加點者：如神仙類之南極星度脫海棠仙，其劇名第一字右側著◊。此是周憲王劇，已見『周王誠齋』劇目；緣劇有二本，編目時失檢，復重見其劇於此處。此劇名上雙鈎之點，亦是檢校記號，示其劇爲重複本也。然底本元無名氏劇目之摔袁祥、郭亘埋兒、荆娘盜果、白蓮池、錯立身，宋朝故事之蘇東坡誤入佛遊寺，雜傳類之賽金蓮花月南樓記，底本皆不加批，其劇亦佚。今此諸劇其劇名上不加○。此或檢校時此諸劇尚未佚。加圈在前，批注在後。故在批注時已佚之本在檢校時不盡加圈。亦未可知。雜傳類之四時花月賽嬌容，神仙類之二郎神射鎖魔鏡，教坊編演類之河嵩神靈芝慶壽等，其本亦複。今此諸劇，其劇名上不加◊。此當是劇之複出者多，從未一一核對，偶然發見一種，隨意施一記號。非全部清查，故亦不一例加◊。然其加○之爲佚本記號，加◊之爲重複本記號，則毫無疑義。如雜傳類之李瓊奴月夜江陵怨、崔驢兒指腹成婚、鵠奔亭蘇娥自訴三種，固適爲加圈者。此三劇之在批注時爲佚本，至是乃得三證：一、底本加圈；二、底本不批；三、丕烈目無。證據之多如此，不謂之佚本殆不可也。至宋朝故事類之蘇東坡誤入佛遊寺，雜傳類之賽金蓮花月南樓記，視以上三劇僅少一證耳。三劇之得三證，固可確信其佚；二劇之僅少一證，亦不必遽信其不佚。然則余謂此五劇當批注時其本已佚者應大致可信也。

四

底本馬致遠劇目、關漢卿劇目、元無名氏劇目、古今無名氏宋朝故事類及雜傳類劇目，其劇之加批者，余持以與黃丕烈手書目或今本古今雜劇元無名氏劇編號比較，已發凡舉例，一一證明其關係如上。其底本批之關於古今雜劇元無名氏劇編號者：余謂底本劇旁所批數目字，與元無名氏劇本編號其事相通，其所據正音譜是一本。底本劇旁批數目字與劇本編號，應是同時之事或竟是一人所爲。其底本批之關於黃丕烈手書目者：余謂丕烈目卽從舊本出。以底本批與丕烈目比較，凡底本批所訂雜劇次第與丕烈目所書諸册內雜劇次第，皆一一相合。凡底本前後劇著批而中間一二劇忽不著批者，丕烈目皆無其本。由此可知底本批與丕烈前舊本關係至切。舊本裝訂與底本加批，其時間相去必不遠或竟是同時之事。余所立二義，自謂與也是園古今雜劇研究大有關係：蓋今日討論也是園古今雜劇編訂問題，其理論應從此出發也。今更據此二義以推測古今雜劇編訂之事：

余謂底本批與劇本編號，應是同時之事或竟是一人所爲。舊本裝訂與底本加批，其時間相去必不遠或竟是同時之事。此言如不誤者，則關於也是園古今雜劇編訂問題可有兩種想法：卽(一)底本批與劇本編號，既是同時之事或一人之事；則底本批如確認爲遵王所書者，則劇本編號亦必與遵王有關。余前撰『也是園古今雜劇考』，認劇本編號係遵王以後人所爲，謂此乃遵王後對於也是園古今雜劇作第一次整理者。其語宜改正。(二)舊本裝訂與底本加批，其時間相去既不遠或爲同時之事；則底本批如確認爲遵王書者，則將趙琦美舊藏抄本刊本諸曲合裝爲若干厚册，其事亦當出遵王之手。余前撰『也是園古今雜劇考』，謂諸劇合裝之果出遵王手與否，其事難以斷定。語亦宜修正。此二事關鍵唯在底本批可確認爲遵王所書否？如逕認底本批確爲遵王所書，其事與劇本編號問題、也是園劇合訂問題，有無衝突之處？余今以個人所見發明於左：

一、　底本批如確認爲遵王所書，則劇本編號亦必與遵王有關。此言在理論上本無不可通之處，惟當下有一事應問：卽劇本編號如非遵王所書，則於確認底本批爲遵王所書一事亦發生動搖否？劇本編號，余初疑爲黃蕘圃所書，曾以其事質之張菊生先生。先生答覆謂編號確非蕘翁筆，不知係何人所書。先生多見名人墨蹟，精於鑒訂，其言當可信。今之也是園目底本爲遵王稿本。其劇旁所批數目字，審其筆勢亦略如本書他處遵王所書字。今若認爲卽遵王筆蹟，則底本批數目字與劇本編號其事相通，且應是同時之事者；顧批與編號乃不出一手何也？夫筆勢相近者，有時亦不必爲一人筆蹟。如子弟之薰習摹寫，或並時之人習染相同，其書法亦必相似。但也是園目底本既爲遵王稿本，其書中批字，雖不必同時，可大致信爲皆遵王所書。且余今日無法證明劇旁所批數目字決非遵王所書。故余寧承認爲遵王筆蹟。底本批數目字既認爲遵王筆，而劇本編號却非遵王筆。此事將何如解釋？余不得已擬爲調停之說。蓋底本加批與劇本編號，其事雖相通，其事雖同時；然重編整理之事，其程序既繁，遵王却不必一一躬自爲之。劇本編號之非遵王筆，固不礙底本批注之爲遵王筆。底本批注與劇本編號不出一人之手，亦不礙底本批注與劇本編號之爲同時相關之事也。如余此說果當，則余前撰文因信劇本編號非遵王筆，遂謂劇本編號整理與遵王無涉，應是遵王後人事者；今擬改正，認爲其事或與遵王有關。不欲執舊說定屬之遵王以後人也。

二、底本批如確認爲遵王所書，則也是園劇本裝訂，其事亦當出遵王之手。此言在理論上可通，按之事實亦無滯礙。余前以黃丕烈手書目核也是園目，發覺也是園目所錄某某曲在丕烈目某某册中者，其某某册中之劇往往遺失一二種。因疑遵王諸劇本是一一散置，不曾合裝，其本易散，後人所得也是園曲不全，故裝訂成册後，往往在某册中偶缺一二劇。此是某册存而某册之劇不全，與劇在某册其册已亡者不同。因劇在遵王時如合訂成册，在若干册中亡其某某册其事合理；在已裝訂之某册中獨遺其一二曲，其事不合理也。余當時爲此論，亦言之成理。今以也是園目底本考之，則丕烈目諸册中所佚之劇，在底本中皆爲不加批者。明此諸劇遺失皆在底本加批舊本裝訂之前。底本加批與舊本裝訂同時。如承認底本加批爲遵王筆，則不得不承認舊本裝訂卽在遵王之時。余前所舉在丕烈目中，往往某某册存而某某册中偶缺其一二劇，其事可疑者；此但可證在也是園目底本遵王未加批以前，其劇一一散置；而不可證終遵王之世，其所藏劇並未合訂，仍是一一散置。因加批與裝訂是同時之事，底本加批既屬遵王筆，則舊本裝訂亦必在遵王之時也。然裝訂有二義：謂底本加批之前，也是園劇本本以一劇爲一册；至加批時始合數劇爲一册，積若干册：此新裝合訂也。謂底本加批之前已合數劇爲一册，積若干册；至底本加批時，因其裝訂次第不合，更重訂之：此改裝重訂也。余所指也是園劇裝訂應與底本加批同時者，是改裝重訂，抑是新裝合訂？今就箇人所見略釋大意。丕烈前舊本裝訂，其劇次第卽依也是園目底本批，余於上文已言之。然以也是園目底本言，其批爲劇本裝訂而作歟？抑爲重訂也是園目而作歟？今以底本古今雜劇目元無名氏類考之，其劇加批以現存者爲限，則底本批本爲劇本裝訂而作，非爲訂也是園目而作。以底本古今雜劇全目考之，凡劇加批者，皆是重訂其次第。其劇之不加批者有二種：一爲其劇不存無從加批者，今勿論。一爲其劇次第本合無須加批者，此類在底本中實佔大多數。其因劇次第不合而加批者，僅馬致遠劇目關漢卿劇目元無名氏劇目宋朝故事劇目及雜傳劇目五處。且此五處除元無名氏劇目外，其餘四處加批者，亦僅屬本人本類劇之一部分，非其全部。明劇大多數次第皆合，無庸更改。以意度之，似是底本加批前，也是園劇已有合訂册子。其劇裝訂次第，即是也是園古今雜劇目次第。也是園古今雜劇目次第大致不誤，誤者只此五處；則合訂册子中劇之須更正者亦只此五處。故底本批之爲重裝改訂而作者，其劇加批者亦只此五處，其餘均依舊不改也。

更以遵王所編諸劇目考之。遵王藏曲編目三次：其第一次所編爲述古堂藏書目中之古今雜劇目。此目成於康熙八年己酉。第二次所編爲述古堂藏書目後所附之續編雜劇目。此目應成於康熙己酉之後。第三次所編爲也是園藏書目中之古今雜劇目。此目成於康熙十八年己未之前。續編雜劇目所錄曲，泰半爲述古堂目所不載；其與述古堂目劇同者，亦是別本異本。也是園目古今雜劇目所錄曲，則述古堂目所錄曲皆在內，而得多四十一種。此四十一種有已見於續編雜劇目者，乃己酉後續增曲，此類曲約佔三之二。有僅見於也是園目者，乃己未前新增曲；此類曲約佔三之一。余以續編雜劇目校也是園目，則續編雜劇目中之劇，除周憲王、王渼陂、康對山、徐文長、馮唯敏五人曲外，其餘皆不復見於也是園目。此緣續編雜劇目中之劇多已斥賣，遵王編也是園目時，僅裒其殘零，故所收寥寥無幾。然述古堂目著錄之曲，也是園目却全數收納。明遵王在己酉編目後，其述古堂舊藏曲自爲一部，而續編雜劇目所錄曲於己酉後續得者，應別置，不在述古堂舊藏曲之內。余更以黃丕烈手書目校也是園目底本，則凡丕烈目某册中遺失之曲，其曲在底本皆爲不加批者；凡在丕烈目某册中缺而在底本不加批之曲，核其曲十分之九爲也是園目新增曲，而在述古堂目不著錄者。明遵王在己未前，其述古堂舊藏曲仍自爲一部，而也是園新增曲應別置，不在述古堂舊藏曲之內。夫續增新增別置，則未必裝訂整理。故新增之曲雖已登也是園目，而當己未後檢校推排，其劇已有不存者。故在底本，於其劇不加批。舊藏曲自爲一部，則或已合訂成編。故其劇自己酉以來迄於己未，十年之間猶大致完整。然則余所指丕烈前舊本裝訂應與底本批同時者，殆是遵王此時將所存曲全部整理，以新增本益舊藏本，因其舊目重加詮次，因改訂爲若干册歟？然其胸中猶有蔕介不能無疑者則爲：凡劇在丕烈目某册中缺在底本即不加批者，核其劇名雖十分之九爲也是園目新增劇，而尙非盡屬也是園目新增劇。如鵲奔亭蘇娥自訴，丕烈目第五十五册中缺此劇，底本也是園目亦不加批。然其劇述古堂目已著錄，却非也是園目新增劇。此一劇是例外。

不可強抹煞此事，以為吾說遂可以成立也。意者遵王於述古堂舊藏曲，雖詮次整理彙存為一部，而仍是以一劇為一册：不曾合訂為若干厚册。迨己未後批也是園目底本時，始與新增諸本合訂。而此時不唯新增本有遺失，即舊藏自為一部者亦間有遺失。如鴿奔亭蘇娥自訴即其例歟？要之遵王藏曲，經歷一生，册籍繁富。其藏弆方法，裝訂形式，在當時悉為瑣事。遵王既未嘗自言，即非後人所能盡知。今之所言，但就個人所能言者言之耳。知者不必言，言者未必知。則士生數百年後，欲洞知數百年前之事，豈不難哉？其可知者：唯當也是園目底本加批時，確有裝訂劇本之事。黃丕烈手書目，本自舊本出；其所據舊本，即是也是園目底本加批時裝訂之本。其事乃的然無可疑耳。

五

此也是園目底本古今雜劇目中，尚有計算雜劇之字及號碼。其計算雜劇以字記之者，在教坊編演類感天地羣仙朝聖左下書「三百四十一」五字。感天地羣仙朝聖，係古今雜劇目最後一劇。所書「三百四十一」五字，係計算古今雜劇總數。余在本文第二章論「周王誠齋」時已言之。在也是園目底本，書手清抄古今雜劇目本爲三百三十八種。經遵王親筆行書添寫者三種。其目曰女學士明講春秋，在雜傳類；曰衆神仙慶賞蟠桃會，曰河嵩神靈芝慶壽，皆在教坊編演類。以書手清抄之三百三十八種加遵王親筆添寫三種，恰爲三百四十一種，與感天地羣仙朝聖下所書五字合。由此知遵王計算古今雜劇總數，包所添寫劇三種在内。其在感天地羣仙朝聖下書『三百四十一』五字，在添寫劇三種之後。遵王此時都計所收雜劇，凡劇在也是園目底本者，完全無缺。此一時期也。其計算雜劇以號碼記之者，凡四見：一在元無名氏類官門子弟錯立身下書乂。余考定此號碼乂爲現存元無名氏劇太和正音譜不錄本之數。也是園古今雜劇目元無名氏類所收曲，凡四十五種。其爲太和正音譜所不著錄者十六種。此書乂，知其時太和正音譜不錄本已佚二種。余在本文第三章元無名氏劇條亦已言之。一在明人劇目黃崇嘏女狀元下書刪。黃崇嘏女狀元，爲明人劇目之最後一劇。余自明人劇目第一劇遙天笙鶴數起，數至黃崇嘏女狀元，恰爲五十三種，與號碼書刪合。知其時明人劇具在。一在宋朝故事劇目行書添寫之張于湖誤宿女眞觀下書刂。此行書添寫之張于湖誤宿女眞觀，爲歷代故事劇之最後一劇。余自春秋故事第一劇伍子胥鞭伏柳盜跖數起，數至張于湖誤宿女眞觀，得七十三種，與號碼不合。然張于湖誤宿女眞觀，書手清抄目本在雜傳類中爲第一劇，不在宋朝故事類；遵王批校時將雜傳類之『張于湖誤宿女眞觀』八字點破，復移書其劇名於宋朝故事類之末，至是宋朝故事類始有張于湖誤宿女眞觀一劇。今若據書手淸抄原目計算，除去張于湖誤宿女眞觀，則其數恰爲七十二，與號碼合。由是知號碼書〧〢，在張于湖誤宿女眞觀劇出雜傳類入宋朝故事類之前。其時歷代故事劇亦完全無缺。一在教坊編演類『感天地羣仙朝聖』七字左下，『三百四十一』五字右上，書〧〢。按也是園目古今雜劇目，自春秋故事類至宋朝故事類凡八類，皆歷史劇。自雜傳類至教坊編演類凡六類，皆非演史事之劇。余自書手淸抄原目雜傳類第一劇張于湖誤宿女眞觀數起，至教坊編演類最後一劇感天地羣仙朝聖止，并遵王行書新添女學士明講春秋、衆神仙慶賞蟠桃會、河嵩神靈芝慶壽三劇計算在內，恰得七十六種。由此知號碼書〧〦，在張于湖誤宿女眞觀出雜傳類入宋朝故事類之前，在添寫女學士明講春秋等三劇之後。其時諸類劇亦完全無缺。以上所舉正音譜不著錄本元無名氏劇、明人劇、歷代故事劇、雜傳至教坊編演六類劇，凡分四節計算，其每節劇數皆以號碼記之。中唯正音譜不著錄本元無名氏劇缺二種，餘皆完全無缺。此用號碼記每節劇數，應在書古今雜劇總數之後。此又一時期也。其計算劇數以號碼識之，斷自元無名氏劇正音譜不著錄本，至教坊編演類止。自正音譜不著錄本元無名氏劇以上，如元諸家劇，則不計算其數；如正音譜著錄本元無名氏劇，亦不計算其數。蓋其計劇數以正音譜不著錄者爲限。凡也是園目所錄元諸家劇，皆正音譜已著錄者，與元無名氏劇之爲正音譜著錄者同。故皆不理會。其正音譜不著錄本元無名氏劇以下除明人劇中間有正音譜著錄本外，其餘諸類劇皆爲正音譜不著錄之本，故一律計之也。

底本批都計古今雜劇，以字書其數，不知在何時。以意度之，當在康熙十八年己未頃。此時劇在也是園目底本者完全無缺。其計正音譜不著錄本元無名氏劇以下諸類劇，以號碼分節計其數，事在都計古今雜劇之後。此時亦唯正音譜不著錄之元無名氏劇中缺二種，其餘完全無缺。底本批重訂雜劇次第，於劇旁書號數，其事又在以號碼記劇數之後。此時劇之遺失者，以余所考已多至十種。如元無名氏劇，除正音譜不著錄本缺摔袁祥郭巨埋兒二種，與記號碼時所缺劇同外；其正音譜著錄本缺荊娘盜果、白蓮池、錯立身三種。宋朝故事類缺蘇東坡誤入佛遊寺一種。雜傳類缺李瓊奴月夜江陵怨、崔驢兒指腹成婚、鵲奔亭蘇娥自訴、賽金蓮花月南樓記四種。而神仙類加圈之呂洞賓戲白牡丹一種尚不計在內。何失之易也？此劇旁所批號數，如認爲係遵王後人所書，則此諸劇之亡當由遵王卒後也是園書散之故。然今既承認底本劇旁所批號數爲遵王筆，則亦不得不承認此諸劇遺失卽在遵王之時。遵王晚年寓也是園，其書具在固未嘗散也。夫一人藏書，雖在其書具在未散之時，有時亦可以殘缺。是遵王也是園藏曲三百餘種，其偶然缺此十種，原不足爲異。唯其書缺之故可思耳。將謂書上有錢謙益題字因而銷毀之歟？則康熙時尚未禁謙益書也。將謂斥賣歟？則區區抄本劇十許，未必爲人所必欲得；遵王亦斷不爲是瑣瑣。且遵王編也是園目後，於古今雜劇目一再添改核算，是晚年於曲頗感興味，愛惜不已，何至拆散與人耶？今思其故，唯當以劇本易爲人所取閱，册籍繁富收拾無方解之。然則遵王也是園藏曲，在底本加批編號前，果是以一劇爲一册耶？是又非吾人在今日所能懸測臆斷者也。

也是園目尚仲賢『玉清殿諸葛論功』戴善甫『趙江梅詩酒翫江亭』劇未佚說

清錢曾也是園藏曲，至黃丕烈時存者爲五分之四，丕烈有錄存目記之。佚者爲五分之一，丕烈有待訪目記之。丕烈待訪目，記當時所佚也是園曲爲七十一種。（按應云七十六種）此七十餘種，以今考之，多有傳本，不盡屬佚曲。蓋丕烈待訪目本據也是園目錄出。其也是園目有而當時無其本者，卽入待訪目；其劇別有傳本與否不論也。其也是園目著錄劇之前後複出，至丕烈時在彼實存而在此已亡者，亦入待訪目；其劇之尚有第二本與否亦不論也。如尚仲賢玉清殿諸葛論功，卽其例。諸葛論功丕烈入待訪目。其劇實有第二本在今也是園本古今雜劇中。今略釋其事如左：

何以見尚仲賢玉清殿諸葛論功尚有第二本在也？按：玉清殿諸葛論功，述古堂目也是園目並著錄，以爲尚仲賢劇。錢曾編目，凡劇作者人名並依趙琦美原題。琦美考元劇作者，皆據正音譜。則述古目也是目之玉清殿諸葛論功，卽正音譜尚仲賢名下之諸葛論功是也，正音譜『諸葛論功』是簡稱。今以他書考之，則此劇正名七字，其下四字『諸葛論功』皆同，其上三字則所書不同。

有作『武成廟諸葛論功』者：如曹本錄鬼簿所書是。有作『受顧命諸葛論功』者：如范本錄鬼簿注及寶文堂目所書是。此所舉二條文字已異。更加入述古目也是目所書『玉清殿諸葛論功』，乃得三種異文。此驟觀之似可疑，實則毫無足怪。蓋元曲題目正名，傳本因時改易，本無一定。以錄鬼簿言，范本所記與曹本不同。以元人雜劇總集言，元曲選所書與元刊雜劇三十種不同，與古名家雜劇、顧曲齋本元雜劇、息機子本元人雜劇選又不同。要之後起者詞多簡鍊，而舊本原題却不必求工。明乎此，則知正名之少數字異同，與本劇無關。校曲者當據本劇本事以核其正名，不得舍本劇本事不論而但據正名，以正名之異同爲劇之異同也。如讀者對余此言無異議，則可以言尙仲賢玉清殿諸葛論功尙有第二本之事。其本爲何？卽今本也是園古今雜劇三國故事類之十樣錦諸葛論功是已。

今本十樣錦諸葛論功演北宋事。大意謂宋太宗建武廟，祀太公望。命編修張齊賢擬配饗之人，得十二人。其名爲范蠡、張良、孫武、司馬穰苴、樂毅、白起、李靖、管仲、李勣、郭子儀、諸葛亮、韓信。人名擬定，而難定其次。上帝知之，乃勅姜尙等十三人自陳其功業，到下方廟中自定之。衆神既集，太公命諸葛亮與孫武子對坐。韓信不平，自言：佐漢有十大功，班宜居上。亮因與對論，謂信雖有十大功，某事先主受顧命，亦有十大功足以敵之。且信十大功之外仍有十大罪。

歷數其狀。信無言。位乃定。於是衆神推太公首坐居中。宋因封太公爲『昭烈武成王』。云云。此劇所演如此，可斷定卽尙仲賢之諸葛論功劇。蓋述古目也是目作『玉淸殿諸葛論功』，以論功自定坐位本受上帝之命也。范本錄鬼簿寶文堂目作『受顧命諸葛論功』者，以諸葛受顧命，扶少主，以靖魏復漢爲志，其功最大；諸葛論功亦側重此節也。曹本錄鬼簿作『武成廟諸葛論功』者，以論功本緣宋修武成廟而發也。此本作『十樣錦諸葛論功』者，則謂諸葛與韓信往復，十功十罪博辯縱橫，如十樣之錦。且劇題目是『八府相齊賢定坐』，此收句正名作『十樣錦諸葛論功』，語求工對不害意也。以是言之，則『十樣錦諸葛論功』與『玉淸殿諸葛論功』本一劇也；遵王編目誤分爲二：一在尙仲賢名下，一在古今無名氏三國故事類。其誤一。諸葛亮雖爲三國時人，而論功者是諸葛之神，其事在宋朝，不在三國。以神是三國時人遂入此劇於三國故事類；與關雲長大破蚩尤劇之演宋事，以神是三國時人遂入其劇於三國故事類同。其誤二。然則遵王編劇目，殆不閱本文，其分類詮次但以劇名判斷之。宜其前後複出，錯誤者多，不僅此一劇爲然也。遵王誤於先，吾輩不可更誤於後。故今略述原委辨之如此。

淸黃丕烈藏曲，至趙宗建時又佚其十分之一。丁祖蔭記佚失之數，爲二十七種。此二十七種，今有傳本者約爲三之一。其中藏善甫趙江梅詩酒翫江亭，余謂與丕烈待訪目之玉淸殿諸葛論功同例，亦有第二本在今也是園古今雜劇中，卽神仙類之癩李岳詩酒翫江亭也。其說如下：

今本癩李岳詩酒翫江亭劇演牛璘事。其大意謂璘鄂州人，娶妓女趙江梅，大嬖之。爲蓋一臨江亭子，榜曰『翫江亭』。已而李岳來點化璘，璘卽隨李岳出家。璘又點化江梅，江梅亦出家。云云。此劇所演如此，可斷定其與也是目戴善甫名下之趙江梅詩酒翫江亭確是一劇。唯劇題微異，一以趙江梅入題，一以癩李岳入題。然趙江梅癩李岳在劇中本爲當場共事之人；則以趙江梅入題，猶之以癩李岳入題也。遵王編目，因劇題微異，遂目爲二劇。然遵王以趙江梅詩酒翫江亭爲戴善甫劇，似據趙琦美舊題。此題實誤，不可不辨。按：曹本錄鬼簿戴善甫劇有柳耆卿詩酒翫江樓，無趙江梅詩酒翫江亭。范本錄鬼簿亦然。范本且注其題目正名云：『周月仙風波明月渡，柳耆卿詩酒翫江樓。』此劇清乾隆時猶存。余所見傳抄本傳奇彙考（原書藏日本京都帝國大學）收翫江樓。其釋題云：『元戴善甫撰。演宋柳三變事。標曰：柳耆卿詩酒翫江樓』。又引詩話『餘杭妓周素蟾』條證之。載素蟾詩云：『羞歸明月渡，懶上載花船』。素蟾，雜劇作月仙。微異。然據傳奇彙考，所釋事與曹本范本錄鬼簿皆合。是戴善甫翫江樓，本演柳耆卿與妓女周月仙事；而翫江亭所演，乃牛璘與妓女趙江梅事。二劇了不相涉。琦美不察，乃以翫江亭屬戴善甫。蓋琦美考元曲作者，本據正音譜。正音譜載戴善甫此劇，但簡稱作『翫江樓』，不舉其正名全文。『翫江亭』與『翫江樓』

僅一字之異，琦美因誤以爲一劇。而不知所異者非只一字，其上乃更有三字不同也。王靜安先生曲錄二錄藏善甫柳耆卿詩酒翫江樓。注云：『也是園書目作翫江亭』。此緣也是園目以趙江梅詩酒翫江亭屬藏善甫，靜安先生不知其誤，故有此注。今讀也是園本癩李岳詩酒翫江亭，乃知其劇與趙江梅詩酒翫江亭是一劇，與柳耆卿詩酒翫江樓並非一劇。癩李岳詩酒翫江亭與趙江梅詩酒翫江亭是一劇，而也是園目誤分爲二。此緣劇名微異而誤也。趙江梅詩酒翫江亭與柳耆卿詩酒翫江樓非一劇，而也是園目從趙琦美題誤合爲一。此緣劇名偶有相同之字而誤也。其誤之結果不同，而其所以誤者則一：皆緣不讀本文，只取劇名核對。劇名只八字，而擇其中數字之或異或同者以推測劇本之異同：其根據寡薄如此，宜其誤也。此而不辨，則交加不定，徒增世人之惑；故余又辨之。余豈好辨哉？余不得已也。

重話舊山樓

原載中法漢學研究所圖書館館刊第二號

序

余於民國二十八九年間，曾撰述也是園舊藏古今雜劇一文。其後讀書，間有新知。復欲爲文述之，因循未果。三十二年秋，鄉前輩李玄伯先生自滬寄來所撰述也是園古今雜劇跋。頗正余說，讀之欣然。余文迫於程限，隨編隨印，雖參伍考稽，頗曾用心，而倉猝成書，究非定本。師友有不棄其片長而過許之者，固使余感激。如玄伯先生之特別注意余文，不吝賜教，是尤可感也。先生是文，補余文者凡四事：其一季滄葦兩任諫官。此爲余所不知者。其二，趙宗建之生卒年月。余所推定，雖與先生所考相去不遠，而余文只是測臆，先生文則確有所據。此二事最使余感興味。其三舊山樓。其四趙宗建及其子姪。此二事先生所考亦善。而余之所知，亦有可與先生文互相發明者。是時不覺技癢，卽欲爲文質之先生。而興味索然，起草未及半而止，竟不能終篇。今歲三十四年九月，壹戎大定，寇虐式遏。雖困厄如余，知無復餓死之慮。閉戶洒然，稍理舊業。爰取舊稿補綴之，撰爲此文，冀他日先生見之，仍有以正其失焉。

一　趙氏譜

舊山樓趙氏，自同溎以下，余所知者初惟四世。據玄伯先生文，則可下推至五世。益以余近來所得，則更可下推至七世。其世系如下表。其家人事蹟，亦各爲傳，附著於後。

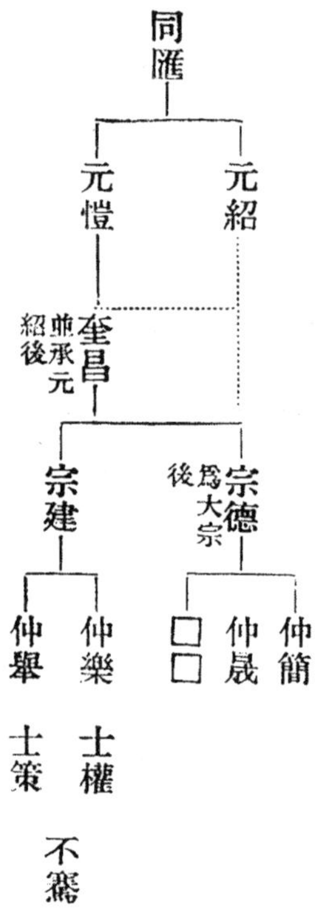

趙同溎，字涵泉，常熟報慈里人。少喪父，負土成墳。既葬，廬墓一年。手植松楸，三年成蔭。性精敏，尚義敢爲。脩北門街。開塘以資灌溉。乾隆五十年旱，獨力振其里。徽客負錢二千緡，焚其劵，更以二百緡賫其喪。人以爲難。初，趙氏之居報慈者，多業農圃，足以自給。久之，日衰薄。同匯欲建義莊贍之，未果而卒。後十年，子元愷成父志。以父手訂義莊規約，請於當事具題。道光三年旌孝義。祀忠義孝悌總祠，並准別建專祠，春秋官爲祭享。常熟趙氏之以孝義從祀且得專祠者，自同匯始。同匯喜延接士流。所居曰總宜山房，邑之名宿多造之。子二：長元紹，次卽元愷。

以上記同匯事，以孫原湘天眞閣集卷四十九趙涵泉傳爲主。此外，如虞陽旌表續錄卷八下同匯傳，記義莊事稍詳。邵淵耀小石城山房文集卷下趙退菴家傳，亦涉同匯事。今並取之。清光緒甲辰重脩常昭合志稿卷三十一人物志載同匯事。稱『同匯置贍族田千畝，手定義莊規約，遺命子元愷成之。恩旌孝義，祀忠義孝悌總祠。』注云：『出天眞閣文集。』然原湘但言元愷置贍族田千畝，未嘗以爲同匯事。他書亦然。此旣以爲同匯事矣，又言遺命子元愷成之。其語游移，失紀事之體。又原湘爲同匯傳，在同匯歿後十年。其時非嘉慶二十五年卽道光元年。此時同匯尙未旌表，故原湘文無一字及之。今紀旌表事而云出原湘天眞閣文集。是誣原湘也。同匯旌表之年，邵淵耀趙退菴家傳云道光癸未。癸未道光三年。旌表續錄則云道光二年五月二十一日旌。兼記月日，似尤可信。然數目字較干支字易誤。續錄『二』字安知非『三』字之譌。淵耀乃元愷之友，元愷子奎昌之師，與趙氏關係至深，且爲傳當據家狀，其紀年似不應草率。故余寧取退菴家傳。同匯卒於嘉慶十六年，亦見旌表續錄。諸書均不言其生年。考天眞閣集卷十六有『總宜山人歌贈趙翁同匯』詩云：『山人六十頭未白，平生好酒兼好客。』是卷紀年署『閼逢渾敦』，卽嘉慶九年甲子。嘉慶九年，同匯年六十。上數六十年，爲乾隆十年乙丑。知同匯乾隆十年乙丑生，享年六十七歲也。

以上同匯

元紹字孟淵，諸生。早卒，無子。弟元愷裒其集爲一卷。孫原湘邵淵耀皆爲作序。淵耀序小石城山房文集不收。原湘序見天眞閣集五十二。稱『每過北山，輒扣茅屋。曾甫含泉翁出其宿醞，佐以時蔬。命子行觴。浣花驥子，不廢詩名；眉山小坡，時有佳話。甌北先生爲君家之宗衮，主海內之騷壇。君親承指授，益變風格』。謂元紹從甌北學詩，且與甌北同宗。其言頗可注意。今編年本甌北集，無一字及元紹。不能知其結交始末。然卷一有『呈家謹凡教授』詩云：『師資幸得依宗老，請業何辭月滿除。』『謹凡』常熟趙永孝號，乃元紹之高祖王父行也。詩作於乾隆丙寅（十一年）戊辰（十三年）之間。時永孝方爲常州府教授，故詩云然。卷三十二有『和者庭韻兼祝其七十壽』詩。詩是乾隆五十三年戊申作。卷四十有『族兄者庭八十壽』詩。詩是嘉慶三年戊午作。並有『白首兄弟』之語。『者庭』趙王槐號，王槐乃永孝之子，元紹之曾祖王父行也。由此知甌北與常熟趙氏確有宗誼。元紹之從甌北學詩，甚非偶然。甌北乾隆十九年甲戌，考授內閣中書。是時，邵齊熊亦考授內閣中書，與甌北同僚，最相得。甌北贈詩所謂『嗟我迂拙百不交，獨愛虞山邵老六』者也。（甌北集卷四）齊熊屢舉進士不第，歸隱江鄉。而甌北第三人及第，敭歷中外。然二人交情迄不改。甌北三十七年壬辰乞假歸，途中有『寄邵耐亭』詩。（卷二十按齊熊號耐亭晚號松阿）明年癸巳抵家，又有『疊字體寄邵耐亭』詩。（卷二十一）至五十八年癸丑，遂往虞山訪之。贈詩有序云：『與邵松阿別幾三十年。中間雖邂逅杭州，交語未及寸燭也。今夏始至虞山奉謁。承招同蘇園公、吳竹橋、鮑景略諸名流讌集。撫今追昔，即席奉呈。』（卷三十六）蘇園公即蘇去疾。吳竹橋即吳蔚光。皆老宿也。鮑景略名偉。此三人與齊熊，皆同匯座上賓。齊熊既爲同匯所禮，又與甌北交深；以理揣之，元紹從甌北學詩，其因緣除同宗關係外，似尚有齊熊爲之介。其識甌北，或即在乾隆癸丑甌北來虞山時，亦未可知也。元紹總宜山房詩稿，余未見。單學傅海虞詩話卷十載其天龍泉絕句二首。其一：『寒碧澄潭歛，衆山倒影深；潺潺流不歇，風雨和龍吟。』其二：『山深夏亦寒，人靜山逾綠；清泉瑩我心，太古一涵玉。』頗爲雅鍊。即此可以概其餘也。

諸家文但言元紹早卒，不言卒於何年。余謂當在乾隆末嘉慶初。其證有二：邵淵耀小石城山房文集下有趙節母陸太宜人傳，爲元紹妻陸氏作。傳稱『孟淵以高才充賦不售，努力攻苦，病瘵早天』。充賦謂應江南鄉試。尋淵耀文意，似謂元紹卒去其補諸生時不甚遠。元紹補諸生，在乾隆五十八年癸丑，見廣陽科名錄四下。明年鄉試，爲乾隆五十九年甲寅恩科。明年又鄉試，爲乾隆六十年乙卯恩科。越三年，又鄉試，爲嘉慶三年戊午科。元紹鄉試不售，當不出此數科。一也。陸太宜人傳稱太宜人『年臻八十，康強逢吉。燕喜令終』。令終出大雅既醉篇，可不必作死亡解。然傳雖未明言太宜人之死，而詞意感慨，非生傳體。疑此處用令終，仍是壽終意。陸氏年三十而寡，見廣陽旌表續錄十下。倘陸氏壽終之年時可知，則其喪夫所值之年時亦可推知。惜傳不言陸氏卒年。然傳稱『昭陽作噩之歲，叔才（元愷字）以孟淵遺詩屬弁其端。忽忽三十餘年，又傳太宜人焉』。今假定作傳之年卽陸氏卒年。則自昭陽作噩卽嘉慶十八年癸酉算起，至道光二十三年癸卯，爲三十一年。至咸豐元年辛亥，爲三十九年。陸氏卒當在道光二十三年癸卯，與咸豐元年辛亥九年之間。由道光二十三年癸卯上數五十一年，爲乾隆五十八年癸丑。由咸豐元年辛亥上數五十一年，爲嘉慶六年辛酉。其時陸氏年三十。則元紹卒當在乾隆五十八年癸丑與嘉慶六年辛酉九年之間。二也。元紹卒年，余所能考者如此。不知當否。至元紹享年若干，諸家文亦不明言。

惟以元紹卒時其妻陸氏年三十推之，度其享年亦不過三十左右耳。

以上元紹

元愷字叔才，從邑人陳中仁、王愷、孫原湘學爲經義。名噪一時。嘉慶八年，補諸生。數舉南北鄉試不售。會遭父母喪，遂絶意進取。自號曰退庵。善治生，家日以起。而自奉甚約，無聲色裘馬之好。嗜典籍，工詩能書，善鑒別書畫。豪俠好客，一時名士皆與之游。方同匯時，家稍裕，然有田僅四百餘畝。欲建義莊，撙節三十年，竟不能遂其志。至元愷經營十年，捐置義田至千畝。族人之貧者咸賴以生。故孫原湘謂元愷精敏強幹酷似其父云。道光十三年旌孝子。子奎昌，兼承元紹後。

以上述元愷事以邵淵耀趙退庵家傳爲主。傳不詳者，更以虞陽旌表續錄卷八下同匯傳，卷十上元凱傳補之。家傳謂元愷體素強。己丑秋，偶感暑疾，遂不起。年四十有九。不言何朝己丑。余定爲道光己丑。仍以淵耀文證之。小石城山房文集上，有魏氏樂賓堂卷跋，云『昔吾友趙君叔才席豐好客。其表兄魏君伯明，最爲大戶。伯明子元夫，叔才子曼華，先後請業於余。道光己丑以後，兩君喬梓相繼謝世』。合淵耀文二首觀之，知傳所云己丑，是道光己丑無疑。道光九年歲在己丑。是年元愷卒，年四十九。知元愷生於乾隆四十六年也。元愷一樹棠梨館詩集，余亦未見。僅於海虞詩話卷十二見其詩數首。秦淮臥病云：『檀仮金箏碧玉簫，無端孤負可憐宵；客中飢渴魚緣木，夢裏鶯花鹿覆蕉；好友似雲遲未至，病魔如霧苦難消；板橋煙雨青溪月，若箇從頭問六朝？』風情不淺。偕周鶴儕探梅云：『我輩自應寒徹骨，此花惟許月傳神。』亦自不凡。單學傅謂此皆少作。中年後不恆作，作亦不示人云。

以上元愷

奎昌字曼華，諸生，官詹事府主簿。其事蹟見小石城山房文集下曼華趙君小傳。清光緒甲辰重修常昭合志稿卷三十一人物志亦載奎昌事。注云：出邵淵耀墓志。勘其文與傳略同，而志所云『奎昌嘗輯三峯寺志，與從兄孝廉允懷互相商榷，識者稱善』，數語。傳無之。知淵耀自有奎昌墓志。今文集有小傳，無墓志。不知其去取之故。或以文同紀一人事不必兩收歟。傳稱『曼華弱冠補諸生。經義外兼工詩畫，雅不自矜。已而需次宮僚。一時名公卿咸器重之，文字之役，多以屬君。退庵既歿，服闋後一赴京邸。以家居奉母爲樂，不復出。年甫逾壯，偶示微疾，欻爾不起。』其紀奎昌事亦可謂具始末。然事盡於形，須加以補充。如云：『曼華遺孤長者初習數日，幼者僅五齡』。長者謂宗藩，幼者謂宗建。宗藩亦爲大宗後。見趙退庵家傳。而此處皆不舉其名。此書法之疏也。邵松年虞山畫志續編稱『奎昌畫不一格。山水在文沈間，寫生亦宗明人法。所作慈烏孝羊圖，人尤推之』。瓶廬叢稿第三册載翁同龢題趙曼華畫卷云：『道光己丑庚寅，先君官中允。君以詹事府主簿來京，居內城，往來尤密。是時君之畫學日進，名稱動公卿間矣。』虞山畫志續編又載奎昌自題畫扇詩云：『平橋樹影綠毿毿，一角晴烟露遠嵐；悵望柳花如夢裏，東風吹雪滿江南。』頗有風調。凡此皆可證小傳工詩畫之言不虛。然語太簡，不讀他書，則不知其詩畫如何工。此描寫之未盡也。小傳不書奎昌卒年。又不明言壽若干，但云『年甫逾壯』而已。『年甫逾壯』，果爲三十一乎？此非考證不明。余謂奎昌卒於道光十二年，其享年確是三十一歲。何以知之？廣陽旌表續錄卷七下常熟縣生存節婦門，有奎昌妾姚氏。其文曰：『詹主簿趙奎昌妾姚氏二十四歲寡。先後隨正室錢氏繼室吳氏侍奉堂上，深得歡心。無所出。嫡子宗德宗建，幼失怙恃。氏視如已出，提攜捧負，俾得成立。後嫡孫仲晟喪母，纔三歲。氏受亡者托，力爲撫養。壬午，仲晟舉於鄉。氏喜曰：此可慰前人寄託心矣。現年七十一。』文後注云：『光緒五年旌。』旌表錄所錄已旌未旌之人，皆據當時請旌册案書之。其記載自屬可信。然此段文甚駁。以氏光緒五年旌，而仲晟舉於鄉乃光緒八年事。『氏喜曰』云云，亦不似册案語。顯係編書時所增。故今日引用此文，必須從全文中將『壬午仲晟舉於鄉』以下十九字删去。認『現年七十一』，乃對氏光緒五年旌表時言，非對八年仲晟舉於鄉時言，方合事實。氏光緒五年，年七十一。由光緒五年上數至道光十二年，年二十四，卽奎昌卒年。余此說似可成立。然自他人視之，或尚以爲證據不足。恐其說之未當也，乃更取他事之關涉奎昌卒年者，以吾說驗之，觀其合否。結果，無不合者。曼華趙君小傳云：『曼華亡，上距退庵之亡弗及四稔。』退庵亡於道光九年秋。自道光九年秋至道光十二年，以日計算，不及四年。此合者一也。又云：『曼華遺孤幼者僅五齡。』謂宗建也。宗建卒於光緒二十六年，年七十三。其生年當爲道光八年。自道光八年數起，至道光十二年，恰是五歲。此合者二也。然則余謂奎昌卒於道光十二年，其言信不誤矣。小傳謂奎昌弱冠補諸生，不言補諸生在何年。虞陽科名錄卷四下，載道光元年辛巳科試常熟生員有趙奎璇。科名錄例，每一人名下，皆注其字及爲何人之子孫，何人之姪。『奎璇』下獨無注。余疑奎璇卽奎昌。以是年科試，趙氏入學者只二人。其一卽奎璇。其二宗功，乃奎昌從子行。自道光元年上溯至嘉慶十九年甲戌，歲試生員始有趙姓。一趙元洽，乃奎昌從父行。一趙允懷，卽與奎昌同輯三峯寺志之人。奎昌入學，決不在嘉慶間，其事甚明。自道光元年，下數至道光五年乙酉，科試生員始有趙姓一人，名文銓，字子衡。此人決非奎昌。蓋不唯名字不類，卽以歷年考之，奎昌道光五年若年二十，則道光十二年，年甫二十七，尙不及三十，不得云『年甫逾壯』也。故余疑科名錄道光元年之趙奎璇卽趙奎昌。然嫌無證。及讀海虞詩話卷十五『趙允懷』條云：『其族曼華主簿奎昌，原名奎璇，能畫亦能詩。』乃大矜喜。考證之學貴求證據，亦貴能假設。其假設有理不可易者，此類是也。奎昌道光元年入學，年二十。至道光十二年，年三十一。恰與小傳『年甫逾壯』之言合。然則余謂奎昌享年確是三十一歲，其言亦不誤矣。淵耀自負能古文。凡古文家作傳記文，大抵重文詞而輕事實，甚者以事實牽就文詞。余考舊山樓趙氏事，資料得自淵耀集者不少。然其文經余採用，往往須余費一番考訂工夫，其事實始明白。不獨此一然也。

以上奎昌

宗德，趙退庵家傳獨作『宗藩』。淵耀作此傳在咸豐中，時宗德兄弟已壯，知『宗藩』是譜名。其字『价人』，取詩大雅板篇『价人維藩』之義。後入仕改名『宗德』，而字仍舊。故名與字不相應也。光緒甲辰常昭合志稿卷三十一載宗德事，附其曾祖同匯傳。云：『宗德例授郎中，簽分戶部，以勤敏稱。同治戊辰，捻匪由豫東竄，畿輔戒嚴。朝命龐文恪為五城練勇大臣，奏帶宗德為隨員。敍功加四品銜。將眞除，因喪幼子歸里，卒於家。』龐文恪謂龐鍾璐，宗德鄉里也。志但敍宗德仕歷，而不及學藝。實則宗德工畫，見虞山畫志續編。云『宗德山水摹石谷，設色水墨，並極秀潤。頗自秘，不輕示人。偶作一二幀，不署款，但鈐「白民」小印。』又云：『予從哲嗣君默處，得觀水墨山水一幀，後有顧若波題跋，極推重之。』若波名澐，善畫有名。翁同龢光緒己亥題顧若波畫詩所謂『畫史亦無數，斯人不可求』者也。宗德畫不肯為人作，見同龢題趙曇華畫卷。邵松年見其畫，欲奪之，不可。亦見畫志續錄。其狷如此。志不書宗德卒年。其生年余據曼華趙君小傳考得之。傳稱曼華遺孤長者初習數日。禮記內則『九年教之數日』。謂長者九歲也。道光十二年曼華卒時，宗德九歲。知宗德生於道光四年。宗德光緒十五年猶存，見翁文恭日記。是時宗德年六十六矣。

宗德三子。其一曰仲簡，字君默。玄伯先生已言之。仲簡曾官浙江主簿。妻金匱華氏，名瑤姝，字湘芙，善書，工山水。隨宦新溪，官閣聯吟，哦松染翰，頗稱韻事。見虞山書志續編。其一字君修，玄伯先生不知其名。考虞陽科名錄卷四下生員門，載同治七年戊辰生員有趙仲敏，乃寄籍外學者。注云：『君修，奎昌孫，入宛平學。』是君修名仲敏也。卷二舉人門，載光緒八年壬午科舉人有趙仲純。注云：『字君修，奎昌孫由昭，監中式，改名仲晟，捐運副，分浙江。』是君修名仲純改名仲晟也。科名錄一作『仲敏』，一作『仲純』，自爲歧異。而其時趙氏尚有一仲純。科名錄卷三下捐貢門載同治朝捐貢有趙仲純。注云：『心卿，宗望姪，捐鹽大使，補浙江黃灣場大使。』卷四下生員門載同治四年乙丑府學生員有趙仲純。注云：『心卿，宗望姪。』此仲純乃城內趙氏，與君修爲疏族。君修同治朝已以『仲敏』名入學，光緒朝又以『仲純』名應舉，後又改名『仲晟』。不知何故。或科名錄卷二舉人門仲純『純』字乃『敏』字之誤歟。其一宗德幼子，先宗德卒，見光緒甲辰常昭合志稿。今不知其名。

以上宗德

光緒甲辰常昭合志稿卷三十一記宗建事不甚詳，亦不言其卒年若干。翁同龢有清故太常寺博士趙君墓誌銘，在瓶廬叢稿第六册，則記宗建始末極詳。宗建晚自號『花田農』，見同龢瓶廬詩稿七趙次公挽詩。所著灌園漫筆，同龢有題詩，亦見詩稿七。宗建承其家學，鑒畫甚精，見叢稿第三册題趙曼華畫卷。宗建歿同龢私謚爲『有道先生』，見叢稿第六册趙次公哀辭：志皆不書。故今日考宗建事，當以同龢所撰宗建墓誌爲主，更參考墓誌外之同龢詩文，始可云完備。墓誌原文稍繁，今節錄之。文云：『君諱□□，字次侯亦曰次公。君少孤，與其兄价人力學，文采斐然。數試不利。以太常寺博士就試京兆，獨居野寺，不與人通。已而罷歸。咸豐十年，粤賊陷常州蘇州。吾邑東南西三路受敵。團練大臣龐公偕邑人城守。君別將一營，扼東路支塘。支塘，太倉之衝也。而賊由西路撲城。八月二日，城陷。君馳援，遇賊三里橋。鏖戰，壯士周金龍帥子剛殲焉。君乃北渡江至海門。君之室浦先以齎裝次海門。君慨然曰：「事至此，何以生爲！」盡散之，得沙勇數百。乘夜過江，毁賊壘數十。進至王市。天大霧，賊悉銳出。戰失利。遂走上海，乞於巡撫李公。得總兵劉銘傳與偕，日夜圖再舉。同治元年十月，賊將駱國忠以城降。君從劉君大破賊於江陰陽舍。於是沿江上下百餘里無賊蹤。侍郎宋公以君功入告。有旨嘉奬。賜孔雀翎。發兩江總督曾公差委。君謝不赴。與邑人輯流亡，補城垣，濬河道。從此不問兵事。君喜賓客，善飲酒，蓄金石圖史甚富。所爲詩文清湯有體格。晚好談禪，然論及當世事，猶張目嗟呼，聲動四座。君卒於光緒二十六年五月丙寅，年七十三。子仲樂，前卒；仲舉，邑庠生。孫士權前卒；士策業儒。曾孫不緒。」墓誌所稱「團練大臣龐公」，邑人龐鍾璐也；「巡撫李公」，李鴻章也；「兩江總督曾公」，曾國藩也；「侍郎宋公」，似謂宋晉，晉是時爲倉場侍郎。「陽舍」汎地名。諸書皆作「楊舍」。此作「陽」，誤。

仲樂事蹟不詳。妻江陰季氏，芝昌之孫，念詒之女，閥閱甚高。歸趙氏，不一年而卒。同龢爲作季孺人傳略，在瓶廬叢稿第五册。作傳時同治十二年也。

仲舉字坡生，一字能遠。善花卉，兼工翎毛草蟲。體物之微，細入毫髮，可與翁學海並駕齊驅。見廣山畫志續錄。「坡生」亦作「譜笙」。虞陽科名錄卷四下生員門，載光緒六年庚辰常熟生員有趙仲舉。注云：「譜笙，奎昌孫。」卷三下捐貢門，載光緒朝捐貢有趙仲舉。注云：「坡生」。可證。「譜笙」亦作「補笙」。玄伯先生因翁文恭日記所書，有「趙坡生」又有「趙補笙」，遂謂宗建子有坡生補笙二人。其實「坡生」「補笙」是一人字有兩種寫法，非二人也。

宗建子姪，皆以「仲」字取名。「仲」字亦是派名。小石城山房文集卷上駿德堂趙氏祭田齎田記載趙宗耀姪有仲標。卷下趙振之廣文傳載趙宗望子有仲嘉。旌表續錄卷七下載趙宗瑞過繼子有仲鎔。科名錄卷四下生員門卷三下捐貢門，載咸豐五年乙卯生員咸豐朝捐貢並有趙仲洛，字少琴。卷四下生員門，載光緒二十一年乙未生員有趙仲抃字顯卿，光緒二十四年戊戌生員有趙仲明字蓉生。均可證。

以上宗建

二　趙氏第宅

余曩撰『也是園古今雜劇考』，謂舊山樓即宗建所庀。玄伯先生據翁文恭日記摘其誤，謂舊山樓乃同龢父心存館趙氏時授書之所。心存授書時，距光緒十五年同龢寫日記時已七十六年。其時宗建尚未生。舊山樓絕非宗建所能庀。先生之言是矣。然余之陋尚不止此。宗建之舊山樓與同匯之總宜山房雖同在一區中，而舊山樓址非即總宜山房址。余文謂宗建所居即總宜山房舊居。意謂今之舊山樓即昔之總宜山房。誤矣。趙氏宅第，自道光初至咸豐中，三十餘年間，曾有兩次變遷。余謂宗建所居即總宜山房舊居。其意似謂趙氏自同匯以下，四世居報慈里，不曾遷移者。又誤矣。余當時對舊山樓歷史智識太不充足，故言之不明確如此。今則所知稍廣，事實漸明。乃采諸家文之記趙氏第宅者，重加考證，詮次爲此篇。

總宜山房

邵淵耀舊山樓記云：『鎮江門外寶慈里，地以古菴得名，在村郭間，負山面水，景物閒外。羣萃託處於斯者，有以自適。大率孝悌力田，不求聞達。』其風土人物之美如此。同匯世居是里。夷考其行，眞所謂『孝悌力田不求聞達』者也。所居曰總宜山房。孫原湘趙涵泉傳記山房景物云：

遴翁居多古木，蓊翳庭中，老桂殆百年物。翁又雜植花木，闢梅圃，廣可數畝。

山房老桂，天眞閣集；翁心存知止齋集均有題詠。翁同龢於光緒中尚見之，十五年日記所謂『老桂一株尚是舊物』者也。原湘此文作於嘉慶末，時同匯已卒。其後記山房景物者，尚有邵淵耀。淵耀咸豐中作趙退菴家傳云：

方贈公時，所居舫齋，地止數弓，而花木竹石，位置妥帖；春秋佳日，集名流觴詠其中。

所謂總宜山房者也。

其舊山樓記作於咸豐六年，亦云：

舅氏涵泉贈公豪爽而有隱操，所居舫齋曰總宜山房，花木秀野，雅稱觴詠。據此，知總宜山房乃同匯齋名。同匯梅圃數畝，而山房地止數弓。但求雅適而已，不嫌小也。原湘乃同匯之友，數飲園中，習其風物。淵耀乃城內趙氏之甥，呼同匯爲舅，幼嘗出入園中，故雖追記舊事，而言之猶眞切如此。山房中貯圖籍甚富。同匯又喜飲好客。原湘趙涵泉傳記其事云：

顏其居曰總宜山房，蓋市圖籍，充仞其中。邑中名宿多造焉。翁善釀酒，取水桃源澗，香味清洌，名『桃源春』。客至，輒命元愷行酒，曰：與現在否人酬對，勝如故紙中求之也。

地有嘉樹，屋有圖籍，家有美醞。人家具此三者，固名士所欲造。然苟主人不賢，或無大惡行而不同氣味，則名士亦不欲訪之。翁隱者，未必以儒者自居。然其教子之言，實饒有風味。今之儒者，或未解此。宜諸名士之親之也。人情貴遠而賤近。古人有寸善，則仰之以爲不可及。今人負異資，則擯之以爲不足道。實則學問伎術，愈後愈進步。以人才論，不但現在人中有古人，古人中且無現在人也。以學習言，則古人長往，風徽日遠。求古人精神於故紙中，究不若與現在古人酬對，聽其言論之爲愈，此理易解，而知之者寡。翁能有此言，雖曰未學，吾不信也。翁之居在鎮江門外。鎮江門邑北門，俗所謂旱北門也。據天眞閣集，則翁城北尚有別墅。卷十九有詩詠之。序稱『涵泉趙翁，構別墅於城北，暇輒憩焉。屬余賦詩』。云云。詩作於嘉慶十三年戊辰。疑翁別墅之構，亦在此時。此別墅與總宜山房無涉。今附記於此。

東臯

同匯山房梅圃，不知營於何時。以情理論，應在家事稍裕之後。趙退庵家傳，稱同匯生事稍裕，慨然以收卹族人爲己任。力有未逮，賫志以終。旌表續錄八稱同匯欲建莊贍族，而受產僅四百餘畝。撙節三十年，力終不逮。夫受田四百餘畝不爲過少，而云力不逮者：蓋族大丁多，贍族之田，少則無補，故撙節三十年猶不逮，非謂同匯家貧也。以是而言，則同匯一生，其後三十年可謂之寬裕時期。同匯卒嘉慶十六年，逆數三十年爲乾隆四十七年。今假定同匯營山房梅圃在乾隆五十年左右，則同匯中年後有園館之美，有賓客之樂。當太平雍熙之時，享清閒之福者幾三十年。其境亦可羡矣。元愷好客似父。方元愷嗣其父居總宜山房時，山房亦不寂寞。然余讀舊山樓記及趙退庵家傳，知元愷有移居之事。舊山樓記云：

> 舅氏涵泉贈公，所居舫齋曰總宜山房。此地當乾隆間，爲園公刺史，竹橋禮部，長眞吉士諸公之所遊宴。嘉慶間則爲邃菴協揆，偉卿比部之所館餐。而角藝賭酒，吾亦嘗與。退菴生業日裕，移居賓湯門外東臯。山房乃爲舊宅。

賓湯門邑東門，俗所謂大東門也。園公竹橋，同匯客。見上文。邃菴謂翁心存；偉卿謂吳廷鈐，並元愷客。長眞謂孫原湘。原湘爲同匯父子客；嘉慶時數來山房。此與園公竹橋並目爲乾隆時客。誤。原湘識淵耀於髫齡，嘉慶中且同遊宴。淵耀雖暮年撰文，不應顛倒如此。蓋行文偶疏耳。趙退菴家傳記東皐事尤詳。今錄其文於下：

方贈公時，所居舫齋地止數弓，而花木竹石，位置妥貼。及君移居賓湯門外，旁有亭樹，相傳爲瞿忠宣東皐遺址。稍北，爲華氏存松園，亦兼有之。叠石浚池，曲具勝槩。贈公故豪飲，君實克肖。佳客過從，每留讌賞，觥籌交錯，酣嬉淋漓，有孟公投轄之風。而客之不勝杯杓者，曾不強以酒。故人得盡其歡。

東皐本忠宣父湖廣參議汝說所構，忠宣增拓之。有浣溪草堂、貫清堂、鏡中來諸勝。旋廢。見梅村詩話光緒重印乾隆本常昭合志卷五。志云：『東皐在鎭海門外。』鎭海門邑北門，俗稱水北門。與淵耀文稱在賓湯門外者不同。蓋東皐本位於賓湯鎭海之間，不妨兩屬，故文異也，存松園乃華氏園。天眞閣集卷十六有『題華指揮存松園』詩。詩是嘉慶九年作。華指揮不知其名。據淵耀所述，似元愷東皐規模在報慈舊居之上。蓋家日起，則第宅亭館之要求視往日爲奢。亦人情之常也。

元愷何時移居東皐，淵耀文不明言。余謂決不在嘉慶二十年前。可以天眞閣集知止齋集證之。今天眞閣集，其詩確知爲元愷總宜山房作者二首：如卷二十二所載『四月十七日過趙叔才秀才』

詩，及『醉趙生叔才桂花下』詩。是。皆嘉慶二十年乙亥作。知止齋集，其詩序出總宜山房者六首：如卷二『九日偕曾石谿陳梅江集趙叔才總宜山房』詩，『夜坐總宜山房桂花下』詩，『叔才招同單師白孫仲直集總宜山房』詩，『總宜山房曉起看雪』詩：皆嘉慶十九年甲戌作。卷三『雪中集總宜山房』詩，『總宜山房看雪』詩，皆二十年乙亥作。其詩序不出總宜山房，而確在總宜山房作者一首：如卷二『同叔才奇男習射』詩是。亦乙亥作。據此二家詩，則元愷移家，決不在嘉慶二十年前明矣。余疑元愷終嘉慶朝，無移家之事。其移家似在道光初。何以知其然也？元愷以善貨殖致富，見趙退菴家傳。天眞閣集趙涵泉傳，旌表續錄卷八下，俱稱涵泉翁欲建義莊。翁歿十年，元愷總理操切，遂成先志。是元愷事生產在翁歿後十年間。其建義莊，距翁歿時十年。翁以道光三年旌，疑元二年是元愷立義莊時也。凡人有大義行善舉，必在其家有餘力之時。移家多爲生活便利或事實需要，固不關財貨之有無。然園館之經營拓闢，亦必在家有餘力時。故余疑元愷營東皋時，必與其建義莊時不遠。以淵耀文考之，舊山樓記稱『退菴生業日裕，移居賓湯門外』。雖不著遷移歲月，而元愷移居在其生業日裕時，則淵耀言之已明。又其記總宜山房賓客分二期：首乾隆期，次嘉慶期。而敍元愷移居事於嘉慶期之後。尋淵耀文意，亦不謂元愷移居在嘉慶時。可知余之言固未嘗不近事實也。

元愷移居，蓋爲管理財產方便計，非輕去其里。東皋第，元愷傳奎昌，奎昌傳宗德宗建。三世居之，固已宴如。然報慈在虞山之麓，景物幽絕。山房乃同匯所營，梅圃依然，老桂無恙。四十年間，遺澤未斬。至咸豐中，遂有宗建繕葺報慈舊居之事。

舊山樓

張瑛有舊山樓記，似在所著知退齋文集中。原文余未見。葉昌熾藏書記事詩卷七所引只六十餘字，非全文。後於小石城山房文集卷上見邵淵耀所撰舊山樓記，乃大喜。蓋其文不唯記舊山樓事甚悉，即舊山樓前之趙氏園亭，亦大略言之。實爲考舊山樓之絕好資料。故余今日紀舊山樓事全據此文。其意有不盡者，更疏通之。文稱：

舅氏涵泉贈公所居舫齋曰總宜山房，花木秀野，雅稱觴詠。子孟淵退菴兩兄，俱從幼識面。孟淵早亡；與退菴尤暱好，遂介子曼華請業焉。退菴生業日裕，移居賓湯門外東皋。山房乃爲舊宅。自退菴曼華相繼徂謝，予於春秋佳日出郭游衍，間至山房，步屧庭內，睠顧嘉植，慨念舊遊，每攀枝執條不忍還反。

此追記總宜山房，爲舊山樓張本也。退菴移居，在道光初年，卒於道光九年。曼華卒於道光十二年。山房自退菴移居，失其主要地位。經十二年後，嘉木美植，依然如故，覩此文可知。又稱：

去年曼華仲子常博次侯，既潢治三峯龍藏刊行先世著作。又於山房東北繕葺位置亭榭，益臻整潔，命曰『寶慈新居』。有雙梓堂，古春書屋，拜詩龕，過酒臺諸勝。而玆樓居其北，地最高朗，嵐彩溢目，邐延遠攬，足領全園之要。

此記舊山樓緣起，文雖簡古，而事極核備。其昭示吾人者二事：宗建園曰『寶慈新居』。寶慈新居在總宜山房東北，舊山樓又在寶慈新居之北。此園之位置可知也。余謂其地至少包同匯梅圃在內。同匯闢梅圃，廣可數畝。見趙涵泉傳。葉昌熾緣督廬日記抄光緒九年日記云：『遊趙次侯園亭。種梅二畝許，暗香疏影，頗極幽靜。』以日記文與傳文互證，知宗建園即同匯梅圃。昌熾不知常熟趙氏掌故，輒云：『次侯種梅二畝。』實則梅乃同匯物，非宗建物也。宗建繕葺寶慈舊宅，與潢治三峯龍藏刊行先世著作同時：此營繕之時可知也。先世著作，蓋指奎昌所輯三峯寺志言。『去年』二字似無着。實則不然。以此文後署『咸豐七年春王月』。去年是咸豐六年也。宗建與兄宗德居東皐已久，其地非不適。何以宗建此時忽有繕葺寶慈舊宅之事？余謂是時兄弟析產。兄得東皐而弟得報慈也。觀諸家文言舊山樓，皆以樓屬宗建，不屬宗德可知。何以析產必在咸豐中也？曰道光十二年奎昌卒時，宗德年九歲，宗建年五歲。元紹妻陸氏，元愷妻錢氏，奎昌妻吳氏，皆寡。宗德雖爲大宗後，是時無析產之理。至咸豐六年，陸錢吳皆前卒。宗德年三十三，宗建年二十九矣。上無父親，兄弟咸能自立，故可析產也。淵耀所言二事，余此處所詮釋者較淵耀文多數倍。非不憚煩也。文之繁簡各有宜。淵耀文爲宗建作。對宗建言趙氏事，不必過詳。余文非爲宗建作。在今日言趙氏事，不可略也。又稱：

夫喜新而斁舊，固昧稱先之意。抑沿舊而不復圖新，又將以習慣而眎爲尋常，因仍憨置，且任就施廢，不甚顧藉。此變通之所以爲悠久。地不必改闢，而勤思締構，日增月廓，樂趣靡窮。讀書學道，胥此志也。

此發揮新舊之義，語近腐而意自明。蓋宗建園雖即同匯故園，而繕葺位置並有新意，其亭館頗有添築者，已不盡依同匯之舊也。

宗建此園，竹木林屋，結構精絕。葉昌熾光緒元年來遊，極稱之。語見緣督廬日記抄。宗建所居曰梅顛閣，閣與舊山樓相屬。翁同龢光緒十五年回里。來遊賞之。謂『閣小而窗欞面面皆有趣』。見玄伯先生文引日記。瓶廬詩稿五有『次韻趙次侯送行之作』。詩署己丑，亦光緒十五年作。送行謂送同龢入都也。詩云：『梅顛綽有元龍氣，却恨窗欞面面遮。』此又一義。『梅顛』下注云：『君新構此閣』。似閣即構於光緒己丑。詩稿七有『題趙次侯灌園漫筆』詩云：『不數世間凡草木，知君心事在梅顛。』注云：『君重脩梅顛閣。』詩署庚子。庚子光緒二十六年。知是年宗建曾重脩梅巔閣。然距己丑閣新構不過十一年，不知何以須重脩？又宗建卒卽在是年五月。閣重脩後宗建居之亦不久也。

余記舊山樓事，盡於上文。然宗建園除寶慈新居外，尚有半畝園。亦不可不一述之。半畝園，兩見翁同龢光緒二十四年日記。一云：『詣次公處，過其半畝園。』一云：『慰次公失孫，晤於半畝園。』見玄伯先生文。然半畝園實非宗建所闢。邵淵耀曼華趙君小傳云：『退菴旣歿，曼華服闋後一赴京邸。以家居奉母爲樂，意不欲復出。於報慈內舍傍闢半畝園，以爲板輿行樂之地。』是半畝園本宗建父奎昌園。宗建得之，蓋亦在咸豐六年兄弟析產時。其園在報慈墓舍傍，本自爲一區，與宗建所得報慈舊宅無涉。玄伯先生疑半畝園卽舊山樓之園，蓋先生偶未見淵耀文，故不悉其原委耳。

元曲新考

折

元曲不限四折。然以四折者爲多。今所見明刊元人雜劇總集，所收大抵是四折雜劇，以曲一套爲一折。此人所共知者也。然以元刊雜劇考之，則曲一套並不標一折。明正統本周憲王誠齋傳奇亦然。故近人有疑北曲本不分折者。然錄鬼簿元人鍾嗣成所撰。其注張時起賽花月秋千記云：六折。注開壇闡教黃粱夢云：第一折馬致遠，第二折李時中，第三折花李郎學士，第四折紅字李二，其汪勉之傳，又稱鮑吉甫編曹娥泣江，内有公作二折。夫劇不分折，則不得分撰。是元曲未嘗不分折也。明寧獻王權周憲王有燉之諸父也。其撰太和正音譜，摘錄元曲，備注其曲爲某人劇中之某折。是寧獻王所見元曲亦未嘗不分折也。且以余所考，周憲王自刻所爲誠齋傳奇雖不標折數，然王之意並非謂劇不分折。其瑤池會八仙慶壽雙調新水令套内自注科範云：『辦四仙童舞唱蟠桃會第三折内青天歌一折了。』考憲王蟠桃會劇南呂一枝花套次第三。其前賓白内有仙童仙女唱青天歌共么篇爲八曲。是憲王刻所爲曲雖未明標折數，而未嘗不承認北曲有分折之實。今所見元刊雜劇不標折數，亦是省略不書，非本不分折也。今所辨者，凡錄鬼簿正音譜所謂折者，乃以北曲一套爲一折。今人所稱元曲每劇四折者，亦指曲四套言之。此是普通說法。實則北曲云折，尚有不以套論者：如元刊雜劇中任風子劇開端云：『等衆屠戶上一折下。等馬（馬丹陽）上一折下。』其次爲正末扮任屠上，唱第一套仙呂點絳唇詞。衣錦還鄉開端云：『駕上開一折，淨（張士貴）上一折。外末（薛仁貴）一折。』其次爲正末同老旦上，末唱楔子端正好詞。魔合羅楔子後記云：『旦下。二外一折。』其次爲末上唱第一套仙呂點絳唇詞。此在楔子或套數之前各有若干折。所云一折是一場或一節，皆指白言之也。元刊本張鼎勘魔合羅劇黃鍾醉花陰套（第二套）內神杖兒曲後注云：『外一折了。』周憲王誠齋傳奇牡丹園劇仙呂點絳唇套（第一套）內注云：『淨相見發科一折了。』又越調鬥鵪鶉套（第三套）內注云：『辣淨淡淨做相打擂一折了。』復落娼劇南呂一枝花套（第二套）內注云：『貼淨改扮江西客上，與正旦相見說鄉談一折了。』又正宮端正好套（第三套）內注云：『辨孤上一折了』。香囊怨劇南呂一枝花套（第三套）後注云：『相爭相打一折了下。』烟花夢劇雙調新水令套（第四套）內注云：『二淨上告娶紅葉兒一節了。宣喚紅葉。旦上云一節了。』此在套數中間或套數後各有若干折或若干節。折節意近。所云一折或一節，指科與白言之也。四時花月劇正宮端正好套（第三套）內注云：『衆仙上歌舞十七換頭一折了。』牡丹品劇仙呂點絳脣套（第一套）內注云：『簫笛旦吹簫一折了，笛一折了』。又注云：『唱旦唱一折了。舞旦舞一折了』。此在套數中間亦各有若干折。所云一折是一遍，指劇中插入歌舞曲或樂曲言之也。以是言之，則北曲所謂折應有三意：一以套曲言，所謂一折等於一章。一以科白言，所謂一折等於一場或一節。一以插入之歌曲舞曲樂曲言，所謂一折等於一遍。凡後世所刻劇本，但明標樂章之折。其科白之折以及插入之歌曲樂曲等折，皆不明白區劃，一一標舉（插入之曲，元曲選皆低一格書之，而與套曲分別。然他本竟有不加分別與套曲平行者）。遂致劇之節次不明。此則後人刻書之失也。

凡北曲之折，舊籍所書皆是折字。明人刻曲間有書作摺者，如富春堂本敬德不伏老雜劇書折字作摺。是也。（今所見南曲刻本，亦有不稱折而稱出稱摺者）所謂摺似即經摺紙摺之摺。元明時伶人抄寫劇名或令章，所用小册子謂之掌記。周密武林舊事卷六記小經紀他處所無者。其出賣之品有掌記册兒。是也。近世伶人業曲，爲便於誦習計，每將劇中諸脚色詞白各依其人分别輯出，彙爲若干册子，謂之單頭，亦謂之單脚本。北曲以旦末爲主脚。其劇非旦唱，即末唱。意當時伶人習曲，除主脚旦末唱詞應有掌記不論外，其餘貼外諸脚色念白之詞以及插入之歌曲等，或亦用別紙分別疏出，如近世伶人所用單頭然。故今可見元刊本雜劇及周憲王誠齋傳奇，於賓白皆分若干折。其插入之歌曲禾詞等，亦以折論。以當時所錄原是若干摺也。北曲分折之事如作是解，則折字本應作摺。然余以誠齋傳奇考之，如所書『吹簫一折了』，『相打擂一折了』，則似是循例或尋常做作，可於場上自由運用，不必定出掌記者。故余疑元明演劇，其按習時雖有掌記，然其掌記未必如後世所用之繁。縱令如後世單頭將劇中各脚應白應念之詞一一疏出者；其所謂折亦或另有義，未必便作紙摺解。以吹簫不必旋打譜，相打亦不必有一定格範也。如折字不定作紙摺解，余之意以爲折摺同字。折者斷也，屈也，分也。取義於斷，則蹭蹬不遇，謂之折倒。取義於屈，則積累重複，謂之折疊。取義於分，則調適亭平，謂之折中。皆恆語也。北曲之折，似當以段落區劃言。凡樂章有節次，故唱詞以一套爲一折。動作言語有先後本末，故賓白科諢以一場爲一折。其插入之歌曲舞曲等，雖非正唱，亦樂章之比，故以一遍一回爲一折。然則折者段落節次之通稱，不必屬一色也。後世不知此義，乃以折專屬詞，且專屬於當場正唱之詞。遇曲本之目賓白爲折者，則瞿然怪之。如臧懋循元曲選序摘屠隆曇花記白終折無一曲，以爲謬之甚者。不知徵之舊本曲，但有白而無曲，亦可自爲一折。所謂一折者，不必其中定有曲也。今所見明富春堂刊本呂蒙正風雪破窰記，其第十六折白僅四行六十六字，無曲。破窰記係戲文，可見戲文言折亦不專以唱詞言。舊傳奇如明富春堂刊本香山記，其第二十七出白只三行，第二十八出白只五六行，第三十出白十行，皆無曲。明末阮大鋮所撰春燈謎傳奇，其第二十七折亦有白無曲。大鋮治曲有得，其用此格蓋猶是古義。而今所見明季刊本春燈謎多目此折爲閏二十七折。此殆坊肆刻書時所私題，以爲劇每折必有曲，此無曲非正也。書肆之人不知考古，狃於俗說，其事可無足深責。獨怪懋循自負曲學，乃猥同流俗之說，持不根不實之論，爲褊窄訕謗之詞。欲以攻人之短，而不知反自暴其短。可謂不思不學之過也。

楔子

元曲在套曲之前，時有一二隻曲。其曲牌大抵爲端正好或賞花時。間有用他曲牌者，其例殊少。此世所謂楔子也。在元刊雜劇，遇此等曲雖錄其詞，不標楔子之名。明寧獻王太和正音譜下引『既相別難留戀』一曲。曲牌端正好下注云：『楔兒。』又注云：『無名氏拂塵子楔兒。』是則元曲本有楔子之稱。元刊雜劇第省而不書，非無其語也。然楔子二字宜作何解？其在楔子前後之賓白，將與端正好賞花時同目爲楔子乎？抑僅端正好賞花時曲爲楔子，其前後賓白不得徑謂之楔子乎？此事世人未有的解。余考明周憲王誠齋傳奇其諸劇中凡稱楔子皆與曲牌連文。如桃源景及烟花夢劇南呂一枝花套（並是第二套）前所書，有『楔子端正好』。牡丹園劇仙呂點絳脣套（第一套）越調鬥鵪鶉套（第三套）香囊怨劇正宮端正好套（第二套）前所書，並有『楔子賞花時么篇』。悟眞如劇仙呂點絳脣套（第一套）前所書，有『楔子三轉賞花時』；中呂粉蝶兒套（第四套）前所書，又有『楔子端正好』。得騶虞劇仙呂點絳脣套（第一套）前所書，有『楔子賞花時么篇』；商調集賢賓套（第二套）前所書，又有『楔子端正好』。曲江池劇仙呂點絳脣套（第一套）前所書，有『楔子賞花時么篇』，又有『楔子端正好』。義勇辭金劇正宮端正好套（第四套）前所書，有『後庭花帶過柳葉兒楔子』。凡所書楔子皆與牌名相連，明其意以楔子屬曲，與賓白無涉也。而按之元曲選，則諸劇標楔子者直目爲一章，與標折者等夷。一折之中，有曲有白。一楔子之中，亦有曲有白。如秋夜梧桐雨劇所標楔子內有二場。（按：依元明雜劇本顧曲齋本，此處實是三場。元曲選文有删節，故只二場。）第一場爲冲末張守珪審凈安祿山。第二場爲正末唐玄宗釋安祿山，欲相之。以大臣諫改授漁陽節度使。正末唱端正好么篇在第二場。則依元曲選例，以賓白附曲並稱楔子，應斷自第二場始。其第一場張守珪事本與唱詞無涉。今一律爲楔子，未免太疏闊矣。此元曲選所錄梧桐雨劇。余曾以顧曲齋本元明雜劇本（卽新安徐氏刊本）校之，則亦於正宮端正好下注楔子，不涉賓白，與誠齋傳奇正同。知顧曲齋本元明雜劇本所錄，尚依舊本形式，不曾臆改，故與元曲選異也。按：北曲所重在詞，不在白。元鍾嗣成錄鬼簿所稱劇共幾折，明寧獻王權太和正音譜所稱曲在某劇第幾折，皆以詞言；則楔子亦當以詞言，不兼賓白言之。凡楔子用末唱者，其劇即爲末本；用旦唱者，其劇即爲旦本。（元曲皆以旦末一人唱，故其曲非旦本，即末本。後來如明周憲王所作，尚有末旦雙唱本。如曲江池劇第一套前楔子有二，一爲末唱，一爲旦唱。其正曲第一套旦唱，第二套末唱，第三套旦唱，第四套末唱，第五套旦唱。是楔子與套曲皆是旦末雙唱也。此例元曲無之。）余遍考元劇皆然。以是言之，則北曲唱楔子與唱四套大曲，同是主脚之事，與外貼等色在劇中插唱小曲或娖隊歌舞者不同。楔子之設，乃所以補套曲之不足，其用僅次於套曲。明乎此，然後楔子之義始可得而言也。楔者，木楔。說文櫼楔互訓。（大徐櫼音子廉切。楔音先結切。）慧琳一切經音義卷四十六『木櫼』下云：『又作楔。同。說文：楔，櫼也。子林反。今江南言櫼，中國言屧（側恰切）。楔，通語也。』段玉裁注說文櫼字，引玄應書同此。釋云：木工於鑿枘相入處，有不固，則斫木扎楔入固之，謂之櫼。按：段說是也，而猶未盡。凡木扎供彌縫填補之用者，皆可謂楔。不須鑿枘相入處。唐李肇國史補卷中載蘇州重玄寺閣一角忽墊。計其扶薦之功甚鉅。有遊僧斫木爲楔，日取楔數十登閣，敲椓其間。未逾月，閣柱悉正。盧氏雜說載唐一尙食局造䭔子手，用大臺盤一隻，木楔子三五十枚。四面看臺盤；有不平處以一楔塡之，候其平正。䭔子熟，取出，拋臺盤上，旋轉不定。云云。（據太平廣記卷二三四引）據此知楔子之用，所以彌縫塡補，與戲曲之着楔子意同。近吳瞿安先生跋明周憲王牡丹園劇，釋楔子謂『門限兩旁小木曰楔　所以安置門限者。凡劇中情節略繁，必用楔子。所以佈置一劇中之情實，不致畸輕畸重。故以楔爲喩』。以門兩旁木釋楔，雖本爾雅，似非北曲楔子之義。按爾雅釋宮：棖謂之楔。郭注：門兩旁木。郝懿行爾雅義疏云：棖者，釋文及詩正義引李巡曰：棖謂梱上兩旁木。皇侃論語疏云：門左右兩楗邊各豎一木，名之爲棖，棖以禦車過，恐觸門也。據郝氏所疏如此，知門兩旁木謂之楔卽棖者，乃古宮室之制。與後世通語言楔者不同。北曲楔子應取俗語，不得用古義也。先生跋牡丹園得騶虞等劇，又謂一劇中不可用兩楔子。余考元張國賓羅李郞劇，第一折仙呂點絳唇套前有端正好么篇二曲，是楔子。第二折南呂一枝花套前有賞花時一隻，亦是楔子。（據新續古名家雜劇本。元曲選本亦同）則元劇一劇中未嘗不可用兩楔子，特其例較少耳。今釋北曲楔子之義，附記於此。要之，北曲楔子所以扶持套曲，補其不足。楔子本以詞言，不兼賓白言：此徵之舊文而可知者。不得舊本讀之，則不能通其義也。

開

今所見元刊雜劇，記脚色登場每用開字。明周憲王誠齋傳奇亦多用之。明息機子元人雜劇選亦然。此開字宜作何解？數年前，友人魏君建功曾舉以質余。余倉卒無以對。後思其義，乃知開者脚色初上場時開端之語也。按開者事之始。後漢書馮衍傳：開歲發春兮，百卉含英。李賢注：開，發，皆始也。凡僧人開始講某經謂之開演，謂之開講。開始誦某經謂之開經（講經亦曰開經），謂之開讀。講經前先釋題目，謂之開題。累見於前人著述。其在俳優雜技，則初陳百戲謂之開伎巧（見宋王得臣麈史卷下都城相國寺條）。說唱詞話，引首數語謂之開話（見百回本水滸五十一回插翅虎打白秀英篇）。此皆以始爲義也。戲曲脚色登場通白，其事本在講誦之間，故脚色初上場語亦謂之開。元刊雜劇出開字最多。今取所收劇一一按之，其義例猶可見。有數脚色同在一場而皆謂之開者：如看錢奴劇第一册（元本本不標折數今循他本例稱之）先記凈扮賈弘義上開，做睡科。次記聖帝一行上，開了。問凈云了。尊子（謂神，卽聖帝）云了。凈云了。次記正末披秉扮增福神上，開。云云。此處凈，聖帝（不出脚色按當是外末）正末同在一場，而皆謂之開。以不同人也。有同一脚色在一劇中上場數次，而皆謂之開者：如蕭何追韓信劇第一折，末背劍冒雪上開。第二折正末背劍查竹馬兒上開。第三折正末上開。此劇正末扮韓信，在三折內言開者三次。霍光鬼諫劇，第一折正末扮霍光帶劍上開。第二折正末騎竹馬上開。第三折正末作暴病扶主（字疑誤）開。第四折正末扮魂子上開。此劇正末扮霍光，在四折內言開者四次。前後上場同是一人，而皆謂之開。以出現不在一折中也。凡開或指念，或指白。其指念者下文爲詩。如周憲王羣仙慶壽蟠桃會劇第一折（憲王劇原不標折數，今循他書例稱之）。外辨二仙女上開云。下文即『華堂今日玳筵排』七律一首。息機子本陳摶高臥第一折，冲末趙大舍上開。下文即『志量恢弘納百川』一絕。是也。其指白者，下文爲通姓名述本末之語。如周憲王羣仙慶壽蟠桃會劇第一折，金母引隊子上開云：妾乃九靈太妙龜山金母之仙。即今瑤池蟠桃熟，請羣仙赴此會。云云。是也。後人刻曲，不知開字之意，於舊本某人上開其意指開念詩句者，一律改爲某人上詩云。於舊本某人上開指開白者，一律改爲某人上云。雖誦詩通姓名不誤，而浸失開始之意。此不可不辨者也。又戲曲言開尙有贊導意。此例唯周憲王劇有之。如天香圃牡丹品劇第四折，演藩府賞牡丹合樂事。先是俫合樂上。次付末念滿庭芳訖。次色長開云：某某之曲。則衆合樂唱。如是循環往復，至第十五曲樂住。此第十五曲在劇中爲插附樂章。所云色長開者，乃是贊導，與他處開爲本人誦詩通名姓始末者異。要亦開始意之引申也。

竹馬

今戲場所用砌末，其屬於獸者殊少。以乘馬論，行人代步，將士出征，則但揚鞭示其磬控之狀，無所謂駿良駃騠者也。然余考元明舊曲，知當時劇場，馬確有砌末。其制如何？即今之竹馬是也。今舉其例：如元刊本蕭何追韓信劇所記科範，第二折有正末（韓信）背劍查（踏）竹馬兒上。蕭何查竹馬兒上。第四折有竹馬兒調陣子上。元刊本霍光鬼諫劇第二折有正末（霍光）騎竹馬上。此元時演劇場上用竹馬之例也。明寧獻王卓文君私奔相如劇（此劇今有趙清常錄于小穀本，在今也是園古今雜劇中）第四折有末旦騎竹馬上。周憲王關雲長義勇辭金劇，第三折有四探子騎竹馬上。正末（探子）騎竹馬上。第四折有末（關雲長）騎竹馬，旦俠坐車上。末（關雲長）騎竹馬唱。至周憲王曲江池劇第三折，記騎竹馬之狀尤爲詳悉。其科範云：末（鄭元和）旦（李亞仙）喚六兒牽馬科。六兒將砌末上。末旦騎竹馬白。云云。末旦騎竹馬下。此明初演劇場上用竹馬之例也。不特此也，今本也是園古今雜劇中，有明息機子刊本生金閣劇。其劇趙琦美曾以明內本校一過。又據內本鈔穿關三頁附於後。此穿關載劇第三折正末包拯扮像，有一字巾等四項。其所用砌末有躍馬兒，卽竹馬。趙琦美抄校曲在明萬曆末，所據內本乃宮中承應之本。此明末內庭演劇，猶用竹馬也。戲臺上竹馬之廢始自何時，余不能考。明凌濛初刊西廂記，其第二本楔子內科範，亦有將軍（杜確）引卒子騎竹馬調陣之文。濛初刊西廂，自謂出於周憲王本。云周王本分五本，本各四折。又云：其書悉遵周王原本，一字不易置增損（見凡例）。按：濛初所云五本本各四折者，必非周王原本如此。以原本西廂第二本，本是五折。濛初刻本，將原本第二本第二折正宮端正好套改題楔子，始立五本本各四折之說。今所見周憲王曲，其曲江池劇卽是五折。周王自作劇如此，斷不改西廂第二本五折爲四折。其事固甚明也。然則濛初刊西廂，其書五本，本各四折者，乃濛初泥於後世元劇每劇四折之說，私以己意釐定。其謂周王原本如此，實英雄欺人之語，不可置信。然若因此謂其本不出於舊本，則又不然。以其第二本楔子有『竹馬調陣』之文，竹馬兒調陣子已見元刊本雜劇，是當時演戲實況。又有『杜將軍引卒子上開』，『卒子引惠明和尚上開』之文，開字亦見元刊本雜劇，是當時演劇用語也。（王伯良刊本西廂以劇爲折，以折爲套。五劇改稱五折。每折分四套。將第二劇之第一折第二折合爲一套。其稱五折似與濛初異。而每折必分四套，實亦泥於元曲每劇四折之說，與濛初意正同也。但其書中竹馬調陣杜將軍上開之文亦保存不去，知亦出舊本。）又臧懋循刻元曲選，雖多擅改之處，然其書本自明內府本出，間亦保存舊文。如所收元無名氏氣英布劇，第四折內有『正末（英布）引卒子𨂘馬唱』之語。𨂘馬，卽明內府本生金閣穿關之躧馬，亦卽元刊雜劇之蹅竹馬。（按：蹅躧𨂘當與踏蹋同字異文。其音當不出所實他合二切。凡市井俗書無定字，無定體。其字見字書者，亦不必依本讀也。）此爲懋循所認爲不必删落者，實原文也。然則元明演劇砌末有竹馬，其事由元刊雜劇，明初寧獻王周憲王雜劇，及明內府本雜劇考得之。可信當時實有其事。明季臧懋循凌濛初等重刊元曲，雖不得與舊本並論，以其書中猶存踏竹馬之文，可信其出於舊本。由舊本考竹馬，復因竹馬證舊本，雖劇曲薄藝，其一事之微無關宏旨，亦可謂饒有趣味者矣。

路岐

『路岐』二字，見永樂大典卷一三九九一所引宦門子弟錯立身戲文（今有永樂大典戲文三種本）及元刊本風月紫雲亭雜劇第四折，明刊新續古名家雜劇本漢鍾離度脫藍采和劇第一折。今具引其文如左：

宦門子弟錯立身戲文：

（生白）在家牙隊子，出路路岐人。（唱菊花新）路岐岐路兩悠悠，不到天涯未肯休。這的是子弟下場頭。桃行李，怎禁生受。（唱泣顏回）撞府共沖州。遍走江湖之遊。身爲女婿。只得忍恥含羞。

風月紫雲亭雜劇第四折：

（水仙子）路岐人生死心難忘。謝相公賣發覷當。直把俺遞配還鄉。

藍采和雜劇第一折：

（仙呂點絳唇）俺將古本相傳。路岐體面。習行院。打諢通禪。習薄藝。知深淺。

（油葫蘆）甚雜劇，請恩官望着心愛的選。俺路岐每怎敢自專。這的是才人書會劃新編。

上所引宦門子弟錯立身係南戲。紫雲亭藍采和係北曲。中皆有路岐，則路岐係當時通行語。馮君沅君撰古劇四考（見燕京學報第二十期）：其路岐考釋路岐爲宋元之際伶人自稱及他人呼伶人之詞。其言甚是。顧以字義言，『路岐』二字與伶人相去甚遠。當時伶人自稱路岐，他人亦以此稱之，此於路岐二字何所取義？馮君未之言。則伶人所以名路岐之故，尚有待於解釋。余謂路岐者，江湖流浪俳優伎女之稱。凡倡優奏伎，奔走各處，不專一地者，謂之路岐。其諸州府樂戶官伎常在本處奏伎者，不得謂之路岐。余爲此說，似去事實不遠。唯今欲闡明其說，須先於路岐二字之義加以解釋。何謂路岐？路岐者，岐路之倒文。文選卷二十八陸士衡樂府長安有狹邪行：伊洛有岐路，岐路交朱輪。李善注引爾雅曰：二達謂之岐旁。郭璞曰：岐道旁出也（按善引爾雅文見釋宮）。是道旁出者謂之岐路。列子說符篇『岐路之中又有岐』，是其義也。然岐路可書作路岐。岐路本訓道旁出者，亦可爲道路之通稱。舊唐書懿宗紀（卷十九上）云：『朕崇釋教，迎請眞身。觀覩之衆，隘塞路岐。』言觀者隘塞途路。元稹傳（卷一六六）云：『稹大爲路岐，經營相位。』言稹謀爲相，廣求途徑。白氏長慶集（卷一）寄唐生詩云：『賈誼哭時事，阮籍哭路岐。』此用晉書阮籍傳『籍率意獨駕，不由徑路。車跡所窮，輒慟哭而反』事。言途窮則哭。李玫纂異錄（太平廣記卷七十四引）載陳季卿應試詩云：『舊友皆霄漢，此身猶路岐。』言舊友皆貴，己猶奔走風塵，在途路間。野人閒話（太平廣記卷一三三引）載章邵事云：『邵爲商賈，巨有財帛。而終不捨路岐。貪猥誅求。』言邵爲賈雖富，而猶盤蹐行路，嗜利不已。此唐人用路岐爲岐路之例也。宋龍明子葆光錄（卷二）載薛主簿事云：『徑歷路岐甚崎嶇。』王明清玉照新志（卷三）載种明逸詩云：『樓臺縹緲路岐旁，其說祈眞白玉堂。』簡齋詩集（胡穉箋注本卷二十六）寄大光詩云：『近得會稽消息否？稍傳荆渚路岐寬。』此宋人用路岐爲岐路之例也。然則路岐卽岐路。

岐路本訓道旁出，唐宋人多以爲道路。義得相通，不拘拘古訓也。其用路岐爲伎藝人之稱者：如宋洪邁夷堅志（支乙集卷六）云：『江浙間路岐伶女，有慧黠知文墨，能於席上指物題詠應命輒成者，謂之合生。』王銍默記（卷下）云：『晏元獻守潁州。一日，有路岐人（余所閱涵芬樓排印本誤作岐路）獻雜手藝者，作踏索之伎。』夢粱錄（卷二十）百戲伎藝條云：『百戲理廟時有路岐人名十將宋喜常旺兩家。』此則與宦門子弟錯立身戲文、紫雲亭藍采和劇同。蓋當時習語稱俳優爲路岐。二書據當時見聞實事書之，故徑用其語也。然倡優何以謂之路岐？按：吾國樂伎設官，自唐迄元，大抵雅樂則太常禮院掌之。燕樂則教坊掌之。元之制教坊司隸禮部。其教坊所屬有興和署，掌天下俳優之籍。而京外諸行中書省尚有行教坊司。凡倡優隸諸州府樂籍者，但於本處奏伎。苟非脫落名籍，不得輕往他處。此其居有定所，自不得謂之路岐。若伎自他處來者，在所止州府無籍。停若干時後，或更轉而他去。其行止無定，常在途路間。此所謂路岐人也。以上所引戲文及雜劇考之。戲文錯立身載王恩深本東平人，在河南府（元河南府治洛陽）做場。故爲路岐人。完顏府尹子延壽馬戀恩深女之色，背其父私遁。從之。流轉江湖，淪爲俳優。故亦爲路岐人。雜劇紫雲亭載唱諸宮調妓女韓楚蘭本外路人，在開封府做場。雜劇藍采和載采和本金陵人，在洛陽做場。故亦爲路岐人。此江湖上倡優所以被稱爲路岐之故也。更以戲文錯立身、雜劇紫雲亭所述路岐人生活徵之。錯立身延壽馬白稱：在家牙隊子，出路路岐人。其唱詞云：路岐（人）岐路（路）兩悠悠，不到天涯未肯休。又云：撞府共冲州。遍走江湖之遊。紫雲亭韓楚蘭唱詞云：這條衝州撞府的紅塵路，是俺娘翦徑截商的白草坡（第三折四煞）。又云：直這般學成說唱。更則便受恩深處便爲鄉（第四折駐馬聽）。兩處所述與百回本水滸傳第二十七回所載張青語『小人多曾分咐渾家道：三等人不可壞他。第二等是江湖上行院妓女之人。他們是衝州撞府，逢場作戲，陪了多少小心得來的財物。若還結果了他，那廝們你我相傳，去戲臺上說得我等江湖上好漢不英雄。』述江湖行院妓女生活皆一一相合。不啻爲路岐人作注解也。宋周密武林舊事卷六瓦子勾欄條云：『或有路岐不入勾欄，只在要鬧寬闊之處做場者，謂之打野呵。此又藝之次者。』按：密之意蓋謂路岐藝之次者不入勾欄；非路岐人做場皆不入勾欄。今戲文錯立身載王恩深一家，雜劇藍采和載藍采和一家，皆在勾欄演戲，可爲當時路岐人演戲入勾欄之證。又錯立身載王恩深被喚入官府承應。藍采和第二折亦演州官喚采和事。可爲當時路岐人有官身之證。以是知路岐人藝之佳者，其身分與樂戶官妓亦不相上下。唯自一般人視之，或不免有低昂，覺其人與樂戶官妓不同。如百回本水滸傳第二十四回載西門慶之語云：『唱慢曲的張惜惜，我見他是路岐人，不喜歡。』可見當時人視路岐伶女與官妓有別，亦如近世人之重土著而輕客戶者然。雖小說所載不盡實事，要不妨以當時社會風俗視之也。觀以上所考，可知倡優雖有路岐之稱，而言倡優，言路岐，其義有廣狹之分。倡優中之某種人可呼爲路岐；而倡優不得盡謂之路岐。言倡優可以概路岐；言路岐不足以概倡優。此分別之至顯然者。馮君撰古劇考，以伶人釋路岐，似猶不免失之廣泛也。

書會

宋元間文人結社，有所謂書會者，乃當時民間社會之一。其社雖亦以較論文藝爲宗旨，而其講求範圍不外談諧歌唱之詞，所尙者風流而非風雅，故與詩社文社異。今所見舊本戲曲有爲書會所編者：如南戲小孫屠，題『古杭書會編撰』。南戲宦門子弟錯立身題『古杭才人新編』。南戲張協狀元雖不題書會編，其戲中末念詞有『這番書會要奪魁名』，生唱有『九山書會近日翻騰』（燭影搖紅曲）之語，則亦屬書會所編。宋元南戲今存本無多。然以諸書所稱引者考之，其目尙不下數十種。此小孫屠等三種戲文既皆爲書會所編，則其他戲文必尙有爲書會所編者可知也。其戲詞涉及書會者：如藍采和劇末唱詞云：『甚雜劇請恩官望着心愛的選。這的是才人書會剗新編。』（第一折油葫蘆曲）又云：『但去處奪利爭名，依着這書會社恩官求些好本令。』（第二折梁州曲）藍采和係北曲，劇所演即扮雜劇事。劇所稱伶人爲衣食名譽計，必須依賴書會中人，向之求本令；則北曲雜劇必多爲書會所編又可知也。宋周密武林舊事卷六諸色伎藝人條載當時書會之著者凡六人。其李霜涯下注云：『作賺絶倫。』（霜涯乃宋理宗時人，見楊瑀山居新話。）據此知書會所編尚不止劇本，即散詞令章亦多有之。則宋元時書會與詞曲之關係可謂至密切也。然當時書會所編，尚不止詞曲而已。以余所知，則詞曲之外尚有隱語；隱語之外尚有詞話。書會編製隱語事，見宋周密齊東野語卷二十隱語條。今錄其文如左。

古之所謂廋詞，即今隱語，而俗所謂謎。雜説所載，間有可喜。有以今人名藏古人名者，云：『人人皆載子瞻帽，』（原注云仲長統）『潞公身上不曾寒。』（原注云温彥博）此近俗矣。若今書會所謂謎者，尤無謂也。

密宋遺民。齊東野語成於元世祖至元中。其記書會編隱語事，雖泛云近事，亦可視爲元時事實。元鍾嗣成所撰錄鬼簿（按：嗣成錄鬼簿序作於至順元年。而書中記事有元統年間事。知其書續有輯補，非成於一時。）載當時曲家多長隱語，且有編次成集者。明初某氏所撰錄鬼簿續編記諸家才藝，尤多以隱語爲言。知當時隱語與曲並重。凡曲家未有不能隱語者。書會中既多製曲之人，則隱語多自書會出，其事實不足異也。書會編詞話事，見水滸傳小説。今所見百回本水滸傳第九十四回記宋江復秀州，盧俊義復湖州，柴進做間諜等事，附以按語云：

看官聽說，這回事都是散沙一般。先人書會流傳，一箇箇都要說到。只是難做一時說。慢慢敷衍關目，下來便見。看官只牢記關目頭行，便知衷曲奧妙。

據此則水滸傳乃書會所編。今行百回本水滸傳是散文小說。然原本實爲詞話。其本第四十八回宋公明兩打祝家莊篇有詩讚一首。此讚爲七言詞，共十八句，實是說話人所念詞偈可證。（余別有文述之）宋元詞話，造作頻繁。其風行實不下於曲。水滸傳詞話既爲書會所編，則其他詞話亦必多爲書會所編。然則宋元書會，除編詞曲外，又爲隱語詞話發源之處。此事世人或不盡知之也。

按：隱語謂之詩禪，通謂之謎。當元明之際，雖盛極當時。而後世士夫不甚重之，爲之者殊少。今人亦無承認隱語有文學價值者。至詞話爲通俗小說所自出，亦爲白話文學之先河，在吾國文學史上本占重要地位。唯宋元詞話，今存者無多。吾人在今日欲究悉宋元詞話，已絕少援據。書會編演詞話，其事雖爲吾人所不可忘者，今亦可勿論。獨元人所撰雜劇，今存者尚有百餘種之多。自明以來，士夫咸知重其本。迄於近代，元曲儼然爲專門之學。其劇既多爲書會所編，則當時書會所給予戲曲之影響如何，誠不可不一述之也。

元雜劇造作之盛，爲古今所無。其詞之高妙，亦爲古今所無。此事近人皆知之。至元雜劇所以獨盛之故，則自明至今，尚無定論。明李開先張小山令序云：『元人作曲者，如關漢卿乃太醫院尹。馬致遠爲江浙行省屬。鄭德輝杭州小吏。宮大用釣臺山長。其他屈在簿書老於布素者，不可勝數。當時臺省元臣，郡邑正官，及雄要之職，盡其國人爲之。中州人每沈抑下僚，志不獲展。宜其歌曲多不平之鳴。元詞所由盛，元治所由衰也。』開先意以爲中州人多沈抑下僚，志不獲展，寄憤於曲，乃元曲所以盛之由。其言近是。然元曲亦多閒情適意之作，非盡作不平鳴者。今若因開先言謂元人撰曲完全由於作者志不獲展，發憤著書，似亦非平允篤實之論。且元之上台大僚，如胡祗遹劉秉忠輩皆中州人，未嘗不撰曲。（元大僚多作散曲作雜劇者不多）則亦何解於沈抑下僚之說也？王靜安先生之言曰：『元科舉唯太宗九年八月一舉行。後廢而不舉者七十八年。至仁宗延祐元年八月，始復以科目取士。遂爲定制。沈德符萬曆野獲編臧懋循元曲選序謂蒙古曾以詞曲取士，其說固誕妄不足道；余則謂元初之廢科目却爲雜劇發達之因。蓋自唐宋以來，士之競於科目者已非一朝一夕之事。此種人一旦失業，固不能爲學問上之事；而高文典册，又非其素習。適雜劇之新體出，遂多從事於此。而又有一二天才出於其間，充其才力。而元劇之作遂爲千古獨絕之文字。』（以上王先生說，見宋元戲曲考第九章『元劇之時地』）余按：王先生之論善矣。然但可語於延祐以前，而不可語於延祐元年以後。蓋自延祐元年八月復科舉，以後相承不廢者，五十三年。中惟順帝後至元二年後至元五年曾罷兩科至正二年復興今以錄鬼簿錄鬼簿續編所錄諸人考之，錄鬼簿下卷所錄，大抵爲延祐至正間人。（錄鬼簿下卷所記已亡之人，如趙君卿卒於天曆元年。金志甫廖宏道卒於天曆二年。周仲彬卒於元統二年。去延祐元年僅十五六年。固亦可謂元貞大德間人。若喬夢符卒於至正五年，已不得逕謂之元貞大德時人。其餘存者，自當爲延祐至正間人也。）續編所錄，皆至正間人。其時朝廷方以時舉行科舉，此諸人者顧不爲舉業，而依然怠荒，從事於曲，爲之不已。此又何說也？夫錄鬼簿下卷所錄諸人，固多爲無名宦之人；錄鬼簿續編所錄諸人，除一二人外，亦多爲無名宦之人。此輩功名不遂，無他計消遣，謂其應舉不第逃於曲則可；如先生言，謂因元初廢科舉失所業則不可。故先生之言雖卓，而於當時事理僅得其半。尙未可適用於有元一代。然則元代雜劇之盛究以何原因而致此乎？余謂一代文章藝術之發達，自當與政治有關。而其所以能普遍能久遠者，必其得社會人擁護，其學藝本身有爲人愛惜之理由，斷不全恃乎政治。以元雜劇言，元初科舉之廢，蒙古色目人之特被優遇，漢人南人入仕較難，因而從事於曲，如李開先及王靜安先生所說，皆屬於政治範圍者；此固不可完全否認。然尙有一事焉，爲二先生所未注意，卽元之宮庭特尙北曲是也。元時北曲，在民間本與南戲並行。然禁中所重唯是北音。明周定王元宮詞云『莫向人前唱南曲，內中都是北方音』可證。禁中既尙雜劇，則教坊伶人之選試，劇本之編進，其事必稠疊。

此於雜劇人才之培養及戲曲研究上，自當有種種裨益。且以宮庭習尚之故，而影響於臣民。則元雜劇之發展，亦未嘗不藉政治之力。唯此等政治力量所給予戲曲者，終有一定限度。蓋以理言，苟北曲不爲人好者，則雖至尊所嗜下則而效之，其事亦不能普遍不能維持永久也。故今言元雜劇發達之因，與其求之於政治，無寧於雜劇本身及社會方面求之。按：金之院本卽宋之雜劇，亦卽唐之參軍戲。其來歷本至久遠。然考其體不過滑稽小戲，以發科打諢爲主。其劇情聲音皆至簡質。此等劇積久不變，自不能滿足人對於藝術之要求。至金元間適有雜劇發生。其事唱做白三者並重，而所重尤在曲。其體每劇數折，每劇用一宮調，每宮調曲多至十曲以上。其劇情排場以及聲容之妙，皆遠非院本所能及。（王靜安宋元戲曲史第八章元雜劇之源淵，述元劇進步之事甚詳。）此爲新興之劇，自爲當時人所愛好。而其時適有書會爲編摩詞曲之所。社家文人之嗜曲者，與俳優密切合作，爲之撰曲，使舞臺之上常有新劇本出現。舞臺上新劇本之出現愈多，則愈引起觀者之興味。劇之按行者愈多，則作者興味亦愈感無窮。如是劇場因新劇本之發生，而時時有其新生命；作者因導演之成功與戲場之須要，亦自然努力於新創作。元代戲曲之盛與劇本之多，其故當以此。然則以劇論，雜劇之盛於元，乃其劇本身適合乎時代之要求，有必然興起之理由。以社會論，書會乃元雜劇之研究推行機關，書會中人乃以戲曲研究人而兼戲曲運動人者也。夫場上戲曲之所以能始終維持繁榮者，必時時有新劇本出演。蓋劇雖佳，積久則生厭。伎雖佳，蹈故常則減色。而伶人非盡能文。故戲曲之行，必得文人學士之扶翼贊助，而後可以持久不衰。然編劇本，達官貴人無此暇，下士無此才。唯文人之風流跌宕不得志於時者，乃優爲之。以此等人既有此暇又有此才也。而元之書會中人則恰合此資格。蓋其人大抵風塵倦遊，或以一藝自隱，既非達官，又異師儒，在學與不學有名與無名之間。（明初賈仲明玉梳記第一折天下樂曲云：俺娘見了那名公丈夫士書會先生每來呵，嫌的是張秀才李秀才。見那公子舍人上門呵，愛的是王舍人李舍人。他那些喬殷勤佯勳問。按元鍾嗣成撰錄鬼簿，稱有位者爲名公，無位爲才人。以書會先生每爲名公，乃妓女眼中所見如此。然因此知書會中人甚爲當時俳優所尊崇。此文據元明雜劇本引。元曲選本刪書會先生四字，蓋懋循於書會已茫然不得其解矣。）以此等人挾其長與俳優合作，爲之導達鼓舞，乃使元劇盛於一代。而劇本之屢出不窮，亦即由此等人與俳優合作之故。故謂元劇之發達，完全由於書會之力，亦非過言。元之書會組織情形，求之諸書，率無記載。其書會中人，又非如後世之復社等，有姓名可稽。故書會在元時雖有導達戲曲之功，而吾人在今日言書會，則苦不能詳。然亦非毫無可述者。如今所見天一閣本錄鬼簿，凡簿中諸人鍾嗣成未作弔詞者，皆有賈仲明所補弔詞。其弔李時中詞云：『元貞書會李時中，馬致遠花李郎紅字公（即紅字李二），四高賢合捻黃粱夢。』時中致遠皆大都人。時中中書省掾，除工部主事。致遠官止江浙行省務官提舉。花李郎紅字李二皆教坊伶人。據仲明此詞，則李時中馬致遠花李郎紅字李二皆大都書會中人也。其弔蕭德祥詞云：『武林書會展雄才。』德祥杭州人，業醫。據仲明此詞，則蕭德祥乃武林書會中人也。明周憲王香囊怨劇第一折白云：『玉盒記是新近老書會先生做的，十分好關目。』玉盒記乃明初楊文奎曲，見太和正音譜。正音譜不言文奎里貫，今不知爲何許人。然據憲王此曲，知楊文奎亦爲書會中人。以上所舉三例，李時中馬致遠等四人，乃元貞大德時人；蕭德祥乃至正時人；楊文奎乃元末明初人。可代表三時期。余疑錄鬼簿錄鬼簿續編所錄諸家曲，泰半爲書會中人。如余所疑不誤，則元代諸戲曲作家，一面撰曲，一面卽爲努力倡導戲曲之人。今人詫元劇之盛，亟欲推求其原因。不知元劇之盛，其原因卽在諸戲曲作家，不在他人也。

捷譏引戲

明寧獻王太和正音譜卷上記雜劇院本脚色凡七色。（按：原文所記爲九色。其中鴇與猱非脚色之名，實只七色。）中有捷譏。注云：『古謂之滑稽，院本中便捷譏謔者是也。俳優稱爲樂官。」王靜安先生古劇脚色考云：

太和正音譜脚色中有捷譏。此名亦始於宋。武林舊事卷六諸色伎藝人商謎條，有捷機和尙。捷機卽捷譏。蓋便給有口之謂。明周憲王呂洞賓花月神仙會雜劇所載古院本猶有捷譏色。所扮者爲藍采和，自號樂官。卽正音譜所謂『俳優獨爲樂官』者是也。

先生解捷譏之義與正音譜同。其引周憲王呂洞賓花月神仙會所載院本，謂院本中捷譏扮藍采和，自號樂官。考憲王此劇，藍采和白但云呂洞賓邀采和辦樂官，與韓湘、張果、李岳四人過張行首家飲酒。其下文做院本之淨，捷譏，付末，末泥四色，卽采和等四人所化。采和等四人，何人辦何色，書中無明文。且據憲王此劇，是采和等做院本辦捷譏諸色，非院本中捷譏辦采和。其采和白自稱辦樂官，猶言辦作伶人。劇載院本做場訖末雙生（呂洞賓所化）云：『深謝四位伶官。』可證。則憲王花月神仙會劇所載做院本之捷譏，雖卽正音譜所記脚色中之捷譏；而憲王花月神仙會劇藍采和白自稱辦樂官一語，却與正音譜捷譏『俳優稱爲樂官』之義無涉。捷譏之名，果取義於便給有口如王先生所說否？又俳優對於捷譏，何以稱之爲樂官？其事尙須重加解釋也。明時捷譏之稱，以余所考，實有二義：其一，官吏謂之捷譏，明周憲王宣平巷劉金復落娼雜劇及李妙淸花裏悟眞如雜劇中並有其例。今引其文於後：

復落娼第四折：

（正旦辦茶三婆上云）老身是這富樂院（妓院名）門前賣茶的白婆兒。開着這茶房。往來舍人、捷譏、郎君、子弟每來此歇馬。

悟眞如第一折：

（混江龍）若是要世人知重，只除是漏花名脫離了綺羅叢。赤緊的長官每不分貧富，捷譏每不辯秋冬。他則待刮馬般祗承常不歇，每日家竹節似官身不曾空。

第一例捷譏與舍人郎君子弟並稱。按：舍人本官名。宋元之際，民間通以爲貴介子弟之稱。唐以來縉紳子弟謂之子弟；尊之，亦謂之郎君。此以捷譏與舍人郎君子弟並列，則捷譏必非平人可知也。第二例捷譏與長官對舉。長官捷譏皆常喚官身，妓女苦於承應不暇。則捷譏當爲官吏之屬又可知也。其二，優人當場扮官員者謂之捷譏，亦見周憲王宣平巷劉金復落娼劇。其第一折混江龍曲云：『捷譏的辦官員，穿靴戴帽；付淨的取歡笑，抹土搽灰。』是也。以是言之則明初言捷譏，有屬於戲曲者，有不屬於戲曲者。其屬於戲曲者，優人辦官員謂之捷譏；此假官也。其不屬戲曲者，直以爲官吏之稱；是眞官也。以意度之，當時官吏既有捷譏之稱，則優伶之稱捷譏必緣所扮官是捷譏得名。然則捷譏在官吏中是何等色目人？此不可不加以說明者。余謂捷譏者節級之訛。

節級者。唐宋時軍中小校之稱也。按：節級二字之見於史，似以舊唐書（卷十九上）懿宗紀所記爲最早。紀載咸通十年九月制云：『徐寇竊弄干戈，擅攻州鎮。今旣平寧，四面行營將士，宜令次第放歸本道。如行營人，並免差科色役。如本廂本將今後有節級員闕，且以行營軍健量材差置，用酬征伐之勤。』此爲龐勛亂平後處分諸州鎮將士所降詔。則當時諸道兵中已有節級之名。至宋史兵志所載，則廂兵、鄉兵，皆有節級之目。其屬廂兵者，如宋史卷一四二載大中祥符元年詔云：『廂軍軍頭以下至長行，準勅犯流免配役並徒三年上定斷，只委逐處決訖。節級以上，配別指揮長行上名長行決訖，配別指揮下名收管。』是其例。其屬鄉兵者，則諸路多有其例。如卷一四三河北河東強壯條，卷一四四荆湖路義軍條，嘉祐中補涪州賓化縣夷人爲義軍條，邕欽溪洞條，所載鄉兵軍校之名並有節級。熙寧中王安石改義勇軍爲保甲，於鄉兵軍校舊稱亦尙存而不廢。宋之鄉兵將校階級，史書所載，有以指揮使、正副都頭、節級爲三階者。有自正副都指揮使以下至節級爲七階者。有自正副指揮使以下至左右節級甲頭爲八階者。殊不一致。據宋史卷一四九慶歷五年眞定府定州路都總管司奏：『舊例軍中選節級，以挽強引滿爲勝』；熙寧六年十月詔：『軍士選爲節級，取兩常有功者。功等以先後。又等以重輕。又等以傷多者爲上』；知當時節級由軍士選補，實小校也。按：宋之廂軍，本以供投使，不用於征戰；在京諸司及京外諸州諸務雜役，並有其額。故諸書所載多有節級。如三朝北盟會編卷二十引宣和乙巳奉使行程錄，記賀金使隨行三節人從八十八中有節級二人。是奉使人隨從有節級也。武林舊事卷一登門肆赦條，記宣赦時麗正門樓下排立次第，有三院罪囚及獄級。獄級卽獄節級省稱，是獄吏以節級充之也。（東京夢華錄卷十記宣德門肆赦作獄吏。）以是推之，則諸司局諸州府給役之人以廂軍充之者，其軍員當皆有節級。周憲王復落娼劇第四折悟眞如劇第一折所出捷譏，實卽節級。蓋指京內外諸司，諸長官，諸藩府下之祇應人言之。此等人非長官，而悟眞如劇妓女李妙淸以捷譏與長官並稱。蓋其差撥出使，其威實不下於長官。伎女對此等人，自當小心承應，不敢違其意也。又宋時殿內侍從，往往補節級。教坊伶人亦有帶節級銜者。蓋是寄祿，如明之嬖倖侍臣多補衞官之例。如宋史卷一四九載至和三年詔親從官入殿滿八年者，補節級。武林舊事卷四乾淳教坊樂部條所載伶人，如陳嘉祥、孫子昌（副末）、吳興祖（拍板色）、魏國忠（嵇琴色）、宋世寧（笙色）、仇彥、王恩（並觱篥色）、張守忠、楊勝、王喜（並笛色）、高宣（杖鼓色）、並是節級。時世俊（拍板色）、李祥（觱篥色）、趙俊（笛色）、孟文叔（杖鼓色），並是守闕節級。則當時伶官補節級者甚多。伶官既多爲節級，後世相承因以節級入劇，爲扮伶官者之稱。此正音譜注捷譏所以云『俳優稱爲樂官』之故也。或曰：子之論節級，其言繁矣。但正音譜周憲王花月神仙會雜劇皆書作捷譏，不作節級。今以捷譏爲節級，亦有證乎？曰：有！今所見明萬曆本金瓶梅詞話第三十一回，載西門慶生子得官，其宴客時有教坊司俳優所扮笑樂院本一本。笑樂院本者，以滑稽諢笑爲主，乃院本之一種。明沈德符野獲編補遺卷一禁中演戲條，稱『內庭諸戲劇隸鐘鼓司，習相傳院本，其事與教坊相通。又有所謂過錦之戲，聞之中官，必須濃淡相間，雅俗並陳，全在結局有趣，如人說笑話只要末語令人解頤。蓋卽教坊所稱耍樂院本意也。耍樂院本卽笑樂院本。』據此條，似笑樂院本乃明時教坊之語。然百回本水滸傳第五十一回載雷横入勾欄，看戲臺上却做笑樂院本。水滸傳乃元人筆，是笑樂院本之稱，其來已久，不始於明。詞話載此院本凡七百餘字。其脚色有外（外末）扮節級；有副末（原作傅末）扮節級所轄樂匠；有淨扮秀才冒充唐王勃。當場三人。以校周憲王花月神仙會所載院本，脚色僅少末泥一色，餘悉與憲王引本同。今錄院本一節以證明吾說：

外扮節級上開：

法正天心順，官清民自安；妻賢夫禍少，子孝父心寬。小人不是別人，乃上廳節級是也，手下管着許多長行樂俑匠。昨日市上買了一架圍屏，上寫着滕王閣的詩。請問人。說是唐朝身不滿三尺王勃殿試所作。只（原誤自）說此人下筆成章，廣有學問，乃是個才子。我如今叫傳末抓尋着請得他來，見他一見。有何不可？傳末的在那裏？（末云）堂上一呼，堦下百諾。稟復節級，有何命令？（外云）我昨日見那圍屏上寫的滕王閣詩甚好。聞說乃是唐朝身不滿三尺王勃殿試所作。我如今□□（原脫二字擬是給你二字）這個樣板去。限（原誤恨）即時就替我請去。請得來，一錢賞賜。請不得來，二十麻杖，決打不饒。（末云）小人理會了。（轉下去）節級糊塗。那王勃殿試從唐朝到如今，何止千百餘年！教我那裏去抓尋他去？不免來來，去去。到於文廟門首。遠遠望見一位飽學秀士過來。不免動問他一聲。先生，你是做滕王閣詩的身不滿三尺王勃殿試麼？（淨扮秀才笑云）王勃殿試乃唐朝人物。今時那裏有？試哄他一哄？我就是那王勃殿試！……

此做院本之節級，即周憲王花月神仙會所載做院本之捷譏無疑。則捷譏即節級不得一確證乎？按：大明會典卷一〇四（禮部六十二）載教坊司『額設奉鑾一員，左右韶舞二員，左右司樂二員。共五員。遇缺以次遞補。又有協同官十員，實授俳長辦事色長十二名，及抄案執燈色長等。亦以次遞補。』無節級之名。明之武職。亦無節級之名。此詞話所載笑樂院本有節級一色，必是俳優扮戲相沿如此。又據詞話所載院本，其發科打諢者爲淨，而節級實爲發端指使之人。與宋吳自牧夢粱錄卷二十妓樂院條所稱『雜劇中末泥爲長』，做雜劇『末泥色主張』者意合。夢粱錄末泥，武林舊事卷四雜劇三甲條作戲頭。似戲頭以末泥色充之。詞話節級，其本色爲外末。外末與末雖有正次之分，其實則一。然則明院本之以外末扮節級，亦猶宋雜劇之以末爲戲頭也。明湯舜民筆花集中有贊教坊新建搊欄哨遍『聖遍飛龍』一套。其二煞云：『捷譏每善滑稽，能設戲。』（今天一閣本誤倒作戲設）設戲卽主張之謂。是節級職務在於舖關串目，當場導引啓發以成笑柄。正音譜所謂『捷譏是院本中便捷譏謔者』，其言亦不盡誤。唯捷譏之得名，自當由於優人扮節級。書者不知其義，但取同音字以捷譏當之，遂訛作捷譏。其始捷譏二字，僅施於優人扮假官者。後乃眞官員之稱節級者，亦書作捷譏。捷譏之義遂愈不能明矣。觀詞話所載院本，節級上場開曰，明言『小人是上廳節級，手下管着許多長行樂匠。』則捷譏之本應爲節級，實毫無可疑。今日言捷譏，固不得依正音譜立說，近於牽強附會也。

元陶宗儀輟耕錄卷二十五云：『金有院本、雜劇、其實一也。國朝院本、雜劇、始釐而二之。院本則五人：一曰副淨，一曰副末，一曰引戲，一曰末泥，一曰裝孤。』王靜安先生宋元戲曲史第十三章述元院本節錄輟耕錄此條。其下錄周憲王花月神仙會所載院本全文。釋云：『此中脚色，末泥、付末、付淨、三色與輟耕錄所載院本脚色同。唯有捷譏而無引戲。按上文說唱，皆捷譏在前，則捷譏或卽引戲。』按：先生之說非也。正音譜記脚色，有捷譏，又有引戲。明非一色。筆花集哨遍『聖遍飛龍』套二煞所詠脚色凡八，其一爲捷譏（原誤捷劇），其二爲引戲。其贊引戲云：『引戲每叶宮商，知禮儀。』是引戲職務爲看節次，掌儀範；與捷譏之以滑稽設戲見長者不同。不可混而爲一也。凡朝庭宴饗，諸般樂伎並陳，其事既繁，須有節次。殿陛尊嚴，尤慮訛誤。故樂有領樂，舞有引舞。樂作止則有持麾之人；伎進退則有勾放之事。其關於科範者，如武林舊事（卷四）所載且有專掌儀範之人。大明會典（卷一〇四）所載有看節次色長。皆所以愼重其事。院本中之引戲，蓋在做院本場中爲導引或贊相之人。夢粱錄卷二十妓樂條述雜劇所謂『引戲色吩咐』，其意當指此也。周憲王花月神仙會所載院本，無引戲。金瓶梅詞話所載笑樂院本，亦無引戲。此或臨文省略，或私宴承應省此一色，要不足爲明時院本無引戲之證。至正音譜釋引戲云：『院本中旦也。』其意不可曉。按：武林舊事卷四雜劇三甲條，載扮雜劇人有戲頭，有引戲。戲頭夢粱錄卷二十伎樂條作末泥。似戲頭以末爲之。引戲本色無考。然武林舊事所載引戲潘浪賢，據上文雜劇色名單，其人乃以引兼末者。疑引戲色亦以末爲之。元時演戲，凡男優不粧旦色，而女優於粧旦外則兼扮諸色。意當時元明院本引戲多以女優充之，正音譜因謂引戲爲院本中之旦。其所謂旦者乃女優通稱，不專指旦色，又考杜善夫莊家不識构闌套曲，（太平樂府卷九引）其四煞、三煞、寫莊家初入构闌時所見臺上情狀云：『一箇女孩兒轉了幾遭；不多時引出一火。中間里一個央(殃)人貨。褁着枚皂頭巾，頂門上插一管筆，滿臉石灰更着些黑道兒抹。知他是如何過。渾身上下則穿領花布直裰。』(以上四煞)『念了囘詩共詞，說了會賦與歌。無差錯。唇天口地無高下，巧語花言記許多。臨絕末，道了低頭撮。却爨罷將么撥』(以上三煞)。按：此所謂拴焰爨也。莊家所見一火人中，一人皂巾簪筆穿花布直裰者，卽拴焰爨之人。(據此文滿臉石灰兼抹黑道，其本色當爲付淨。)拴焰爨乃院本之前段。其下文寫莊家所見臺上情形，乃演張太公謀取年少婦女被賺事。蓋卽本套上文六煞所謂院本調風月也。據善夫此詞所寫，构欄做院本之前，有拴焰爨；卽院本之艷段。做艷段之前，有一女孩兒轉了幾遭；蓋卽所謂踏場者。今解院本引戲，如認爲兼有導引贊相二義，則此女孩踏場實引戲也。以是言之，則元時演戲，實有以旦引戲之事。正音譜云：『引戲卽院本中之旦。』其故當以此。又院本引戲乃執事之稱，非脚色。亦如節級之稱，乃以所扮員吏是節級；節級實非脚色之名。節級本色，以詞話所載院本考之，知爲外末。引戲據正音譜所說，其本色是旦。余疑引戲不必限於旦，卽末亦可爲之也。

徵引書目

十三經注疏校勘記
爾雅
說文
廣雅
廣韻
慧琳一切經音義
漢書
後漢書
舊唐書
新唐書
宋史
明史
清史稿
清史列傳
國語
三朝北盟會編
大明會典
嘉慶一統志
康熙定興縣志
康熙五十四年東阿縣志
光緒山西通志
道光蘇州府志
光緒蘇州府志
民國二十二年吳縣志
光緒重印乾隆本常昭合志
光緒甲辰脩常昭合志稿
丁祖蔭重修常昭合志藝文志
光緒泰興縣志
康熙三十八年徽州府志
道光八年歙縣志

民國九年海寧州志稿
光緒餘姚縣志
光緒麻城縣志
東京夢華錄
日下舊聞
葛萬里牧翁先生年譜
廣陽旌表續錄
內閣書目
絳雲樓書目
讀書敏求記校證
傳是樓宋元板書目
百宋一廛書錄
藝芸書舍宋元本書目
楹書隅錄

道光武康縣志
光緒黃州府志
光緒重修湖南通志
夢粱錄
酌中志
顧千里先生年譜
永樂大典目錄
晁氏寶文堂書目
述古堂藏書目
汲古閣珍藏秘本書目
傳是樓書目
蕘圃藏書題識
愛日精廬藏書志
顧鶴逸藏書目

光緒蘭谿縣志
康熙麻城縣志
道光二年修廣東通志
武林舊事
漢關侯事蹟彙編萬之蘅吳寶彝同輯
廣陽科名錄
文淵閣書目
脈望館書目
也是園藏書目
延陵季氏書目
四庫全書總目
沈復粲鳴野山房書目
鐵琴銅劍樓書目
彙刻書目

藏書記事詩
世說新語
默記
齊東野語
四友齋叢說
錢希言獪園
金鰲退食筆記
白氏長慶集
李開先閒居集
董其昌容臺集
宋懋澄九籥別集
錢牧齋先生尺牘
黃宗羲吾悔集
義門先生集

列子
太平廣記
玉照新志
輟耕錄
于慎行穀山筆麈
龔立本烟艇永懷
十駕齋養新錄
陳與義簡齋集
趙用賢松石齋集
張萱西園存稿
牧齋初學集
錢陸燦調運齋集
王士禎帶經堂集
何義門家書

論衡
葆光錄
麈史
青樓集
萬曆野獲編
分甘餘話
虞山畫志續編
楊宏道小亭集
陳與郊蘋川集
于慎行穀城山館詩集
牧齋有學集
錢曾今吾集
徐乾學憺園集
石韞玉獨學廬四稿

甌北集
黃廷鑑第六弦溪文鈔
邵淵耀小石城山房文集
文選
梅村詩話
元刊雜劇三十種
新續古名家雜劇
顧曲齋元人雜劇選
柳枝集
王驥德刊古本西廂記
新刊巾箱蔡伯喈琵琶記
呂蒙正風雪破窰記戲文
湯舜民筆花集
錄鬼簿

翁心存知止齋集
翁同龢瓶廬詩稿
越縵堂日記
海虞詩苑
靜志居詩話
永樂大典戲文三種
元明雜劇
雜劇十段錦
酹江集
凌濛初刊西廂記
誠齋傳奇
香山記
陽春白雪
太和正音譜

孫原湘天眞閣集
瓶廬叢稿
緣督廬日記鈔
海虞文徵
海虞詩話
古名家雜劇
息機子元人雜劇選
元曲選
雍熙樂府
劉東生嬌紅記
園林午夢
春燈謎
朝野新聲太平樂府
北詞廣正譜

呂天成曲品

王驥德曲律

傳抄本傳奇彙考

曲錄

宋元戲曲史

古劇脚色考

水滸傳

金瓶梅詞話

後序

右書六篇附錄文五首，共計約二十萬字。論一書而所紀至二十萬字，亦不可謂少。然徵引書不過一百六十餘種，殊嫌其少。其所據以考舊事者，亦無多新義可以自矜。其計多寡，論點畫，列條目，有時且近乎吏胥奏牘，猥雜瑣碎，不能自已。以文體論，亦可謂卑矣。然其推勘往事，尙不敢自逞臆說。其所說有不敢自信爲必是者，則緣智之短與材料之不足，無可如何。世之讀者或能諒之也。其文中所論，有續知其誤不及改正者：如收藏篇論趙琦美事，據琦美洛陽伽藍記跋『丙午得舊刻本校於燕山龍驤邸中』之語，謂丙午乃萬曆三十四年，琦美此時在北京殆已官太常寺。近閱余季豫四庫提要辨證酉陽雜俎條，引楊守敬日本訪書志所錄趙琦美酉陽雜俎序，中有『丁未官留臺』之語。丁未乃萬曆三十五年，留臺乃南京都察院。楊氏原書卷八載琦美此序結銜署『廸功郎南京都察院照磨所照磨海虞趙琦美撰。』萬曆三十五年丁未，琦美尙官南京都察院照磨；三十四年丙午，琦美斷不官北京太常寺。其跋洛陽伽藍記在北京者，非因差來北京即因參選調來北京，其官北京必在萬曆三十五年後無疑。此應補正者一。板本篇論內本雜劇，引王驥德曲律云：『金元雜劇，康太史謂於館閣中見幾千百種。』謂康太史似卽康海，而疑今本康對山先生全集中無此語。近讀王九思杜子美遊春記，其卷首有海序，稱『予曩遊京師，見館閣諸書，有元人傳奇幾千百種。而所躬自閱涉者才二三十。』知曲律所稱卽據此序。余所閱康對山先生全集係康熙壬辰馬逸姿重刊本，中無此序。而不知曲律所引康海語卽在杜子美遊春記卷首海序中。此應補正者二。編類篇論錢曾編目，謂曾述古堂目續編雜劇目所錄誠齋傳奇三十一種，至曾康熙中編也是園目時，其書完全無缺。近重檢也是園目，知所錄周王誠齋劇實爲三十種，視續編雜劇目所載，少孟浩然踏雪尋梅一種。此應補正者三。品題篇謂明黃元吉之黃廷道夜走流星馬，不見他書着錄。實則此劇見天一閣本錄鬼簿續編所附失名氏傳奇目。此應補正者四。凡此因臨文荒疏或一時失考，其語不周至，甚者訛誤。良用自愧。然亦有後來所得足以證明吾說之是者：如收藏篇論錢曾售書於季振宜事，據曾今吾集，謂康熙丙午丁未間振宜方請急歸里，故曾得售其書。近閱錢謙益箋註杜工部集。其前有康熙六年季振宜序，稱『丙午冬，予渡江訪虞山諸勝，得識遵王。遵王，牧齋先生老孫子也。入其門庭，見几閣壁架間縹緗粲然，知其爲人讀書而外顧無足好者。一日，指杜詩數帙泣謂余曰：此我牧翁箋注杜詩也。牧翁閱世者於今三年。門生故舊無有過而問其書者。

丁未夏，余延遵王渡江，商量雕刻。遵王又矻矻數月，而後託梓人以傳。謀於予則獲。遵王眞不負牧翁者哉！』此序余所見李慈銘舊藏季振宜原刊本謙益杜詩箋，已撕去，並鏟去錢謙益名。而別本序固在讀別本此序，則知康熙丙午，振宜曾渡江遊虞山；康熙丁未，曾以振宜招，亦渡江遊泰興。其所商量者，雖名爲刊謙益箋注杜詩事，而振宜購書事亦即於此時商量之。蓋發端於丙午，成交於丁未。以曾述古堂藏書目序『丙午丁未間，舉家藏宋刻之重複者，折閱售之季氏』一語證之；知曾之渡江訪振宜，決不僅爲刻謙益杜詩箋注一事，必尙有他事須當面商量者，其事固甚明也。余斷定振宜請急歸里在丙午丁未間，所據爲曾今吾集『季滄葦休沐歸里詩』及『丙午仲春季因是先生肆燕遨觀劇詩』。以振宜此序考之，則振宜之自敍甚明，可證余前說不誤。此其一。板本篇論內本雜劇，謂明內府劇藏於『鐘鼓司』。司在今黃化門內，俗訛『鐘鼓寺』。『黃化門』卽明之『黃瓦門』。近閱故宮景印本淸乾隆年繪京城全圖，其圖第五排第五張尙作『鐘鼓司』，知乾隆間稱謂尙不誤。而第五排第六張已作『黃花門』，知乾隆時『瓦』已誤作『花』，而今俗書又誤作『化』。可證余前說不誤。此其二。凡此後來所得，與余前說可互相發明。雖事非重要，亦有足紀者。故備書之。又有文中所述只是余研究結果。以其事與本文無直接關係，不曾詳述其原委者：如附錄五，論元劇楔子，謂元劇凡劇是旦本者，其楔子必是旦唱；劇是末本者，其楔子必是末唱。唱楔子與唱四套曲皆是主脚之事。此據元劇大多數言之，並非毫無例外。唯例外殊少，故余說可以成立。余曾據元刊雜劇三十種、正續古名家雜劇、元明雜劇、息機子元人雜劇選、顧曲齋刊元劇、元曲選、西廂記、西遊記、嬌紅記、誠齋傳奇十一書，將重複本歸併，又去其無楔子之本，共得劇一百一十七本。（內西廂記五本，西遊記六本，嬌紅記二本。葉憲祖灌將軍罵座記金翠寒衣記，不在此數。）其與余說合者，凡一百零七本。其楔子與正劇四套皆是末唱，而唱楔子之末却非正脚者，四本。其劇是旦本而楔子是末與淨唱，或劇是末本而楔子是旦唱，與余說完全不合者只六本。可信余言不誤。此事不加申說，恐讀吾文者偶見例外，遂疑余所說爲孟浪之言。故更申明其事於此。亦有余所論近人已有先我而言之者：如板本篇論明內府演劇，謂今圖書館館址即明之玉熙宮。此事友人張君滌瞻（秀民）已先言之。張君有國立北平圖書館館址記一文，登北平圖書館館刊第十卷第四期，所釋較余爲詳。余前時不省記此事，未引張君之言。後始憶之，已不能追改。今補記於此。一九三〇年十二月一日孫楷第記。